EDICIÓN **ZETA** LIMITADA

TAPA DURA

1.ª edición: enero 2009

© Alberto Vázquez-Figueroa, 2007
Representado por Ute Körner Literary Agent, S. L.
www.uklitag.com
© Ediciones B, S. A., 2009
Bailén, 84 - 08009 Barcelona (España)
www.edicionesb.com

Printed in Spain
ISBN: 978-84-9872-165-2
Depósito legal: B. 50.334-2008

Impreso por LIBERDÚPLEX, S.L.U.
Ctra. BV 2249 Km 7,4 Polígono Torrentfondo
08791 - Sant Llorenç d'Hortons (Barcelona)

Centauros

ALBERTO VÁZQUEZ-FIGUEROA

EDICIÓN **ZETA** LIMITADA
TAPA DURA

Amigo Wallis, espero que disfrutes
leyendo las palabras de este
gran autor.

Con mucho cariño,

Andrea

MD, Dec 24 '10

Cuentan que fue el mismísimo almirante don Cristóbal Colón quien le impuso el sonoro sobrenombre de «el Centauro de Jáquimo» al verlo lanzarse al ataque, lanza en ristre a lomos de su furibundo caballo *Malabestia*, durante la primera gran batalla que se libró en el Nuevo Mundo.

Cuentan también que una de las mujeres más fascinantes, inteligentes y deseadas de su tiempo, la poderosa princesa Anacaona, le apodaba no obstante «el Colibrí», pues a su modo de ver era tan pequeño, hermoso, delicado, resistente y ágil como la mítica avecilla multicolor que se mantenía inmóvil en el aire agitando sus alas y compitiendo en buena lid con la belleza de las flores más exóticas.

Según la princesa, sus inmensos ojos parecían sonreír a todas horas, sus delicadas facciones atraían de inmediato las miradas de las más descocadas mozas e incluso las más recatadas esposas, y su cuerpo, exacto en todas sus proporciones y de una elegancia innata, se diría que había sido la muestra que el Supremo Hacedor había preparado con vistas al día en que se decidiera a crear al hombre perfecto.

El único defecto que se le podía achacar a aquel ser inimitable era que medía dos cuartas menos de lo que en justicia a sus muchos méritos debería haber medido.

Al parecer, compensaba su pequeña estatura con la fuerza de un toro, los reflejos de una mangosta, la astucia de un zorro, la resistencia de un caballo, la impasibilidad de un búho y la valentía de una docena de tigres.

Y cuentan por último que su Serenísima Majestad, la reina Isabel la Católica, confesó en cierta ocasión que tan sólo había experimentado la extraña sensación de que el corazón le estallara en el pecho la mañana en que contempló, angustiada, los inconcebibles equilibrios y divertidas piruetas que un joven paje del duque de Medinaceli realizaba sobre un estrecho tablón que, por motivo de unas obras, sobresalía cuatro metros del alero en lo más alto de la torre de la catedral de Sevilla, a casi veinte metros del suelo.

—¿Quién es tan arriesgado funámbulo? —quiso saber.

—No es ningún funámbulo, mi señora... —le respondió una de sus damas de compañía—. Es ese loco de Cuenca, Alonso de Ojeda, que intenta distraeros de vuestras incontables preocupaciones.

—Pues lo que en verdad está consiguiendo es aumentarlas, al pensar que por mi culpa se pueda malograr un apuesto galán por el que, al parecer, suspiran la mayoría de mis damas de compañía... —puntualizó la soberana—. Aseguradle que me ha complacido en mucho su muestra de valor y su increíble sentido del equilibrio, pero que es hora de dedicar toda su atención a la fascinada doña Gertrudis, lo cual, pensándolo bien, tal vez pueda acarrearle mayores riesgos que corretear y hacer piruetas por las cornisas y las alturas.

No obstante, la reina Isabel, mujer severa y poco dada a las frivolidades, mostró a lo largo de toda su vida una especial debilidad por la persona del osado y en cierto modo descarado rapaz que tanto había arriesgado para llamar su atención allá en Sevilla, sobre todo teniendo en cuenta que en los años venideros el intrépido funámbulo demostró que su auténtico valor iba muchísimo más allá que el mero exhibicionismo.

Cuando mucho tiempo después maese Juan de la Cosa, el famoso cartógrafo nacido en Santoña, quiso saber por qué se había arriesgado de aquel modo, Ojeda no pudo por menos que responderle que lo que en verdad deseaba era descubrir qué significaba sentir miedo.

Hasta aquel momento, ni las batallas, ni los duelos, ni los caballos salvajes, ni los lobos de las más oscuras noches en que se encontraba perdido en un espeso bosque habían conseguido inquietarle en exceso, por lo que consideró que resultaría interesante experimentar aquel «miedo a las alturas» del que tanto le habían hablado.

—¿Y no lo experimentaste? —quiso saber maese Juan.

—Lo cierto es que me decepcionó comprobar que mientras mantuviera al menos uno de mis pies sobre aquel grueso y bien asentado tablón de tres cuartas de ancho, nada podría ocurrirme... —fue la tranquila respuesta—. Y a fe de buen cristiano que no soy tan estúpido como para que se me ocurriera colocar los dos pies fuera del tablón.

—¿Y no te asaltó la sensación de vértigo? —insistió el cántabro.

—Ese tal vértigo, si es que en verdad existe, no debe de ser más que el fruto de una calenturienta imaginación que se afana en hacernos creer que el abismo nos atrae, pero a mi modo de ver eso no es cierto. Mientras se mantengan los ojos y los pies en el lugar adecuado, lo demás huelga. De hecho, si colocáramos ese mismo tablón sobre el suelo podríamos pasarnos días y semanas dando saltos sobre él sin salirnos de sus límites.

—¿Y si te hubiera empujado el viento?

—Aquel día no soplaba viento.

—¿Y si hubiera llegado de improviso?

—No llegó; y nadie puede vivir pendiente del «y si...», porque entonces jamás abandonaría el umbral de su casa.

—Y si no sentiste miedo... —porfió maese Juan de la Cosa— ¿qué sentiste?

—Cansancio; trepar hasta lo alto de la torre exige un notable esfuerzo, pero os aseguro que contemplar Sevilla desde semejante perspectiva merece la pena, sobre todo en unos momentos en que la Corte en pleno, con la reina Isabel a la cabeza, se desparramaba por la explanada.

—Haciendo apuestas sobre cuánto tardarías en precipitarte al vacío.

—Mi señor, el Gran Duque, que me conocía bien, apostó por mí, ganó una considerable suma y me regaló un jubón nuevo.

—¿Mereció la pena tanto riesgo por un jubón nuevo?

El cosmógrafo, cartógrafo y excelente marino Juan de la Cosa fue el mejor amigo que Ojeda tuvo nunca, probablemente el mejor amigo que nadie pueda tener en este mundo, pero se diferenciaban en que él siempre evitaba los riesgos inútiles, mientras que esos riesgos inútiles atraían a su compañero de viajes y aventuras como un imán.

Probablemente se debía a que siendo aún muy joven llegó a la convicción de que las flechas, las lanzas, las balas, las dagas y sobre todo las espadas, le respetaban como si la Virgen María, a la que profesaba una profunda devoción desde que tenía uso de razón, hubiera decidido acogerle bajo su manto, a tal punto que en ocasiones se preguntaba qué sería lo que acabaría con él, ya que estaba claro que no le aguardaba la muerte normal de un soldado.

Aquella misma mañana, el caballero Bernal de Almagro, molesto por su infantil fanfarronada y por el hecho de que por su sentido del equilibrio había perdido una cuantiosa apuesta, decidió que, ya que no había medido el suelo cayendo desde el cielo, lo mediría impulsado por la punta de su espada.

Le convocó al amanecer a orillas del Guadalquivir y lo cierto es que nunca más volvió a pisar sus orillas.

La corriente arrastró mansamente su cadáver rumbo al mar, donde su desconsolada esposa lo buscó durante meses.

La culpa no fue de Ojeda, que por aquel tiempo aún experimentaba remordimientos por sus actos y que en verdad lamentó la insistencia de aquel obtuso mentecato en atacarle pese a que le desarmó en cuatro ocasiones.

Y es que era más terco que una mula y un verdadero inepto; empuñaba la espada como si se tratara de una vara de sacudir alfombras y se lanzaba ciegamente al ataque con mandobles de arriba abajo, tal vez creyendo que por ser más alto que el conquense, cosa nada difícil sea dicho de paso, lograría partirlo en dos como a un melón maduro. Pero en el quinto intento tuvo tan mala fortuna que Ojeda no consiguió lanzar de nuevo su arma por los aires, sino que los aceros resbalaron el uno contra el otro y una punta se hundió profundamente en la garganta de Bernal de Almagro.

Fue la suya una muerte lenta, dolorosa, cruel, absurda y de todo punto inútil; la primera de las muchas muertes inútiles y absurdas que con justicia se le achacaron a Ojeda, pero, tal como suele suceder en estos lances, uno de los contendientes tiene que salir malparado para que el otro sobreviva.

Dónde aprendió Alonso de Ojeda a manejar la espada con tan diabólica habilidad fue siempre un misterio.

Su único maestro de esgrima conocido fue Guzmán de Rueda, del que nadie aseguraría que fuera un superdotado, el mismo espadachín que enseñaba a su gran amigo Juan, hijo del Gran Duque de Medinaceli y de su amante, la hermosa pescadora Catalina la del Puerto.

El joven Juan de Medinaceli era fruto de amores prohibidos y apasionados, pero, cuando las tres esposas con que el duque había contraído sucesivamente matrimonio murieron de muerte natural, como si su enorme y acogedor lecho nupcial se encontrara maldito, el rey Fernando, que apreciaba en mucho su valía, le hizo notar que si no conseguía pronto un heredero corría el riesgo de que a su muerte el poderoso ducado de Medinaceli pasara a manos extrañas, lo cual no convenía en absoluto a los intereses de la Corona.

Cansado de buscar nuevas candidatas a su mano, o tal vez temeroso de encontrarse con otra noble difunta entre las sábanas, el Gran Duque optó al fin por la sabia decisión de convertir a la frescachona pescadora, que era a quien en realidad amaba, en duquesa, y al descarado, desarrapado e incontrolable bastardo Juan en su legítimo heredero.

No obstante, el despreocupado rapaz demostró muy pronto que le tiraba más la roja sangre materna que la azul paterna, y que sus intereses se decantaban mucho más por nadar y pescar en el río, cazar aves con honda o liarse a mamporros con los malandrines del barrio de Triana, que por perder su precioso tiempo en las aburridas veladas musicales, las soporíferas tertulias literarias o las insoportables cenas de gala que se organizaban en su fabuloso palacio.

Y su inseparable compañero de correrías no podía ser otro que el igualmente descarado, desarrapado e incontrolable paje Alonso de Ojeda.

—Son tal para cual... —solía comentar el bueno de Guzmán de Rueda—. Dos botarates capaces de atarle una lata en el rabo al mismísimo demonio, pero mientras que al duque no encuentro forma de enseñarle a defenderse ni de una vieja con una escoba, Alonso ya es capaz de vencerme a la pata coja. Ese maldito ardid que se ha inventado, su dichosa «vuelta de muñeca», me desarma una y otra vez como si me hubiera untado las manos con manteca.

La nueva duquesa, que amén de ser hermosísima era al parecer una mujer inteligente y con los pies en la tierra, no permitió que el recién estrenado título se le subiera a la cabeza, por lo que siempre se mostró más partidaria de que su hijo continuara en compañía de su fiel amigo Alonso a que se mezclara con jovenzuelos de alta alcurnia de los que nada bueno conseguiría aprender.

—Extrañas circunstancias de la vida te han elegido para que seas una especie de vínculo de unión entre la nobleza y el pueblo —le dijo a su amado vástago el día en que cumplió los quince años—. Pero ten siempre presente que el pueblo es mucho y los nobles pocos.

Guardando las distancias, Alonso de Ojeda siempre consideró a Catalina *la Pescadora* una segunda madre a la que amaba, respetaba y admiraba. En sus olvidadas memorias, de las que tan sólo se conservan algunos fragmentos, llegó a escribir:

No necesitaba de sedas, collares ni diademas para brillar con la intensidad de las más encopetas damas de la corte; su serena belleza y la grandeza de su alma le bastaban para eclipsarlas a todas, excepto quizás, y por propia voluntad, a su majestad la reina, por la que sentía una profunda devoción ya que la había acogido con especial afecto sin tener en cuenta sus humildes orígenes.

De todo ello se deduce que los años que el conquense pasó en Sevilla como paje de los Medinaceli fueron años felices, sobre todo por el nada despreciable hecho de que su notorio éxito con las mujeres se repartía por igual entre mozas de taberna y damiselas de palacio.

De él llegó a decirse:

Tiene dos espadas, a cual más certera.
Con la primera mata, con la segunda crea.
Cuando empuña la primera es frío como el hielo.
Cuando empuña la segunda es ardiente como el fuego.

Aún no había cumplido los veinte años cuando su fama de invencible espadachín e irresistible seductor se extendía de una punta a otra de la península, siendo a la vez admirado, temido, odiado y envidiado.

No era, sin embargo, amigo de pendencias en las que tuvieran que salir a relucir los aceros, y seguía al pie de la letra el viejo dicho de que «más vale romper una nariz de un puñetazo que un corazón de un tajo».

Nunca entendió por qué tantos mentecatos consideraban que el simple hecho de vencerle en duelo les haría sentirse mejores o más importantes a los ojos del mundo.

La mayoría de tales buscapleitos eran tan torpes que ni siquiera habían entendido que una espada no es sólo un arma destinada a matar o impedir que te maten.

Como él mismo aseguraba:

La espada, o es la prolongación de tu propio cuerpo, tan unida a ti como tu brazo o tu mano, o no es más que un pedazo de metal del que te pueden separar en el momento que más lo necesitas. Una espada en su vaina es un simple objeto. Una espada empuñada por quien no está en perfecta comunión con ella, sigue siendo poco más que un objeto. Mi espada, en su vaina, se conforma con ser un objeto. Mi espada, en mi mano, vive por sí misma, ataca y me defiende sin necesidad de que yo se lo ordene.

Por ello, con frecuencia no podía evitar sentir lástima por los muchos ilusos que aspiraban a la gloria de vencerle pese a no tener ni la menor idea de lo que se traían entre manos.

¿Pero cómo disuadirles?

¿Cómo obligarles a entender, sin demostrárselo a golpes y estocadas, que eran tan increíblemente lentos y previsibles que podrían pasarse un mes lanzándole mandobles sin conseguir rozarle?

Se empecinaban a la hora de retarle sin el menor motivo, porfiando con sus estúpidas provocaciones, y a pesar del hastío que le producía tener que desenvainar una vez más, con demasiada frecuencia no le era dado evitar lo inevitable y, agotadas la saliva y las palabras, no le quedaba otra opción que enviarles a que un cirujano les cosiera las heridas o un enterrador les tomara las medidas.

En ocasiones era de la opinión de que ambos gremios deberían, en justa compensación, abonarle un pequeño porcentaje de los cuantiosos beneficios que les proporcionaban «sus esfuerzos».

En realidad, Ojeda aborrecía la triste fama de «matachín» que se estaba tejiendo en torno a su persona. Nada estaba más lejos de su voluntad que causar un daño innecesario, pero cada día advertía con mayor amargura que la violencia y el mal ejercían una irresistible atracción sobre cierta clase de indeseables que parecían disfrutar con el espectáculo de dos seres humanos luchando a muerte.

Le sorprendía que le estuviera permitido sacarle un ojo a quien le retara en público, puesto que el derecho a la defensa propia lo amparaba, pero lo encarcelarían si se le ocurría hacer el amor en público a una alegre moza aunque ésta le hubiera incitado a ello.

Corrían rumores, aunque nunca se tuvo constancia de su veracidad, de que algunos de aquellos a quienes vencía en buena lid habían ofrecido sumas ciertamente considerables a quien lograra matarle en duelo, detalle este último digno de agradecer y que en verdad les honraba, porque para matarle a traición sobrarían candidatos por la décima parte de las sumas que al parecer se manejaban.

Por todo ello Ojeda llegó a la conclusión de que no se trataba de eliminarle físicamente, sino de acabar con su fama.

Pero no podía por menos que preguntarse:

¿A quién demonios le importará mi fama una vez muerto?

Sus protectores, el severo Gran Duque y la más condescendiente Pescadora, llegaron, con harto pesar por parte de esta última, a la dolorosa conclusión de que su adorado hijo único, Juan, heredero de un título y una fabulosa fortuna que no debía acabar en manos ajenas, corría evidente peligro de muerte andando a todas horas del día, y sobre todo de las oscuras noches de las callejuelas sevillanas, en compañía de un fiel amigo que sin duda era el más apropiado a la hora de defenderle, pero que parecía atraer a los más peligrosos pendencieros tal como la miel atrae a las moscas.

Era cosa sabida que, en más de una ocasión, y pese a su escasa pericia con la espada, el siempre imprevisible e incontrolable Juan de Medinaceli se había apresurado a defender a su amigo cuando le atacaba más de uno.

—Cualquier día nos lo desgracian... —señaló con buen criterio el duque—. Y me resigno a que los de mi linaje derramen hasta su última gota de sangre luchando contra los infieles, pero no a que se desparrame sobre el suelo de una sucia taberna. —Lanzó un hondo suspiro antes de concluir—: Tengo en gran afecto al tarambana de Ojeda, pero no hasta el punto de que por su culpa se extinga la Noble Casa de los Medinaceli.

Fue la duquesa, más diplomática, la encargada de hacer comprender con suaves palabras que habían acabado los buenos tiempos, la alegre y despreocupada juventud había quedado definitivamente atrás y llegaba el momento de sentar la cabeza y asumir responsabilidades.

—A partir de hoy tienes que elegir entre ser duque o pescador —le dijo a su hijo con pasmosa calma—. Siempre me he sentido orgullosa de que prefieras la rama de mi familia a la de tu padre, pero eso estaba muy bien para un niño o un muchacho, no para un hombre. Ahora eres un auténtico Medinaceli, y eso exige ciertos sacrificios; el primero, alejarte de tu querido Alonso.

Resultaba en verdad amargo, pero la vida marca pautas a las que ni siquiera los personajes de más rancio abolengo consiguen escapar.

Ojeda lo entendió aún mejor que su amigo, por lo que al día siguiente montó en su intratable *Malabestia* y, tras pasar unos días de descanso en su casa natal a las afueras de Cuenca, en Oña, se estableció por un breve lapso de tiempo en Toledo.

Por desgracia, su fama le había precedido.

Y en Toledo, cuna de los mejores aceros de su tiempo, un herrero que tenía fama de fabricar espadas prácticamente indestructibles supuso que dicha fama se multiplicaría por mil, con el correspondiente aumento de sus beneficios, si una de sus armas era capaz de partir en dos la famosa espada del legendario Alonso de Ojeda.

—Admito —al parecer respondió el conquense ante la provocación del nuevo aspirante a muerto— que con semejante brazo y tan imponente espada conseguiríais partir no en dos, sino en ocho pedazos la mía, siempre que se quedara inmóvil. Pero os aseguro que no pienso dejarla quieta ni un instante.

Tras casi medio centenar de golpes en los que el filo de

su magnífico acero no encontró más que aire, sillas, mesas, columnas y mostradores, sin conseguir aproximarse ni a un palmo de un escurridizo contrincante que se limitaba a esquivarle con un ligero quiebro de cintura o un paso atrás, el agotado herrero se dejó caer sobre el primer taburete que encontró a mano y masculló:

—He venido hasta aquí con el fin de enfrentarme a una persona, no a un fantasma. Pero insisto en que la calidad de mi acero es mejor.

—Lo cual nadie ha puesto en duda —replicó Ojeda con una amplia sonrisa—. Y me sentiría muy honrado, e incluso agradecido, si forjarais una hoja idéntica a la mía en previsión de que alguna vez se rompa, lo cual, visto el continuo uso que me veo obligado a darle, siempre es posible.

—Os forjaré tres, y así tendréis repuestos de por vida.

A la larga, el fornido herrero toledano, Ramiro de Seseña, ganó mucho más prestigio, y por consiguiente dinero, por forjar las hojas de la espada de Alonso de Ojeda que por el fallido intento de partírsela en pedazos.

De Toledo el conquense pasó a Valladolid, donde al poco tiempo advirtió que el frío mermaba de forma harto acusada sus facultades físicas. Así pues, decidió regresar al calor de su amada Sevilla, ya que su querido amigo Juan de Medinaceli se había trasladado con la corte a Barcelona, donde los reyes aguardaban la llegada de don Cristóbal Colón.

Fiel a su costumbre, se encontraba de nuevo en la más negra ruina. Nunca había sido capaz de obtener beneficio alguno ni de su fama como duelista, ni de su éxito con las mujeres.

Había recibido, eso sí, más de una jugosa propuesta de poner su espada al servicio de poderosos señores que deseaban librarse de sus enemigos de un modo más limpio y elegante que mediante el habitual método de enviarles un par de sicarios en mitad de la noche, pero ello iba en contra del estricto sentido de la moral de un hombre que se consideraba a sí mismo el más devoto siervo de la Virgen.

De igual modo rechazó la pequeña fortuna que le ofreció un caballerete con fama de seductor y demasiadas ínfulas, a cambio de que se dejara vencer «en noble duelo», con la promesa de que a lo sumo lo heriría en un brazo, consiguiendo así que por primera vez el mundo pudiera comprobar que la sangre del temido Alonso de Ojeda era tan roja como la del común de los mortales.

—Por lo que a mí respecta aceptaría encantado, puesto que a decir verdad mi bolsa anda en estos momentos harto menguada —fue su irónica respuesta—. Pero me preocupa que, en cuanto la empuño, mi espada actúa por su cuenta, por lo que corremos el riesgo de que vos quedéis tuerto y yo tan pobre como siempre.

Con su regreso a Andalucía pretendía, además de huir del frío, visitar una vez más a fray Alonso de Ojeda, quien pese a llevar su mismo nombre y apellido, era el revés de la trama del zascandil de su primo.

Sosegado, estudioso, reflexivo, recatado y sumamente pacífico, el abnegado fraile había pasado la mayor parte de su vida intentando hacer regresar «al buen camino» a quien consideraba, no sin cierta razón, la oveja negra de su noble y respetada familia.

Si la naturaleza hubiera decidido actuar en buena lógica, aunque tan sólo fuera en esa ocasión, repartiendo en su justa proporción los defectos y virtudes de los dos Alonso de Ojeda que en el mundo eran, habría obtenido un par de seres humanos bastante aceptables en lugar de un espadachín y un santo.

¿Cómo se entiende que, corriendo por sus venas la misma sangre y habiendo sido educados en los mismos principios, ambos primos se enfrentaran a la vida desde puntos de vista tan diferentes?

«El Nano» Ojeda era alto, fuerte y con aspecto de leñador vasco, a tal punto que se le consideraba capaz de derribar un mulo de un puñetazo, pese a lo cual su primo estaba convencido de que preferiría que le aplastaran un dedo antes que retorcerle el cuello a una gallina aun desfalleciente de hambre.

Respiraba bondad por cada poro de su gigantesco cuerpo y al espadachín le constaba que, pese a que reprobaba su forma de comportarse, jamás saldría de sus labios una palabra de condena. A lo más que llegó en una ocasión fue a comentar que no era quién para criticar las decisiones del Altísimo.

Según decía, si así había hecho el Señor a su descarriado primo, era porque así debía ser y sus razones tendría para haberle creado de esa manera.

Aparte de sus muchos y buenos consejos, éste jamás percibió de él ni siquiera un atisbo de reproche, lo cual a decir verdad le pesaba más que un largo sermón cargado de razones.

Que le sobraban.

Para «El Nano», la vida humana era lo más sagrado que el Señor había puesto sobre la Tierra, y por tanto no entendía que su querido pariente hubiera acabado con tantas y no le reconcomieran los remordimientos.

¿Cómo podía explicarle el duelista que su vida era igualmente sagrada y lo único que intentaba era evitar que algún cretino sediento de gloria se la arrebatara por el simple placer de alardear de haber conseguido acabar por fin con la fama de intocable del escurridizo Ojeda?

Cierto que éste nunca debió haber permitido que tan trágica espiral de dolor y muerte iniciara su andadura, pero también es cierto que sus sinceros y denodados esfuerzos por detenerla resultaron baldíos.

Cuándo y dónde empezó todo, nadie lo recordaba. Probablemente con bromas de muchachos sobre su corta estatura que poco a poco degeneraron en trifulcas de las que sus rivales salían malparados, puesto que si bien la naturaleza no le había proporcionado altura se lo compensó con agilidad y una fuerza excesiva para su delgada constitución.

De las manos y los ojos morados se pasó sin saber cómo a las armas y las heridas, y de allí a una primera herida sangrante que Ojeda no supo o no quiso evitar, la de un rufián que alardeaba de maltratar a las mujeres y vivir a su costa, por lo que a su entender se llevó su merecido.

Para colmo de desgracias, tres días más tarde descalabró a uno de los hermanos del proxeneta, que había acudido a retarle sediento de venganza, y de esa manera la macabra noria comenzó a girar de forma imparable.

En sus ansias por alejarse lo más posible de tan triste fama, Ojeda le rogó a su primo que intercediera para conseguirle una plaza en la nueva expedición a las Indias Occidentales que estaba preparando Colón, puesto que le había conocido años atrás, cuando acudía de vez en cuando a solicitar ayuda al palacio de los Medinaceli, y de él llegó a escribir:

Debo admitir que por entonces se me antojaba un paria que pretendía embaucar a unos cuantos incautos, obtener unos sueldos con la absurda promesa de una nueva ruta hacia la China y emprender las de Villadiego. Cierto es que por aquel entonces yo no era más que un mozalbete con la cabeza a pájaros, al que importaban más las nuevas faldas que los nuevos mundos. Al fin y al cabo, cada falda es un mundo.

No obstante, a la vista de las maravillas que los compañeros de viaje de Colón contaban sobre islas paradisíacas pobladas por bellísimas y complacientes muchachas que ni siquiera usaban falda, la sangre de Ojeda hervía ante la oferta de fabulosas aventuras al aire libre y a cielo abierto, lejos de las oscuras y pestilentes posadas en que cada noche se veía obligado pararle los pies al provocador de turno.

Debido a la machacona insistencia de su primo, fray Alonso de Ojeda, se vio obligado a mover todos sus hilos, incordiando a sus muchas amistades con el fin de conseguir que nadie se opusiera a que el más famoso pendenciero de su tiempo viajara a bordo de unas naves que se lanzaban a la aventura de «cristianizar» y «civilizar» a los pobres salvajes de las nuevas tierras con que don Cristóbal Colón se había tropezado en su largo viaje con destino a China.

La mayoría de los organizadores de tan magna expedición opinaban, y era algo que nadie podría echarles en cara, que semejante «perdulario provocador» no ofrecía ni remotamente un ejemplo de lo que significaba «civilizar» y «cristianizar».

Trataron de convencer al buen fraile de que si un Alonso de Ojeda debía surcar el temido Océano Tenebroso con el fin de propagar la fe en Cristo, debía ser él, y no el buscapleitos de su primo.

—Precisamente lo que pretende es dejar atrás los pleitos e iniciar una nueva vida lejos de las armas, que tantos problemas y tan escaso provecho le han traído —replicó—. Está convencido de que le ha llegado el momento de sentar la cabeza.

—Lo primero que tendría que hacer para sentar la cabeza es encontrársela —le hicieron notar—. Y estimamos que eso es harto difícil tratándose de quien se trata.

Las posibilidades de éxito eran al parecer escasas, por lo que al fin se vio obligada a intervenir Catalina *la Pescadora*, quien probablemente lo hizo no sólo porque apreciaba sinceramente al que había sido durante años paje en su palacio, sino porque debió de llegar a la conclusión de que cuanto más lejos se encontrara Ojeda de su adorado hijo Juan, tanto mejor para todos.

—En esta casa lamentaríamos mucho que se lo tragase el océano o muriese a manos de los salvajes o por culpa de unas fiebres... —argumentó convencida de lo que decía—. Pero más lo lamentaríamos si al final lo abatieran en una de sus muchas pendencias tabernarias. Podría hacer grandes cosas si consiguiera salir de un ambiente tan malsano.

Por su parte don Cristóbal Colón, que tanto le debía de sus años de miseria al Gran Duque, consideró que en buena ley no podía negarse al favor solicitado por la duquesa y acabó por aceptar, no de muy buen grado, que semejante tarambana embarcara en su flota.

No obstante, tres días antes de la partida le mandó llamar y le espetó sin más preámbulos:

—Como sois hombre de acción, temido y respetado, os confío el mando de una de las naves, pero mantened vuestras famosas «dos espadas» en sus respectivas vainas y no me busquéis problemas. De lo contrario os garantizo que veréis el Cipango colgando con la lengua fuera en lo más alto del palo mayor.

A continuación puntualizó que quien tuviera la estúpida ocurrencia de retar en duelo a Ojeda ascendería de igual modo a lo más alto de la cofa para no volver a bajar nunca, por lo que a ese respecto la travesía del Océano Tenebroso transcurrió sin la menor incidencia.

Maese Juan de la Cosa, al que las generaciones venideras deberían el primer mapa del Nuevo Mundo, experimentó muy pronto una viva simpatía por aquel desmadrado pequeñajo al cual su fama superaba en mucho a su estatura. Durante la escala que se vieron obligados a realizar en la isla de la Gomera para repostar agua, al observar que el conquense parecía verde y como desfallecido por culpa del «mal del mar», le comentó:

—Dentro de una semana te habrás acostumbrado.

—Acostumbrado o muerto... —fue la inmediata respuesta—. ¿Cómo es posible que alguien soporte semejantes vaivenes sin que se le revuelvan las tripas?

—Es algo semejante a lo que te ocurre a ti con los duelos: te aseguro que si tuviera que enfrentarme espada en mano a un garduño que intentara enviarme al otro mundo, vomitaría hasta la primera papilla. ¿Qué sientes cuando alguien se abalanza sobre ti dispuesto a abrirte en canal?

—Nada.

—¿Nada? —se sorprendió el cántabro.

—Nada de nada.

—¿Y cómo puede ser?

—Sabiendo a ciencia cierta que el otro nunca conseguirá su objetivo.

—Pero podría darse que algún día tropezaras con alguien más hábil que tú.

—¡Podría! —admitió el de Cuenca—. Pero amén de ser más hábil tendría que ser más sereno y más ágil. El simple hecho de saber que van a enfrentarse a Alonso de Ojeda obliga a mis rivales a mostrarse o demasiado cautos o demasiado agresivos, y cuando lo que está en juego es la vida, los «demasiados» se convierten en un lastre. La mayor parte de las veces, no soy yo el que gana; son ellos los que pierden.

—¡Curiosa teoría! Me aprenderé la lección por si alguna vez me veo en la necesidad de enfrentarme a ti.

—No te lo recomiendo... —le advirtió Ojeda—. ¡Hagamos un trato! Tú nunca me harás la competencia con la espada, y yo nunca intentaré pintar un mapa...

Aquél fue un trato que cumplieron a rajatabla, y lo único de lo que tuvo que lamentarse mucho más tarde el conquense fue de no haber empleado parte del tiempo que estuvieron juntos en enseñarse mutuamente el arte de la esgrima o el del dibujo.

A maese Juan tal vez le habría salvado ser más hábil con un acero en la mano, y a Ojeda tal vez le habría salvado aprender a medir las grandes distancias, conocer el movimiento de los astros, o calcular con la perfección del cartógrafo cómo ir y venir de un punto a otro.

Durante aquellas largas noches de travesía, ya con el mar en calma y el estómago asentado, Ojeda acostumbraba reunirse con la tripulación a charlar, jugar a las cartas y contar historias banales de mozas de taberna, cuando debería haber ascendido hasta el castillo de popa para preguntarle al piloto sobre las estrellas y constelaciones que con tanto afán observaba, para qué servía conocer su situación exacta y cómo se movían a lo largo y ancho de la bóveda celestial.

Mientras maese Juan se mantuvo a su lado le bastaba con preguntarle el rumbo correcto y el cartógrafo se lo indicaba, pero cuando le dejó solo se encontró como un niño perdido en el bosque, aunque a decir verdad, cuando su fiel amigo se fue para siempre, se encontró perdido en la más peligrosa e impenetrable de las selvas.

Yo era su escudo y él era mi guía. Siempre supo guiarme, pero yo no supe defenderle. Ésa es una pesada carga que debo acarrear sobre los hombros hasta el fin de mis días. El hombre que no aprovecha las oportunidades de aumentar sus conocimientos, cualquiera que éstos sean, no tiene derecho a lamentarse de su ignorancia.

Tal como le había advertido en La Gomera, Ojeda se acostumbró pronto a los vaivenes del navío, aunque nunca a su olor, y por ello le alegró sobremanera descubrir que tras dos semanas de aburrida navegación hacía su aparición ante la proa una isla muy verde.

Aquél era, ya no le cabía la menor duda, su destino.

Allí podría enfundar definitivamente una de sus espadas y hacer buen uso de la otra.

Tierras maravillosas, de una belleza superior a cuanto le habían comentado los que habían estado en ellas, de embriagadores aromas, hermosas playas, miles de flores, increíbles paisajes, agua abundante, gentes amables y el cálido clima que tanto le agradaba.

Todo fue como un sueño hasta el día en que arribaron

a una isla mayor que las visitadas con anterioridad, y que el Almirante bautizó como Guadalupe, en la que desembarcaron con oficio de explorar su interior medio centenar de hombres de los que ocho no regresaron.

Al día siguiente Ojeda recibió la orden de ir en su busca al frente de cuarenta soldados, abandonaron la ancha playa, se internaron en la maleza y por intrincados senderos alcanzaron un grupo de aisladas cabañas en las que aún ardían varios fuegos sobre los que se cocinaban apetitosos manjares.

Sus ocupantes habían huido a ocultarse en lo más profundo de la tenebrosa selva, temerosos sin duda de la presencia de tanto extraño armado hasta los dientes, por lo que Ojeda decidió conceder a la tropa un merecido descanso y aprovechar en beneficio propio el abundante y aromático almuerzo que tan amablemente habían dejado a punto los fugitivos.

Tomaron asiento y comenzó el reparto.

¡Santo Cielo, qué espanto!

¡Amada Virgen, cuánto horror inimaginable!

Manos, pies y cabezas humanas hervían en los calderos a la espera de que un hambriento comensal se los llevara a la boca.

—¡Por todos los demonios! ¡Que el Señor nos proteja! —exclamó sollozando un joven alférez—. ¡Estos salvajes son caníbales!

Incluso el propio Ojeda, curtido en incontables duelos a muerte, vomitó con mayor entusiasmo que durante los días de navegación, y por primera vez en su vida estuvo a punto de perder el control sobre sus nervios.

¡Caníbales!

Ni en sus peores pesadillas le había pasado por la cabeza la idea de enfrentarse a seres humanos capaces de devorar a otros seres humanos.

Instintivamente se agruparon, espalda contra espalda, con las armas preparadas, observando con los ojos dilatados por el terror cada árbol y cada mata, convencidos de que en cualquier momento iban a aparecer hordas de salvajes dispuestos a convertirlos en su cena.

Con harta frecuencia habían amenazado de muerte al conquense, pero jamás con comérselo, lo que constituyó una desagradable experiencia teniendo en cuenta que no se encontraba en el familiar escenario de una taberna, sino en el centro de una escarpada isla, en territorio desconocido y rodeado de enredaderas y lianas entre las que sin duda se ocultaban docenas de antropófagos.

—¿Qué hacemos, don Alonso?

Aquella simple pregunta, y la angustiada expresión del mozalbete que aguardaba sus órdenes, le hicieron comprender lo que significaba la responsabilidad del mando.

Ante un hecho tan inusual como descubrir que el paraíso al que habían llegado, y del que les habían asegurado que se encontraba habitado por hombres afectuosos y mujeres más afectuosas aún, se desvelaba no obstante poblado por implacables devoradores de seres humanos, los cuarenta hombres se volvieron instintivamente hacia Ojeda en demanda de una respuesta a tan angustiosa situación.

Necesitaban un guía, alguien que les indicara lo que tenían que hacer, sin reparar en que, para quien los comandaba, la situación era igualmente inusual e igualmente terrorífica.

Pero por algo le habían puesto al mando de la tropa.

Su obligación era aparentar que tenía la absoluta seguridad de que si seguían sus órdenes nunca acabarían en las tripas de un salvaje, por lo que, haciendo de esas mismas tripas corazón, señaló con voz de trueno y esforzándose por mantener la calma:

—Tres disparos de arcabuz hacia la maleza y, en cuanto las armas se hayan recargado, emprendemos ordenadamente el regreso al son de trompetas y tambores. Que el ruido les aturda; ya que no podemos verlos, al menos que nos oigan.

Aquella mañana Ojeda aprendió algo que habría de servirle a lo largo de toda su carrera militar: cuanta más música, menos miedo; el silencio suele ser el peor enemigo de los cobardes.

La expedición al interior de la isla de Guadalupe y el feliz y especialmente sonoro regreso de la tropa sana y salva, a la que se sumó poco más tarde la aparición en la playa de los ocho hombres perdidos, y a quienes la música había servido de guía, convencieron al Almirante, don Cristóbal Colón, de que Alonso de Ojeda no era únicamente un excepcional duelista o un matón de taberna, sino que sabía conservar su legendaria sangre fría en los momentos de mayor peligro, poniendo a salvo a sus hombres.

De inmediato lo nombró capitán, porque, según sus palabras, «son sus hechos los que en verdad determinan el rango de los hombres».

Ordenó a continuación levar anclas, dejando constancia en los mapas que aquella isla maldita estaba poblada por tribus hostiles que al parecer nada tenían en común con las pacíficas gentes que les habían recibido en San Salvador o Cuba, con lo que la escuadra puso proa a La Española en su afán de reencontrarse cuanto antes con los que allí habían quedado.

Y es que, cuando durante el primer viaje, el del Descubrimiento, la nao *Santa María* encalló destrozándose sin remedio al norte de la actual República Dominicana, Colón decidió construir con sus restos un fuerte, al que llamaron «De la Natividad», en el que quedaron treinta y nueves hombres con la orden expresa de comenzar a cristianizar, civilizar y enseñar el castellano a los amistosos nativos.

Contaban con provisiones suficientes para año y medio, y semillas del Viejo Continente con las que sembrar las nuevas tierras.

Sus enemigos aseguraban que lo que en realidad Colón pretendía al dejarlos allí era tener una excusa para convencer a los reyes de que debía regresar antes de que se les agotaran las provisiones, puesto que en su viaje a Europa no traía consigo oro, perlas, diamantes, especias, ni ningún tipo de riqueza que justificara el gasto de una nueva expedición.

Pero ésa era una maliciosa teoría que ni maese Juan de la Cosa, ni Alonso de Ojeda compartían, convencidos como estaban de que el simple hecho de haber demostrado que al otro lado del gigantesco Atlántico existían hombres y tierras tan exuberantes como aquéllas, bastaba y sobraba para justificar no una sino cien expediciones semejantes.

Por ello, los dos mil expedicionarios se mostraron agradecidos al Almirante y profundamente emocionados ante la vista de su nuevo hogar cuando al fin aparecieron ante las proas las blancas playas flanqueadas de palmeras de La Española, luego sus altas montañas de lujuriante vegetación, de cuyas cimas se precipitaban anchos ríos formando hermosas cascadas, y por último la calcinada silueta del fuerte de la Natividad.

Calcinada, sí.

Del tablazón y las cuadernas de la *Santa María* no quedaban más que pedazos de carbón, y los hombres encargados de defender el fuerte eran ahora esqueletos de los que las rapaces y los perros no habían dejado más que huesos que blanqueaban al tórrido sol del trópico.

¡Dios sea loado!

¿Acaso es ésta la Tierra Prometida?

Las altivas naves, que se habían ido aproximando con todas sus velas desplegadas al viento, comenzaron a largar anclas una tras otra en la amplia ensenada, y al abatir el trapo fue como si inclinaran amargamente la cabeza a la realidad de tan espantosa tragedia.

¡Treinta y nueve vidas!

Treinta y nueve valientes españoles repletos de ilusiones habían sido masacrados por unos salvajes que, incluso, tal vez habían devorado sus cuerpos al igual que solían hacer los caníbales de Guadalupe.

Alguien tenía que arriesgarse a desembarcar y comprobar qué había ocurrido en realidad.

El Almirante pronunció de inmediato un nombre:

—¡Ojeda!

Y al instante, el que acabaría siendo conocido como «el Centauro de Jáquimo» y sus mejores hombres, saltaron a las chalupas y comenzaron a remar hacia el lugar de la catástrofe.

Nadie acertaba a calcular cuántos enemigos podían esperarles ocultos entre la espesura que nacía a pocos pasos de la arena. Tampoco cuántos de los que pusieran en primer lugar el pie en la arena caerían bajo las largas flechas enemigas.

Fue el conquense quien se precipitó a saltar de la embarcación y lanzarse, espada en mano, hacia quienes les emboscaban.

Pero al adentrarse en la maleza no encontró enemigo alguno.

Tan sólo desolación y muerte.

Cenizas, y treinta y nueve cadáveres.

Hombres y mujeres desembarcaron una vez comprobado que no corrían peligro y la mayoría lloró, no sólo por los difuntos sino también por ellos mismos, visto que la realidad dejaba constancia de que el paraíso al que esperaban llegar tenía mucho de infierno.

Se dio cristiana sepultura a lo poco que quedaba de aquellos infelices, se rezó en silencio, y cuando mayor era el recogimiento de los atribulados colonos hizo su aparición un indígena de semblante abatido que se postró a los pies del Almirante.

—¡No fuimos nosotros...! —sollozó en un castellano bastante inteligible—. Nuestro pueblo es amigo del tuyo. Fue el poderoso Canoabo.

El hombre que se humillaba de ese modo era el cacique Guacanagarí, señor de Marién, el mismo que recibiera con los brazos abiertos a los españoles durante su primera visita, y que siempre les había dado muestras de indudable afecto.

Según contaba, las mujeres de su tribu que habían decidido unirse a algunos de los españoles, incluso las embarazadas, habían sufrido de igual modo las iras del brutal Canoabo, señor de Maguana, que no parecía dispuesto a permitir que ningún extranjero osara establecerse en la isla.

—¡No fuimos nosotros! —insistía una y otra vez el abatido Guacanagarí—. Nada pudimos hacer por impedirlo. ¡Eran tantos...!

—¿Se comieron a alguno? —quiso saber el Almirante.

—¡No! —replicó el nativo visiblemente escandalizado—. ¡Eso no! Tan sólo los bestiales caribes que llegan de las islas del este devoran a sus enemigos. En Haití no nos comemos los unos a los otros.

Le creyeron.

En realidad nada ponía en duda sus afirmaciones, pues si bien los cadáveres se encontraban destrozados por culpa de las fieras y las aves rapaces, no existían evidencias, tal como ocurriera en Guadalupe, de que se hubiera practicado el canibalismo.

¡Caribes!

A partir de aquel día el Almirante decidió que la parte del océano Atlántico que comenzaba a partir de las islas del este, fuera denominado «el mar de los Caribes».

¡El mar de los Caribes!

A Alonso de Ojeda le había sido concedido el dudoso «privilegio» de ser uno de los primeros cristianos que vieran con sus propios ojos cómo se cocían miembros humanos en las rústicas cazuelas de barro de aquellos desalmados, y estaba claro que mentiría si afirmara que tan horrendo espectáculo no le impresionó, consiguiendo que naciera en su corazón un odio visceral hacia todos los miembros de tan execrable pueblo, odio que le acompañaría hasta la tumba.

Siempre respetó, e incluso en determinadas circunstancias admiró, a quienes se oponían a que unos extraños llegados de allende el océano decidieran despojarles de tierras que les pertenecían desde cientos de generaciones atrás, y se enfrentó a ellos luchando con honor, aunque no siempre con razón, convencido de que era su deber conducirles a la civilización y a la fe en Cristo.

Pero nunca aceptó tratar de igual a igual a quienes, como algunas bestias, no dudaban en devorarse entre sí.

A su modo de ver no existía perdón posible para quienes se comportaban de un modo tan horrendo.

Ni perdón, ni posibilidad de recuperación por mucho

que algunos frailes intentaran convencerle con mil rebuscados argumentos de que también eran criaturas de Dios.

Fueron famosas sus largas y en ocasiones acaloradas discusiones, en las que los religiosos porfiaban que incluso a los caribes se les debía tratar de igual a igual, cuando a Ojeda le constaba que estaban aguardando el menor descuido con la malvada intención de atacarlos por la espalda y devorarles las entrañas con sus afilados dientes de sierra.

¡Que Dios me perdone si me equivoco!

Dios y la Virgen, a la que tanta devoción profesaba, tal vez lo perdonarían, pero el de Cuenca juraba por sus antepasados que sería necesario que la mismísima Madre de Dios acudiera en persona a pedirle que cambiara de actitud para que se decidiera a hacerlo.

Ningún ser humano le convencería de que también los caribes eran seres humanos.

A su modo de ver pertenecían a un escalón intermedio entre el hombre y las bestias, y tendrían que pasar mil años antes de que evolucionaran lo suficiente para que los considerase sus iguales.

Por ello, allá donde los encontró los aniquiló sin el menor remordimiento, argumentando que si tenía que dar cuentas a Dios por ello, ya se las daría en su momento.

La amarga mañana, una de las más amargas de su vida, en que saltó a la arena de la playa frente al fuerte de la Natividad, lo hizo convencido de que a los pocos pasos se enfrentaría a un ejército de salvajes, y siempre reconoció ante sus amigos que lo que más le inquietaba en aquellos momentos no era la posibilidad de que lo mataran, visto que no se podía esquivar una flecha con la misma facilidad que una espada, sino la angustia de imaginar que, una vez muerto, arrastrarían su cadáver a la selva con la intención de devorarlo.

—Estúpido, ¿no es cierto? —solía decir—. ¿Qué importa lo que le ocurra a tu cadáver? Gusanos o caníbales, ¿qué diferencia existe?

Existía; naturalmente que existía. El gusano nace, nunca se ha sabido por qué, del propio cuerpo putrefacto que se consume a sí mismo hasta no dejar más recuerdo que unos huesos demasiado duros. El gusano se limita a cumplir la misión para la que fue creado cuando el dueño de ese cuerpo ha dejado de respirar.

Pero el caníbal no; el caníbal era antinatural: mataba y destruía.

Por ello Ojeda estaba convencido de que si moría en combate lo mataría un caribe; los aborrecía tanto que eran los únicos enemigos frente a los que no conseguía ser él mismo. Lo enfurecían y le hacían perder el control, que era lo único que lo diferenciaba de todos aquellos a los que solía derrotar con un arma en la mano.

Durante los incontables duelos que se vio obligado a librar, su gran mérito había radicado siempre en su habilidad a la hora de enfurecer con inesperadas fintas, saltos, burlas y, sobre todo, una sorprendente agilidad a quienes intentaban abatirle, con lo que conseguía que a la larga perdieran los nervios y cometieran errores a menudo fatales. No obstante, tan innegable ventaja se volvía en su contra cuando se enfrentaba a los caribes, y lo sabía.

Aquella mañana y entre los restos del incendiado fuerte de la Natividad, cualquier salvaje armado de un simple arco hubiera conseguido abatirle en el instante en que se lanzaba en ciega carrera hacia la floresta, pero por suerte la Virgen tuvo a bien que ese día no hubiera salvajes que castigaran su imprudencia.

Al cabo de una semana el Almirante le convocó a su

camareta para comunicarle que pensaba fundar una ciudad, que se llamaría Isabela, en la costa nordeste de la isla, lejos del enclave maldito de la Natividad, pero mientras establecía sus cimientos, dos grupos de exploradores debían internarse en el corazón de la isla que los nativos denominan Haití, y que en su dialecto venía a significar «Tierra montañosa».

La misión de ambos grupos sería doble; por un lado hacerse una idea de cómo era el lugar donde pensaban establecerse los dos mil «hombres y mujeres de Colón» que acabarían por denominarse simplemente «colonos», y por el otro determinar hasta qué punto era aquélla una tierra rica en oro, que era lo que en verdad importaba a la Corona así como a los banqueros que habían financiado la expedición.

—El riesgo de tropezarse con los guerreros del feroz Canoabo o cualquier otro cacique hostil es innegable —concluyó el Almirante—. Por ello, en esta ocasión no te ordeno que te pongas al frente de uno de los grupos; simplemente te ofrezco la oportunidad de hacerlo.

Ojeda no había abandonado su patria, ni las alegres tabernas de Sevilla, con el fin de dedicarse a cavar zanjas, alzar muros o fortificar una nueva ciudad bajo un sol de justicia asaltado a todas horas por nubes de mosquitos; aquél no era su sueño. Su sueño era la gloria.

Así pues, se sintió feliz y sumamente agradecido por la oportunidad de ponerse al frente de quince hombres con los que aventurarse en el interior de una isla que a cada paso les sorprendía por la belleza de su paisaje, la fertilidad de sus tierras y la pacífica actitud de sus pobladores.

No obstante, el recuerdo de los esqueletos secándose al sol en el interior del fuerte de la Natividad obligaba a los españoles a no confiar en quienes al parecer se habían mostrado de igual modo amistosos e incluso sumisos durante el primer viaje del Almirante, por lo que permanecían siempre en guardia temiendo una emboscada.

Coronaron algunas cimas de la cordillera que atraviesa la isla de este a oeste, vadearon infinidad de riachuelos en cuyas arenas brillaban diminutos granos de oro, señal inequívoca de que venían arrastrados desde las tierras altas, y desembocaron por último en una increíble vega sembrada de toda clase de frutos, lo que le hacía parecer en verdad el soñado Jardín del Edén.

La mano del Creador se mostraba allí increíblemente generosa, hasta en los mínimos detalles.

Tenían razón cuantos se habían aventurado a cruzar el llamado Océano Tenebroso en busca de un destino mejor para sus hijos; nadie hubiera podido soñar un destino mejor que aquel fabuloso valle al que Alonso de Ojeda denominó «La Vega Real».

El oro seguía apareciendo, aunque en pequeña cantidad.

Y la gente continuaba mostrándose afable y hospitalaria.

Pero ¿dónde se ocultaba el temible cacique Canoabo?

El Almirante nunca llegó a comprender que el enclave elegido para fundar la primera ciudad del Nuevo Mundo era inapropiado, tanto por lo malsano de los pantanosos terrenos circundantes, plagados de mosquitos, como por las escasas posibilidades de una defensa efectiva en caso de un ataque masivo por parte de los nativos.

Su primer empeño fue lógicamente fortificar la plaza alzando empalizadas y emplazando los cañones de los navíos, así como repartir las tierras cercanas entre quienes ansiaban cultivarlas para comenzar una vida distinta y repleta de posibilidades.

No obstante se mostró prudente en lo referente a la aventura de lanzarse a la conquista del resto de la isla, consciente de que estaba en condiciones de defenderse pero no de atacar a un enemigo infinitamente superior en número, sobre todo si las tribus que se mostraban tan amistosas se sentían de pronto amenazadas y decidían unirse bajo el mando del violento y astuto cacique de Managua.

Su buen amigo el sumiso cacique Guacanagarí le había asegurado que, si bien el poderoso Canoabo era a todas luces violento, su tan pregonada astucia no era tal, sino que le venía otorgada por su joven esposa, la princesa

Anacaona, una mujer de legendaria belleza que ejercía, casi desde niña, un irresistible poder de seducción sobre los hombres.

—Si Anacaona desapareciese, Canoabo desaparecería de igual modo —sentenció el indígena, convencido de lo que decía—. Pero si Canoabo desapareciese, Anacaona colocaría en su lugar a cualquier otro cacique.

—¿De cuántos guerreros dispone?

—De muchos.

—¿Cuántos son «muchos»?

Difícil pregunta para quien no sabía contar más que los dedos de las manos, y a partir de diez ya siempre eran «muchos», lo cual lo mismo podía significar once que once mil.

A la vista de que era una pregunta demasiado directa que nunca obtendría respuesta, don Cristóbal se limitó a señalar con un amplio ademán de la cabeza al conjunto de los españoles que habían llegado con él.

—¿Más que todos nosotros?

El aludido se limitó a mostrar las palmas de las manos con los dedos muy abiertos al replicar con seguridad:

—Tantos como estos más.

El Almirante se volvió hacia maese Juan de la Cosa, el único testigo de la entrevista, para comentar bajando la voz:

—¡Veinte mil por lo menos! —exclamó—. Una amenaza inquietante, a fe mía; más vale que no se diga una palabra de esto o cundirá el pánico al recordar lo ocurrido en el fuerte de la Natividad. Más de la mitad de nuestros hombres no tiene la menor idea de cómo se maneja un arma, o sea que estamos en terrible desventaja.

No obstante, el principal problema que se le presentaba a Colón no estribaba en el hecho de que pudieran ser atacados por los nativos: muy pronto cayó en la cuenta de que muchos de quienes habían llegado a la isla con ánimo de labrarse un porvenir, empezaban a comentar que aquélla era una tierra en la que se sudaba demasiado trabajando de sol a sol mientras «una pandilla de inútiles salvajes» se limitaban a mirar lo que ellos hacían.

Fortificar una ciudad, levantar casas y labrar la tierra en un clima tropical desconocido para la mayoría de los «colonos» se convertía en una tarea excesiva e irritante, en especial cuando se advertía que aquellos a quienes les estaban arrebatando sus tierras lo único que hacían era curiosear, sin acabar de entender por qué se esforzaban tanto.

A los naturales de Haití les había bastado, desde tiempo inmemorial, con una fresca cabaña de techo de paja y el pequeño esfuerzo de alargar la mano para coger los frutos que la generosa tierra y el igualmente generoso mar les ofrecían.

Cultivaban sus campos, pero siempre lo justo y sin pensar en el futuro porque sabían que no les aguardaba otro futuro que el que la Naturaleza quisiera proporcionarles.

No existía el concepto de propiedad privada, nada era de nadie y a nadie le pasaba por la cabeza tener más de lo necesario para seguir viviendo en perfecta armonía con el entorno.

Según aseguraba el propio Colón, un español comía en un día lo que un nativo en una semana.

Y a esos nativos jamás se les había ocurrido que el oro sirviera para algo más que para verlo brillar al sol en el fondo de los arroyos más cristalinos.

A su modo de ver, aquellos afanados hombres y mujeres que se cubrían con ropas pesadas, calurosas y malolientes, debían de estar locos para esforzarse tanto por acumular unas riquezas que seguirían estando allí años después de que hubieran muerto de puro agotamiento.

Por tanto, el primer gran enfrentamiento entre las dos culturas no vino dado por cuestiones religiosas o políticas, sino por la evidencia de que los recién llegados pretendían tener más de lo que necesitaban y los lugareños consideraban que no necesitaban más de lo que tenían.

Cuando Alonso de Ojeda regresó de su larga expedición al interior de la isla y le explicó a su buen amigo Juan de la Cosa que el suyo no había sido más que un agradable paseo por un auténtico paraíso, la respuesta del vasco no pudo por menos que preocuparle:

—Guarda esos recuerdos en tu memoria porque a no tardar mucho ese paraíso se habrá convertido en un infierno.

—¿Debido a qué?

—A que por desgracia para muchos el paraíso no basta.

«El paraíso no basta.»

La terrible frase que, casi sin proponérselo, acuñara aquella noche maese Juan de la Cosa, cuando aún no se habían cumplido dos meses del masivo desembarco de las huestes del Almirante en La Española, con el transcurso del tiempo se convertiría en la leyenda que debería haberse grabado con letras de oro en las banderas que recorrieron de punta a punta el Nuevo Mundo: «Plus Ultra», «Más Allá». Es necesario ir siempre más allá porque el paraíso no basta.

Cualesquiera que fueran los dones, las riquezas o los ingentes tesoros que encontraran a su paso, nada consiguió colmar la desmedida ambición de quienes consideraban que lo mucho era poco, y lo demasiado apenas suficiente.

Porquerizos que se convirtieron en virreyes, rufianes en gobernadores, lavanderas en princesas, sacristanes en arzobispos o gañanes en terratenientes, murieron soñando con ascender aún más por una escalera a la que nunca consiguieron verle el final.

Los nativos no salían de su asombro, y en cierto modo ese asombro todavía perdura en muchos de ellos.

El primer gran ejemplo de esa ambición desmedida lo vino a dar un tal Pedro Margerit, un rastrero cortesano de baja ralea que a base de adulación y humillaciones se había ganado el favor del Almirante, quien decidió ponerle al frente del fuerte que se había empezado a construir en la llanura de Jáquimo, en pleno corazón de aquella fértil y maravillosa Vega Real que explorara en primer lugar Alonso de Ojeda.

Con tan sorprendente decisión Colón cometió en el mismo día dos gravísimos errores:

El primero, soliviantar a los nativos que, al comprender que los extranjeros no se limitaban a quedarse en Isabela dedicados a cambiar el inútil oro por hermosas telas, cascabeles y cuentas de colores, sino que pretendían establecerse en el corazón de la isla con la aparente intención de apoderarse de sus mejores tierras, comenzaron a reconocer que Anacaona y Canoabo tenían razón y había llegado el momento de exigirles a tan malolientes barbudos que embarcaran en sus naves y regresaran a sus lejanos hogares.

El segundo, otorgarle tanto poder a un canalla.

Cosa es sabida; cuando se le concede poder a un miserable, el miserable no se vuelve poderoso, es el poder el que se vuelve miserable.

Al poco de tomar tan nefasta decisión, el Almirante optó por reembarcarse con la declarada y manifiesta intención de encontrar al fin la ansiada ruta que habría de conducirle a la China, sin caer en la cuenta de que dejaba tras de sí una malsana ciudad repleta de descontentos y un fuerte aislado, demasiado lejano y de difícil acceso, del que se había convertido en dueño y señor un codicioso y lascivo tirano.

—La pólvora ya está seca... —sentenció en tono grave maese Juan de la Cosa—. Seca y extendida al sol; ahora tan sólo falta que alguien le acerque una pequeña llama.

—¿Por qué te muestras siempre tan pesimista? —no pudo por menos que echarle en cara su mejor amigo.

—Porque esta hermosa barba ha tardado años en crecer, y ése es tiempo suficiente para aprender a conocer a la gente —replicó el de Santoña, convencido de sus indiscutibles argumentos—. Cuanto tiene de extraordinario Colón como Almirante, lo tiene de pésimo gobernante; poner a ese cerdo ladrón y libidinoso al mando del fuerte de Santo Tomás es como poner a un ciego borracho al timón de la nao capitana; antes o después acabará naufragando...

Si existía algo que Ojeda aborrecía de su bienamado amigo maese Juan de la Cosa, era su ilimitada capacidad para vaticinar calamidades, pero ni una maldita vez acertaba en sus pronósticos cuando se trataba de adelantar buenas noticias.

¡Qué excelente oráculo en todo lo referente a desgracias!

A su modo de ver, pocos hombres habían existido tan excepcionalmente brillantes y tan puñeteramente cenizos.

Aunque lo cierto es que maese Juan jamás vaticinaba; se limitaba a aplicar la lógica de alguien que era a la vez astrónomo, cartógrafo y matemático, con una mente tan lúcida que le permitía adelantarse a los acontecimientos siempre que éstos se encontraran directamente ligados a los incontables vicios de los seres humanos.

—Margerit es una babosa, un adulador, falso y ladrón que sabe muy bien que repugna a las mujeres —sentenció como quien imparte una lección magistral—. Corrompe cuanto toca, pues está convencido de que el oro gana más voluntades que el amor a la patria o las banderas al viento. Tres meses le doy de plazo, ni un día más; él es sin duda la llama que todo lo incendiará en este lugar bendito de los dioses.

Con frecuencia Alonso de Ojeda se preguntó cuál era la oculta razón por la que había matado a tantos hombres que escaso daño habían hecho, pero permitió continuar viviendo a sanguijuelas como el tal Margerit.

¿Qué le hubiese costado?

Con el paso de los años llegó a la conclusión de que no acabó con él por una simple cuestión de disciplina militar: al haber sido nombrado comandante del fuerte de Santo Tomás, el rango de Margerit era superior al suyo, y si había aceptado de buen grado que Colón le nombrara capitán, no era justo discutir si había acertado o no a la hora de decidir entregarle el mando de tan estratégica plaza a un sucio malandrín.

Ponerlo en cuestión era tanto como cuestionar su propio nombramiento, y partirle el corazón de una estocada a semejante perdulario no hubiera estado bien visto entre compañeros de armas.

¡Malos tiempos aquellos!

De los peores que recordaba.

Alonso de Ojeda siempre se consideró a sí mismo un hombre de acción, pero por entonces las únicas armas que alcanzaba a tocar eran las espadas de la baraja.

Y si bien es cierto que las de acero siempre habían sido sus mejores amigas, más cierto es que las que aparecían pintadas sobre una cartulina siempre se le mostraban especialmente esquivas.

La maldita sota de espadas solía aparecer en el momento más inoportuno dando al traste con mis posibilidades de ganar una mano.

Había regresado a los días de largas siestas y noches de taberna, con la única diferencia de que en la insalubre, bochornosa e inhóspita Isabela, las tabernas no eran más que tristes *bohíos* de techos de paja con goteras, a la par que el excelente vino andaluz que habían embarcado en Palos de la Frontera se había avinagrado al «marearse» durante la larga travesía oceánica.

Nunca había sido hombre al que agradase perder tiempo y dinero. Éste no le importaba, volvía o no según su capricho, pero el tiempo nunca regresaba más que en la memoria.

En cierta ocasión, allá en Sevilla, había tenido una joven amante; una condesita tan caprichosa, enredadora, mentirosa y traidora que acabó por llamarla «Memoria», lo cual, lejos de ofender a la pizpireta muchacha, la divertía, ya que estaba de acuerdo con el conquense en que ninguna otra palabra designaba con mayor acierto los rasgos más representativos de su inestable carácter.

Con respecto a ciertos acontecimientos, en ocasiones la memoria de Ojeda fallaba, pero en lo que se refería a aquellos largos meses de inactividad se le enturbiaba, como si intentara atisbar el pasado a través de una ventana empañada por un denso vaho.

De lo único que tenía auténtica constancia era de una pesada modorra; un desganado dejar pasar los días aguardando excitantes acontecimientos que, estaba convencido, debían llegar, aunque se hacían esperar en demasía.

Incluso tuvo que reconocer que en cierto modo hizo dejación de sus funciones, porque de continuo le llegaban noticias de los brutales abusos, arbitrariedades y latrocinios que cometía el despreciable Margerit, pero no se decidió a tomar cartas en el asunto.

Un desertor del fuerte de Santo Tomás, apresado cuando intentaba abandonar la isla, juró y perjuró que aquella horda de indignos garduños raptaba mujeres indígenas, casi niñas, con el fin de abusar de ellas, y que cuando sus padres acudían a buscarlas sólo se las devolvían a cambio de una bolsa de pepitas de oro.

Ojeda se negó a creerle.

En su mentalidad de hombre de bien no cabía semejante comportamiento, y no aceptaba la posibilidad de que caballeros españoles pudieran actuar de ese modo; de lo único que tenía constancia era de que un soldado que había abandonado su puesto intentaba justificar su deserción a costa del honor de quienes se enfrentaban valientemente al enemigo.

Corrían rumores de que muchos descontentos, aprovechando que Colón aún se encontraba embarcado, comenzaban a conspirar contra la autoridad del «puerco genovés», como muchos lo denominaban. Ojeda llegó a la conclusión de que si en aquellos momentos decidía enfrentarse a quien Colón había puesto al mando del fuerte, en cierto modo se estaría sumando, o al menos dándoles la razón, a los conspiradores.

¡Malos tiempos aquellos!

Los peores que recordaba.

Cinco meses y cinco días estuvo navegando Colón por el mar de los Caribes, a la búsqueda de una ruta directa hacia el Cipango, o tal vez en procura de la indiscutible constatación, que personalmente se negaba a aceptar, de que había arribado a tierra firme de un nuevo continente.

Pero si al fin regresó a Isabela no fue por propia voluntad, sino debido a que de improviso cayó en un letargo tan profundo que hizo pensar a los miembros de su tripulación que estaba muerto o a punto de perecer.

Era el suyo una especie de sueño sin final del que resultaba imposible despertarle, y cuando muy de tanto en tanto recobraba la conciencia muy brevemente parecía encontrarse en un mundo al que nadie más tenía acceso.

Las únicas explicaciones aceptables que existen a la hoy en día inusual enfermedad remiten a un ataque de reumatismo agudo a causa de la persistente humedad que se había apoderado de su destrozada nave, o a la que antaño se denominaba «gota remontada», es decir, un exceso de ácido úrico en la sangre que afecta directamente al cerebro.

La gota era por aquellos tiempos un mal muy extendido por culpa de unos hábitos alimenticios que favorecían de modo notable su desarrollo.

Cinco meses en alta mar a base de pescado, jamón y tasajo, sin probar apenas frutas o verduras, debieron ejercer un efecto muy negativo sobre la salud de un hombre de constitución tan sanguínea como Colón, que a la larga desembocó en la violenta crisis que le conduciría a las mismas puertas de la muerte.

El regreso del virrey en semejante estado sumió en un desconcierto aún más profundo a unos ya de por sí atribulados colonos, que lo que de verdad necesitaban era que alguien tomara las riendas del poder y les indicara el rumbo a seguir, no a un moribundo.

Pero como él mismo reconocería más tarde, Colón era hombre capacitado para fundar y descubrir, no para asentar y consolidar. El Almirante fue toda su vida un desmesurado soñador y un aventurero nato, virtudes tradicionalmente reñidas con el reposado y reflexivo carácter del buen administrador que vive con los pies en la tierra.

Y si sus aptitudes como gobernante eran ya de por sí escasas, su misterioso mal las reducía a la mínima expresión, agravado todo ello por el hecho de que la insalubre y húmeda Isabela no era, desde luego, el lugar ideal para que tan ilustre enfermo se recuperase con rapidez.

Sería su hermano Bartolomé quien, año y medio más tarde, encontraría un enclave perfecto para fundar una nueva capital en la desembocadura del río Ozama; un puerto provisto de un magnífico fondeadero para naves de gran calado, y fue únicamente entonces cuando el Almirante aceptó, en una de las pocas decisiones acertadas que tomaría como gobernador de la isla, abandonar para siempre Isabela y establecer la capital del Nuevo Mundo, en la que acabaría llamándose Santo Domingo, en honor de su padre Domenico Colón.

Este excelente fuerte fácil de defender se encontraba además mucho más cerca de las ricas minas de San Cristóbal, y sabido era que su oro era lo que más interesaba a la Corona y sobre todo a los banqueros judíos, quienes en realidad habían financiado la mayor parte de la expedición. Y, lógicamente, a la mayoría de quienes se habían embarcado en tan incierta aventura.

No obstante, por el momento, el Almirante continuaba respirando las miasmas del pestilente aire de Isabela, enclave elegido desde el punto de vista de un marino que necesitaba una enorme rada protegida de los vientos como refugio para sus naves, y no desde el punto de vista de los fundadores de ciudades de tierra adentro, para los que resultaban prioritarias otras necesidades.

El traidor Margerit pareció comprender que si Colón se recuperaba le pediría cuentas por sus múltiples iniquidades, mientras que si por el contrario moría, serían otros quienes le colgarían de una verga, por lo que se las ingenió a la hora de sobornar al capitán de una de las naves en que había llegado Bartolomé Colón, embarcó en plena noche todo el oro que había conseguido arrebatarle a los nativos a cambio de sus hijas, y levó anclas de regreso a un Viejo Continente en el que desapareció sin dejar rastro.

Alonso de Ojeda se lamentaría el resto de su vida por haber permitido que semejante sanguijuela, culpable de la mayor parte de las desgracias que se abatirían con el tiempo sobre la isla, escapara sin recibir su más que merecido castigo.

Uno de los mayores errores de mi vida se centra en que maté a pocos de los que se lo merecían y a muchos de los que no se lo merecían. Deberían castigarme por ello.

La huida de Margerit no significó, ni mucho menos, el final de los incontables problemas que había generado; las semillas de injusticia, violencia y maldad que con tanta generosidad había derramado sobre los fértiles suelos de La Vega Real comenzaron muy pronto a dar sus frutos, de tal modo que el indomable Canoabo, señor de Maguana, consiguió al fin que los caciques de Samaná, Higüey, Yuna, Niti y El Neira se le unieran para arrasar el fuerte de Santo Tomás.

El aún convaleciente Colón, consciente de que su talento militar, al igual que el de su hermano Bartolomé, era más bien escaso, decidió en buena hora entregar el mando de sus tropas, unos doscientos infantes y veinte jinetes, al único hombre en que ya confiaba, Alonso de Ojeda.

—¿A cuántos enemigos nos enfrentamos? —quiso saber el recién nombrado comandante en jefe.

—Nuestros informadores aseguran que pueden llegar a cien mil... Pero es de suponer que los auténticos guerreros sean apenas la mitad; el resto debe de pertenecer a la «intendencia».

—Trescientos a uno no es precisamente una proporción halagüeña, pero se hará lo que se pueda... —observó el conquense.

La primera gran batalla de la Conquista tuvo lugar el 25 de marzo de 1495, en Jáquimo, y la mejor y más exacta descripción que se tiene de ella se debe al prestigioso historiador Ricardo Majó Framis, quien escribió textualmente:

Las filas de indios que se presentaban distribuidas en forma de hoz eran abstrusas: unas se aglomeraban detrás de las otras para dar densidad a aquella gran línea curva en que se mostraban. El llano era inmenso, el paraje mismo en que ahora se erige la ciudad de Santiago. Era un prado de césped, incrustado aquí y allá de feroces guijarros como armaduras de mutilados titanes. No había árboles; sólo en la lejanía de unos azulados visos se levantaba el rizo, leve al aire, de algunas cayas y del arbolillo llamado cuerno de buey. Colón y su hermano Bartolomé tremecían allá lejos, en un altozano no sabido de los indios. El auténtico caudillo de las huestes fue Ojeda que, aunque caballero en su caballo parecía mandar solamente sus jinetes, de hecho dirigía la totalidad de la tropa.

Las bombardas hendieron la muchedumbre india y partieron la clave de aquella especie de arco que hacía el ejército indio. Mas éste era escaso adelanto en presencia de la abigarrada multitud, de color de cobre, palpitante sobre la llanura de un crepitar ondulado de rebaño o de superficie movida del mar. Por doquier, el lujo de los penachos de plumas al viento que delataban la posición de los caciques y señores. Un horizonte de flechas, casi redondo como el mismísimo horizonte celeste, lejano, se abatía y tornaba incansable a abatirse en redor de la escasa hueste española. Los mosquetes y espingardas herían a la multitud india, pero era como una maza esgrimida contra un enjambre de insectos.

Estaba ya en apuros la victoria cuando Alonso de Ojeda, con la gallardía del rey de los centauros que en un friso helénico se encamina a combatir a los lapitas, descendió del altozano a la llanura con los veinte jinetes a su mando. La voz de ¡Santiago, Santiago! vibró en la garganta de aquellos veinte hombres. Sus corazas eran espejos al sol, sus espadas relámpagos de luz. Los indios sin duda advirtieron la proximidad de aquellos jinetes con un estupor religioso. No eran hombres cabalgando bestias; eran el mito vivo, el mito realizado. Penetraron en la masa india, según se pinta, el propio Santiago con la espada siempre delante y los ollares de los caballos espumosos, seguidos de una dislocada jauría de perros de presa, dislocada porque no iban en traílla y en cuerda, sino que cada can precedía a un jinete con una especie de furor semejante a la de ese Cerbero que la mitología antigua ponía a la puerta del reino de los muertos. El caballo y el can eran lo tremendamente desconocido para la indiada, aún más que el estallido de la pólvora que vagamente ellos comparaban con el trueno y el rayo.

Se produjo la dispersión de la masa india y la consiguiente matanza de los fugitivos, ya por obra de la infantería castellana que se adelantaba, ya de los jinetes que se adelantaban más. Ojeda tornó al lado de los Colón, indemne; sin haber sufrido un rasguño en su piel. Por algo escribió fray Bartolomé de las Casas aquello de que «nunca jamás en su vida fue herido ni le sacó hombre sangre hasta la obra de dos años antes de que muriese...».

La victoria estaba del todo lograda; el caballo del guerrero venía tinto en sangre india hasta los ijares; la espada del vencedor era oscura de tanto haber penetrado en la carne enemiga. ¿Ojeda estaba contento? En cuanto vencedor, sí. Pero en lejanísima tristeza, como el vapor impreciso que levanta y arrebata con sus dedos el crepúsculo, flotaba allá, en el mismo álveo secreto y sin corriente de sus pensamientos. Comenzaba a padecer la peor de las enfermedades que tener puede un guerrero: la ternura humana de la piedad.

Le dolían los brazos de tanto blandir la espada descargándola sobre las cabezas de aquellas pobres gentes, le dolían las piernas de tanto apretarlas contra el vientre de *Malabestia*, le dolía la garganta de tanto gritar órdenes, y le dolía la cabeza a causa del estruendo de la batalla y los gritos de dolor de los moribundos, pero a decir verdad, cuando todo hubo acabado y sobre el llano de La Vega Real no quedaron más que cientos de cuerpos destrozados, le dolió el alma porque aquélla no era la misión que había venido a cumplir desde tan lejos.

«Civilizar» y «cristianizar» poco tenía que ver con

abrir cráneos o cercenar brazos de infelices que lo único que pretendían era defenderse de unos bárbaros invasores llegados de allende los mares.

Fue a raíz de la batalla de La Vega Real cuando Alonso de Ojeda recibió su sobrenombre de «el Centauro de Jáquimo» y también cuando comenzó a cuestionarse, aun sin tomar conciencia de ello, que el comportamiento de sus compatriotas no estaba siendo el correcto.

Distinta hubiera sido su actitud de haberse enfrentado a los feroces caribes devoradores de hombres; a su modo de ver, aquel repugnante pueblo sí era ciertamente merecedor de un castigo ejemplar, habían hecho méritos más que suficientes como para que les obligaran a cambiar de costumbres por las buenas o por las malas, pero consideraba que la mayoría de los nativos de Haití eran gente pacífica a la que habían venido a destruir su hermoso paraíso.

De la noche a la mañana, y cuando aún no había cumplido los veintisiete años, se había convertido en el primer héroe de las Indias Occidentales pero, aunque es de suponer que a muchos les costará aceptarlo, semejante honor no se le antojaba motivo de especial orgullo.

Sus sueños de niño siempre fueron vencer en una feroz batalla contra los moros que habían invadido tanto tiempo atrás la península Ibérica, o incluso contra los gabachos si se les ocurría atacar desde el norte, pero nunca soñó con cercenar cabezas de pobres seres que se limitaban a mirarle con los ojos desorbitados cuando le veían llegar a lomos de un enorme animal que lanzaba espumarajos por la boca.

Malabestia se había ganado el nombre a pulso, no sólo por ser el animal más bronco, indomable y encabronado que hubiera parido yegua alguna allá en su Córdoba natal, o porque el largo viaje por mar le hubiera agriado aún más el endiablado carácter, sino sobre todo porque se abalanzaba sobre el enemigo con los ojos inyectados en sangre, mostrando los amarillentos dientes como dispuesto a arrancarle la yugular de un mordisco a quien se le pusiera por delante.

Grande, más bien enorme, negro como el azabache, de largas crines y un piafar que ponía la carne de gallina, el simple hecho de verle venir de frente precedido de dos grisáceos perros de presa canarios que más parecían leones sin melenas que simples canes, y llevando a su grupa a un Ojeda cubierto con una resplandeciente coraza, una lanza en una mano y una espada en la otra, debía de constituir un espectáculo alucinante que obligaba a huir aterrorizados a unos pobres indígenas que los considerarían sin duda monstruos surgidos del mismísimo Averno.

Aun siendo su dueño, el Centauro siempre reconoció que aquel animal era un redomado hijo de puta de instintos asesinos, pero de igual modo reconocía que le debía la vida. En más de una ocasión le había sacado de situaciones harto apuradas, puesto que se le diría dotado de un olfato especial a la hora de detectar la inminencia del peligro: entonces se erguía sobre las patas traseras, giraba sobre sí mismo, daba un salto, coceaba a quien estuviera al alcance de sus herraduras y se abría paso a galope tendido para ponerse a salvo.

El olor a sangre lo excitaba tanto como si le hincaran las espuelas; era un caballo nacido para la guerra.

En una ocasión Ojeda lo perdió jugando a las cartas, pero al cabo de una semana su nuevo dueño se lo revendió por la cuarta parte de la suma apostada. Resultó que el animal lo había descabalgado tres veces, le había descoyuntado un brazo y arrancado parte de una oreja de un mordisco.

Cuando Ojeda acudió a recuperarlo, el caballo, furioso, le lanzó un par de coces que si no hubiera esquivado a tiempo le habrían estampado los sesos contra un muro.

Malabestia era, a decir verdad, una mala bestia.

Tuvo dos hijos, *Malbicho*, que participó en la conquista de México, y *Malaleche*, que a punto estuvo de desgraciar a Juan Ponce de León, el que acabaría siendo conquistador de Puerto Rico, un excelente capitán dotado de magníficas dotes de mando pero que, como jinete, no estaba capacitado para montar a un miembro de aquella estirpe de fieras de tendencias asesinas.

Por desgracia, en La Española de aquellos tiempos abundaban las malas bestias, aunque la mayoría de ellas no tenía cuatro patas.

A la vista de que su fama había aumentado a causa de su brillante victoria en la brutal batalla de La Vega Real, algunos imbéciles sedientos de fama habían vuelto a las andadas, por lo que de continuo le retaban a duelos a primera sangre, e incluso en un par de ocasiones a muerte.

¿Cómo se entiende que fueran tan obtusos?

¿Y tan ineptos?

¿Les gustaba sentir miedo?

En ocasiones creo que ésa y no otra era la oculta razón por la que osaban desenvainar la espada en mi presencia; el hecho de sentir que las manos les temblaban, las piernas les flaqueaban, y una especie de velo oscuro y denso que les empañaba la mente debía de causarles una emoción irresistible. ¡Cosa de locos!

Tal como se supone que debió de sentir él mismo cuando se le ocurrió la absurda idea de trepar a lo alto de la catedral de Sevilla.

Tal vez fuera un desmedido amor al peligro, o más bien el absoluto desprecio a toda clase de peligros que años más tarde el conquense descubriría en el loco de Vasco Núñez de Balboa, lo que les impelía a retarle aun a sabiendas de que saldrían malparados, si es que salvaban la vida.

Uno de ellos, el cacereño Diego Bretón, ¡hombre bruto a conciencia!, no escarmentaba por más que le sacudiera una y otra vez, a tal punto que no le quedaba una sola parte del cuerpo libre de cicatrices. La vida se le iba en curarse las heridas, tomar nuevas clases de esgrima e inventar absurdas estocadas con las que esperaba sorprender al de Cuenca. En cuanto se encontraba repuesto y en buenas condiciones físicas, acudía a insultarle a gritos dondequiera que se encontrase.

Lo que tenía de acémila lo tenía de noble, eso sí, porque su único sueño era vencer en buena lid, lo cual impedía a Ojeda acabar de una vez con tan ridícula historia atravesándole de una estocada el corazón, que debía de ser la única parte de su cuerpo que permanecía intacta.

Murió en la cama en que había pasado gran parte de su vida, pero lo curioso del caso es que después de tanto esforzarse en docenas de duelos murió a causa de un mal parto.

Estaba ayudando a dar a luz a una yegua a la que el potrillo le llegaba atravesado, y el pobre animal le propinó sin querer tal coz en la cabeza que tras una semana de delirios abandonó este mundo sin ver cumplido su sueño de rozar al Centauro con la punta de su espada.

No es que éste echara de menos sus insultos y provocaciones, pero lo cierto es que lamentó su muerte puesto que, de tanto pincharle y sacudirle, había llegado a tomarle cierto aprecio.

La sangrienta batalla de Jáquimo o de La Vega Real constituyó sin duda un durísimo golpe para los nativos de Haití, a la que algunos de ellos preferían llamar Quisqueya. Optaron por desperdigarse, aterrorizados ante la espantosa masacre e incapaces de aceptar la existencia de seres mitad hombres, mitad bestias, que escupían fuego, truenos y plomo por medio de unos extraños y relucientes tubos que provocaban la muerte a enormes distancias.

Nunca, ni en sus más terribles pesadillas, habrían imaginado que algo semejante pudiera suceder, y por lo tanto se ocultaron en lo más profundo de la selva y en lo más intrincado de la alta cadena montañosa que dividía la isla, confiando, como los niños, en que sus enemigos decidieran regresar a su lugar de origen en las gigantescas casas flotantes sobre las que habían llegado.

Incluso el desconcertado Canoabo, herido en la refriega, parecía incapaz de reaccionar, por lo que tuvo que ser su esposa, la bellísima Anacaona, quien convocara a los caciques supervivientes del desastre a fin de recuperar el espíritu de lucha y conseguir arrasar de una vez Isabela o el fuerte de Santo Tomás, tal como se había hecho con el de la Natividad.

—Lo que está en juego no es sólo nuestro futuro o el de nuestros hijos y nietos —explicó—, sino el de todas las generaciones venideras, porque si permitimos que esos salvajes, que huelen a sudor y perros muertos, se instalen definitivamente en la tierra de nuestros antepasados, acabarán por esclavizar a nuestros descendientes. Son peores que los caribes que de tanto en tanto llegan de las islas del levante, porque ellos sólo matan para saciar su hambre, mientras que los españoles no se detendrán hasta que arranquemos hasta la última pepita de oro de la última montaña, y eso puede llevar siglos. —Hizo una larga pausa para observarlos desafiante, con sus increíbles ojos azabache en los que parecían arder todos los fuegos del Averno, para añadir al fin—: Pero si nuestros guerreros huyen y se esconden como niños asustados, seremos las mujeres quienes nos lancemos a la lucha, conmigo al frente, porque no estoy dispuesta a sufrir para traer al mundo hijos que no sean tan libres como lo fui yo en mi infancia. ¡No pariremos una raza de esclavos!

Se extendió un murmullo de asentimiento. La princesa era una criatura carismática cuya sola presencia subyugaba a los hombres, pero al poco, un anciano, que tal vez por su edad parecía inmune a sus innegables encantos, inquirió con acritud:

—¿Y cómo esperas enfrentarte a las bestias de cuatro patas o a los bastones que lanzan rayos de muerte?

—De la única manera con que se puede luchar contra un enemigo más poderoso y mejor armado: con valor.

—La mayoría de los que derrocharon valor en la batalla nunca regresaron.

—¿Pretendes decirme que eran los únicos valientes? —replicó en tono desafiante Anacaona—. Si es así ofendes a mi esposo, que regresó herido, y a muchos a los que las bestias y los truenos desconcertaron en un primer momento, pero que no por ello fueron cobardes. Ahora sabemos que los caballos son vulnerables y por tanto también quienes cabalgan sobre ellos. De igual modo sabemos que sus rayos matan a un hombre, pero no atraviesan las rocas; por tanto, debemos estudiar la forma de enfrentarnos a sus bestias y sus armas.

—¡Difícil tarea!

—Más difícil resultará vivir como esclavos.

—¡Bien! —intervino al fin Canoabo, que había asistido en silencio a la discusión y que al parecer no deseaba que los restantes caciques pensaran que era su esposa quien tomaba las decisiones—. Éste es sin duda un tema de guerreros y, por tanto, debe ser tratado por los guerreros. Tendremos en cuenta tus opiniones, que agradecemos, pero debe ser, como siempre, el Gran Consejo de Quisqueya el que dicte las normas.

—De acuerdo —admitió la princesa—. Pero ten presente que si los hombres se comportan como mujeres, nosotras nos comportaremos como madres. Y ninguna madre aceptará engendrar un hijo que acabará siendo esclavo, de la misma forma que nunca hemos aceptado parir hijos destinados a ser cebados.

Hacía alusión al hecho de que cuando una muchacha arauca era raptada por los caníbales y éstos la violaban hasta dejarla embarazada, prefería abrirse las venas y morir antes que traer al mundo un niño que acabaría siendo devorado por su padre, sus tíos y sus abuelos.

Caribe no come caribe, pero come todo lo demás.

Semejantes bestias sólo respetaban a los de su propia sangre por parte de padre y madre, a tal punto que en cuanto nacía un niño le ligaban las pantorrillas, lo que les deformaba las piernas horriblemente y constituía un distintivo de su raza, el único salvoconducto que les libraba de acabar sirviendo de almuerzo a sus congéneres.

La amenaza de la indómita princesa implicaba, por tanto, no el hecho de que las mujeres se cortasen las venas en caso de quedar encinta, sino la firme decisión de no permitir que sus hombres las dejasen embarazadas.

Los miembros del Gran Consejo de Quisqueya así lo entendieron, conscientes de que si la influyente princesa proclamaba que ninguna mujer debía mantener relaciones sexuales con su esposo hasta que éste decidiera comportarse como un valiente guerrero, la inmensa mayoría acataría sus órdenes sin la menor reticencia.

O libres, o nada.

Una semana más tarde, quienes habían huido a lo más profundo de las selvas comenzaron a salir de ellas, quienes se ocultaban en las cuevas de las montañas descendieron de nuevo a los valles, y quienes hasta poco antes lloraban y temblaban apretaron los dientes y serenaron el pulso.

Sonaron las caracolas.

Su llamada era densa, profunda, como un lamento surgido de las mismísimas entrañas, sin un solo tono agudo, pero con tanta fuerza que corría sobre los prados, atravesaba los barrancos, se alzaba sobre las ceibas y las palmeras y penetraba al fin en el corazón de los bohíos, obligando a los guerreros a ponerse en marcha rumbo a Maguana, donde el ya casi repuesto Canoabo los esperaba con los brazos abiertos.

El viejo Guacanagarí, que se había convertido en el único cacique que todavía confiaba en que podría existir algún tipo de entendimiento entre dos pueblos y dos culturas tan distintas, expresó su sentir ante un descorazonado Cristóbal Colón.

—Los hombres acuden al campamento de Canoabo

en oleadas, como las nubes que preceden al gran viento del sureste, el temido Ur-a-kan que todo lo destruye a su paso —señaló pesaroso—. Son incluso más de los que aquella nefasta mañana cubrían las llanuras de Jáquimo, y en esta ocasión ya saben a qué van a enfrentarse, por lo que ni siquiera el astuto Ojeda será capaz de sorprenderlos. —Agitó una y otra vez su larga melena blanca para concluir—: O te esfuerzas por conseguir que tu gente deje de perseguir y avasallar a la mía, o correrá tanta sangre que los ríos se teñirán de rojo.

—No puedo exigirle a un pobre campesino que se mata trabajando de sol a sol, que no persiga a palos a un nativo que le roba sus frutas tras haberse pasado el día sentado a la sombra... —replicó el Almirante de la Mar Océana—. ¡No es justo!

—¿Y por qué razón son «sus frutas», si esas tierras y esos árboles están ahí desde hace mil años y nadie nos impedía cogerlas?

—Porque yo concedí a los agricultores esas tierras y les autoricé a cultivarlas.

—¿Y quién eres tú para conceder lo que no es tuyo?

—Sus majestades los Reyes Católicos me otorgaron el poder de hacerlo.

—¿Y qué derecho tienen esos reyes tuyos para decidir, desde el otro lado del mar, que las tierras y los árboles que siempre fueron de todos, ahora sólo son de unos pocos? —El anciano se sumió en sus pensamientos y cuando pareció aclararse, añadió—: Empiezo a temer que todo intento de convivencia es inútil; pretendéis imponer vuestras absurdas costumbres por la fuerza, vivís obsesionados con esa estúpida manía de un oro que para nada sirve, y el único camino que nos estáis dejando es la guerra. Me marcho porque he llegado a la conclusión de que continuar siendo tu amigo me convierte en traidor a mi pueblo;

la odiosa brutalidad de Canoabo se me antoja un juego de niños comparada con la vuestra.

El Almirante lo dejó marchar, comprendiendo que tenía razón y consciente de que estaba en juego su futuro y el de cuantos habían llegado con él.

Lo que estaba sucediendo nada tenía que ver con lo que imaginara años atrás. Su sueño era abrir una ruta comercial más corta entre Europa y el Extremo Oriente, y en sus raíces y convicciones genovesas nunca había estado la idea de conquistar islas y esclavizar a sus habitantes. Lo único que pretendía era enriquecerse intercambiando vino, aceite o trigo por perlas, sedas y especias. Siempre había sido un experto en el regateo y en el arte de obtener jugosos beneficios, pero ni siquiera sabía cómo manejar una espada, y mucho menos cómo enfrentarse a un ejército, por muy primitivo que éste fuera.

Por ello, no le quedó más remedio que recurrir de nuevo al único hombre en que confiaba a la hora de plantar cara al enemigo: Alonso de Ojeda.

—Ahora no se trata de trescientos a uno, sino casi de quinientos a uno, y hemos perdido nuestro mejor aliado; la sorpresa... —le hizo notar el Centauro en cuanto escuchó sus demandas—. Una nueva batalla en campo abierto significaría el total aniquilamiento de nuestras fuerzas, y si nos encerramos en los fuertes acabarían por matarnos de hambre tras un largo asedio.

—¿Qué otra solución queda?

—La astucia.

—Explícate.

—Debemos hacer aquello que ni por lo más remoto se les ocurra que podemos hacer.

—¿Y es...?

—Todavía no lo sé... —fue la sincera respuesta de Ojeda, acompañada de una leve sonrisa—. Debo pensarlo.

—Pues te aconsejo que pienses rápido porque el tiempo apremia —repuso don Cristóbal Colón—. En cierta ocasión, allá en las Canarias fui testigo de la llegada de una plaga de langostas, y te aseguro que ahora me siento como una lechuga a la espera de que millones de voraces insectos se arrojen sobre mí y no me dejen más que el tronco y las raíces.

El Almirante insistía casi a diario con sus demandas de que encontrara una rápida salida a la difícil situación, y sabido es que cuanto más se apremia menos ideas acuden a la mente.

Un cretino, un estúpido al que en cualquier otra circunstancia Ojeda ni siquiera se hubiera molestado en propinarle unos azotes con la parte plana de la espada, tuvo la mala ocurrencia de irritarle esa noche con sus insistentes bravatas, y aun a sabiendas de que no era más que un pobre payaso que jamás podría hacerle daño, le invadió la ira y perdió los estribos. A las primeras de cambio, y de un solo golpe, le arrancó de cuajo el antebrazo, por lo que su mano voló por los aires aún aferrada a la empuñadura de la espada que, curiosamente, fue a clavarse en el poste central de la taberna.

El Centauro de Jáquimo siempre recordaría el tétrico sonido del acero vibrando, los chorros de sangre mientras la mano se estremecía y cómo caía al fin al suelo para quedar con la palma abierta hacia arriba, implorando tal vez una limosna ya que a partir de aquella noche su dueño se convirtió en el primer mendigo del Nuevo Mundo.

Más tarde le remordía la conciencia al verle sentado a la puerta de la iglesia del convento de San Francisco, a la que acudía cada día a oír misa, lo que en ocasiones le hacía pensar que cuando se desenvaina es preferible matar que mutilar, y escribió al respecto:

A los muertos pronto o tarde se les olvida dado que no acostumbran sentarse a las puertas de las iglesias a mostrar a la luz el muñón de su antebrazo, pero a los mutilados, no.

¡La ira...!

¡El peor enemigo de un soldado!

En un momento dado la ira puede ganar un combate cuerpo a cuerpo, pero jamás ganará una batalla.

Las batallas y las guerras las ganan aquellos que conservan la calma, permanecen agazapados y aguardan pacientes el ataque de ira del enemigo, lo que acabará por conducirles a la derrota.

Si alguien pudo vencer a Ojeda durante un duelo, fue sin duda aquel infeliz que acabó manco.

Le hubiera bastado con aguantar sus dos primeras y ciegas embestidas para abrirle en canal al tercer intento, pero por suerte su espada era tan roma como afilada su lengua.

Conociendo a Ojeda, sin duda esperaba que, como de costumbre, el conquense se limitara a esquivar sus ataques mientras recitaba poemas o hacía bromas sobre lo sencillo que le resultaba desarmarle, razón por la que se quedó de piedra cuando éste se abalanzó sobre él sin miramientos y le lanzó un terrible mandoble que no sólo le arrebató la espada, sino también el antebrazo.

Resulta curioso que Ojeda se disculpara y perdonara a sí mismo docenas de muertes, pero nunca consiguiera perdonarse por haberle cercenado el brazo a aquel desgraciado. Y también que si el hecho de encontrarse cegado por la ira suele considerarse un atenuante a la hora de juzgar un delito, Ojeda siempre argumentara que se trata del peor agravante.

Fue por aquellos tiempos de dudas y desconcierto cuando el conquense tuvo por primera vez conocimiento de la existencia del licenciado Gamarra, un individuo que desde entonces siempre estuvo presente de un modo u otro en los incontables avatares de su vida, y tal vez fue en parte culpable de la mayor parte de las desgracias que posteriormente le acaecieron.

Ignacio Gamarra era un hombre muy alto, extremadamente delgado, pálido hasta parecer cadavérico, con prominentes bolsas oscuras bajo unos ojos grises que parecían espiarlo todo, tan silencioso como una serpiente, eternamente vestido de negro y siempre desarmado.

Había llegado con las naves de Bartolomé Colón, disponía de dinero en abundancia y no se le conocía ocupación alguna, por lo que se aseguraba que, aun siendo cristiano viejo, actuaba en realidad como observador de un poderoso grupo de banqueros judíos que le habían enviado con el fin de que les informara sobre la conveniencia o no de invertir grandes sumas en el recién descubierto Nuevo Mundo.

Solía sentarse en el más apartado rincón de las tabernas, casi siempre solo, y portaba a todas partes recado de escribir, con el que tomaba notas sobre infinidad de cosas en un extraño código que sólo él entendía.

Con excesiva frecuencia Ojeda le sorprendía observándole, como si tuviera un especial interés en su persona o sus actos, pero como de inmediato desviaba la mirada hacia la botella o cogía el vaso para beber, nunca se decidió a interrogarle sobre los motivos de tan molesta curiosidad.

Estaba desarmado y eso constituía su mejor defensa.

No era de recibo que alguien de su fama retara a un pacífico parroquiano que jamás se metía con nadie acusándole de mirarlo en exceso, salvo que sospechara que tras semejantes miradas se ocultara la intención de proponerle el «pecado nefando», lo que no era el caso.

A Gamarra jamás se le vio en compañía de dama o prostituta alguna, cristiana o nativa, pero tampoco dio nunca motivos para que se le pudiera considerar afeminado o bujarrón.

Cuando el de Cuenca le comentó a maese Juan de la Cosa que le incomodaba la continua atención que tan inquietante personaje le dedicaba, su respuesta, en lugar de servirle de ayuda, contribuyó a desconcertarle.

—Sin duda lo hace porque en el fondo desea parecerse al Centauro de Jáquimo.

—¿Parecerse a mí alguien de su enorme estatura, licenciado en leyes, con una bolsa siempre repleta y que no tiene que trabajar ni batirse en duelo con cuanto insensato se cruza en su camino? —no pudo por menos que replicar el otro, estupefacto—. ¡Qué estupidez!

—Ninguna estupidez... —insistió el cartógrafo—. Pese a su altura, sus estudios y su dinero, no deja de ser un hombre tan gris que pasa desapercibido hasta que se cae en la cuenta de que nadie repara en él. Cruza por la vida como si no existiera, ni para bien ni para mal, mientras que tu, pese a medir medio metro menos, te conviertes en la atención de todas las miradas en cuanto haces tu entrada en cualquier lugar. La gente te admira, te odia, te teme, te respeta o te adora, depende de cada cual, pero desde luego no resultas indiferente a nadie. Sois como la noche y el día, y supongo que a Gamarra le gustaría convertirse en día.

—Da gracias a Dios de que te dotara de talento para pintar mapas... —repuso su amigo con sorna—. Si tuvieras que ganarte la vida como adivino o como estudioso del comportamiento humano te morirías de hambre.

—Y tú da gracias a Dios de que te dotase de talento para manejar la espada, de lo contrario también te morirías de hambre... —Maese Juan hizo una pausa y luego añadió con inquietud—: ¿Has encontrado ya alguna estrategia que impida que esos salvajes nos arrojen al mar o nos corten en pedacitos?

—Aún no, pero lo estoy pensando.

—Pues piensa rápido porque el tiempo apremia.

Siete jinetes, tal vez los siete primeros «centauros» de La Española, se presentaron una soleada mañana en el campamento que el cacique Canoabo había establecido en la amplia planicie formada por un tranquilo recodo del actual río San Juan, en su «reino» de la región Maguana.

Hombres y caballos lucían sus mejores galas, limpios, impecables, con banderas y gallardetes al viento, mientras cascos, espuelas, lanzas y corazas cuidadosamente bruñidos lanzaban destellos como un centenar de espejos, proporcionando a los jinetes que se aproximaban, a un paso deliberadamente lento, el aspecto de semidioses que hubieran descendido a la mísera Tierra acompañados del esplendor y la parafernalia de los cielos.

Tintineaban los aceros al entrechocar, sonido extraño e inquietante para unos indígenas que hasta la llegada de los españoles jamás habían oído un sonido semejante, y las bestias piafaban de tanto en tanto, asustando a mujeres y niños.

Miles de ojos, ¡muchos miles!, observaban absortos cómo la comitiva de seres mitad hombres, mitad bestias, vadeaba sin prisa el remanso del río, haciendo que las quietas aguas devolvieran multiplicados los destellos metálicos y deslumbraran aún más a los impresionados indígenas, que parecían clavados en el suelo, temerosos de hacer un solo gesto que rompiera la magia del momento.

El Centauro de Jáquimo, que encabezaba la minúscula tropa a lomos de su terrorífico *Malabestia*, se inclinó para alzar por el brazo a una chicuela que se bañaba en la orilla del río, que se había quedado inmóvil como una estatua observándole boquiabierta de miedo o de asombro.

Con frecuencia un sencillo gesto que incluso nos pasa desapercibido marca nuestro futuro de una forma indeleble. Aquél fue uno de ellos.

Acomodó a la muchacha, que ya comenzaba a apuntar formas de mujer, sobre la grupa del caballo y continuó su pausada marcha para ir a detenerse, imitado por sus hombres, en el centro del amplio claro que se extendía frente a la cabaña más grande.

—¡Mi señor, el almirante don Cristóbal Colón, te envía sus saludos! —dijo sin desmontar y sin conseguir apartar la vista de los erguidos y desnudos pechos de la altiva princesa Anacaona, que se encontraba de pie a la derecha del temido cacique—. Hace votos para que renazca la paz entre nuestros respectivos pueblos.

—Mi pueblo no quiere la paz, sino la soledad —fue la seca respuesta—. Durante incontables generaciones hemos vivido en perfecta armonía con el paisaje que nos rodea, pero tu gente ha llegado de improviso trastocándolo todo. Es tiempo de que retornéis a vuestras naves y a vuestro lugar de origen.

—Quisqueya es muy grande... —señaló el conquense en tono apaciguador—. Debería haber espacio para todos.

—Eso pensábamos en un principio, pero hemos comprobado que cada uno de vosotros necesita el espacio que normalmente ocupa una tribu, y no hay lugar para tantos.

—Mi señor, el almirante don Cristóbal Colón, os propone dividir la isla en dos mitades. Se trazará una raya que ni unos ni otros cruzarán jamás.

—Si os damos la mitad de lo que siempre ha sido nuestro y quedamos a la espera de que lleguen nuevas naves con nuevas gentes, más caballos y más armas que escupen fuego, pronto exigiréis una mitad de nuestra mitad, y así sucesivamente... —intervino Anacaona con una voz que tuvo la virtud de atraer la atención de los escasos presentes que aún no estaban pendientes de ella—. Ya hemos cometido demasiados errores; es hora de acabar con todo esto y que dejéis de avasallarnos con vuestros sucios y terroríficos caballos.

—¿Por qué os asustan tanto los caballos? —quiso saber un, en apariencia, sorprendido Ojeda—. Ya ves que incluso una muchacha joven y tan delicada como ésta puede acomodarse a su grupa sin sufrir ningún daño. —Se volvió hacia Canoabo para añadir—: ¿Te gustaría tener un caballo?

El desconcertado cacique alzó la vista hacia su esposa, observó luego al enorme animal negro y reluciente que semejaba una estatua de ébano y al fin inquirió con incredulidad:

—¿Un caballo? ¿Insinúas que estás dispuesto a regalarme un caballo?

—Si eso contribuye a reforzar los lazos de amistad entre nuestros pueblos, estoy dispuesto a regalarte el mío.

—¿Ése?

—Éste.

—¿A cambio de qué?

—De tu amistad.

El indígena dudó; la tentación era asaz fuerte, pero estaba claro que la altura y el poderío de la negra *Malabestia* de ojos eternamente airados le impresionaba. De nuevo observó a su mujer, y a continuación recorrió con la vista los rostros de los guerreros que tenía más cerca y que no parecían perderse detalle.

El conquense comprendió que aquél era el momento para lanzar la pregunta clave.

—¿Acaso te asusta mi caballo? —inquirió al tiempo que acariciaba el largo cabello de la chiquilla, que no había hecho el menor movimiento y se limitaba a mirarle fijamente a los ojos—. Hasta ella puede montarlo sin peligro.

—A Canoabo nada le asusta —intervino la princesa—. Ha demostrado ser el guerrero más valiente de la isla.

—Nadie lo ha puesto en duda... —fue la tranquila respuesta—. Pero si desea tener un caballo que le sirva para distinguirse de los demás caciques de Quisqueya, lo primero que debe hacer es aprender a cabalgar, y yo estoy dispuesto a enseñarle.

—¿Por qué?

—Por amistad, ya te lo he dicho.

—No confío en la amistad de los españoles.

—¡Yo sí!

—¡Canoabo! —protestó su esposa al advertir que se había puesto en pie y avanzaba hacia los jinetes—. ¡No lo hagas!

—Lo que puede hacer un español o una niña, también lo puedo hacer yo —respondió su esposo, y ordenó en tono desafiante al de Cuenca—: ¡Enséñame a cabalgar!

—¡De acuerdo! —replicó Ojeda al tiempo que alzaba en vilo a la chicuela para depositarla en tierra, desde donde siguió contemplándole como hipnotizada—. Lo primero que has de hacer es meterte en el río. Nadie puede cabalgar si no se ha bañado primero.

—¿Por qué?

—Los caballos tienen un olfato muy fino y les molesta el olor a sudor.

El indígena pareció desconcertarse, bajó el rostro para olerse el sobaco, se encogió de hombros y se encaminó hacia la orilla, que se encontraba a poco más de cien pasos de distancia.

Los jinetes le siguieron muy despacio limitándose a observar, impertérritos, cómo se sumergía una y otra vez en el agua, frotándose con fuerza todo el cuerpo para quitarse todo rastro de sudor.

Al fin, Ojeda hizo un gesto para indicarle que ya estaba suficientemente limpio, descabalgó y, cruzando las manos a modo de estribo, lo invitó a montar.

Uno de sus hombres se aproximó y cogió las riendas para que el animal no se moviera, y en cuanto el indígena se acomodó sobre la silla, el conquense señaló:

—Ahora necesitas algo de metal porque un caballo sólo avanza si se golpea metal contra metal. Dame las manos.

El otro obedeció y Ojeda le colocó en una muñeca un grueso y reluciente grillete de oro puro, lo cerró, pasó la cadena por una argolla que sobresalía de la montura, y le colocó el segundo grillete en la otra muñeca.

Canoabo le observaba con inquietud, se volvió una vez más hacia su esposa con una mirada que tanto podía ser de orgullo por sentirse tan importante, o temor por el contacto de la bestia, fue a decir algo, pero entonces Alonso de Ojeda se apoderó de las riendas que su compañero le alargaba, dio un ágil salto, se colocó a espaldas del indígena, lo sujetó con fuerza e, hincando las espuelas en los ijares del animal, aulló como un poseso:

—¡Vamos *Malabestia*! ¡Santiago y cierra España!

Los siete jinetes vadearon a toda prisa la mansa corriente ante la atónita mirada de cientos de nativos, alcanzaron la otra orilla y, una vez los cascos pisaron tierra firme, se lanzaron a galope tendido hasta perderse de vista en la distancia antes de que ningún guerrero alcanzara a tensar su arco.

Antes de que le embarcaran rumbo a Sevilla, adonde nunca llegó puesto que murió durante la larga travesía, Canoabo pasó mucho tiempo encadenado a la puerta del alcázar del Almirante, y siempre se comportó como lo que en realidad era, un cacique orgulloso y valiente.

Jamás hizo declaración alguna ni se humilló ante nadie, pero en cuanto veía aparecer a Alonso de Ojeda se ponía en pie para agachar la cabeza en señal de respeto.

Cuando le indicaron que no era ante Ojeda, un simple capitán, sino ante Colón, gobernador de la isla, ante quien tenía que inclinarse, replicaba:

—Colón es un caudillo cobarde; no se atrevió a ir en mi busca. ¡Ojeda sí!

Cosa sabida es que en la guerra vale todo, pero ello no basta para justificar ciertos actos. Aquél fue, desde el punto de vista de un caballero, del todo injustificable. Pero por suerte o por desgracia, aquella mañana yo no era un caballero; tan sólo era un soldado.

Eran tiempos de guerra, de eso no había duda, pero lo cierto es que Alonso de Ojeda nunca se sintió orgulloso por lo que muchos consideraron «la mayor hazaña en la historia de la conquista de La Española».

Le constaba que si no hubiera recurrido a tan sucia treta, muchos españoles, e incluso muchos haitianos, hubieran perecido en la contienda que Canoabo estaba fraguando, pero aun así siempre tuvo la amarga sensación de que aquella mañana, más que una heroicidad, lo suyo fue un acto de traición.

La eterna pregunta de si el fin justifica los medios le persiguió desde entonces, porque si bien admitía que el fin era evitar una carnicería, los medios fueron de lo más rastreros que quepa imaginar.

Durante años le resonaron en los oídos los gritos de dolor de hombres, mujeres y niños que asistían impotentes al descarado secuestro de su caudillo, así como el ronco estertor del pobre infeliz que intentaba arrojarse del caballo al galope porque advertía, encadenado e impotente, cómo le apartaban definitivamente de todo cuanto amaba.

Ya muy anciano, Ojeda reconoció que sólo quien, como él, había apurado en más de una ocasión la hiel de la derrota, podía imaginar lo que debía de sentir aquel hombre que minutos antes se consideraba un poderoso jefe de miles de fieles guerreros a los que confiaba conducir a la victoria, pero de pronto comprendía que se había convertido en el más miserable y ridículo de los prisioneros.

Siempre estuve convencido de que Canoabo habría preferido caer con honor en el campo de batalla a continuar viviendo con el deshonor de su vergonzante captura, de la que demasiado a menudo me siento culpable.

Lamentó su muerte, sobre la cual en ocasiones llegó a pensar que se trató de un asesinato, porque le constaba que era un hombre fuerte y no había motivo para que no soportara un viaje por mar, aunque fuera rodeado de ratas y encadenado en lo más hondo, oscuro y hediondo de la sentina.

Sin embargo, años más tarde tuvo que reconocer que la aparente fortaleza física de los nativos arauca de la isla no era tal: con excesiva frecuencia solía suceder que afecciones que apenas tenían consecuencias en los niños españoles mataban a un indio adulto en cuestión de días.

Un simple catarro, el sarampión o unas fiebres de las

que cualquier mocoso se recuperaba en una semana, mandaban a los guerreros a la tumba como si se tratara de la mismísima peste negra.

Muchos colonos les acusaban de no ser más que una pandilla de vagos que preferían dejarse morir a trabajar, pero por aquel entonces Ojeda empezó a intuir que no era una cuestión de esfuerzo sino de que, por alguna razón que no acertaba a entender, su constitución física era muy diferente de la de los europeos.

Maese Juan de la Cosa, un hombre de estudios y mucho más observador que cualquier otro, opinaba que la esencia del problema estribaba en que los naturales de la isla, y de todo el Nuevo Mundo en general, estaban acostumbrados desde el origen de los tiempos a trabajar lo justo para vivir en una tierra que siempre les había ofrecido cuanto necesitaban, y que por lo tanto nunca habían concebido tener que fatigarse con el fin de obtener aquello que se les antojaba superfluo.

—Si les exigiéramos a los colonos trabajar sudando de sol a sol para acumular piedras que no les sirvieran de nada, al cuarto día se rebelarían y preferirían dejarse matar a continuar haciéndolo el resto de sus vidas —señaló una noche de charla tabernaria—. Para estas gentes trabajar en una mina de oro es tanto como acumular piedras. ¡Una estupidez!

—El oro es oro.

—Para ti, para mí y para cuantos venimos de un mundo que ha convertido el más inútil de los metales en el eje sobre el que todo gira... —replicó con firmeza—. Pero un viejo navegante portugués me contó hace años que en ciertas regiones de África son las conchas marinas las que hacen las veces de dinero. —El cántabro observó a su amigo con sorna al inquirir—: ¿Te matarías a trabajar por conseguir conchas marinas?

—Depende de lo que me dieran a cambio.

—Nada que ya no tuvieras.

—En ese caso, naturalmente que no.

—Pues a esta gente le ocurre lo mismo; no les interesa trabajar para obtener un oro por el que a cambio les den algo que ya tienen.

Ojeda era un hombre más de acción que de pensamiento, pero las palabras de maese Juan le obligaron a reflexionar largamente sobre el futuro que les aguardaba en caso de que los europeos consiguieran afianzar su presencia en La Española, Cuba o cualquiera de las islas vecinas.

Las órdenes de los reyes no dejaban lugar a dudas: los indios debían ser tratados con respeto porque, según las leyes que se habían promulgado, tenían los mismos derechos que los ciudadanos españoles, pero al propio tiempo esos mismos reyes exigían que las enormes sumas invertidas en la organización de las expediciones rindieran jugosos frutos.

No iba a resultar empresa fácil aunar ambos conceptos.

Por mucho que los escasos colonos llegados al Nuevo Mundo se esforzaran en extraer oro de las minas o los ríos las veinticuatro horas del día, tardarían medio siglo en reunir la suma que había costado armar la numerosa y bien pertrechada flota.

Y todo ello sin rendir ni un solo maravedí de beneficio.

Desde el punto de vista de los hermanos Colón, así como de la mayoría de los recién llegados, los nativos deberían contribuir con su esfuerzo a amortizar los ingentes gastos en que habían incurrido para venir a arrebatarles sus tierras con la excusa de «civilizarlos» y «cristianizarlos».

El hecho evidente de que no tuvieran el menor interés en ser «civilizados» y mucho menos «cristianizados», a cambio de sus tierras y su trabajo, carecía de importancia; eran simples salvajes y por tanto no sabían lo que les convenía.

El licenciado Gamarra, aquel que jamás perdía de vista a Ojeda aunque bajo ninguna circunstancia le dirigiera la palabra, lideraba el grupo que con más empeño exigía que se obligara a los nativos a enjugar esa deuda; cada día que pasaba resultaba más evidente que era el hombre de confianza de los banqueros judíos.

—Estamos aquí con el fin de crear riqueza... —dijo una noche en que elevó la voz más de lo que solía, ya que normalmente hablaba casi en susurros—. Y sin mano de obra no existe forma humana de crear riqueza; esta tierra es muy generosa, pero exige que la atendamos como merece o no nos ofrecerá sus frutos.

Nadie le vio nunca al sol más que en el instante de cruzar la calle, ni hacer un trabajo que exigiera otro esfuerzo que tomar notas en su sobada libreta.

No obstante, al amanecer, cuando aún no apretaba el calor, se le podía ver paseando muy despacio por los senderos de las selvas cercanas, atento a cada árbol, cada raíz, cada planta y cada flor, a la búsqueda de aquellas especies exóticas, sobre todo la pimienta, el clavo y la canela que tanta aceptación tenían en las lujosas mesas de los decadentes palacios del Viejo Mundo.

Ignacio Gamarra tenía un olfato especial para todo lo que significase dinero, por lo que muy pronto se dedicó a ofrecerles bagatelas a los muchachos indígenas a fin de que le trajeran monos, loros, papagayos y toda clase de aves de colorido plumaje, pues en Europa se vendían a muy buen precio.

Su verdadera fortuna no comenzó hasta ocho años más tarde, cuando dejó de comerciar con esclavos tras percatarse de que unas hojas secas que cubanos y haitianos enrollaban con el fin de prenderles fuego y aspirar su humo empezaban a hacer furor entre los más distinguidos caballeros de la metrópoli, lo cual constituía un negocio mucho más seguro y rentable que el tráfico de unos seres humanos que solían tener la mala costumbre de morirse antes de tiempo.

Cuando al fin murió, demasiado tarde teniendo en cuenta el mucho mal que había causado en la isla, estaba justamente considerado el primer «Rey del tabaco» de las Antillas.

Sin embargo, y pese a ser inmensamente rico y tener cuanto un ser humano pudiera desear, cuentan que en el último momento tan sólo pronunció una palabra:

«¡Ojeda!»

Alonso de Ojeda se había construido, con la ayuda y los cuidadosos cálculos de maese Juan de la Cosa, una espaciosa cabaña al borde de un pequeño acantilado, y era cosa sabida que cada tarde, cuando el calor disminuía de forma notable, solía acomodarse en un gran banco de piedra a contemplar pensativo la puesta del sol.

Pese a ser hombre de tierra adentro, o quizá precisamente por ello, el conquense experimentaba una especial atracción por el mar, sobre todo cuando podía contemplarlo desde Tierra Firme.

Por ello, cuantos tenían necesidad de hablar con él acudían a visitarle a aquel lugar y aquella hora, sabiendo que era un momento propicio en el que se mostraba mucho más relajado y asequible que durante el pesado bochorno del día o las agitadas noches de vino y broncas.

Para la mayoría de los colonos que no compartían la idea de que se obligara a trabajar a los indígenas, Ojeda se había convertido en una especie de guía espiritual, visto que su prestigio iba en aumento a medida que disminuía el de un almirante del cual ya la mayoría de los españoles había llegado a la conclusión de que no era el hombre apropiado para regir los destinos de la isla.

—¡Ojalá se embarque de nuevo! —decían—. Que encuentre su dichoso camino hacia la China y se quede allí para siempre.

Día a día se afianzaba el convencimiento de que era un pez fuera del agua; un auténtico genio sobre el castillo de popa de un navío, pero un absoluto inepto en los despachos del palacio de un gobernador.

Sabía más de estrellas que de hombres.

Eran por tanto legión los descontentos con sus caprichosas decisiones, y así, cuantos aspiraban a librarse de la férrea dictadura de los hermanos Colón acudían a pedir consejo al conquense, convencidos de que éste era el único que podía conseguir que una conspiración contra el tiránico poder establecido tuviera éxito.

Su respuesta era siempre la misma:

—Los reyes lo pusieron al mando, y por tanto únicamente los reyes pueden arrebatárselo. El resto es traición.

—Pero si tú intercedieras, los reyes te escucharían; sabes muy bien que su majestad doña Isabel te aprecia y respeta porque te considera el capitán más honrado y prestigioso a este lado del océano.

—Soy quien soy porque así lo quiso el mejor de los almirantes, pero dejaría de ser quien soy si me atreviera a juzgar al peor de los almirantes. No se puede aceptar lo que te conviene de un hombre y negar lo que no te conviene.

—¿Ni aunque te nombraran, con toda justicia, gobernador de la isla?

—Ni aun así, porque me consta que sería tan mal gobernante como él. Lo suyo es el mar; lo mío, la guerra. Ninguno de los dos hemos nacido para administrar; la única diferencia estriba en que yo lo sé y él se niega a admitirlo.

—Ten en cuenta que si tú, que conoces mejor que nadie la isla y sus problemas, no aceptas ponerte al frente de ella, pronto o tarde destituirán al Almirante. En ese caso nos enviarán desde Sevilla a cualquier cortesano lameculos que no tendrá ni idea de lo que es el Nuevo Mundo.

—Y vosotros tened en cuenta... —fue la serena respuesta— que aun en caso de que decidiera convertirme en traidor, para lo cual tendría que volver a nacer, si por casualidad se les ocurriera nombrarme gobernador de La Española y quisiera hacer bien las cosas, me vería obligado a permanecer cinco o seis años sentado en una poltrona impartiendo órdenes, en vista de lo cual «se me pasaría el arroz».

—¿Qué quieres decir?

—Que después de tantos años inactivo no tendría ya las condiciones físicas que se precisan a la hora de lanzarse a explorar nuevas islas, tierras, ríos o montañas...

Quien no sabe para qué ha nacido nunca podrá elegir su destino.

Pese a que fueron muchas y poderosas las presiones que recibió por aquellos tiempos el de Cuenca, ninguna se aproximó siquiera a la que recibió una tarde, cuando su siempre atenta mirada de hombre acostumbrado al peligro le alertó de que una treintena de guerreros indígenas lo espiaba desde las lindes de la cercana selva, e incluso desde las altas rocas que se abrían a su izquierda.

La única escapatoria que se le ofrecía si no pretendía enfrentarse a un número tan considerable de enemigos era lanzarse desde lo alto del acantilado a un mar en el que con frecuencia distinguía las amenazantes aletas de enormes y hambrientos tiburones.

Recordó los viejos tiempos en que su amado amigo Juan de Medinaceli, ahora ya todo un señor duque, le retaba a atravesar a nado el Guadalquivir, pero el agitado oleaje que rompía con fuerza contra las rocas lanzando altas columnas de espuma poco o nada tenía que ver con las tranquilas aguas del río sevillano.

Así pues, se limitó a comprobar que espada y daga se encontraban en su sitio, confiando en que, con la caída del rápido crepúsculo tropical y la llegada de las sombras, se le presentaría una oportunidad de escabullirse sin tener que derramar demasiada sangre, y sobre todo sin tener que ver cómo derramaban la suya.

El sol se ocultaba ya sobre la línea del horizonte cuando no pudo por menos que comentar en voz alta, como para que quienes lo acechaban le oyeran:

—¿A qué diantres estáis esperando, inútiles? Es ahora o nunca.

En ese preciso momento una alta figura surgió de la espesura, pero le resultó imposible distinguir de quién se trataba puesto que los últimos rayos del postrero sol se reflejaban en una especie de coraza dorada que le cubría del cuello a la cintura.

—¡Vaya! —masculló al tiempo que desenvainaba sus armas—. ¡Esto sí que es nuevo! Un guerrero con armadura.

Aguardó con los ojos entornados, deslumbrado por el fulgor de lo que le pareció una especie de cota de mallas de oro, y su sorpresa alcanzó el punto máximo cuando el sol se ocultó por completo en el horizonte, la armadura dejó de brillar y pudo advertir que quien se aproximaba con paso sereno y firme era la princesa Anacaona.

Por primera vez en su vida se quedó sin palabras.

Al final acertó a envainar de nuevo la espada y la daga, y dando un paso adelante ensayó la más cortesana de sus reverencias.

—¡Princesa! —saludó, sabiendo que la inteligentísima esposa del difunto Canoabo cada vez hablaba con mayor fluidez el castellano—. ¿A qué debo el inesperado placer de esta visita?

Ella, sin responder, continuó avanzando hasta llegar al banco de piedra, tomó asiento, observó unos instantes el cielo que se teñía de un rojo sangre y por fin mirándolo a los ojos y con desconcertante calma dijo:

—Vengo a ofrecerme a ti, como mujer y como reina. Si me aceptas, serás reconocido como cacique supremo de todas las tribus de la isla, porque estamos convencidos de que eres el único hombre que puede conseguir que los haitianos y los españoles convivamos en paz.

Lógicamente, el de Cuenca se quedó tan de piedra como el propio banco en que se vio obligado a sentarse, porque las piernas estaban a punto de fallarle, y tras sacudir una cabeza que se negaba a asimilar de entrada lo que acababa de escuchar, balbuceó apenas:

—¿Cómo has dicho?

—Me has entendido perfectamente... Soy una princesa a la que su padre dejó un gran reino, pero que se ha quedado viuda y precisa de un rey y un esposo si pretende seguir siendo mujer y reina. —Se despojó de la rústica pero pesada cota de mallas de oro dejando al descubierto sus fabulosos pechos, y se la entregó al tiempo que añadía—: Y nadie mejor que tú para convertirte en mi esposo y mi rey. Éste es mi regalo de bodas; apenas una pequeña muestra del oro que he conseguido reunir para ti. Si me desposas serás un soberano muy rico.

Ojeda tuvo que hacer un gran esfuerzo para ocultar su sorpresa e indignación.

—¿Pero qué clase de locura es ésta? —exclamó—. ¿Acaso te has creído que estoy en venta?

—¡No! —se apresuró a replicar ella—. ¡Seguro que no! Pero ten en cuenta que para nosotros ese oro no significa nada, aunque a vosotros os fascine.

El Centauro tomó la fastuosa cota de mallas tejida con fino hilo de oro puro, la sopesó como si calculara su valor y al poco inquirió:

—¿Realmente el oro no significa nada para vosotros?

—Lo mismo que una piedra.

Él se inclinó, cogió una piedra y se la entregó.

—¡Tírala al mar! —pidió.

La princesa obedeció un tanto desconcertada, y casi al mismo tiempo Ojeda lanzó detrás la cota de mallas, observando cómo giraba en el aire antes de chocar contra las aguas y desaparecer de inmediato.

—Si para ti el oro significa lo mismo que una piedra, para mí también —dijo entonces—. No se me compra, ni con oro ni con piedras.

—¿Significa eso que me rechazas?

El de Cuenca negó de inmediato, como si aquello fuera lo más absurdo que se pudiera escuchar en esta vida.

—¡A ti no! —exclamó—. Ningún hombre en su sano juicio sería capaz de rechazarte puesto que eres la mujer más fascinante que haya sido creada. Pero no puedo aceptar ni tu reino ni las riquezas que me ofreces.

—Juntos gobernaríamos en perfecta armonía, tal como lo hacen tus soberanos Isabel y Fernando, y nuestros hijos se convertirían en el símbolo de la unión de las dos razas.

—Sí, sería una unión perfecta y maravillosa si yo también fuera príncipe entre los míos —replicó Ojeda con una leve sonrisa—. Pero por suerte o por desgracia, sólo soy un simple soldado al que tuvieron a bien nombrar capitán. Aceptar una corona sería tanto como traicionar la confianza que los reyes depositaron en mí, y es posible que mi madre trajera al mundo a un desvergonzado ganapán bueno sólo en el manejo de la espada, pero no a un traidor.

—Pídeles permiso a tus reyes —señaló ella, pues al parecer se le antojaba una solución obvia—. Tal vez vean con buenos ojos que uno de los suyos gobierne nuestro pueblo.

El de Cuenca meditó la propuesta mientras las sombras comenzaban a apoderarse del paisaje, y al fin señaló seguro de lo que decía:

—Nunca lo aceptarían... Para ellos nadie puede ser rey si no corre sangre real por sus venas. Pero incluso en el absurdo caso que me concedieran sus bendiciones, ¿cuál sería mi posición cuando surgieran discrepancias, que ya existen, y muchas, entre tu pueblo y el mío?

—La que consideraras más justa.

—¡Difícil tarea! —exclamó—. ¡Imposible, más bien! Cuando en cualquier disputa le diera la razón a un español, los haitianos me acusarían de partidista, y cuando se la diera a un haitiano los españoles me acusarían de traidor. ¡No! —negó con firmeza—. Ni el mismísimo Salomón podría gobernar en semejantes condiciones.

—¿Quién es Salomón?

—Un antiguo rey que tenía fama de justo e inteligente.

—Estoy segura de que tú también serías justo e inteligente, aparte de que todos te consideramos el mejor y más valiente guerrero que ha existido. Para mí sería un honor convertirme en tu esposa.

—Y para mí un honor y un increíble placer convertirme en tu esposo, siempre que ello no me obligara a gobernar.

—¿Quieres decir que te atraigo como mujer?

—¿Atraerme? —se asombró el conquense—. Desde que te vi por primera vez no he dejado de pensar en ti ni un solo día.

—¡Demuéstramelo!

Durante casi dos semanas Alonso de Ojeda le estuvo

demostrando a todas horas hasta qué punto le atraía como mujer, y durante el tiempo que permanecieron encerrados en la cabaña o retozando a la orilla del mar, dos docenas de guerreros apostados entre los árboles impedían que nadie se aproximara.

De tanto en tanto una muchacha nativa, casualmente la misma a la que el conquense había subido a la grupa de su montura el día en que secuestró a Canoabo, acudía con cestas de exquisitos manjares que depositaba ante la puerta de la cabaña para alejarse de inmediato en absoluto silencio. Aquélla fue sin duda la más gratificante experiencia en la vida del Centauro de Jáquimo.

Nos amamos hasta la extenuación, y en cierto modo continuamos amándonos de un modo muy diferente aunque la vida nos condujera por muy distintos caminos.

La noticia corrió por la isla como reguero de pólvora: un grupo de guerreros impedía que nadie se aproximara a la cabaña en que el capitán Alonso de Ojeda permanecía encerrado en compañía de la princesa Anacaona.

Aquellos que le admiraban le admiraron hasta el entusiasmo.

Aquellos que le envidiaban le envidiaron hasta la exasperación.

Maese Juan de la Cosa brindaba cada noche para que «la Cosa» de su mejor amigo dejara muy alto el pabellón nacional.

Ignacio Gamarra murmuraba a todas horas que sin duda en aquella cabaña se estaba fraguando una horrenda traición.

—Si eso es traición, no me importaría que me ahorcaran por ello —fue el comentario del cartógrafo cuando el rumor llegó a sus oídos—. Aunque me ahorcaran tres veces seguidas por cada «traición» cometida con semejante prodigio de mujer. —Alzó su jarra de vino en mudo brindis al tiempo que añadía—: Y los puercos envidiosos harían muy bien en meterse la lengua donde les quepa, no vaya a ser que Alonso se la corte en cuanto su ardiente princesa le deje un rato libre.

¿Qué más se podía pedir para que La Española se dividiera aún más entre «ojedistas» y «antiojedistas»?

Para unos era el ejemplo viviente de que el valor, la abierta osadía, la fuerza de carácter y la incorruptible honradez obtenían su merecido premio; para otros, en cambio, constituía el ejemplo viviente de cómo un aventurero sin escrúpulos, un espadachín con docenas de muertes sobre la conciencia, un perdulario que debería pudrirse en prisión desde hacía años abusaba de una pobre salvaje a la que, además, le había secuestrado al marido.

—Apuesto a que acabará envenenándolo en cuanto se descuide... —masculló una moza de taberna—. Ésa lo que busca es venganza.

—¡Pues anda que se está llevando una buena ración de venganza para el cuerpo antes de liquidarle...! —fue la respuesta de otra camarera—. Y está claro que ese supuesto veneno no se lo administra en frasco sino a base de «polvos».

—¡Tú tómatelo a broma, pero me juego las enaguas a que el renacuajo la diña entre los muslos de esa zorra!

—Te garantizo que ese «renacuajo» es capaz de acabar con cuatro zorras como ésa, y no hace falta que te lo jure porque en cierta ocasión me aseguraste que casi acaba contigo.

Ignacio Gamarra escuchaba.

Ignacio Gamarra siempre escuchaba cuanto hiciera referencia a Alonso de Ojeda.

¿Por qué?

Nunca nadie ha sabido explicar cómo, cuándo y por qué nació la extraña obsesión de aquel oscuro personaje hacia la figura del más audaz, desinteresado y noble de los «adelantados» del Nuevo Mundo.

¿De dónde nacía su odio, si es que era odio, sin que se tenga noticia de que Ojeda jamás le hubiera hecho daño alguno?

Ésa es una pregunta que nunca ha tenido respuesta, porque la única respuesta válida se ocultaba en el corazón de un hombre que se la llevó consigo a la tumba.

El inesperado y tórrido romance con la princesa marcó un antes y un después en la vida de Alonso de Ojeda.

Anacaona no era mujer que dejara indiferente a nadie, y su pequeño y fogoso Colibrí no fue evidentemente una excepción.

Los minutos, las horas, los días y las semanas que pasaron el uno en brazos del otro los marcaron para siempre, y pese a que ella se mostrara dispuesta a pasar el resto de su vida junto a un hombre al que consideraba un semidiós, el conquense llegó a la dolorosa conclusión de que si permitía que el embrujo de tan portentosa criatura le corroyera el alma tal como le había corroído el cuerpo, tendría que olvidar para siempre sus viejos sueños de gloria.

El sexo de la haitiana era como una droga que cuanto más cataba más necesitaba, y contra todo pronóstico la fatiga no hacía mella en ellos, sino que, por el contrario, experimentaban noche tras noche la imperiosa necesidad de aumentar la dosis, a tal punto que sus cada vez más frecuentes encuentros acababan por convertirse en un auténtico desenfreno.

¡Más!

¡Siempre más!

¿Qué sueño podía superar la realidad de sentirse dueño absoluto de aquel cuerpo firme y perfecto, aquella boca eternamente ansiosa y aquellos inmensos ojos que parecían extasiados en las más lejanas estrellas cuando él la penetraba?

¿Qué mejor destino que sentirse dueño de una soberana que reinaba sobre miles de súbditos?

¡Cacique de Haití, esposo de Anacaona!

Sonaba bien a los oídos de un muchacho nacido en el minúsculo villorrio de Oña, que acaba de cumplir veinticinco años y que había iniciado su andadura vital como simple paje de una noble casa andaluza.

Sonaba demasiado bien.

Tendido en la arena al pie del acantilado, admirando sin cansarse la espléndida desnudez de su amada, que retozaba entre las olas, Alonso de Ojeda no podía por menos que pensar que aquél era el auténtico Edén del que tanto había oído hablar, pero de cuya existencia siempre había dudado.

Si no existía mujer más fascinante ni paisaje más hermoso, ¿a qué otra cosa podía aspirar de cara al futuro?

—Así será siempre nuestra vida en Xaraguá... —le aseguraba ella—. Pondré mi reino a tus pies y únicamente te pediré a cambio amor, que es algo que te sobra. ¡Ven conmigo!

—Contigo iría a Xaraguá o al mismísimo infierno siempre que estuviéramos solos —le respondía el Centauro—. Incluso sería capaz de renunciar a mis ansias de descubrir nuevos mundos puesto que tú eres de por sí un mundo que nunca acabaré de descubrir por completo. —Abrió las manos como dando el tema por zanjado, y concluyó—: Pero tú nunca estarás sola; eres la reina.

—Cuando estoy contigo, estoy a solas contigo.

—Eso no es cierto... —replicó él acariciándole dulcemente la mejilla—. Cuando se supone que estamos a solas distingo a tu espalda miles de rostros que me observan ansiosos, esperando que me conviertas en el vengador que enjugue el dolor de la derrota que yo mismo les infligí.

—¿Quién mejor para comandarles que aquel que les venció? —replicó ella—. Te admiran y respetan.

—Y también muchos me odian, lo cual se me antoja justo. De niño yo también odiaba a quienes habían invadido nuestras tierras ocho siglos atrás... —Ojeda pasó la punta del dedo por el contorno de aquellos agresivos pechos que parecían desafiar todas las leyes de la gravedad, puesto que alzaban sus pezones hacia el cielo, y añadió con tristeza—: Supongo que pocas parejas estuvieron nunca tan unidas cuando era tanto lo que las separaba; distintas razas, distintas creencias, distintas posiciones sociales y distintas ideas... Si me pides que sea tu esclavo, lo seré, pero si me pides que sea tu rey, nunca podré aceptarlo.

—¡Inténtalo! —insistió ella, consciente de que era mucho lo que se jugaba además de la presencia del ser amado—. Inténtalo unos meses y si llegas a la conclusión de que no es tu camino, lo dejas.

—No se puede ser traidor sólo por unos meses; lo eres o no lo eres, y yo no lo soy. Además... —añadió con sinceridad— estoy convencido de que si viviera a tu lado sólo unos meses ya no podría seguir viviendo sin ti.

Su amor hacia la princesa Anacaona, su incapacidad de traicionar sus firmes principios, y la insoportable tensión que significaba continuar en una isla donde se respiraba un aire de eterna conjura contra los hermanos Colón, los cuales cada día cometían un error que superaba con creces el de la jornada anterior, tuvieron la «virtud» de conseguir que Alonso de Ojeda, el inagotable Colibrí, el invencible espadachín y laureado capitán capaz de enfrentarse sin pestañear a todos los peligros, decidiera reembarcarse rumbo a Sevilla, colocando entre él y la posibilidad de convertirse en rey la inmensidad del temido Océano Tenebroso.

Tenía plena conciencia de que la tentación era demasiado fuerte, y tan sólo la separación, por dolorosa que fuera, conseguiría impedir que se dejara vencer por ella.

Regresó, pues, cubierto de gloria pero con la cabeza gacha; derrotado por primera vez, pero derrotado únicamente por sí mismo, y fue a buscar refugio en los consejos de aquel que llevaba su propio nombre y su propia sangre, y que en esta ocasión no supo aconsejarle.

—Soy un hombre de Dios que nunca ha conocido la, al parecer, irresistible atracción de los placeres de la carne —le dijo—. A mis oídos han llegado noticias de la increíble belleza de esa mujer que te obsesiona, y en cierto modo me admira que hayas sido capaz de renunciar a ella y al reino que te ofrece; pocos hombres hubieran reaccionado como tú en semejantes circunstancias.

—¿Acaso imaginas que podría pasarme el resto de la vida avergonzado? —fue la respuesta—. Siempre he despreciado, y en ocasiones «trinchado», a los macarras que viven de las mujeres. De haber aceptado su propuesta me hubiera convertido en el rey de los macarras. Admito que he cometido la mayor parte de los pecados que se puedan cometer en este mundo, pero nunca aquellos que atentan contra mi honor; ese honor es la única herencia que me dejaron mis padres y lucharé hasta la muerte por conservarla intacta.

—Extraño suena oír hablar así a quien ha arrastrado su buen nombre por todos los tugurios de éste y el otro lado del océano... —comentó el buen fraile con una leve sonrisa de condescendencia—. Pero cierto es que cada ser humano marca los límites de lo que considera bueno o malo, justo o injusto, honorable o deshonroso, y si ésa es tu forma de entender el problema no me queda más remedio que aceptarlo. ¿Qué piensas hacer con tu vida?

—No tengo ni la menor idea.

—¿Te has parado a pensar en el peligro que corres ahora que tu fama como espadachín se ha visto superada por tu fama como militar o conquistador de fabulosas princesas? Tengo entendido que son legión los que aspiran a destruir la leyenda del mítico Alonso de Ojeda.

—¿Y qué puedo hacer para evitarlo?

—Enterrar tu espada.

—¿Y permitir que me maten a traición?

—Nadie aspira a la vergüenza de convertirse en el asesino de un héroe, pero me consta que son muchos los que aspiran a la gloria de vencerle en un duelo cara a cara.

—Pues en ese caso serán muchos los muertos; la Virgen me protege.

—No mezcles en esto a la Virgen; suena a blasfemia —protestó «El Nano» Ojeda—. Nada tienen que ver los cielos con esa endiablada habilidad que te ha sido concedida, supongo que por el mismísimo Satanás, a la hora de empuñar un arma. ¿Aún continúas sin saber lo que es sentir miedo?

—Resulta difícil sentir tanto miedo como el que he experimentado durante estos últimos meses. Me aterrorizaba la idea de no poder rechazar cuanto Anacaona me ofrecía. —El de Cuenca hizo una corta pausa antes de sentenciar con seguridad—: Ésa ha sido la más afilada espada a que me he enfrentado nunca.

—Alguien dijo: «El peor enemigo es el que llevamos dentro.» Y tú lo has vencido.

—¡No del todo, Nano, no del todo! A cada minuto se rebela, cobra nuevas fuerzas y me acorrala, obligándome a recordar el tacto y el aroma de una piel tan dulce y suave que hace que en mi interior todo se derrumbe como un castillo de arena. Anacaona no es una mujer, primo, es una enfermedad que tanto más te mata cuanto más lejos se encuentra.

—¡Bien! —masculló el fraile lanzando un profundo suspiro con el que parecía querer indicar que aquel tema escapaba a su entendimiento—. ¡Olvidémonos por el momento de la dichosa princesa y vayamos a cosas menos espirituales! No tienes buen aspecto... ¿Cómo se encuentra tu bolsa?

—Anteayer la empeñé para pagar la cena... —admitió cabizbajo el Centauro.

—¡Lo supuse nada más verte! —masculló entre dientes su primo—. Vences en batallas imposibles, desprecias un reino, pretendes descubrir nuevos mundos, arrojas al mar una fortuna, pero ni siquiera tienes con qué pagarte una cena decente. ¿Cuándo sentarás la cabeza, hombre de Dios?

—Cada cual nace para lo que nace.

—Y está claro que tú has nacido para pobre.

—Si don Cristóbal hubiera sido rico no se habría lanzado a la aventura de atravesar el océano —fue la acertada respuesta—. El gran problema del dinero no es que sea de por sí cobarde; es que convierte en cobardes a quienes lo poseen.

—¡Pues a fe mía que no te vendría mal vender un poco de valor, aunque sólo fuera para comprarte unas calzas nuevas. ¡Mírate! Pareces un pordiosero... —Se aproximó al arcón que descansaba sobre una ancha mesa, extrajo un grueso anillo y lo colocó en la mano de su primo antes de cerrársela con fuerza—. Era de mi madre, y como sé que te adoraba estoy seguro de que se sentirá feliz de que sirva para algo más que para convertirse en un doloroso recuerdo escondido en el fondo de un arcón. Cómprate ropa nueva, come hasta que se te quite esa cara de muerto de hambre, date un baño que buena falta te hace, y ve a ver de mi parte a Fonseca.

—¿A quién?

—Al obispo de Burgos, Juan Rodríguez de Fonseca. ¿Nunca has oído hablar de él? —Ante la negativa, el fraile añadió—: Ahora se encuentra en Sevilla porque le han nombrado consejero real para Asuntos de Indias.

—¿Y por qué quieres que le vea?

—Porque me consta que te admira, aunque no entiendo sus razones —fue la humorística respuesta—. Aborrece al Almirante y barrunto que le anda buscando un sustituto digno de confianza, y al parecer le han llegado noticias de que eres el hombre más respetado al otro lado del océano.

—No seré yo quien sustituya a don Cristóbal, eso puedes darlo por sentado —replicó su primo, rechazando la idea con un brusco gesto de la mano—. Admito que ha cometido y continúa cometiendo infinidad de errores, pero hizo de mí quien soy, y antes prefiero dormir en una cueva que en su alcázar.

—Si algo te dio, mucho más le devolviste.

—¡Te equivocas! Me dio la dignidad y el mando, y le devolví lo que tenía que devolverle: fidelidad y victorias. En eso estamos en paz.

Juan Rodríguez de Fonseca, apodado entre los de la curia «el Ciprés Burgalés», tenía justa fama de hombre austero, y pese a que por razones de su alto cargo se veía obligado a residir en un palacio, corría el rumor de que dormía, nunca más de cuatro horas diarias, sobre un camastro de piedra en una diminuta celda sin ventanas.

Alto y flaco, se deslizaba por los pasillos y las estancias tan en silencio como si de una sombra de auténtico ciprés se tratase, y cuando Alonso de Ojeda penetró en su severo despacho tardó en alzar el rostro de los planos y documentos que estaba estudiando.

Al fin clavó los ojos en el recién llegado y éste tuvo la extraña sensación de que le estaba leyendo el pensamiento.

—Me habían advertido que erais de corta estatura... —fue lo primero que le dijo—. Por lo que no quiero ni imaginar adónde habríais llegado con mi altura.

—Al fondo de una tumba muy larga, monseñor, dadlo por seguro. Tanto hueso y tan poco nervio nunca conseguirían esquivar un hábil mandoble.

—Merecida tengo la respuesta, lo admito —reconoció el obispo con una leve sonrisa—. Y me complace comprobar que vuestra famosa audacia no se cohíbe en presencia de un consejero real. ¡Venid y dadme vuestra opinión sobre este mapa!

El de Cuenca se aproximó, estudió con profunda atención el pergamino que el otro le mostraba, y al fin inquirió mirándole a los ojos:

—¿Quién lo ha pintado?

—El Almirante en persona... —El religioso hizo una corta pausa antes de añadir—: Al menos eso asegura.

—En ese caso tenedlo por cierto... —dijo su interlocutor en un tono que no admitía réplica—. Don Cristóbal puede mentir en todo, menos en lo que se refiera al mar y las cartas marinas.

—¿En qué basáis semejante afirmación?

—En muchos años de conocerle; es un auténtico marino, el mejor que conozco, y ningún marino osaría mentir en lo que respecta a los derroteros o los mapas, del mismo modo que vos no mentiríais sobre Cristo o la Virgen María... —Hizo una breve pausa antes de añadir se-

ñalando el pergamino con un leve ademán de la cabeza—:
¿Qué costas son éstas?

—Las de una isla que ha bautizado Trinidad porque
desde el mar se distinguen tres montañas iguales, y un lugar que ha llamado Paria, y que, aunque el Almirante lo
niegue, empiezo a sospechar que se trata en verdad de tierra firme.

—¿Tierra firme? —se sorprendió el espadachín—.
¿Os estáis refiriendo a una isla muy grande, o a un nuevo
continente?

—Todavía es pronto para aventurar la posibilidad de
un continente desconocido. Demasiado pronto.

—¿Pero lo consideráis posible?

—¿Qué es lo posible o lo imposible, amigo mío? Colón aventuró la hipótesis de que el mundo es redondo y
se podía llegar a oriente por occidente, pero resulta evidente que no ha llegado. ¿Cabe imaginar acaso que entre
nosotros y la China se alce todo un continente del que ni
nosotros ni los chinos tengamos conocimiento?

—Extraño parece.

—Y extraño es —admitió el religioso con un leve gesto de la barbilla que mostraba todo su escepticismo—.
¿Acaso a ese continente lo separa de la China un océano
tan grande como el Atlántico? De ser así nos encontraría-
mos con un mundo muchísimo mayor del que habíamos
imaginado.

El Centauro reflexionó aquellas palabras, aceptó la
muda invitación de tomar asiento al otro lado de la enorme mesa cubierta de mapas, y por último adujo:

—De ser así, de existir otro océano, la ruta hacia China navegando hacia el oeste resultaría bastante más larga
que circunnavegando África.

—¡Justa apreciación, sin duda! —admitió el Ciprés
Burgalés—. Pero de momento el Almirante se niega a ad-

mitirlo, y sabido es que está considerado, incluso por vos mismo, la máxima autoridad mundial en materia de navegación. Sostiene que todo lo que se ha encontrado son islas, y que los viajeros que han llegado hasta el Extremo Oriente han hecho múltiples referencias a un gran archipiélago al sudeste de la China. Sostiene que es ahí donde ha desembarcado.

Ante el ceño y el nuevo silencio de su acompañante, le observó de soslayo para acabar por inquirir:

—¿Vos que opináis?

—No soy quién para opinar sobre asuntos del mar; en cuanto pongo el pie en una cubierta se me revuelven las tripas.

Juan Rodríguez de Fonseca abandonó su cómoda butaca, sirvió dos vasos de limonada de un aparador que se encontraba a sus espaldas, alargó uno de ellos a su interlocutor y bebió muy despacio, sin quitar ojo a quien le imitaba.

Al concluir, puntualizó:

—Me complace vuestra modestia pese a que sospecho que no es tal, sino un oculto deseo de no pronunciaros en contra de la opinión de un almirante al que al parecer debéis mucho. ¿Me equivoco?

—La experiencia me ha enseñado que todo aquel que concluye una frase preguntando si se equivoca, es porque sabe que no se equivoca, así que sacad vuestras propias conclusiones.

—¡De acuerdo! No insistiré sobre asuntos del mar; hablemos de asuntos de tierra adentro sobre los que no podéis alegar ignorancia. ¿Qué posibilidades existen de que Cuba o La Española se encuentren relativamente cerca de China o Japón?

—Ninguna.

—¿Estáis seguro?

—Seguro, seguro, sólo está el infierno para la mayoría y el cielo para unos pocos, pero ni entre los haitianos ni entre los caribes he advertido un solo rasgo que pueda recordar a un lejano antepasado de raza amarilla.

—¿Qué queréis decir?

—Que no parece lógico que, en caso de que esas islas estuvieran tan relativamente cerca de China o Japón como aseguran esos viajeros, nunca llegara hasta sus costas un pescador o un navegante que plantara su semilla en unas hermosas mujeres que suelen mostrarse más que dispuestas a ser sembradas.

—Suena lógico.

—Todos los nativos son cobrizos, y no he visto otro rostro amarillo que el de los guerreros un momento antes de que les cortara la cabeza; y no era cuestión de raza, era cuestión de miedo.

—Entiendo... Según vos, «los amarillos» deben encontrarse muy lejos.

En el argot marinero de aquel tiempo, los mapas nunca estaban «trazados» o «dibujados», sino concretamente «pintados», por lo que a continuación el obispo de Burgos hizo girar el mapa para inquirir en un tono sorprendentemente serio:

—En ese caso, decidme, ¿qué pensáis sinceramente de lo que ha pintado el Almirante? ¿Se trata de una isla o de Tierra Firme?

Alonso de Ojeda estudió con detenimiento cada detalle de la carta marina, se rascó pensativamente la hirsuta barba, guiñó los ojos como si pretendiera aclarárselos y aguzar la vista, y cuando se decidió a hablar pareció convencido de lo que decía:

—Si este trazo es un río, y evidentemente lo es, su grosor responde a su mucho caudal, y me consta que don Cristóbal suele ser muy cuidadoso a la hora de pintar.

—Apartó con un leve gesto el documento para concluir—: No se me antoja factible que semejante río pertenezca a una isla, a no ser que se trate de una isla en verdad gigantesca.

—En eso estamos de acuerdo.

—Pero el único modo de averiguarlo es ir allí y comprobarlo.

—También estamos de acuerdo... —admitió el religioso—. Y como por desgracia no confío en el criterio del Almirante, ya que consideraría un rotundo fracaso haberse equivocado en sus cálculos, he decidido que seáis vos quien se ocupe de tan delicado negocio.

—¿Yo?

—¿Quién mejor?

—Cualquiera.

—Nombrad uno.

—Juan de la Cosa; es geógrafo, cartógrafo, excelente pintor de mapas y a mi entender el hombre idóneo para empresa de tamaña importancia.

—Es el hombre idóneo para medir distancias y pintar mapas, de eso no me cabe duda, pero no para dirigir una expedición que probablemente se enfrentará a grandes peligros. En eso el hombre idóneo sois vos.

—Me temo que os precipitáis a la hora de elegir.

—¡En absoluto! —le contradijo el Ciprés Burgalés—. Lo meditaba desde que oí hablar de vuestras hazañas en La Española, y el hecho de conoceros me ratifica cn mi decisión. —Sonrió apenas al recalcar en un tono diferente—: Por si os sirve de algo, os confesaré que también complace, y mucho, a su majestad la reina, que al parecer os tiene en gran aprecio.

—¡Favor inmerecido que me hace!

—Todavía recuerda con emoción vuestras andanzas en lo alto de la catedral.

—¡Tonterías de muchacho pretencioso!

—Aquel muchacho pretencioso se ha convertido en un hombre que sabe lo que quiere, y a mí no me engañáis, Ojeda: os brinca el corazón al saber que pronto estaréis al mando de cuatro naves con las que os lanzaréis a descubrir el mundo.

—¿Tanto se me nota?

—Desde aquí puedo oír sus latidos pese a ser algo duro de oído, carencia que compenso con un excelente olfato a la hora de juzgar a los hombres.

Con el flamante nombramiento de «adelantado» en el bolsillo y oro en la bolsa, Alonso de Ojeda adquirió un caballo que poco o nada tenía que ver con el agresivo *Malabestia* y cabalgó sin prisas hasta el cercano Puerto de Santa María. Se detuvo frente a un hombre que se acomodaba a la sombra del porche de una blanca casa abierta al mar.

—¿Qué hace un caballero, al que se supone sediento de aventuras, perdiendo el tiempo en tan bucólico lugar? —preguntó antes de poner el pie en tierra.

—Matar moscas.

—¡Oficio asaz peligroso, a fe mía!

—Depende del tamaño de las moscas, y te aseguro que algunas, verdes y lustrosas, me recuerdan a los famosos colibríes de allende el océano y de los que algún ganapán que conozco lleva, con bien ganada justicia, el apodo. ¿Qué puedo hacer por ti?

—Mover el trasero.

—Está bien donde está.

—Mejor estará en la camareta de capitán de un navío que navega rumbo a Tierra Firme.

—¿Tierra Firme?

El de Cuenca tomó asiento junto al cartógrafo, y tras un estudiado silencio con el que buscaba avivar la curiosidad de su amigo, admitió con una socarrona sonrisa:

—¡Eso he dicho! Una fabulosa Tierra Firme contra la que al parecer topó el Almirante durante su tercera travesía del océano.

—¡Bobadas!

—El Jardín del Edén, lo ha llamado.

—¡Fantasías de viejo soñador!

—Pintó un mapa y a mi entender es auténtico, porque el Almirante nunca se atrevió a jugar con esas cosas.

La respuesta tardó más de lo previsto debido a la incredulidad del cartógrafo.

—¿Un mapa? —repitió al fin—. Algo había oído acerca de ese supuesto mapa, pero tengo entendido que muy pocos lo han visto.

—He aquí a uno de ellos.

—Si no te conociera creería que mientes, y conociéndote, lo aseguro.

—De poco sirve pasarse la vida cultivando amistades si eso acaban opinando de ti —se lamentó el de Cuenca.

Maese Juan de la Cosa se inclinó, apoyó los codos en las rodillas y se volvió para observarle de medio lado.

—¿Realmente has visto ese mapa?

—Tal como estoy viendo el mar en estos momentos.

—¿Y?

—O yo no he aprendido aún a manejar una espada, o se trata de auténtica y genuina Tierra Firme.

—¡Loado sea Dios! Así pues, ¿se trata de...?

—... un continente —completó la frase su amigo—. Un nuevo, fabuloso y absolutamente desconocido continente al que el Almirante ha llegado sin proponérselo.

—¿Y lo sabe?

—Se empeña en ignorarlo.

—¿Tanta es su egolatría que no admite que se ha equivocado aunque ello redunde en su beneficio?

—Me temo que sí.

—¡Estúpido!

—Lo lamento por él, porque te consta que le aprecio.

—Serás el único, porque jamás he conocido a un hombre que, como don Cristóbal Colón, teniéndolo todo no tenga a nadie.

—Nació para abrir nuevos horizontes, no para hacer amistades —le hizo notar Ojeda sin cambiar el tono de voz—. Puedo presentarte a docenas de ineptos y cientos de cobardes a los que todo el mundo aprecia y les ríe las gracias, pero estoy seguro de que no puedes presentarme a nadie que vaya a dejar su nombre en la historia con la misma fuerza y letras de oro con que él va a inscribirlo.

—Eso es muy cierto, aunque no puedo por menos que preguntarme de qué sirve que tu nombre quede inscrito en la historia si ya estás muerto.

—Pregúntamelo cuando ya esté muerto.

—No creo que en esos momentos yo esté ya para muchos trotes, te llevo demasiados años. Pero sí me gustaría que me aclararas qué se siente cuando has pasado a ser parte de la historia como el héroe de la primera gran batalla de las Indias Occidentales.

—Me siento como un tramposo.

—¿Un tramposo? —repitió el cántabro, sorprendido—. ¿Por qué un tramposo? ¿Qué clase de trampas has hecho para llegar a donde has llegado?

—Utilizar la ventaja de miles de años de cultura para vencer a unas pobres gentes que apenas contaban con más armas que sus manos.

—Te olvidas de los arcos, las lanzas, las mazas y el hecho evidente que por cada uno de esos años de supuesta cultura ellos contaban con diez bravos guerreros. Por lo que a mí respecta, las fuerzas estaban equilibradas.

—No estoy de acuerdo... —le contradijo Centauro—. No lo estoy en absoluto, pero no es momento de ponerse a discutir sobre algo que ya no tiene remedio, sino de tomar decisiones... —Se volvió para mirarlo a los ojos e inquirió con gravedad—: ¿Aceptas ser mi segundo en el mando?

—¿Y qué otra cosa podría hacer si pretendo conservar a mi mejor amigo? —fue la burlona respuesta—. Como espadachín y soldado eres un genio, pero como navegante y explorador eres un auténtico desastre. Si te dejo solo zarparás rumbo a esa desconocida Tierra Firme y desembarcarás en Atenas.

—¡Gracias por la confianza! —protestó el aludido.

—¡No hay de qué! ¿Acaso pretendes que confíe en alguien que aún no ha aprendido a distinguir Andrómeda de Casiopea?

—Por lo que sé, ambas eran diosas de la mitología griega, e incluso tengo entendido que madre e hija.

—¡De mucho te va a servir cuando te encuentres en mitad del océano, con viento de proa y en mitad de las tinieblas... —Maese Juan de la Cosa hizo una pausa, alargó la mano y concluyó—: ¡De acuerdo! Seré tu segundo en el mando, pero tan sólo en lo que se refiere a la navegación y a pintar mapas. Para cortar cabezas de indios tendrás que buscarte a otro.

—No hay problema. Abundan los cortadores de cabezas, pero escasean los cosmógrafos que sepan diferenciar a Andrómeda de Casiopea... —Le estrechó la mano con firmeza, sonrió ampliamente y añadió—: Y ahora llévame a la mejor posada del puerto porque tenemos que celebrar este acuerdo con la mejor cena y el mejor vino de Andalucía.

A una lejana isla llegó una tropa famosa
en demanda del Cipango,
aunque lo que se encontró fue un mango,
que es una fruta sabrosa
muy típica del lugar.

Mas conviene destacar
que la importancia del mango
no estaba en el mango en sí,
en su aroma o su sabor,
sino en que quien lo mostró
fue la reina Anacaona,
esposa de Canoabo.

—¡Más vale que no continúes con esa miserable cancioncilla!

La reina Anacaona es,
segun cuentan los doscientos
que la han conocido a fondo,
una diosa hecha por Dios,
la mujer hecha mujer,

la belleza hecha belleza,
la luz donde la luz brilla
la pasión hecha pasión,
un auténtico pendón,
y más lista que una ardilla.

—¡Te lo advierto! ¡O te callas o te vas a arrepentir!

El mango de Anacaona
más que un sabroso manjar,
es un extenso poema
que me encanta recitar.
Es muy dulce y muy sabroso,
es muy tibio y perfumado,
dicen que es muy terso por fuera
y por dentro sonrosado.
Hendido por la mitad
por una sencilla raya,
juran quienes lo han catado
que más bien sabe a papaya.

Alonso de Ojeda abandonó de mala gana el trozo de cordero asado que estaba saboreando, apartó con delicadeza la mano de su amigo que pretendía detenerle, se puso en pie y se encaminó despacio hacia el hombre que rasgueaba una vieja mandolina con la que intentaba acompañar, con una música ramplona, su desvergonzada tonadilla.

—¡Tienes la boca demasiado sucia! —le espetó, y extendiendo la mano se apoderó del cochambroso instrumento y lo partió en dos contra el canto de la mesa más cercana.

El «trovador» dio un salto desenvainando su espada y exclamó fuera de sí:

—¡Maldito hijo de puta! ¡Te voy a sacar las tripas!

Desde su mesa, y aún con la boca llena de cordero, maese Juan de la Cosa suplicó:

—¡No lo mates del todo, Alonso! No vale la pena. —Y dirigiéndose al músico, comentó con una leve sonrisa—: Te advierto que estás a punto de enfrentarte a don Alonso de Ojeda.

La espada rebotó de inmediato contra el entarimado, el pobre hombre palideció, y alzando las manos balbuceó presa del pánico:

—¡No ha sido mi intención ofenderle, don Alonso! ¡Por Dios que no! Y le pido perdón humildemente.

—¡A mí no me has ofendido, mentecato! —le espetó el de Cuenca—. Pero sí a una de las mujeres más maravillosas que hayan nacido nunca. O sea que te voy a cortar la lengua para que no vuelvas a hacerlo.

—¡Dios Bendito! —sollozó el infeliz—. ¡Por favor, señor! Me gano la vida como trovador...

—Pues de ahora en adelante tendrás que aprender a bailar si quieres continuar ganándote la vida... —Extrajo con estudiada parsimonia su afilada daga y aproximándose al desdichado, que se había dejado caer en el taburete, ya que las piernas no le sostenían, ordenó secamente—: ¡A ver! ¡Saca esa sucia lengua!

—¡Misericordia, don Alonso, tengo tres hijos!

—Y podrás tener otros tres más, pero en silencio.

—¡Alonso...! —suplicó de nuevo el cartógrafo, acudiendo de mala gana a sujetarle el brazo—. ¡Vamos, hombre de Dios, no es para tanto!

—No lo será para ti, que no has conocido a Anacaona.

—La conozco por lo mucho que me has hablado de ella, y eso me basta... —Le quitó con cuidado la daga de la mano al tiempo que afirmaba—: Y estoy convencido de que este buen hombre no volverá a repetir esa canción ni en el retrete... ¿Me equivoco?

—¡En absoluto, señor, en absoluto! —sollozó el infeliz, que ya se había orinado encima—. ¡Lo juro por mi hijo!

—¿Cuál de ellos?

—¡Los tres!

—¿Lo ves? —insistió De la Cosa—. ¡Vamos, hombre! Ya te ha pedido perdón. ¡No seas rencoroso!

—La ofensa ha sido grande y con pedir perdón no basta... —replicó el de Cuenca—. Esa sucia lengua merece un castigo... —Se volvió hacia el orondo posadero, que había asistido a la escena tan quieto como una estatua de sal, al igual que la mayoría de sus parroquianos, y ordenó—: ¡Trae una fuente de esas guindillas con las que has adobado el cordero!

El aludido desapareció como alma que lleva el diablo en la cocina y de inmediato regresó con lo pedido.

Ojeda hizo un gesto indicándole que las colocara en la mesa, junto al amedrentado «trovador», y ensayando una amistosa sonrisa, señaló:

—Podrás marcharte cuando te las hayas comido todas, la lengua se te haya hinchado de tal forma que no puedas hablar durante una semana y te salgan unas almorranas que te impidan sentarte en un mes.

—¿Todas, señor? —se horrorizó el otro.

—¡Hasta los rabos!

—¡Que Dios me ampare!

Se llevó la primera guindilla a la boca, y Ojeda regresó a su mesa con la intención de concluir su apetitoso cordero, aunque sin dejar de lanzar ojeadas al sufrido «trovador», cuyo rostro enrojecía por momentos y sus desorbitados ojos rezumaban gruesos lagrimones.

Al rato se derrumbó como si le hubieran cortado las

patas al taburete y las guindillas se desparramaron por el suelo, pero las fue recogiendo una por una para comérselas a duras penas.

Maese Juan de la Cosa insistió:

—¡Por los clavos de Cristo, Alonso! ¡Me estás echando a perder la cena!

El Centauro hizo un gesto con la mano al desgraciado, indicándole que podía marcharse, y el otro se alejó casi a rastras hasta perderse de vista en la oscuridad de la noche.

Al cabo de un rato el cántabro comentó:

—A veces puedes ser muy cruel.

—Tan sólo soy cruel cuando envío a un patán al infierno —fue la seca respuesta—. Lo de esta noche no ha sido crueldad, sino justicia. Ese cretino se lo pensará muy bien antes de volver a atentar contra el honor de una mujer, sea quien sea.

Corrió la voz de que el gran Alonso de Ojeda estaba aparejando cuatro naves que se lanzarían a la aventura de explorar y colonizar nuevas tierras allende el océano por mandato del obispo Fonseca, que era tanto como decir de los propios reyes.

Y se murmuraba que en este caso especial se daba la gozosa circunstancia de que por primera vez desde el Descubrimiento la expedición no dependía ni directa ni indirectamente de la suprema autoridad del almirante Colón, lo cual significaba que debido a su pésima gestión como gobernador se le despojaba del privilegio de una total exclusividad en cuanto se refería a la travesía del Océano Tenebroso rumbo a las Indias Occidentales.

Tales Indias Occidentales iniciaban por tanto una nueva andadura. Y la iniciaban de la mano del mejor de sus capitanes.

Por si todo ello no bastara, se daba la circunstancia de que el segundo al mando sería un geógrafo de tan reconocido prestigio como maese Juan de la Cosa, por lo que a no tardar comenzaron a acudir candidatos a tomar parte en la expedición desde los más lejanos puntos de la geografía nacional.

Marinos, soldados de fortuna, buscavidas, comerciantes en demanda de nuevos productos, e incluso algún que otro fugitivo de la justicia corrieron a alistarse sin tener la más remota idea de su destino, ni qué les esperaba al final de tan incierta aventura.

Para la mayoría de ellos, y a tenor de lo que les habían contado, al final del viaje caerían en brazos de una hermosa mujer que descansaba a orillas de un cristalino riachuelo en cuyo fondo brillaban, como doradas estrellas, infinidad de pepitas de oro.

Para cuantos aspiraban a embarcarse, el Viejo Mundo olía a rancio; a viejas sotanas, mujeres enlutadas, ajo y cebolla, sudor y mugre; por el contrario, el Nuevo Mundo debía de oler a tierra mojada, flores y especias, mujeres muy limpias y, sobre todo, sexo; mucho sexo.

En el Viejo Mundo se pasaba hambre, mientras que era cosa sabida que en el Nuevo Mundo bastaba con alargar la mano para coger una sabrosa fruta.

¿Quién podía resistirse a tan fascinantes tentaciones si además sabían que viajarían bajo la protección de un legendario espadachín protegido por los dioses y al que incluso la muerte respetaba?

Andaluces, extremeños, castellanos, vascos, catalanes, gallegos, aragoneses, canarios y hasta italianos llegaban a caballo, en carretas o a pie, para colocarse al final de una larga hilera de soñadores y estampar su firma, la mayoría una tosca cruz, al pie del documento que los contramaestres les colocaban delante.

—¿Adónde vamos exactamente? —solía ser la pregunta de quienes se enrolaban.

—A Roma... —respondían los contramaestres con sorna, al tiempo que se guiñaban un ojo.

—¿A Roma? —se asombraban—. No es eso lo que tenía entendido. ¿Cómo se explica una expedición de este calibre sólo para ir a Roma? ¿Acaso vamos a conquistarla?

—Porque Roma es el único lugar al que conducen todos los caminos, cabeza hueca —era la rápida y divertida respuesta—. Por si no te habías enterado, éste es un viaje de exploración cuyo objetivo es descubrir lugares desconocidos... ¿Cómo pretendes que te digamos a qué lugar vamos si todavía es desconocido, pedazo de acémila?

—¡Visto así...!

Una fría noche de marzo de 1499, un hombre que tenía la mala costumbre de hablar tan bajito que obligaba a alargar el cuello e inclinar la cabeza a sus interlocutores, se plantó ante la mesa en que Ojeda y maese Juan de la Cosa, quienes se encontraban cenando en la vieja posada por la que no había vuelto a dejarse ver aquel sufrido «trovador» al que aún debía de arderle el estómago, con el fin de suplicar en un perfecto castellano pero en el que se advertía un leve acento extranjero:

—¿Serían tan amables de dedicarme unos instantes?

—Si deseáis alistaros, mis contramaestres os atenderán en el puerto... —le dijo Ojeda.

—Ciertamente es lo que deseo. Pero como no soy marino, cirujano, ni hombre de armas, y ya no estoy en edad de fregar cubiertas, mi solicitud ha sido rechazada.

—¿Y qué sois exactamente? —quiso saber el de Cuenca.

—Astrónomo.

—¿Astrónomo?

—Aprendiz de astrónomo, para ser más exactos.

—¿Aprendiz a vuestra edad?

—Son tantas las estrellas y tan infinito el firmamento, que estoy seguro que por mil años que viviera siempre me consideraría un aprendiz.

—En eso tenéis toda la razón... —intervino maese Juan de la Cosa—. Llevo toda la vida en este oficio y cada vez que alzo los ojos al cielo llego a la conclusión de que mi ignorancia crece con el paso de los años.

—Sensación que comparto.

—Y angustiosa... —puntualizó el cosmógrafo, e inquirió—: ¿Sois por ventura florentino?

—¿Tanto se me nota el acento?

—Lo suficiente, pese a que habláis tan bajito que me cuesta captarlo incluso a mí, que me precio de ser capaz de identificar cualquier acento. —Le sirvió un vaso de vino que le alargó señalando—: Bebed algo, a ver si así se os aclara la garganta. Decidme, ¿tenéis experiencia en navegar guiándoos por las estrellas?

—¡En absoluto! —susurró el recién llegado—. De hecho, debo reconocer que jamás he pisado la cubierta de un barco.

—Poco bagaje tenéis para aspirar a formar parte de una expedición de semejante envergadura —observó Ojeda al tiempo que se llevaba una pata de pollo a la boca—. ¿Qué pensáis aportar que nos compense los gastos de manutención y el espacio que ocuparíais a bordo?

—Dinero.

—Por suerte es la primera vez en mi vida que no lo necesito... —respondió el Centauro—. La Corona corre con los gastos de la expedición.

—Obediencia...

—Todo el que embarca conmigo obedece o salta por la borda.

—Buena voluntad.

—Nos sobra gente con buena voluntad y que además posee una gran experiencia como marino o con las armas.

—También sé pintar mapas y puedo ser de gran utilidad como ayudante de maese Juan.

Ojeda se volvió hacia su amigo al tiempo que inquiría con una leve sonrisa:

—¿Por ventura necesitas un ayudante?

—Nunca he tenido un ayudante, pero imagino que en un viaje tan incierto y complejo como éste, en el que al parecer navegaremos más al sur de lo que hemos hecho hasta ahora, no estaría de más que alguien me echara una mano para estudiar el movimiento de estrellas desconocidas o pintar la línea de una costa.

—En ese caso la decisión es tuya.

—De acuerdo. —El cántabro meditó unos instantes y luego dijo al florentino—: Dejadme pensarlo una semana.

—Os quedaría eternamente agradecido si me aceptarais. —Inclinó levemente la cabeza y se despidió—. No os molesto más. Buenas noches.

Se dirigió hacia la puerta, pero apenas había dado un par de pasos cuando Ojeda lo llamó:

—¡Señor! ¡Un momento, señor! No habéis dicho vuestro nombre.

—¡Vespucci! —replicó el otro alzando la voz un poco más de lo que acostumbraba—. ¡Amerigo Vespucci!

Cuando se hubo marchado, el de Cuenca preguntó a su amigo:

—¿Qué opinas?

—No lo sé.

—¿Puede serte de ayuda?

—Tendría que comprobar si realmente sabe de estrellas o no es más que un simple aficionado con ganas de ver mundo.

—Se puede saber mucho de estrellas sentado en una azotea pero ser incapaz de distinguir Andrómeda de Casiopea desde el castillete de un navío que se balancea sin cesar.

—Sobre todo si uno es de los que echan hasta la última papilla como un Ojeda cualquiera.

—En el viaje de vuelta apenas me mareé.

—¡Natural! ¡El mar estaba como un plato! —El de Santoña hizo un gesto hacia la puerta por la que había salido el tal Vespucci—. ¿Qué hacemos con ése?

—Si se paga sus gastos y obedece no creo que nos cause molestias... —Sonrió de oreja a oreja mientras sostenía la pata de pollo—. Y si se vuelve un engorro se lo regalamos a los caribes para que lo conviertan en una apetitosa «menestra a la florentina».

Nunca aprendí a juzgar a los hombres y con demasiada frecuencia pagué muy caro el no haber prestado atención a lo que se ocultaba más allá de su apariencia o sus palabras.

Amerigo Vespucci sabía de estrellas y reproducía con bastante fidelidad los mapas que el cántabro pintaba, pero estuvo a punto de no embarcar por el hecho de que muy pronto Alonso de Ojeda consideró que incordiaba más que «una ladilla turca».

Untuoso, sumiso, servicial, ceremonioso y halagador hasta el empacho, hacía tantos esfuerzos por ganarse el puesto y la simpatía de cuantos le rodeaban que lo que en verdad provocaba era hastío.

Y además de continuar hablando en susurros, una vez embarcado se habituó a estornudar y sorberse los mocos, por lo que a los pocos días de navegación la mayor parte de los tripulantes le conocían por el apodo de «el Mocoso».

Si era el agua de mar, el viento salino, la brea de calafatear, la madera o la humedad lo que le producía tan molesta alergia, nunca nadie conseguiría averiguarlo, pero lo cierto era que no pasaban cinco minutos sin que lanzara un sonoro estornudo que salpicaba a cuantos se encontraban a su alrededor.

—¿A qué se debe que los niños anden siempre con los mocos colgando y en cuanto se convierten en adultos dejen de hacerlo? —inquirió en cierta ocasión un perplejo Alonso de Ojeda tras uno de los sonoros estornudos del florentino—. A mi primo el Nano le bajaban «velas verdes» hasta los labios para desesperación de mi tía, pero un buen día le desaparecieron y jamás regresaron.

—No tengo ni la menor idea... —admitió el de Santoña—. Yo era bastante mocoso de pequeño, pero no recuerdo cuándo dejé de serlo.

—Qué curioso.

—Le preguntaré al médico por qué diablos Vespucci no para de moquear.

—¿A Quijano? —se asombró el de Cuenca—. Ése aparte de hacerte una sangría o cortarte una pierna no sabe nada de nada; si se le presenta la oportunidad de examinarle probablemente opte por rebanarle la nariz.

Lo cierto es que, con mocos o sin mocos, el italiano fue aceptado a bordo de la nao capitaneada por maese Juan de la Cosa, puesto que Alonso de Ojeda había entendido desde el primer momento que en cuanto se refería a negocios del mar debía ser el cántabro el que marcase la pauta, aunque la responsabilidad del futuro de la expedición continuara bajo su mando.

—Al César lo que es del César... —fue su comentario en cuanto quedaron atrás las costas de Cádiz—. Cuando haga su aparición una ola grande y demos el primer bandazo, me encierro en mi camareta y no vuelvo a salir hasta que me avises que hemos llegado a tierra.

Era, según algunos historiadores, el 18 de mayo del último año de un siglo que daba paso a otro en el que el mundo conocido se ampliaría de forma inesperada gracias a hombres como los que en aquellos momentos abandonaban el estrecho de Gibraltar. Aunque hay quien opina que la escuadra zarpó dos días más tarde, ése es un detalle que carecía de importancia en una época en que los caprichos del mar y el viento podían hacer que una travesía oceánica se prolongara dos semanas o se adelantara dos semanas.

Lo que en verdad importaba no era cuándo se abandonaba puerto, o cuánto se tardaba en llegar al destino final, sino el hecho de llegar sanos y salvos, aunque la mayor parte de las veces no se tuviera ni la menor idea de adónde se llegaba.

Tras una obligada escala en La Gomera, por tradición el último puerto en que se hacía aguada y se cargaban vituallas frescas, se emprendió al fin lo que constituía la verdadera y peligrosa travesía del océano.

Cuenta la leyenda que fue precisamente en esa isla donde Cristóbal Colón tuvo la mala fortuna de embarcar, durante su segundo viaje, dos cerdas preñadas cuyas crías fueron las que posteriormente inocularon la peste porcina a los haitianos, provocando una horrenda mortandad.

Peste porcina, viruela, gripe, sarampión y tuberculosis constituyeron el peor obsequio que los europeos transportaban en sus naves.

En el transcurso de apenas un siglo estuvieron a punto de borrar del mapa a los habitantes de todo un continente, ya que no tenían defensas contra unas enfermedades totalmente nuevas para ellos.

Corrían tiempos en los que la culpa únicamente se podía achacar a la ignorancia.

Por fortuna, y que se sepa, en las cuatro naves de la escuadra de Ojeda no viajaban la peste porcina, la viruela, la tuberculosis ni el sarampión, por lo que, exceptuando los estornudos del florentino, cabría asegurar que aquélla fue una expedición que sanitariamente no causó daño alguno.

A partir de que perdieron de vista las costas de La

Gomera y desapareció de igual modo la silueta del Teide, que dominaba la aún inconquistada isla de Tenerife, el cántabro marcó rumbo oeste sur-suroeste buscando alejarse de la conocida y frecuentada ruta que le llevaría directamente al mar de los Caribes.

Su intención era comprobar, por mandato de los reyes, si aquella supuesta Tierra Firme que hacía su tímida aparición en la carta de navegación pintada por Colón, se prolongaba hacia el sur o se trataba en realidad de una isla.

La travesía transcurrió sin mayores incidencias hasta que en el amanecer del día veinticuatro, un rapaz de Tarifa que había ganado justa fama de tener vista de lince, aulló desde lo alto del palo mayor:

—¡Tierra a la vista!

Pero a decir verdad no era tierra lo que se distinguía, sino una especie de interminable alfombra verde esmeralda que nacía al borde mismo del agua y se extendía monótona y sin un solo relieve hasta perderse en la distancia.

—¿Se puede saber dónde nos encontramos, maese Juan? —quiso saber el conquense tras observar largamente un paisaje que más bien parecía la continuación del mar, pero de un verde mucho más oscuro.

—Anoche el astrolabio señalaba tres grados de latitud norte, es decir, casi en la misma raya del ecuador.

—Háblame en cristiano, querido amigo —protestó el otro—. ¿Eso qué diablos significa exactamente?

El de Santoña señaló con la mano el horizonte a su izquierda y, extendiendo el brazo muy lentamente hacia la derecha, puntualizó:

—Que si desde aquí hasta el punto, a once grados norte, que marca el Almirante en el mapa de la península de Paria, esa línea de árboles no alcanza a quebrarse ante la aparición de un ancho canal de agua de mar, sospecho que hemos tropezado con un auténtico continente.

—¿Y que por lo que se ve continúa hacia el sur?

—Eso parece.

—¿Y qué hacemos? —quiso saber el conquense—. ¿Continuamos bordeando hasta ver dónde acaba todo esto, o ponemos rumbo norte para comprobar si desde aquí hasta Paria no existe ningún brazo de mar que lo convierta en una isla más?

—Tú estás al mando —fue la parca respuesta.

—En efecto, estoy al mando, pero lo primero que aprendí cuando me pusieron al mando de una tropa es que más vale aceptar un buen consejo que encajar una mala derrota. ¿Tú qué opinas?

El curtido marino nacido a orillas del bravío Cantábrico, piloto veterano antes incluso de embarcarse con Cristóbal Colón en el viaje que habría de concluir con el descubrimiento del Nuevo Mundo, estudió con detenimiento el cielo, el mar y el horizonte, meditó largamente, y por último señaló:

—Si nos aventuramos tres grados más hacia el sur, atravesando la raya del ecuador, nos arriesgaríamos a encontrar vientos contrarios que nos impedirían regresar ignoro por cuánto tiempo, puesto que éstas son latitudes que nadie ha alcanzado con anterioridad a este lado del océano... —Humedeció de saliva el dedo índice y lo alzó sobre su cabeza para añadir—: Ahora tenemos un buen viento que nos empujará tranquilamente hacia la isla de Trinidad, la entrada del mar Caribe y por tanto a Paria. —Sonrió de oreja a oreja al tiempo que le guiñaba pícaramente un ojo a su amigo y superior en el mando y añadía—: Eso es todo lo que puedo decir respecto a nuestra situación, así que tú decides.

—Pero no has respondido a mi pregunta.

—¡Ni pienso hacerlo!

—¿Y eso?

—No quiero que recaigan sobre mi conciencia las vidas de tantos hombres.

—¿Acaso tienes miedo?

—Nadie ha sabido nunca con exactitud cuál es la delgada línea que separa la prudencia del miedo, querido amigo. Pero puedes estar seguro de que si a bordo de estas naves sólo estuviéramos tú y yo, no dudaría en continuar rumbo sur. No obstante, me parece injusto que descargues sobre mis espaldas una responsabilidad que te corresponde por derecho.

—De acuerdo —masculló de mala gana el Centauro—. Ocúpate de buscar una ensenada tranquila y fondear. Necesito un par de días de descanso y mar en calma hasta que se me asiente la cabeza y consiga pensar con claridad. No es una decisión sencilla.

—Por eso te pagan mejor que a mí.

Se trataba en verdad de una decisión difícil, y no debido tan sólo a que estuvieran en juego muchas vidas, ya que en el momento de firmar el rol de enganche todos sabían que corrían el riesgo de no regresar jamás a sus hogares.

Era el precio, asumido de antemano, que debían pagar a cambio de encontrar gloria y fortuna.

Desde el momento mismo en que subieron a bordo y se levaron anclas, aceptaron que su destino, bueno o malo, quedaba en manos de un hombrecillo de estatura baja, aparentemente frágil y sin la prestancia física que suele atribuirse a los héroes legendarios, pero que había demostrado hasta la saciedad que nadie llegaba a su altura moral ni a su increíble coraje.

No era por tanto cientos de vidas humanas lo que estaba en juego; era mucho más.

Alonso de Ojeda tenía plena conciencia de que a los seis años y medio de que Rodrigo de Triana, con el que en más de una ocasión se había peleado muchos años atrás a orillas del Guadalquivir, puesto que el vigía de la *Santa María* siempre había sido un chicarrón lenguaraz y pendenciero, avistara por primera vez una diminuta isla en la inmensidad del océano, ningún acontecimiento relacionado con las tierras recién descubiertas había tenido la importancia de lo que se encontraba en juego en aquellos momentos.

Sus majestades le habían encomendado la delicada misión de determinar de una vez por todas si lo que el almirante Colón había descubierto era sólo un nutrido archipiélago no demasiado alejado de las costas de Asia, o un nuevo, gigantesco y fabuloso continente del que el mundo «civilizado» no había tenido conocimiento desde antes de que el primer faraón fuera enterrado bajo una altiva pirámide.

De lo que Juan de la Cosa y él averiguaran dependería también que los geógrafos pudieran calcular con nuevos datos el posible tamaño de la Tierra.

¡Virgen Santa!

¿Acaso no era un peso excesivo para mis hombros? ¿Acaso no lo era para los hombros de cualquier ser humano?

Navegar rumbo sur cruzando la línea ecuatorial significaba constatar cuál era la auténtica extensión de aquella masa de altos árboles en apariencia ilimitada, pero tal como el piloto cántabro aseguraba, implicaba el riesgo de no regresar a poner en conocimiento de los reyes la verdad o la mentira de sus descubrimientos.

—Como es lógico, la Tierra rota siempre en la misma dirección... —le había indicado una tranquila noche de charla sobre cubierta el siempre fiable Juan de la Cosa—. Y por lo que hemos podido comprobar, en la latitud en que nos encontramos, y preferentemente en otoño, los vientos reinantes atraviesan el océano llegando desde Europa, mientras que más al norte suelen soplar en dirección contraria durante la primavera... —El de Santoña hizo una breve pausa e inquirió—: ¿Tienes idea de lo que te estoy hablando?

—Hasta ahora sí.

—Bien. Esa parte del problema la conocemos, pero lo que me preocupa es que resulta muy posible que bajo la línea del Ecuador la tendencia sea la misma, lo que nos obligaría a continuar muy hacia el sur con el fin de encontrar vientos que nos devolvieran a las costas de África o al océano Índico. Sería un viaje de muchos meses y carecemos de agua y provisiones para tamaña aventura.

—Por lo que hemos comprobado, por estas latitudes llueve en abundancia y tal vez podamos abastecernos por el camino.

—¡Tal vez! —reconoció el cántabro—. Pero hay algo de lo que puedes estar seguro; cuatro naves no pueden mantenerse a la vista la una de la otra navegando tanto tiempo por mares desconocidos en los que reinan vientos igualmente desconocidos. Lo más probable es que perdiéramos la mitad por el camino.

—¡Feo lo pintas!

—No me has nombrado tu piloto mayor para que te pinte las cosas del color que te gustan, sino para exponerte, con la mayor claridad y sinceridad posibles, los pros y los contras en temas de navegación.

—Cosa que te agradezco, por supuesto, pero no por ello me facilitas la labor. No me agrada la idea de depender de los caprichos del viento, pues me consta que ni el valor, ni las espadas, ni incluso los cañones, le hacen cambiar de opinión; cuando sopla, sopla, y nos convierte en sus esclavos.

—Veo que lo has comprendido. Quienes nacemos y nos criamos en el Cantábrico tenemos muy claro que el viento es el rey indiscutible, y cuando ruge no queda otro remedio que agachar la cabeza y rendirle tributo.

—Soy de Cuenca, donde el viento no reina de ese modo, pero no estúpido, y a mi pesar ya he navegado lo suficiente para saber cómo se las gasta.

—No existe ninguna otra fuerza natural que pueda comparársele cuando decide desmelenarse, exceptuando tal vez los terremotos, mucho menos frecuentes, eso sí, que las galernas.

—Pero si ponemos rumbo norte sólo habremos completado la mitad de nuestra tarea —puntualizó visiblemente decepcionado el Centauro.

—La mitad de algo es siempre mejor que nada.

—Cierto, pero nunca he sido hombre que se conforme con mitades.

—No te han confiado cuatro barcos para que demuestrés una vez más tu coraje, que nadie se atrevería a discutir, sino para que cumplas una misión en la que la mejor prueba de valor es la prudencia.

—¿Quién te ha conferido esa maldita habilidad para tener siempre en la boca la frase justa? —refunfuñó el conquense negando con la cabeza—. Todavía espero que llegue el día en que no tengas una respuesta a flor de labios.

—¡Quién fue a hablar!

—Admito que tampoco suelo ser parco en palabras, pero te aseguro, querido amigo, que en ocasiones todo este asunto me deja sin habla. —Se volvió para mirarlo con fijeza a la luz de una clara media luna que había hecho su aparición en el horizonte arrancando destellos de plata a las tranquilas aguas de la pequeña ensenada en que se encontraban fondeados, para inquirir más como súplica que como pregunta—: ¿Crees que es posible que todo un continente haya permanecido oculto sin que ni los europeos ni los asiáticos hayan tenido nunca la más mínima noticia?

—¡Difícil pregunta, a fe mía! Tal vez la más difícil que me hayan hecho nunca, pero admito que también yo suelo hacérmela casi a diario. Sabes que admiro a Colón como marino, pero durante el primer viaje constaté que nuestros cálculos en lo que se refiere al posible diámetro de la Tierra no coincidían.

—¿Debido a qué?

—Supongo a que él trabajaba sobre la base de la latitud en la que nos encontrábamos en aquellos momentos, quince o dieciséis grados norte, minimizando en exceso lo que aumenta ese diámetro con cada grado que se desciende hacia el sur.

—¡Confieso que me pierdo! —no pudo por menos que exclamar un desorientado Alonso de Ojeda.

—Debo admitir que en ocasiones yo también, pero quiero suponer que a mayor tamaño de la Tierra, mayor aumento exponencial de ese diámetro, con lo que el primer error nos conduce al segundo. Si don Cristóbal partió de la base de que todo era más pequeño, todo continuaba siendo, a su modo de ver, más pequeño.

El de Cuenca sacudió la cabeza como queriendo desprenderse de unas ideas que le confundían, se puso en pie, dio un corto paseo por cubierta y al fin apoyó la espalda en la borda para observar a su mejor amigo a la luz de la luna.

—No soy un hombre de ciencia... —dijo—. Y por desgracia tampoco de letras. Sólo soy un hombre de armas, al que todas estas disquisiciones suenan a chino. ¿Qué opina el tal Vespucci?

—Nunca opina.

—¿Cómo que nunca opina? —se sorprendió el Centauro—. Según ha dicho, es cosmógrafo, y lo lógico sería que un cosmógrafo comentara sus puntos de vista sobre un tema que le atañe tan directamente.

—Amerigo habla de infinidad de temas intrascendentes, pero respecto a problemas científicos es como un búho: se fija mucho pero nunca dice nada.

—Así pues, ¿para qué demonios te sirve?

—Para tomar notas, pintar mapas o calcular el punto donde nos encontramos, siempre que el barco no se mueva demasiado.

—¿Crees que valió la pena traerle?

El cántabro se limitó a encogerse de hombros con indiferencia y dijo:

—Es como un grumete más, con la diferencia de que se paga su manutención.

—Pero un grumete con mocos...

—¡Eso sí! Es un auténtico taller de fabricar mocos; si fueran velas se haría rico.

—¡Bien...! —acabó por mascullar un fatigado Alonso de Ojeda—. Llevamos tres días en esta preciosa ensenada y no hemos distinguido ningún indicio de presencia humana. La gente se inquieta y los bastimentos se consumen. Esa selva no produce nada que nos sirva de alimento y, aunque la pesca es buena, no hemos venido tan lejos para dedicarnos a pescar. Creo que ha llegado el momento de levar anclas. Zarparemos al amanecer.

—¿Rumbo a...?

—¡Maldita sea, Juan! ¿Qué quieres que te diga? ¡Hacia donde mañana sople el viento!

El viento llegaba desde el este empujando masas de nubes que se adentraban en la infinita selva que se abría ante ellos, rumbo al lejano macizo guayanés, pero como quienes se encontraban a bordo no tenían la menor idea de que tal lugar existiera, optaron por bordear la costa rumbo norte.

Ni siquiera una columna de humo en la distancia.

Nada que invitase a suponer que semejante lugar se encontraba habitado.

Al cuarto día avistaron varios islotes, el último de los cuales, una roca pelada de apariencia en verdad terrorífica, les impresionó por la inaccesibilidad de sus acantilados, a tal punto que Ojeda comentó:

—Ésa debe de ser la guarida del Diablo.

Poco sospechaba entonces que con el transcurso de los años tan desolado lugar acabaría por ser denominado, efectivamente, «isla del Diablo», el más temido penal que haya existido nunca.

Llovía a mares y el calor era denso y pegajoso.

Por la amura de babor la selva continuaba apareciendo inmutable como una línea del horizonte casi idéntica a la del mar, que se distinguía por la banda de estribor.

Un primer río, el Esequibo, les sugirió que semejante caudal de agua tenía que llegar desde muy lejos, pero cuando al fin se enfrentaron al gigantesco delta del soberbio Orinoco, cuyas oscuras aguas avanzaban sobre el mar dejando una mancha marrón sobre su superficie, hasta el último grumete llegó a la conclusión de que se encontraban ante un nuevo y portentoso continente.

—Por mucho que llueva, y a fe que llueve a destajo, recoger y canalizar tanta agua requiere una enorme extensión de terreno —sentenció el cartógrafo—. Tiene que provenir de miles de leguas tierra adentro. O yo no sé una palabra de mi oficio, o sólo la cuenca de este río debe de ser casi el doble de nuestra península.

—¿En qué te basas para hacer semejante cálculo?

—En que al lado de este río, la unión de los cauces del Tajo, el Ebro y el Guadalquivir parecerían una simple meada de burro... —El de Santoña meditó, observó la fuerza con que la corriente chocaba contra el océano, y por último añadió—: No me atrevería a asegurárselo a los reyes, pero a ti puedo confesarte que, a mi modo de ver, se trata del río más caudaloso del mundo.

—¿Del mundo? —se sorprendió el Centauro—. ¡Pero qué bobadas dices!

—Ninguna bobada, amigo mío... —replicó su amigo, cada vez más convencido—. Ni el Rin ni el Nilo, ni ningún otro río europeo, africano o asiático de que se tenga noticias, y te garantizo que son temas de los que entiendo, se le puede comparar ni de lejos.

—¡Cuesta creerlo!

Costaba creerlo, en efecto, pero lo cierto era que, a maese Juan de la Cosa le asistía toda la razón; aún tardarían años en descubrirse el Amazonas y el Misisipí, los dos únicos ríos capaces de superar en volumen de agua al Orinoco, por lo que, en aquel preciso momento histórico, aquél era sin lugar a dudas el más caudaloso del mundo conocido.

Y es que cuando estaba a punto de nacer el año 1500 nadie podía imaginar que los tres ríos más caudalosos del planeta se encontraran en un mismo continente del que aún ni siquiera se tenían noticias.

—Durante el viaje del descubrimiento... —señaló a poco el de Santoña— el Almirante consultaba a menudo un atlas, la *Cosmographia*, publicado en 1477 y realizado por los mejores geógrafos de su tiempo basándose en los datos del greco-egipcio Tolomeo, que en el año 150 hizo unos cálculos bastante exactos a partir de los relatos de viajeros y navegantes de la época.

—También yo vi cómo los consultaba durante su segundo viaje, aunque nunca tuve muy claro por qué lo hacía —comentó Ojeda.

—Porque Tolomeo fue el primero en llegar a la conclusión de que el mundo era esférico y no plano, aunque aquélla era una teoría inaceptable para los sabios de su tiempo. Colón defiende a pies juntillas sus teorías, pero como Tolomeo no tenía la menor noticia de un continente entre Europa y Asia, Colón se empeña en negar que ese continente exista. Me temo que, siendo tan testarudo como es, baje a la tumba sin reconocer que aquel a quien siempre ha considerado su maestro pueda haber errado de una forma tan notable en sus cálculos.

—Y tú empiezas a creer que erró... —observó el conquense.

—Este río viene a demostrar que Tolomeo, aunque acertado en la teoría, se equivocó en la práctica.

—Supongo que en el Egipto de hace más de mil trescientos años resultaría casi imposible imaginar la existencia de semejante caudal de agua.

—¡Lógico! Para ellos las crecidas del Nilo no tenían parangón, y te garantizo que el agua que arroja al Mediterráneo los días de máxima crecida no se aproxima ni remotamente a lo que estamos viendo ahora.

—Así pues, querido amigo, ¿podremos asegurarles a los reyes que efectivamente hemos topado con todo un continente?

—Todavía es pronto para afirmarlo de un modo taxativo... —respondió el cosmógrafo—. Estimo que lo más conveniente sería establecer contacto con los nativos, pues tal vez podrían aclararnos algo al respecto.

Aquélla era, sin lugar a dudas, una sugerencia digna de ser tenida en cuenta, pero en lo que se refería al enorme delta que conformaba el Orinoco, una cosa era intentar establecer contacto con los nativos, y otra muy diferente conseguirlo.

Fue el propio Ojeda quien se puso al frente de una docena de expedicionarios que bajaron a tierra en dos falúas para parlamentar con algún indígena, aunque muy pronto comprobaron que apenas había tierra a la que bajar.

El agua lo cubría todo, y donde acababa el agua comenzaban espesos manglares o intrincados cañaverales que daban paso a una selva oscura, tórrida, de calor agobiante, altísimos árboles e imponentes palmeras. Resultaba muy fácil separarse, así que tuvieron que amarrar la popa de una embarcación a la proa de la siguiente para permanecer unidos en un laberinto de canales que a veces semejaban una alfombra de nenúfares.

Marinos y soldados, acostumbrados a la luz y los espacios abiertos, experimentaban una extraña sensación de claustrofobia, inmersos en aquel universo en penumbras donde el sol apenas filtraba de tanto en tanto un tímido rayo que nunca alcanzaba el agua y confería al paisaje un extraño aire de catedral gótica.

Impresionaba el profundo silencio, roto de tanto en tanto por el seco graznido de un ave invisible, lo cual tenía la virtud de conseguir que el silencio que le sucedía pareciese aún más profundo.

Largas serpientes se deslizaban por los troncos de los árboles y enormes cocodrilos acechaban semiocultos entre las islas de jazmines.

Tuvieron que abrirse paso a duras penas clavando pértigas en un fondo de limo, antes de toparse con tres cabañas alzadas sobre troncos de casi cinco metros de altura, lo que les dio una ligera idea de qué nivel podían alcanzar allí las aguas durante las crecidas.

Pero ni rastro de sus moradores.

Quienesquiera que fuesen los propietarios de tan rústicas viviendas al parecer preferían espiarles desde la espesura.

—Los presiento... —susurró el Centauro—. Intuyo que se encuentran ahí, observándonos desde los manglares o las copas de los árboles, pero me temo que ni siquiera alcanzaremos a distinguirlos. Deben de estar acostumbrados a mimetizarse con el entorno.

—¿Cree que son caníbales, capitán? —inquirió con preocupación el alférez Tapia, que había formado parte como simple soldado de la expedición al interior de la isla de Guadalupe siendo apenas un muchacho, y que se había convertido en uno de los hombres de confianza del conquense.

—Confío en que no, Marcelo... —fue la esperanzada respuesta—. Confío en que no, pero a fe que no puedo asegurarlo.

—Con todos los respetos, capitán, caníbales o no, dudo que consigamos ponerle la mano encima a uno de esos salvajes. Este lugar es un maldito laberinto en el que más factible resulta que nos cacen ellos a nosotros que nosotros a ellos.

—Estoy totalmente de acuerdo...

—¿Y qué hacemos?

—Dar media vuelta. Un soldado debe estar siempre dispuesto a enfrentarse al enemigo, pero cuando el enemigo no aparece todo resulta inútil.

Pero «dar media vuelta» en pleno corazón del delta Amacuro no significaba lo mismo que «dar media vuelta» en cualquier otro lugar del mundo.

Habían llegado hasta allí por el agua, sin dejar huella alguna de su paso, y cada árbol, cada palmera, cada manglar o cañaveral era prácticamente idéntico al vecino, y como las tupidas copas de los árboles impedían ver dónde se encontraba exactamente el sol, no tenían forma humana de orientarse con un mínimo rigor.

Al cabo de dos horas, el contramaestre que timoneaba la primera falúa comentó como si se tratara de algo absolutamente banal:

—Me da la impresión de que nos hemos perdido.

—Lo lógico sería que dejándonos llevar por la corriente acabáramos por desembocar en el mar.

—Si hubiera corriente, capitán. Aquí el agua está más estancada que en el aljibe de mi abuelo.

—Pues según maese Juan éste es el río más caudaloso del mundo.

—Con todos los respetos a maese Juan, al que admiro, la vegetación forma un muro tan espeso como la piedra. Por ahí no hay quien pase. ¿Qué hacemos?

—¿Y qué podemos hacer? Dar media vuelta.

Podía pensarse que cuando avanzaban en determinada dirección, una gigantesca mano invisible cerraba el paso a sus espaldas, por lo que al intentar desandar la misma ruta se veían obligados a desviarse.

—¡Esto es cosa de locos! ¿Cuándo oscurecerá?

—Dentro de unas tres horas.

—Pues debemos salir de aquí antes de que anochezca o no saldremos nunca.

Tres horas de luz en mar abierto o en las llanuras de La Mancha son siempre tres horas de luz, pero el mismo tiempo bajo el manto de vegetación de la jungla del Bajo Orinoco se convertía en apenas una hora de tenue claridad que al poco daba paso a las confusas sombras que precedían a las tinieblas.

Sin apenas darse cuenta descubrieron que ya ni siquiera podían distinguir el rostro de quien se sentaba a su lado.

—¡Que el Señor nos proteja!

Y con la oscuridad llegó el peor enemigo imaginable.

No se trataba de feroces caníbales, temibles cocodrilos o venenosas serpientes, sino de millones de mosquitos que se abalanzaron sobre ellos dispuestos a succionarles hasta la última gota de sangre.

Se protegieron como pudieron, arrebujándose en el fondo de las embarcaciones, y se dispusieron a pasar la que sería una de las peores noches de sus vidas.

La primera claridad del día, una luz glauca y casi fantasmagórica, dejó a la vista unos rostros hinchados, unos ojos enfebrecidos y unas manos que apenas conseguían sostener los remos o las pértigas.

Y un muro de vegetación que no parecía ofrecer ni un pequeño resquicio por el que introducirse en busca de aguas libres. Era como si durante una sola noche nuevos árboles y cañaverales hubieran crecido de repente.

—¡Mal lugar para morir! —balbuceó un desalentado granadino al que le costaba terriblemente abrir los ojos, tan inflamados tenía los párpados—. Rodeados de «bichas» y sin un mal pedazo de tierra donde enterrarte.

—¡Nadie va a morir! —sentenció Alonso de Ojeda—. Lo primero que tenemos que hacer es orientarnos, o sea que treparé a la mayor de aquellas palmeras.

Cuando se encontraba en el punto indicado, pidió los cinco cinturones más resistentes, los unió entre sí, rodeó el tronco y se los pasó por la espalda. A continuación se descalzó y comenzó a ascender como un mono que no hubiera hecho otra cosa en su vida que escalar palmeras.

Afirmaba los pies en las rugosidades, alzaba los cinturones por encima de su cabeza, se elevaba a pulso, volvía a afirmar los pies y repetía la operación con casi matemática precisión.

Desde abajo le observaban con asombro.

Se necesitaba mucha fuerza, mucha agilidad y una total carencia del sentido del vértigo para conseguir trepar de aquel modo, metro a metro, pero al cabo de unos diez minutos Ojeda consiguió llegar a la cima, a unos cuarenta metros del suelo, desde donde extendió la vista sobre una infinita masa verde intenso.

Luego, a su izquierda, distinguió la línea azul del mar y las embarcaciones fondeadas en la amplia bahía.

Durante un largo rato no hizo otra cosa que admirar el paisaje hasta descubrir a unas tres leguas de distancia, ahora a la derecha, el serpenteante cauce del río que corría desde el oeste. Lo estudió con detenimiento y al fin, extrayendo de la funda su afilada daga, se dedicó a cortar cocos que dejó caer al lado opuesto de donde se encontraban las falúas.

Al descender, y tras aplacar el hambre y la sed con los cocos, señaló un punto y anunció:

—Hacia el sur se advierte menos espeso, y desde allí debe de haber una mejor salida hacia el mar.

Se abrieron paso a machetazos por entre las cañas, arrastrando a veces las embarcaciones con el agua a media pierna, sudando, resoplando y cubriéndose de rasguños, y al fin desembocaron en una amplia laguna tapizada casi totalmente de nenúfares por la que resultaba mucho más cómodo avanzar.

Incluso alcanzaron a ver el sol, ya casi vertical sobre sus cabezas.

No pudieron evitar lanzar suspiros de alivio y exclamaciones de júbilo al comprender que habían escapado de una traidora trampa, pero de improviso un alarido de dolor les puso la carne de gallina.

Un soldado, Sancho Iniesta, había cometido la imprudencia de dejar la mano fuera de la borda, rozando el agua, y un enorme caimán se la había cercenado de un solo bocado, cortándole limpiamente el brazo por encima de la muñeca.

El pobre hombre aullaba de dolor mientras contemplaba horrorizado cómo del muñón manaba un chorro de sangre, y tal fue su agitación que a punto estuvo de hacer zozobrar la frágil embarcación.

Ojeda no vaciló y, desenvainando la espada, le golpeó con la empuñadura en la cabeza, dejándole inconsciente.

A continuación le aplicaron un torniquete por debajo del codo para cortar la hemorragia, pero pronto vieron que aquello servía de poco.

—Tenemos que cauterizarle la herida —señaló el alférez Tapia—. De otro modo no llegará al barco.

—¿Y de dónde sacamos fuego?

—De donde lo haya.

Extrajeron yesca y pedernal, prendieron fuego a una camisa, desmontaron uno de los bancos y tras varios intentos consiguieron que ardiera vivamente por uno de sus extremos.

Dos hombres lo sostenían en alto mientras Ojeda mantenía sobre la llama la hoja de su daga; cuando al fin se encontraba casi al rojo vivo, la aplicó por tres veces sobre el muñón del infeliz Iniesta, que aun inconsciente como estaba lanzó un aullido de dolor.

El caimán regresó a la superficie en busca de una nueva presa y dos certeros disparos le volaron la cabeza.

Pocos minutos más tarde, media docena de congéneres se disputaban sus despojos mientras los expedicionarios se alejaban del lugar a toda prisa.

Caía la tarde cuando alcanzaron el mar, y con las primeras sombras trepaban a bordo.

—¿Y bien? —quiso saber maese Juan de la Cosa—. ¿Qué has descubierto?

—El infierno.

—A juzgar por tu aspecto debe de ser cierto, pese a que el Almirante asegura que al oeste de la bahía de Paria se encuentra el paraíso.

—Eso nos lleva a la conclusión de que infierno y paraíso no están demasiado lejos el uno del otro... —masculló el de Cuenca—. Nunca imaginé que pudiera existir un lugar tan hostil para el ser humano, pero aun así encontramos pruebas de que vive gente, aunque no vimos a nadie.

—¿O sea que estamos como al principio?

—¡No! Como al principio no. Tenías razón: alcancé a distinguir en la distancia el cauce de ese río antes de que se desparrame por el delta, y te aseguro que debe de tener casi dos leguas de ancho. Tanta agua ha de llegar desde muy, muy lejos.

El cartógrafo permaneció unos instantes pensativo, se rascó la enmarañada barba, señal de que algo le preocupaba, y por fin señaló:

—Durante el tiempo que has estado fuera no he dejado de preguntarme si los reyes preferirán saber la verdad, o continuar imaginando que sólo se trata de un grupo de islas.

—¿A qué te refieres?

—A que una ruta de navegación rápida y directa hasta el Extremo Oriente significa la posibilidad de establecer un próspero comercio que a la larga resultaría beneficioso para todos, sin otros problemas que los que puedan presentar en su momento el mar y el viento. —Sacudió la cabeza como si le costase aceptar aquella realidad—: ¡Pero un nuevo continente...!

—Un nuevo continente... ¿qué?

—Un nuevo continente exigirá un gigantesco esfuerzo de exploración y conquista.

—¿Y no te parece maravilloso? —se asombró el Centauro.

—¡Desde luego! ¿Pero cómo podrá una nación tan pequeña como la nuestra y que acaba de salir de una guerra que ha durado casi ochocientos años, encarar tamaña empresa? ¿De dónde sacaríamos los hombres, el dinero y las armas necesarias?

—Buena pregunta, vive Dios.

—¿Se te ocurre una respuesta?

—Tan sólo una.

—¿Y es...?

—Del hambre. La guerra con los moros ha concluido y tanto ellos como los judíos que no se han convertido al cristianismo han sido expulsados, con lo cual, y mal que nos pese, hemos perdido a los más capacitados para crear riqueza. Cuando la reina desaparezca, y lamentándolo en el alma imagino que no habrá de tardar mucho porque la muerte de sus hijos la ha afectado mucho, la nobleza se hará fuerte, y sabido es que a los nobles lo único que les importa es su propio provecho.

—¿Y ello traerá hambre?

—Hambre e injusticia, las dos razones básicas que empujan a los desesperados a lanzarse a una aventura por ardua que sea; lo sé por experiencia. —El Centauro hizo una pausa e indicó con un gesto la línea de la costa que, más que verse, se adivinaba en la distancia—. Una barriga llena o un corazón que no rebose furia jamás osará adentrarse en esa jungla, eso puedes jurarlo.

—Ahora tu barriga está llena, y que yo sepa tu corazón no rebosa furia —le hizo notar el de Santoña—. Y aquí estás.

—Ahora no, desde luego. Pero cuando me embarqué

por primera vez mi bolsa no contenía un cobre, a la par que mi único futuro se centraba en poner mi espada al servicio de los poderosos, lo cual ciertamente me enfurecía. La fortuna ha sido, gracias a la Virgen, mi aliada, lo cual significa que me he visto por razones ajenas a mi voluntad involucrado en una aventura que sospecho no tendrá fin hasta que me sienta incapaz de sostener una espada.

—Puede que tengas razón en muchas cosas —fue la meditada respuesta—, pero en lo que a ti y a mí respecta no estoy de acuerdo. Nacimos para esto, y si el Almirante no se hubiera decidido a atravesar el océano, nos hubiéramos embarcado rumbo al África Negra, la India o la mismísima China por la ruta del este... ¿O no?

—Yo hubiera ido por tierra. Sabes bien que aborrezco navegar.

—Por tierra o por mar, ¿qué más da? —El cartógrafo se puso en pie, se aproximó a la borda, contempló el tranquilo mar que brillaba bajo la suave luz de una tímida luna y acabó por inquirir—: ¿Qué vamos a hacer ahora?

—Lo más lógico. Después de haber conocido el infierno, intentaremos conocer el paraíso.

Levaron anclas rumbo al noroeste, sin perder de vista la costa, avistaron a estribor la isla de Trinidad, con los tres montes que le daban nombre y que ya el Almirante había pintado en su mapa, y penetraron por el canal de la costa sur en el gigantesco golfo de Paria, comprobando que durante cincuenta leguas habían continuado navegando sobre las turbias aguas que provenían del río Orinoco.

—Eso quiere decir que su desembocadura equivale a la distancia que separa Barcelona de Valencia —indicó un cada vez más perplejo Juan de la Cosa—. Sospecho que si regresamos diciendo que existe un delta que ocupa el espacio equivalente a casi una quinta parte de España y que de igual modo regaría Cuenca que Zaragoza, nos tomarán por locos, o al menos por disparatados fantasiosos.

Ojeda hizo un gesto hacia las tres naves que les seguían a corta distancia, y replicó con una sonrisa tranquilizadora:

—No tienes que preocuparte, contamos con cientos de testigos. —Hizo una pausa y añadió—: Muchos son expertos marinos y todos tienen ojos en la cara para comprobar el color de esas aguas.

—Aun así me sigue pareciendo un disparate. ¡Es todo tan grandioso!

—Deberías haberte hecho ya a la idea, amigo mío. Aquí los ríos, las selvas, las montañas y las distancias nada tienen que ver con lo que conocíamos, y nuestra obligación estriba en exponerlo todo en su justa medida para que quienes vengan detrás, que serán muchos, no se lleven las sorpresas que nos estamos llevando nosotros.

—Lo sé.

—Y yo sé que lo sabes, para algo estás considerado el mejor cartógrafo de este siglo. Tu trabajo consiste en ser exacto en tus mediciones y el mío en acompañarte y protegerte. O sea que aplícate a pintar un mapa muy preciso y a ir marcando los derroteros que habrán de seguir los exploradores del futuro. Vespucci puede echarte una mano.

—De poco me sirve en cuanto a pintar mapas, y además considero que no es buena idea poner en manos de un extranjero la detallada descripción de derroteros que sólo deberían conocer los mejores capitanes de la Corona española.

—¿Acaso desconfías de él?

—Digamos que no confío ni en sus habilidades como cartógrafo, ni en su desmedido afán por mostrarse servicial. Alega que su mayor ilusión es convertirse en súbdito español, pero no veo que muestre interés por conocer mejor nuestro idioma, nuestra historia o nuestras costumbres.

—Ciertamente resulta extraño que alguien que no pierde ocasión de afirmar que Florencia es la mejor ciudad del mundo, demuestre tanto interés por dejar de ser florentino... —El Centauro torció el gesto al añadir—: Tampoco me agrada que vaya haciendo preguntas a los hombres que estuvieron en el delta sobre qué clase de plantas y animales vieron.

El cosmógrafo arrugó el ceño al mascullar entre dientes:

—Empiezo a creer que no fue una buena idea permitir que embarcara.

—Siempre estamos a tiempo de tirarlo por la borda.

—¡No seas bruto!

—¿Bruto? —exclamó el conquense—. Si se confirmaran las sospechas de que está recabando información que puede afectar a los intereses nacionales, no dudes que lo arrojaría a los tiburones o lo haría colgar del palo mayor para ejemplo de futuros espías. Lo que está en juego no es una niñería, amigo mío; es la existencia de un mundo nuevo, lo que sin duda cambiará radicalmente el curso de la historia.

—En eso estoy de acuerdo.

—Así pues, no te extrañes si una mañana lo encuentras adornando las jarcias, aunque me preocupa que desde allí arriba pueda rociarnos con sus mocos... —Fue a añadir algo pero se interrumpió al ver algo que acababa de aparecer ante la proa—. ¡Rayos! —exclamó—. ¡Que me cuelguen si aquello no es un poblado!

El de Santoña se abalanzó hacia la borda, aguzó la vista y confirmó:

—¡Lo es! Y bien grande, por cierto.

Media hora después, las cuatro naos habían lanzado

las anclas sobre un fondo de arena frente a la desembocadura de un riachuelo de aguas cristalinas junto al que se
alzaba una treintena de hermosas cabañas protegidas del
ardiente sol por altos árboles de frondosas ramas y ergui-
das palmeras rebosantes de cocos.

La playa, muy blanca y muy larga, aparecía salpicada
por un gran número de estilizadas piraguas talladas en
oscuros troncos de chonta, y casi un centenar de indígenas desnudos observaban la llegada de los extranjeros sin
demostrar la menor hostilidad.

Ojeda y De la Cosa embarcaron en dos falúas acompañados por una veintena de hombres que ocultaban sus
armas en el fondo de las embarcaciones, pero no necesita-
ron exhibirlas puesto que los nativos, desnudos araucos de
piel muy clara y anchas sonrisas, se mostraron desde el primer momento increíblemente amables y cariñosos.

Los españoles les obsequiaron con cuentas de colores,
espejos, telas y cacerolas, y a cambio recibieron infinidad
de hermosas perlas del tamaño de garbanzos, algunas de
las cuales incluso abultaban lo que un huevo de paloma.

También les obsequiaron con vistosos papagayos.

El que le correspondió a Ojeda, blanco y rojo, lo primero que hizo fue picarle un dedo, por lo que éste no
pudo por menos que exclamar:

—¡Hijo de la gran puta! Con gusto te retorcería el
pescuezo, pero como eres muy bonito y en el fondo me
caes bien, me quedaré contigo y te llamaré *Malabestia* en
honor a aquel otro maldito hijo de puta al que tanto debo.

Los lugareños se apresuraron a ofrecerles toda clase de
manjares y una sabrosa bebida alcohólica que recordaba
a la sidra, y no pasaron más de dos horas antes de que las
muchachas desaparecieran entre la espesura en compañía
de los entusiasmados expedicionarios españoles.

—¡Esto es vida, capitán! —exclamaban alborozados

mientras se alejaban playa adelante—. ¡Ésta es la clase de vida que veníamos buscando!

Los hombres del poblado se limitaban a reír a carcajadas, animando a las parejas a que se alejaran del grupo. A las preguntas de Ojeda acerca de las tribus caníbales de las islas antillanas que se encontraban no lejos de allí, respondieron que no les preocupaban, ya que con sus frágiles embarcaciones jamás conseguirían atravesar las peligrosas y traicioneras «Bocas del Dragón», el estrecho que separaban la bahía de Paria del mar de los Caribes.

La isla de Trinidad que les protegía por el este era demasiado extensa como para que ni el más hambriento caníbal se decidiera a circunnavegarla en busca de una víctima.

Las casi pantagruélicas comidas, a base de pescado fresco, enormes langostas, sabrosas ostras y grandes camarones, tenían la virtud de excitar aún más la ya de por sí activa libido de unos españoles que llevaban largo tiempo embarcados. Para todos ellos aquélla fue una escala gloriosa que colmaba hasta la saciedad sus más secretos anhelos.

Hubo incluso quienes aventuraron que lo mejor que podían hacer era dejar allí un barco y fundar lo que constituiría la primera colonia de aquella Tierra Firme, pero el conquense se negó en redondo, señalando que no lo habían enviado para instalar asentamientos, sino como explorador adelantado.

—Si dejara una nave en cada lugar en que nos dieran bien de comer y las mujeres fueran especialmente cariñosas, acabaría regresando a Sevilla en un bote de remos —señaló—. Tiempo habrá para todo, que si estas buenas gentes llevan aquí desde que el mundo es mundo, no van a marcharse ahora.

—¡Pero nunca encontraremos otro lugar en que abunden tanto las perlas! —protestó un excitado timonel al que le hervía la sangre en cuanto se le aproximaba una insinuante moza.

—¿Y de qué te servirían aquí las perlas, hijo? —replicó el de Cuenca—. Les molestan cuando comen las ostras y los chiquillos no las usan ni para jugar a las canicas; si la carne de la ostra se come y la perla no, lo que vale es la carne, no la perla. Por lo que tengo visto, sólo una de cada cien les llama ligeramente la atención y les ocurre como a los haitianos con el oro: les importa un bledo.

—¡Es que los haitianos también están locos!

—¡No te confundas, hijo, no te confundas! —le contradijo su capitán—. En lo que se refiere al valor de las cosas, no existen cuerdos ni locos; existen los que desean o necesitan algo, y los que no lo desean o no lo necesitan. Lo peor es que ninguno de ellos suele comprender el punto de vista del otro; o sea que haced buen acopio de perlas y disfrutad de tres días más de descanso, porque en la mañana del martes levamos anclas. —Hizo un gesto hacia el canal que se distinguía al norte y que les separaba de la isla—. Y por lo que cuenta esta buena gente, cruzar ese canal tiene sus bemoles.

Quien las bautizó como Bocas del Dragón sabía de qué hablaba.

Dos mares chocaban con inusitada furia, violentas corrientes cambiaban continuamente de rumbo y vientos entrecruzados, furiosos y aullantes, empujaban con fuerza a las naves hacia los traicioneros islotes más próximos a la isla de Trinidad o hacia los incontables bajíos más cercanos a Tierra Firme que hacían de improviso su aparición ante la proa.

Tras una larga semana de relajante paz en que las más

duras batallas se habían librado cuerpo a cuerpo con hermosas muchachas revolcándose en las tibias arenas de la playa, la titánica lucha contra una naturaleza desmelenada a punto estuvo de enviarles al Averno de las profundidades marinas. Sólo cuando al fin comprobó que las cuatro naves habían alcanzado sanas y salvas aguas abiertas y relativamente tranquilas del Caribe, el atribulado Ojeda, que no había parado de vomitar, lanzó un hondo suspiro de alivio.

—¡Santa Madre de Dios! —no pudo por menos que exclamar—. Llegué a pensar que aquí acababa mi historia.

—Algún día te llevaré a la Costa da Morte, y sabrás lo que es bueno... —le replicó el cántabro, que parecía tan fresco como si la dramática y peligrosa travesía hubiera sido un juego de niños—. ¡Aquello sí que es divertido!

—¿Divertido? ¡Maldita sea tu estampa! —se indignó el conquense—. Prefiero una nueva batalla de Jáquimo con cien mil indios enfrente, a volver a atravesar ese dichoso estrecho. ¡Desde luego el mar no es para mí!

—Pues te queda mar para rato.

Quedaba, en efecto, hasta que avistaron una hermosa isla de tranquilas ensenadas y playas de arena dorada, y en la que abundaban tanto las perlas que Colón había decidido llamarla Margarita.

Hubiera constituido un lugar ideal para quedarse una larga temporada, e incluso para siempre, pero Alonso de Ojeda tenía plena conciencia de que sus soberanos le habían encomendado aquella expedición para que les aclarara qué era lo que existía en realidad al otro lado del temido Océano Tenebroso.

Continuaron por tanto costeando, mientras distinguían en la distancia tierras bajas, agrestes montañas, espesas selvas, incontables islotes y espesos manglares, para que el cartógrafo pudiese calcular posiciones, sondear fondos, estudiar la dirección y velocidad de las corrientes, tomar apuntes o pintar mapas, hasta que al fin fondearon en el centro de una pequeña ensenada rodeada de altas dunas de una arena firme y amarillenta que, vistas desde lejos, semejaban mujeres desnudas.

El calor agobiaba.

—Me recuerda la costa del Sahara... —señaló el de Santoña—. El mismo aire seco y bochornoso e idéntico paisaje. ¿Será posible que aquí también exista un desierto como el de África?

—Por lo que estamos viendo, no se privan de nada.

—¿Qué piensas hacer?

—Limpiar fondos. Se nos han pegado tantas algas, mejillones, caracoles y bichos de todo tipo que apenas avanzamos.... —Indicó con la cabeza un largo y tranquilo playón que concluía al pie de la duna más grande, y añadió—: Ése es un buen lugar para varar las naves. No hemos encontrado otro mejor desde que abandonamos el Puerto de Santa María.

—Como varadero es bueno —admitió el otro—. Ahora falta saber si también es seguro.

—Está protegido de todos los vientos.

—No me preocupan los vientos, querido amigo, me preocupan los salvajes. ¿Son tan afectuosos como los de Paria o nos echarán a la cazuela en cuanto nos pongan la mano encima?

—Tendremos que preguntárselo. Enviaré patrullas de reconocimiento a ver qué encuentran detrás de esas dunas. Como comprenderás, no pienso sacar un barco del agua si esos malditos caníbales andan por las proximidades.

—Estoy de acuerdo. Y me vendrá bien pasar una semana en tierra para pintar con calma.

Al alba del día siguiente, antes de que el sol comenzara a calentar la arena, dos partidas de doce hombres cada una desembarcaron en el estrecho istmo de Coro, de unas cinco leguas de largo por media de ancho, y mientras una se encaminaba al norte, adentrándose en la península del mismo nombre, la otra se dirigía al sur con el fin de explorar lo que consideraban ya Tierra Firme.

Al Centauro de Jáquimo le hubiera gustado encabezar cualquiera de ellas, pero pareció comprender que, como comandante de la expedición, en aquel momento su obligación se centraba en supervisar los preparativos para que las naves pudieran vararse y tanto ellas como sus tripulaciones se encontraran suficientemente protegidas en caso de un ataque indígena.

Fondeado en el punto más alejado de la costa continental al que había llegado hasta entonces ningún navío español, no tenía forma humana de saber el número de esos indígenas ni sus intenciones.

Cuando ambas patrullas regresaron e informaron que no habían encontrado rastro alguno de presencia humana en más de ocho leguas a la redonda, Ojeda organizó puestos de vigilancia y ordenó que se varara en la playa la primera de las naves.

Apenas habían comenzado a limpiar el casco cuando los carpinteros de ribera empezaron a lanzar exclamaciones de asombro.

—¡Santo Cielo!

—¡Si no lo veo, no lo creo!

—¡Qué desastre!

—¿Qué demonios ocurre? —inquirió el Centauro.

—¡Observe esto, capitán! La mayor parte de la tablazón está carcomida.

—Y en algunos agujeros cabe medio dedo.

—¡No es posible! —protestó el de Cuenca—. Me garantizaron que los barcos estaban construidos con madera seca y sana.

—Y lo están... —dijo un carpintero, mostrando una especie de gusano que había extraído de uno de los huecos—. Pero por lo visto este bicho asqueroso la devora como si fuera pan blando.

—¡Menuda broma!

Fue ese día, y en ese momento, cuando se bautizó como *broma* al voraz molusco de aguas cálidas que habría de causar casi tantos naufragios en el mar de las Antillas como las tempestades y los piratas.

—¿Y qué hacemos ahora? —quiso saber el carpintero mayor—. A este ritmo, en un par de semanas nos dejan el fondo de las naves como un colador. ¡Menos mal que lo hemos descubierto a tiempo!

Extrajeron varios bichos con ayuda de agujas, los depositaron sobre una ancha laja de piedra y observaron con repugnancia y aprensión cómo se deshidrataban hasta quedar convertidos en una especie de flácido pellejo relleno de aserrín.

—Parece claro que el sol o el calor los mata... —observó maese Juan de la Cosa tras examinar varias veces un par de ellos—. Son animales acuáticos que fuera de su elemento no duran mucho.

—Pero los agujeros quedan —le hizo notar el Centauro—. Y en cuanto botemos la nave al mar, otros acudirán a terminar el trabajo.

—Esperaremos a que este maldito calor de mil demonios los mate y caigan solos. Luego buscaremos el modo de taponar los agujeros para que la tablazón resista hasta que lleguemos a un astillero donde podamos cambiar las partes afectadas.

—Tal vez sirva la brea de calafatear.

—Tal vez. Y tal vez no sería mala idea embadurnar todo el casco con brea; no creo que a estos bichos la brea les guste tanto como la madera.

—¡A nadie le puede gustar la brea! —dijo Ojeda—. ¡O sea que manos a la obra! Hay que continuar limpiando fondos, dejar que se sequen, lijarlos, untarlos de brea y permitir que ésta también se seque antes de devolver la nave al agua.

—Eso puede llevar por lo menos una semana —advirtió el carpintero mayor—. Y si tenemos que trabajar con este calor cuatro semanas, nos quedaremos sin agua.

—Trabajaremos en dos barcos a la vez para reducir el tiempo a la mitad. Que empiecen a preparar la nao capitana.

A la noche siguiente, cuando ya la segunda nave se encontraba varada no lejos de la primera, maese Juan de la Cosa se sentó junto a su amigo, casi a la orilla del agua, y tras un largo silencio comentó:

—No me agrada tener dos barcos en dique seco; me siento como desprotegido.

—Reforzaré la guardia y montaré las bombardas sobre las dunas más altas. Tampoco a mí me gusta, pero no sabíamos que íbamos a encontrarnos con esos malditos bichos.

—¡Tierras extrañas, éstas! —exclamó el cántabro—. ¡Y aguas extrañas! Esta mañana pasó bajo la barca un tiburón de más de tres metros de largo.

—Pues procura no sacar la mano por la borda, no sea que te dejen tan manco como al pobre Iniesta.

—No es para tomárselo a broma, Alonso —protestó el otro—. No transcurre un solo día sin que nos enfrentemos a algo diferente, e intuyo que nuestro asombro no ha hecho más que empezar, como si apenas estuviéramos raspando la piel de una gigantesca bestia. —Lo miró a los ojos y preguntó—: ¿Te das cuenta de que aún no nos hemos adentrado ni cinco leguas en tierra y ya hemos visto más especies de plantas y animales que en toda nuestra vida?

—No me había parado a pensarlo... —reconoció el de Cuenca—. Pero ahora que lo dices... Sólo en el delta había más árboles de los que pueda haber en la Península, y mientras allí los montes son de robles, hayas o encinas, aquí se entremezclan de mil clases distintas, y tan altos como no había visto nunca. ¡Y de insectos ni te cuento!

—¿Te imaginas cómo puede ser este continente cuando realmente nos adentremos en él?

—La imaginación no es mi fuerte, pero estoy convencido de que, aunque lo fuera, lo que descubramos superará todo lo que pudiese imaginar.

—¿Y no te asusta?

—¡En absoluto! Más bien me maravilla, y le doy gracias a la Virgen por haberme proporcionado la oportunidad de vivir esta experiencia. Mis padres, abuelos y bisabuelos apenas salieron del pueblo; creo que algunos viajaron a Cuenca e incluso a Toledo, con unos horizontes que apenas cambiaban, pero yo he sido testigo en cuatro años de más prodigios que veinte generaciones de mis antepasados.

—¿Crees que la historia nos recordará por lo que estamos haciendo?

—La historia siempre empieza cuando ya todo ha acabado, querido amigo —respondió el Centauro mientras se tumbaba en la arena para arrebujarse en su capa—. Y a mí nunca me ha interesado saber cómo acaban las cosas, sino cómo empiezan.

Cerró los ojos y casi al instante roncaba plácidamente.

El de Santoña observó largo rato a aquel hombre pequeño y fibroso por el que sentía un gran afecto y una profunda admiración. Luego se tumbó cara al cielo, a estudiar las miríadas de estrellas como si buscara en ellas respuesta a las muchas preguntas que le asaltaban.

Con la primera luz del alba los despertó el alférez Tapia con una sola palabra:

—¡Salvajes!

—¿Dónde? —inquirió Ojeda poniéndose en pie de un salto.

El alférez señaló un punto en el horizonte:

—¡Allá! Sobre aquella duna.

Tanto Ojeda como Juan de la Cosa aguzaron la vista, y al poco éste dijo:

—Sólo son dos.

—Si hay dos, quiere decir que hay más... —le hizo notar el alférez con buen criterio—. Lo que importa no es el número, sino el hecho de que ahora saben que estamos aquí.

—¡Eso es muy cierto, a fe mía! —admitió el otro con una leve sonrisa—. Debemos averiguar si son amigos o enemigos.

—Esos dos deben de ser amigos, puesto que han venido juntos —replicó Ojeda, y soltó una breve carcajada—. Ahora debemos averiguar si pretenden ser amigos nuestros o buscarnos las cosquillas. —Se volvió hacia Tapia para ordenar—: Intenta acercarte a ellos en son de paz.

—¿Y cómo sabrán esos salvajes que voy en son de paz, capitán?

—¿Y a mí qué me cuentas? ¡Prueba a ir cantando!

—Con todos los respetos, capitán, si voy cantando me cortarán el cuello aunque sólo sea para hacerme callar. ¿Alguna vez me ha oído cantar?

—Te he oído... y admito que tienes razón. —Pensó unos instantes y al fin señaló—: Llévate a Curro, el gaditano, que canta muy bien.

—¿Y qué debe cantarles, capitán? ¿Seguidillas, sevillanas o soleares?

—¡Menos coña, Tapia! ¡Menos coña! Haz lo que quieras y que Curro les cante lo que le apetezca, pero averigua si son araucos o caribes.

Pero el gaditano ni siquiera tuvo ocasión de abrir la boca: en cuanto los indígenas advirtieron que se encaminaban hacia ellos, desaparecieron entre las dunas como si se los hubiera tragado la tierra.

Ojeda ordenó reforzar la guardia y enviar patrullas a

que los buscaran y al mismo tiempo exploraran en busca de otros indígenas por las proximidades, pero durante los cinco días siguientes no volvieron a distinguir presencia humana.

El de Santoña se mostraba cada vez más inquieto debido a que la reparación de los barcos exigía un esfuerzo y un tiempo muy superior al calculado en un principio. Los hambrientos moluscos comedores de madera habían causado un daño considerable en la popa de la tercera nave, a tal punto que se vieron en la necesidad de sustituir gran parte de la tablazón para no arriesgarse a que la maltrecha nao se fuera a pique a las primeras de cambio.

La banda de babor estaba tan podrida por la carcoma que bastaba un fuerte puñetazo para que la mano se colara hasta la sentina.

¡Jodidos bichos! ¿Cómo puede algo tan pequeño complicarme tanto la vida?

Caían del cielo como una lluvia fina, silenciosa y mortal, surgiendo de las profundas tinieblas de una noche sin luna, como estrellas fugaces que surcaran la bóveda celeste sin que se advirtiera su presencia hasta que se clavaban profundamente en la carne.

Un infeliz serviola que se había acostado muy cerca de la orilla del agua ajeno a cualquier tipo de peligros no llegó a despertar porque una de las flechas que llegaron con la primera andanada le penetró justamente por el ojo derecho clavándole el cráneo en la arena.

Media docena de hombres aullaron de dolor.

Eran flechas muy largas, o mejor sería decir simples varas de bambú de casi metro y medio y el grosor de un dedo, afiladas por un extremo y con una muesca y un manojo de plumas de papagayo en el otro.

Pero cuando caían de casi cuarenta metros de altura podían atravesar a un hombre de parte a parte e incluso de arriba abajo.

Siguió un denso silencio roto tan sólo por los lamentos de los heridos y las voces de Ojeda ordenando a sus hombres que buscaran refugio bajo los cascos de las naves varadas en tierra.

—¿Dónde están?

Ésa era la pregunta clave: ¿dónde demonios estaban?

Ni un leve rumor ni un ligero movimiento delataban su presencia, y cuando cuatro hombres abandonaron espada en mano el seguro refugio de las naves para ir en busca del enemigo, una nueva nube de flechas los alcanzó de inmediato.

—¿Cómo es posible? —exclamó alguien—. ¿Acaso son gatos que ven en la oscuridad?

Debían de serlo; gatos o jaguares, pues mientras los españoles andaban a tientas incapaces de distinguir un cuerpo a tres metros de distancia, al parecer sus enemigos los distinguían con tanta nitidez como si se encontraran a plena luz de día.

Pasó un largo rato y cuando confiaron en que al fin el peligro había pasado, de nuevo se precipitó sobre ellos una nueva lluvia de flechas, la mayor parte de las cuales fue a clavarse en la cubierta o los cascos de los barcos.

Alonso de Ojeda las observó muy de cerca, y luego masculló:

—Vienen de todas partes, incluso del mar. A los que se esconden en tierra no podemos alcanzarlos, pero sí a los que estén en las piraguas. ¡Fuego en esa dirección!

Descargaron cuanto tenían a mano y el estruendo fue tal, ya que no la eficacia, que a poco pudieron percibir que el enemigo se alejaba y no volvieron a ser molestados durante el resto de la noche.

El amanecer ofreció un paisaje desolador, con un hombre muerto, una docena de heridos, tres de ellos de consideración, y una playa donde las varas de bambú coronadas de plumas parecían haber crecido en la arena como espigas en un erial.

Pero ni el menor rastro de presencia humana en tres leguas a la redonda.

—¡Hijos de la gran puta!

—¿Qué hacemos, capitán?

—¿Y qué podemos hacer? —inquirió a su vez el de Cuenca—. Mantener los ojos bien abiertos, continuar reparando las naves y dormir bajo techo.

—¿Es que no piensa castigarles?

—¿Cómo? ¿Persiguiéndoles entre esas dunas para que nos vayan eliminando a flechazos? Eso es lo que querrían: llevarnos a su terreno para irnos cazando uno tras otro.

—No nos asusta una pandilla de salvajes desnudos.

—¡No, claro que no, hijo! —replicó el Centauro—. Estoy seguro de que no os asustan, pero os prefiero vivos y asustados a valientes pero muertos. No nos enviaron aquí a demostrar nuestro valor matando salvajes, sino a explorar y contar con la mayor fidelidad posible cuanto veamos. Y lo que estamos viendo es que existe gente pacífica y gente hostil, de la misma manera que animales tan inofensivos y perezosos que tardan un día en trepar a un árbol, y otros tan feroces y rápidos que te arrancan una mano en un abrir y cerrar de ojos.

—¡Pero es que somos soldados!

—¡Cuando soldado, soldado; cuando adelantado, adelantado!

Se oyeron murmullos de protesta, pero la mayoría aceptó que su comandante tenía razón, y que ningún provecho se obtendría de perseguir y castigar a una cuadrilla de salvajes que al fin y al cabo se limitaban a defender sus tierras de unos extraños seres llegados desde el otro lado del océano.

El conquense cumplía a rajatabla las órdenes que le había impartido el obispo Fonseca: «Se trata de saber, no de matar —le había señalado muy seriamente—. Me consta que eres de los mejores a la hora de matar, pero eso puede hacerlo cualquiera; lo que necesito que me traigas no son victorias, sino conocimientos.»

Así pues, se limitaron a dar cristiana sepultura al malogrado serviola que ni siquiera se había enterado de que caían estrellas de muerte, curar a los heridos y volver a la tarea de librar de parásitos las naves.

El calor arreciaba y el agua comenzaba a escasear.

Maese Juan de la Cosa insinuó la posibilidad de abandonar la nao más dañada y continuar el viaje en las tres restantes, aunque eso sí, bastante apretados, pero su amigo se negó en redondo:

—Los reyes me confiaron cuatro barcos, y cuatro barcos devolveré a no ser que una galerna, una poderosa escuadra enemiga o un verdadero ejército me lo impida. Como comprenderás, no puedo regresar a contarle al obispo Fonseca que me vencieron unos sucios gusanos.

—¡A fe que suena ridículo! —admitió el otro y soltó una divertida carcajada—. El gran Alonso de Ojeda, el Centauro de Jáquimo, el mejor espadachín conocido y el hombre que secuestró a Canoabo ante las mismísimas narices de cientos de guerreros, derrotado por la puta carcoma. ¡Tu prestigio se iría al traste!

—Hace tiempo aprendí que quien se preocupa en exceso por su prestigio acaba por desprestigiarse —fue la respuesta—. Pero quien se preocupa por cumplir la palabra dada siempre mantendrá la cabeza alta. Y yo ya soy suficientemente bajito para no querer empeorar las cosas teniendo que agachar la cabeza.

—Para mí que tú sólo has agachado la cabeza ante Anacaona —bromeó el otro dándole un leve codazo—. Y no por humildad, sino por razones bastante más apetitosas.

—¡Yo nunca he hecho esas cosas!

—¡Pues tú te lo pierdes! Y tiempo al tiempo, que ya lo dice el refrán: «Cuando las fuerzas no alcanzan para empuñar la espada, se empuña la daga.»

—Todavía me quedan fuerzas para empuñar la espada cuanto haga falta... Y algunas muchachas de Paria pueden dar fe de ello. Pero dejémonos de guarradas y vayamos a lo que importa. Estoy pensando seriamente en la posibilidad de enviar uno de los barcos a hacer aguada.

—Tú eres el jefe, pero con dos naves en tierra y una sola protegiéndonos, nuestra posición resultaría bastante comprometida en caso de un ataque masivo por mar, y por lo que llevamos visto el enemigo abunda. Todo dependerá del número de piraguas de que dispongan esos salvajes.

El conquense pareció aceptar que aquél era un razonamiento inteligente.

Dos naves ancladas y con todo su armamento a punto apenas si bastaban para defender la entrada de la amplia ensenada, por lo que no podía arriesgarse a reducir a la mitad su potencia de fuego.

Así pues, se limitó a pedir a los carpinteros que pusieran a toda su gente a trabajar a destajo, pese a que resultaba obvio que con los escasos medios disponibles no era tarea sencilla reparar una embarcación de tales dimensiones.

Se vieron obligados a desmontar tablas de la cubierta y doblarlas con sumo cuidado a base de fuego y agua para luego encajarlas en las cuadernas con largos clavos que fabricaban en una improvisada fragua.

Después llegaba el momento de calafatear.

A la tercera noche se repitió la lluvia de flechas. Esta vez sólo alcanzaron a dos hombres, pero a la luz del alba descubrieron que cientos, tal vez miles de nativos aparecían y desaparecían entre las dunas, probablemente a punto de lanzarse al ataque.

—Mal sitio es éste, de espaldas al mar y sin capacidad de movimiento a la hora de presentar batalla... —dijo Ojeda al alférez Tapia—. Ellos pueden lanzar sus flechas protegidos por las altas dunas, mientras nuestras armas de fuego resultan poco menos que inútiles. Lo único que harán es ruido.

—¡Dudo que a la larga el ruido les asuste, capitán!

El Centauro fue a responder, pero se abstuvo y con un gesto de la mano le indicó que aguardara. Se alejó playa adelante con aire pensativo, y cuando a los pocos minutos regresó su expresión había cambiado a ojos vista.

—Ve a bordo de las naves; que las campanas no paren ni un instante de tocar, y todos los hombres que no tengan nada que hacer que se dediquen a golpear cacerolas y todos los objetos metálicos que encuentren —ordenó—. Y que todos los espejos que tengamos se empleen en reflejar el sol hacia donde se encuentran los indios.

—¿Y qué piensa conseguir con eso, capitán?

—Desconcertarles. Esa gente nunca ha oído un ruido metálico ni ha visto un espejo; tal vez el hecho de descubrir que podemos apoderarnos del sol y devolvérselo o de provocar unos sonidos absolutamente desconocidos les lleve a considerarnos dioses.

Maese Juan de la Cosa siempre afirmó que si aquel día los indios hubieran decidido atacar, la contienda habría sido recordada como «la batalla de los Espejos», pero lo cierto fue que al cabo de dos horas de parpadeantes luces y resonar de campanas, los indígenas comenzaron a retirarse y no volvieron a dar señales de vida.

Aquélla fue sin duda mi mayor victoria, porque no me vi obligado a derramar ni una sola gota de sangre. Ojalá todas las batallas en las que intervine hubieran sido iguales.

La siguiente escala fue Curaçao, donde encontraron gentes pacíficas, tan altas, de piel tan clara y tan hermosos cuerpos, tanto los hombres como las mujeres, que Alonso de Ojeda no pudo por menos que exclamar:

—¡No será ésta una isla a la que yo aspire a gobernar! ¿De dónde habrán salido tales gigantes si en nada se parecen ni a los araucos ni a los caribes?

—Supongo que es uno de los tantos misterios de estas tierras repletas de misterios. Tal vez algún día lo averigüemos.

No hubo ocasión de averiguarlo, puesto que casi treinta años más tarde una epidemia de viruela aniquiló hasta el último representante de aquel extraño y llamativo pueblo.

Levaron anclas, en cierto modo acomplejados, y de nuevo ordenó el conquense poner rumbo oeste.

Dos días más tarde fondearon en un lugar en verdad paradisíaco; una bahía de aguas transparentes prácticamente cubierta por infinidad de cabañas que conformaban un bien diseñado poblado lacustre por donde multitud de afectuosos pobladores circulaban con sorprendente habilidad a bordo de diminutas piraguas.

—¡Me recuerda Venecia! —señaló el conquense.

—¡Qué más quisiera la hedionda Venecia que tener unas aguas tan limpias! —le hizo notar Amerigo Vespucci en tono despectivo hacia una ciudad con la que su natal Florencia solía mantener una abierta rivalidad.

—¡Éste será algún día mi reino! —aseguró Ojeda, convencido de lo que decía—. Y pese a que no te guste la idea se llamará Pequeña Venecia. Venezuela, para ser más exactos.

De ese modo fue un nativo de Cuenca, y no un indígena o un extremeño, quien le dio nombre a un futuro país del nuevo continente.

Por su parte, los lugareños denominaban Coquibacoa a su ciudad, pero no obstante el conquense insistió en denominarla como la bautizó aquella mañana, y el mayor anhelo de su vida se centró en conseguir establecer su imperio en lo que consideraba, con toda justicia, el auténtico Jardín del Edén.

—Éste es el reino que desearía compartir con Anacaona —le confió a su fiel amigo cántabro mientras observaba extasiado cómo los muchachos saltaban una y otra vez desde las cabañas al agua y cómo pescaban los indios en la ensenada—. Conseguiré que los reyes me concedan la gobernación de esta provincia en pago a mis servicios, y haré de ella un ejemplo de cómo distintas razas pueden convivir en paz y armonía.

—¡Sueñas!

—¡Pobre de aquel que no sueña! Y quienes estamos siendo testigos de cómo aparece ante nosotros un mundo de prodigios, tenemos la obligación de soñar con más intensidad que cualquier otro.

—¿Y a qué viene soñar si existen tantas riquezas tangibles?

—A que no aspiro a acumular oro y perlas para regresar a pavonearme de mis riquezas en los salones de los palacios sevillanos —repuso el conquense—; aspiro a ser un hombre nuevo en un mundo nuevo.

—¡Fácil lo tienes!

Tres días más tarde, una patrulla de las tres que habían enviado a explorar la zona regresó contando una absurda historia acerca de que habían encontrado una pequeña laguna de un líquido espeso, oscuro y maloliente al que los nativos denominaban *mene* y del que aseguraban se trataba de la auténtica Orina del Diablo.

—Y lo curioso es que arde —aseguraron—. Y con mayor intensidad que la madera más seca.

—¿Un líquido que arde? —no pudo por menos que asombrarse el Centauro—. ¿Qué estupidez es ésa?

—¡Ninguna estupidez, capitán! Si aguza la vista puede distinguir la columna de humo detrás de aquella colina.

Era en efecto un nuevo prodigio en una tierra que derrochaba prodigios, y el cartógrafo de Santoña, que también había acudido a contemplar el desconcertante fenómeno de un agua que ardía como si fuera yesca, insistió en llenar y sellar con cera una vasija de aquella maloliente Orina del Diablo con el fin de mostrársela a sus majestades.

Hay quien asegura que dicha vasija permaneció durante casi un siglo en los almacenes de la Casa de Contratación de Sevilla sin que nadie experimentara el menor interés por averiguar cómo había llegado hasta allí, qué contenía y para qué servía, si es que servía para algo aparte de arder expeliendo un humo negro y maloliente.

Y es que a nadie podía pasarle por la cabeza el hecho de que cinco siglos más tarde la Orina del Diablo, el *mene*, se denominaría «petróleo», el eje sobre el que giraría el mundo.

Cuando al cabo de una semana las cuatro naves se internaron en el gigantesco lago Maracaibo, el calor alcanzó tales cotas que la brea que calafateaba la tablazón comenzó a derretirse a tal punto que resultaba casi imposible maniobrar sobre cubierta sin quedarse pegado al suelo.

A la vista de ello, y de lo inquieta que comenzaba a mostrarse la tripulación por culpa del intenso calor, Ojeda decidió abandonar cuanto antes aquella especie de gigantesca sauna y continuar rumbo al oeste para intentar averiguar dónde acababa aquel nuevo continente de apariencia ilimitada.

No obstante, a la mañana del tercer día el piloto mayor le pidió permiso para hablar en su camareta, y en cuanto se encontraron a solas comentó en voz baja:

—*La broma* sigue gastando bromas, capitán. He medido casi tres cuartas de agua en las sentinas, y el problema va en aumento; pronto las naves resultarán tan pesadas y lentas que se volverán ingobernables y en una semana más pueden irse a pique.

—¿Tanto así?

—No me gusta ser alarmista, pero como la tripulación se dé cuenta tendremos problemas. Reconozca que no es plato de gusto encontrarse en latitudes desconocidas a bordo de unas naves que empiezan a pudrirse.

—¡Ciertamente que no! ¿Qué me aconsejas?

—Dar por concluida, de momento, la expedición. Poner rumbo a La Española y reparar allí los barcos como Dios manda, cambiándoles por completo los fondos, y decidir luego qué se debe hacer. También necesitamos velas nuevas y bastimentos; a estas alturas nos encontramos casi en precario.

—Necesito pensarlo.

—Vuestra es la responsabilidad... —repuso el otro—. Os consta que os respeto como militar y como comandante de la escuadra, pero recordad que en lo referido a barcos, vuestros conocimientos son escasos.

—¡No así los vuestros, querido amigo! ¡No así los vuestros! —Ojeda sonrió como un chiquillo que solicitara un último caramelo al inquirir—: ¿Podríamos avanzar un día más? ¡Tan sólo uno!

—Y hasta dos si ése es vuestro capricho, porque, a menos que al abandonar la protección de las costas de Tierra Firme nos sorprenda una mar gruesa que nos convierta los fondos en astillas, confío en alcanzar La Española sin mayores problemas.

—¡Astuto sois, Hernando, maldita sea vuestra estampa! —masculló el conquense—. ¡Muy astuto! Poned rumbo a esa dichosa isla que tantos recuerdos me trae y no se hable más. ¡Hasta este justo punto llegamos!

Ningún español había alcanzado nunca un lugar tan remoto, de eso estoy seguro, y ese simple hecho colmaba de momento todos mis sueños y ambiciones.

Pusieron rumbo a Santo Domingo, donde se vieron obligados a reparar de un modo mucho más eficaz los incontables desperfectos que *la broma* había causado en el fondo de las naves.

Con la llegada de los vientos propicios de abril Ojeda ordenó zarpar con destino a Sevilla, a cumplir con la orden de informar a sus majestades sobre la realidad del Nuevo Mundo.

¿Se trataba simplemente de un numeroso grupo de islas o de un auténtico continente?

—¿Realmente es tan hermoso?

—Hablar de hermosura aquí, en los jardines de la Alhambra, resulta en verdad harto difícil, señora. Dudo que ni el mejor poeta fuera capaz de describir la grandiosidad de los ríos, los montes, los lagos y sobre todo las selvas que encontramos en nuestro camino. Además, no soy más que un pobre soldado parco en palabras.

—Hasta ahora lo estáis haciendo muy bien. Continuad.

Alonso de Ojeda observó con gran pesar aquel rostro cansado, aquellas manos temblorosas y aquellos ojos antaño desafiantes; ojos de una mujer que sabía dueña del mundo y madre de reyes, y ahora se mostraban apagados, mustios y como sin vida porque habían visto tanta desgracia que se diría que ya no deseaban continuar mirando alrededor.

—Es como un inmenso bosque que comenzara en los Pirineos y concluyera en Cádiz, y donde árboles de treinta metros de altura se encuentran tan pegados los unos a los otros que a menudo un hombre no puede pasar entre ellos. Sus copas proporcionan tal sombra que os aseguro que ni un rayo de sol tocaría nunca el suelo de nuestra patria.

—¿Ni siquiera en La Mancha?

—Ni siquiera en La Mancha, majestad.

—¡Exageráis, Ojeda! No alcanzo a imaginar esas interminables llanuras sin estar castigadas por un sol de justicia.

—Como gustéis, alteza, pero a fe de caballero que durante una semana de navegación no distinguimos en cuanto alcanzaba el horizonte más que un verde manto de vegetación que le hacía la competencia al mar. Y en cuanto desembarcábamos, ese manto nos cubría a tal altura que se nos quebraba el cuello de mirar hacia arriba.

—¿Cuántas naves se podrían construir con tanta madera?

—Las suficientes para embarcar en ellas a todos los cristianos e incluso a la mayor parte de musulmanes.

La boca, arrugada y reseca, desechó por un instante su eterno rictus de amargura en lo que aspiraba a ser una leve sonrisa.

—Muchas naves son ésas, sin duda, y creo que no estaría de más que de ahora en adelante enviáramos a las Indias a nuestros mejores carpinteros de ribera con el fin de que las construyan allí y respeten de ese modo nuestros bosques.

—Una decisión muy acertada, sin duda.

—Se la trasladaré al obispo Rodríguez de Fonseca. Y ahora decidme: ¿cómo están las cosas por La Española?

—Revueltas.

—¡Eso ya lo sé, Ojeda, no me toméis por tonta! No quiero que repitáis los informes oficiales que me llegan de allende el océano. A fe que son demasiados y con frecuencia farragosos, cuando no contradictorios; lo que me interesa es la opinión de alguien en quien confío y que conoce el tema a fondo.

—Le debo mucho al Almirante, majestad.

—Más le debéis a vuestra reina... ¿O no?

—Sin duda alguna, majestad.

—En ese caso, hablad con absoluta libertad a sabiendas de que nada de lo que digáis saldrá de mis labios. ¿Es cierto que don Cristóbal hace mal uso de la autoridad que le concedimos?

—Con todos los respetos, majestad, no le concedisteis autoridad, sino poder.

—¿Y cuál es a vuestro modo de ver la diferencia?

—La autoridad se limita a hacer cumplir leyes previamente establecidas; el poder crea nuevas leyes y las impone por la fuerza.

—¡Sutil diferencia! —admitió la anciana con un leve ademán de asentimiento—. ¡Sutil, en verdad, pero acertada! Enviamos a don Cristóbal a las Indias con el mandato de propagar la fe en Cristo, explorar nuevas tierras y tomar posesión de ellas en nombre de la Corona, lo cual significa que deben estar sujetas a las normas que Nos dictamos. No obstante, si impone otras leyes, y por vuestras palabras deduzco que eso hace, esas tierras y sus gentes no se encuentran realmente bajo el mandato de la Corona.

—Son muchos los que allí opinan que los indígenas no deben ser tratados como ciudadanos españoles sino como esclavos.

—Me consta y lo repruebo, pero al parecer mi voz no es suficientemente potente para que se escuche al otro lado del océano.

El Centauro nada dijo, puesto que aquélla era una afirmación que, pese a ser cierta, tan sólo le estaba permitido expresar a la propia interesada.

Ésta bajó la vista para observarse largamente las manos, como preguntándose si aquella piel cubierta de manchas y aquellos dedos encorvados eran los mismos que la habían acompañado toda su vida. Por último inquirió sin alzar la cabeza:

—¿Y vos qué opináis de todo ello, Ojeda? ¿Consideráis que los nativos son iguales a nosotros?

—Mi esposa es una india, majestad.

—¿Vuestra esposa o vuestra concubina? Por lo que tengo entendido, no os habéis casado con ella.

—Isabel aún no ha sido bautizada, por lo que no entiende muy bien lo que eso significa. Pero en cuanto esté debidamente preparada me casaré con ella.

—¿Isabel...? —se sorprendió la reina—. ¿Acaso es ése también un nombre indígena?

—¡En absoluto, majestad!

—¿No pretenderéis hacerme creer que le habéis puesto ese nombre en mi honor?

—No lo pretendo, majestad.

—¡Pero es cierto! —De nuevo la sonrisa asomó a sus cuarteados labios—. ¡O al menos así quiero creerlo! ¿Cuál era su nombre original?

—Jineta.

—¿Jineta? ¡Extraño sin duda en una isla en la que no existían los caballos! ¿A qué se debe?

—Es una larga historia, majestad.

—Resumidla.

—Se trata de la muchacha a la que obligué a subir a la grupa de mi caballo la mañana que secuestré a Canoabo. Hace tres meses, cuando me encontraba reparando las naves en Santo Domingo, poco antes de emprender el regreso, se presentó una noche en mi casa y me dijo: «Quiero que vuelvas a subirme a tu caballo.»

—¡Increíble!

—Al parecer, el animal, la coraza, los gallardetes, las armas y todo cuanto ocurrió aquel día, que fue a decir verdad harto movido, la impresionaron de tal forma que a partir de entonces decidió llamarse Jineta, y su único deseo fue revivir aquel momento.

—¡No me sorprende! —reconoció la anciana—. Sin duda os convertisteis a sus ojos en la encarnación del dios de la guerra; esa especie de héroe mitológico con el que sueñan todas las muchachas cualquiera que sea la raza a la que pertenezcan.

—Lo malo es que siempre llega un momento en el que comprenden que no tenemos nada de héroes mitológicos y sí mucho de míseros seres humanos. Un hombre no puede andar a todas horas con el casco, la espada y la coraza.

—Ése no es vuestro caso, Alonso; estoy segura de que no es vuestro caso y sabréis hacer honor a todas las esperanzas que esa muchacha ha puesto en vos. —Hizo un leve gesto con la mano para dar por zanjado el tema y dijo—: Pero sigamos con el negocio que nos ocupa; según parece, el Almirante actúa más como rey que como virrey. ¿Me equivoco?

El de Cuenca meditó la respuesta; recorrió con la vista el hermoso paisaje que se extendía ante ellos, con Granada al fondo, y tras lanzar un suspiro para señalar la dificultad que entrañaba dar una respuesta correcta, respondió:

—Para alguien que no ha nacido en noble cuna y por lo tanto no está habituado desde muy joven a lo que significa ser siempre obedecido, debe de resultar muy difícil asimilar el hecho de que de improviso se ha convertido en todopoderoso. En mi modesta opinión, eso le ha ocurrido al Almirante. Al propio tiempo, y a causa de su desmedido afán por encontrar un camino hasta la China, desatiende con demasiada frecuencia el gobierno de la isla dejándola en manos de incapaces.

—Lo sé. Y también sé que existe una facción descontenta que capitanea un tal Roldán. ¿Qué sabéis de él?

—Que algo de razón le asiste, aunque ello no justifique su rebeldía, más motivada por la ambición que por el ansia de justicia que pregona. A decir verdad, señora, son negocios de política en los que intervienen demasiados intereses, y eso es algo de lo que ni entiendo ni tengo interés en aprender. Soy un soldado, un hombre de acción, no un intrigante.

—Me consta, y ello os honra. Por eso os aprecio tanto —fue la amable respuesta—. No obstante, si como parece aspiráis a la gobernación de ese virreinato de Coquibacoa, Venezuela, o como gustéis llamarlo, deberíais empezar a preocuparos por licenciaros en el arte de la intriga política, o duraréis muy poco en el mando. Os lo dice alguien de sobrada experiencia en ese campo.

—¿Acaso aprende el perro viejo a cazar perdices? —repuso el conquense—. Mi vida son las armas y encarar de frente al enemigo, por lo que dudo que algún día sea capaz de distinguir al verdadero amigo del mísero intrigante que aspira a despojarme de lo que obtuve en buena lid.

—¡Mal destino os espera en ese caso, Ojeda! ¡Malo en verdad! ¿Es cierto que sois el único que ha regresado de las Indias sin un cargamento de oro y perlas?

—No me enviasteis a por oro y perlas, majestad, sino a determinar si las Indias son simples islas o un auténtico continente.

—¡Cierto! Pero igualmente cierto es que una cosa no quita la otra. Por lo que me habéis contado, hicisteis escala en Margarita, donde las perlas abundan como la arena. Cristóbal Guerra ha traído sacos repletos de ellas. Y sin embargo, vos, nada. También me consta que habéis recorrido las costas del país de las esmeraldas, y tampoco os habéis preocupado de hacer un buen acopio de unas joyas que aquí tanto se aprecian... —La anciana negó con la cabeza como si le costara admitir tanta inocencia—. ¿Pero qué clase de hombre sois, que de ese modo desprecia la riqueza?

—El que mi madre trajo al mundo, con sus escasas virtudes y sus muchos defectos; y entre ellos nunca estuvo la avaricia.

—Existe una gran diferencia entre la avaricia y el buen entender, Ojeda —intentó hacerle comprender la reina—. No os interesan las riquezas, pero ahora me estáis pidiendo capitulaciones para armar una escuadra con la que conquistar un reino de nombre casi impronunciable, Coquibacoa. ¿Con qué contáis a la hora de financiar tan costosa aventura?

—Con nada.

—Me lo temía. —La anciana lanzó un sonoro suspiro y exclamó—: ¡Ay, Señor, Señor! ¿Por qué me habéis enviado este castigo? Cuando encuentro un hombre en el que puedo confiar, resulta ser un iluso, mientras que aquellos que tienen los pies bien asentados sobre la tierra, no suelen ser de mi agrado. Rodríguez de Fonseca, que os quiere bien, me aconseja que acepte vuestra propuesta siempre que estéis en condiciones de armar diez naves para garantizar el éxito de la empresa.

—¡Diez naves! —no pudo por menos que exclamar horrorizado el Centauro—. ¡Que la Virgen me asista! ¿De dónde voy a sacar diez naves con todos sus pertrechos y tripulantes?

—Lo ignoro, pero ¿es que pretendíais conquistar un reino sin contar con los medios apropiados? —pareció asombrarse ella—. Mi señor, don Fernando, os aprecia casi tanto como yo, pero me ha dado a entender, y comparto su criterio, que la Corona no se puede arriesgar a un fracaso cuando ingleses, franceses y holandeses tienen los ojos puestos en las Indias.

—¿Qué pretendéis decir?

—Que en especial los ingleses son como buitres al acecho; nada pueden hacer por el momento, pero estoy convencida de que acudirán al olor de la carroña allí donde los nativos nos hayan vencido. ¡Únicamente la fuerza mantiene a raya a la fuerza!

—Entiendo.

—Eso me congratula, porque tener presente que cada vez que una de nuestras banderas caiga, aparecerá un inglés dispuesto a alzar en su lugar la suya... —Cerró los ojos y de nuevo se sumió en un largo silencio fruto sin duda del cansancio, pero cuando su interlocutor hizo intención de retirarse discretamente, le detuvo colocándole con suavidad la mano sobre el antebrazo—. ¡Quedaos! Sois de las pocas personas con las que a estas alturas de la vida aún me agrada hablar, tal vez porque sois de los pocos que aún conserva, pese a vuestra triste fama, la inocencia. —Retiró la mano, se la pasó por el rostro y al poco añadió—: He vivido mucho, tal vez demasiado puesto que me ha tocado ver cómo aquellos a los que más quería me dejaban, y por si fuera poco, mi hija me inquieta por lo enfermizo de sus celos, aunque justificados. Temo por su futuro y tal vez preferiría no verlo, pero por otra parte lamento no ser testigo de los fabulosos acontecimientos que están por llegar. ¡Loado sea Dios! ¡Todo un continente por descubrir y cristianizar!

—En vuestro nombre se hará, y serán vuestras banderas las que ondeen en cada ciudad que se funde al otro lado del océano.

—¡Poco queda cuando lo único que quedan son banderas, querido amigo! —le hizo notar ella, convencida—. No obstante, cuando llegue el momento de rendir cuentas podré alegar que transformé una serie de pequeños reinos enemistados entre sí en un verdadero país en el que la unión hace la fuerza, expulsé a los infieles de nuestro suelo, e intenté llevar la palabra de Dios a los confines del mundo. ¿Bastará con eso?

—Nadie habrá tenido más motivos para entrar por la puerta grande en el Reino de los Cielos... —sentenció Ojeda—. Y en la historia.

—La historia tan sólo son palabras huecas que demasiado a menudo dependen de quien las pronuncie. Llegará el día en que otros encuentren argumentos para justificar que la España que acabamos de crear deba desmembrarse de nuevo para mayor gloria de míseros reyezuelos ambiciosos. —Hizo un gesto con la mano como desechando ideas molestas, para cambiar de tono y añadir—: ¡Pero vayamos a lo que importa y no pensemos en un futuro a largo plazo! Habéis venido en demanda de un virreinato y os lo concedo bajo las siguientes condiciones: primera, os haréis cargo de los gastos de la empresa sin que la Corona aporte ni un solo maravedí, pero ésta recibirá a cambio un quinto de todos los beneficios que se obtengan, provengan de donde provengan. Segunda, acataréis nuestras leyes sin dictar otras nuevas; trataréis a los nativos como a los cristianos y os estará prohibido bajo pena de muerte comerciar con esclavos. Y tercera, pero no la menos importante, llevaréis la fe en Cristo hasta el último rincón de vuestro «reino».

—Se hará como ordenáis. Tan sólo una pregunta: ¿el título será hereditario?

—En principio no, aunque todo dependerá de vuestros méritos y de quien esté llamado a sucederos. El hecho de que fuera un mestizo, hijo de español y nativa, sería a mi modo de ver un punto a su favor, pero tened por seguro que ya no seré yo quien os juzgue con la excesiva benevolencia que a menudo os dispenso. Son muchas las mujeres que han acudido a mí rogando que os castigue por haberlas dejado viudas antes de tiempo.

—Su majestad sabe muy bien que jamás busqué ni deseé tales muertes.

—¡Gracias a ello no colgáis hace tiempo de un árbol!

—De nuevo un amago de sonrisa y de nuevo una negación con la cabeza—. Siempre me ha asombrado el hecho de que siendo como sois, tan dulce y agradable en el trato, tengáis no obstante esa sorprendente capacidad para atraer la violencia como la miel atrae a las moscas. ¿A qué lo achacáis?

—¡Ojalá lo supiera, señora! —fue la sincera respuesta—. ¡Ojalá lo supiera! Recuerdo que en cierta ocasión estaba cenando tranquilamente en una posada de Segovia en la que nadie me conocía y donde había casi medio centenar de parroquianos armando bulla. De pronto entró un malandrín con ganas de armar bronca, observó uno por uno a todos los presentes, y sin mediar palabra vino directamente hacia mí, pese a que yo ni siquiera le había mirado.

—¿Y qué ocurrió?

—Que intenté convencerle de que me permitiera acabar con una porción de cochinillo que me estaba sabiendo a gloria, pero al muy desvergonzado no se le ocurrió nada mejor que escupir en mi plato.

—Conociéndoos, imagino que poco afortunada fue esa idea. ¿Lo matasteis?

—No fue necesario; le desarmé tres veces y a continuación le obligué a comerse el plato, escupitajo incluido.

—¿El plato? —se asombró ella—. ¿Obligasteis a un hombre a comerse un plato de madera?

—Era de barro, majestad, y permití que lo machacara bien y lo fuera ingiriendo lentamente, cucharada a cucharada, acompañado de un buen vino. Acabó completamente borracho.

—¡Sois increíble, Ojeda! ¡Realmente increíble! Cuando os escucho me obligáis a pensar seriamente en no concederos ese virreinato, porque lo que en verdad me apetece es teneros cerca para que alegréis mis últimos años con el relato de vuestras fabulosas hazañas. ¿Es cierto que jamás habéis sentido miedo?

—No lo es, majestad.

—¡Ya me lo parecía! ¿Cuándo lo sentisteis?

—Prefiero no hablar de ello.

—Pero yo quiero saberlo.

—¡Por favor!

—¡Es una orden!

El de Cuenca dudó, y se le notaba extrañamente nervioso; recorrió con la vista el jardín buscando ayuda o cerciorándose de que nadie más iba a escucharle, y lanzó una suplicante mirada a su soberana, pero como ésta insistía asintiendo con la cabeza al tiempo que fruncía el ceño, musitó de forma casi inaudible:

—Fue una noche en que la princesa Anacaona me pidió que le hiciera el amor.

—¡Curioso! —exclamó la reina, un tanto confusa—. ¿Acaso sois impotente? No es eso lo que tenía entendido.

—Es que era la octava vez que me lo pedía en menos de seis horas.

—¡La octava! —se horrorizó ella—. ¡Santo Cielo!

—Eso mismo dije yo.

—Como probablemente sabéis, he dictado una ley por la que ningún hombre puede solicitar de su esposa que le atienda en ese aspecto más de seis veces diarias, pero que una mujer lo solicite ocho se me antoja un abuso. ¿Lo conseguisteis?

—¡De milagro, majestad! ¡De auténtico milagro!

—¡A veces ocurren, y me alegra que en esa ocasión sirviera para que dejarais en buen lugar el pabellón español! ¿Es tan hermosa como aseguran?

—Mucho, alteza, y no sólo físicamente; es inteligente, amable, magnífica poetisa, y canta y baila en fiestas que los nativos llaman *areitos* de una forma harto sensual, pero en absoluto provocativa. Estoy seguro de que os agradaría conocerla.

—Tal vez la haga venir, porque resulta evidente que ya no estoy en condiciones de atravesar el océano. Probablemente ello contribuiría a que nuestros respectivos pueblos se entendieran mejor, que es lo que tanto don Fernando como yo deseamos. Mi intención no es anexionar, sino unir. ¿Entendéis la diferencia?

—Digamos que es algo así como convivir con Isabel como mi concubina, o casarme con ella.

—¡Exactamente! Y por tanto os suplico, que en este caso no os ordeno, que como mi capitán más fiel y amado, al que todos admiran y respetan, deis cuanto antes ejemplo de cuáles son nuestros deseos.

—¡Se hará como ordenáis!

—Repito que no es orden sino ruego.

—Un ruego de vuestra majestad siempre será una orden.

El obispo Juan Rodríguez de Fonseca, cada vez más flaco, cada vez más ciprés, observó desde el otro lado de su enorme mesa de despacho siempre repleta de misteriosos mapas, secretos derroteros e inclasificables documentos, a su pequeño pero altivo visitante, y tras rascarse pensativo el mentón repetidas veces, señaló:

—Me preocupa que al recurrir a banqueros y prestamistas a la hora de poner en marcha una empresa de tanta enjundia como es establecer un virreinato en tierra de salvajes, corráis serios peligros cuando llegue el momento de repartir beneficios y al mismo tiempo impartir justicia.

—¿Y eso por qué?

—Porque esa clase de gente sólo atiende a los asuntos económicos, y cosa sabida es que dinero y justicia no suelen hacer buenas migas.

—No obstante, con vuestra venia lo intentaré, y procuraré obrar siempre con equidad.

—Me consta, pero como asegura el dicho popular, «el infierno está empedrado de buenas intenciones». Y eso no basta.

—¿Debo, según eso, renunciar a mi empeño?

—¡En absoluto, don Alonso! ¡En absoluto! —se apresuró a protestar don Juan—. Me agrada sobremanera vuestra iniciativa y además no soy quién para oponerme a los deseos de la reina. Lo único que intento es trasladaros mis inquietudes.

—Inquietud que comparto, si eso os alivia, monseñor, pero decidme: si la Corona no arriesga en semejante empresa ni siquiera un cobre, ¿cómo puedo arreglármelas para armar diez naves con los enormes gastos que ello conlleva?

—Difícil pregunta, a fe mía, o más bien cabría decir, difícil respuesta a una sencilla pregunta, porque nos encontramos, como casi siempre, entre las razones de los sueños y las pesadillas de la realidad. ¿Me permitís un consejo?

—Es lo único que demando de vuestra eminencia.

—Conceded a banqueros y prestamistas derechos sobre el oro, las perlas, los diamantes, las esmeraldas, las especias o el palo brasil, pero sobre nada más. Y eso bajo la condición de que nunca empleen mano de obra esclava.

—¡Difícil me lo ponéis vos ahora a mí! —se lamentó el conquense—. Por lo que tengo entendido, el trabajo en las minas de esmeraldas, o bucear en busca de grandes perlas suele ser duro, y no creo que haya muchos cristianos dispuestos a cruzar el océano para esforzarse, dejándose la piel en el intento, para que sean otros los que multipliquen sus riquezas.

—Lo supongo, y por eso me atrevo a advertiros que dejéis que sean los que aportan el dinero quienes contraten a ese tipo de trabajadores, mientras que vos os limitéis a negociar con marinos, soldados y agricultores. Una gobernación o un virreinato no se fundan sobre el oro o las perlas, sino sobre quienes conquistan las tierras, las cultivan y defienden.

—Creo que en eso tenéis razón, y lo que también es cierto es que al escucharos, a vos y a la reina, empiezo a tener la sensación de que gobernar grandes territorios, por muy nuevos que sean, no es tarea sencilla.

—Podéis jurarlo —replicó el eclesiástico—. Pese a la admiración y el respeto que siento por el legendario Centauro de Jáquimo, no puedo ocultaros que, al igual que ocurre con el Almirante, os considero más capacitado para explorar y conquistar que para administrar.

—Es un temor que me asalta con cierta frecuencia.

—Lo suponía, y por ello me atrevo a haceros una propuesta.

—¿Y es?

El Ciprés Burgalés se puso en pie, se paseó a largas zancadas por la amplia estancia como si necesitara tiempo y espacio para ordenar sus pensamientos, y por último se aproximó a su interlocutor. Apoyando la mano en la mesa, se inclinó para observarle muy de cerca y señalar:

—Estoy seguro de que podré convencer a sus altezas para que os confíen de nuevo cuatro naves con las que continuar con esa labor de adelantado que con tanta eficacia habéis llevado a cabo. Os asignaría una generosa cantidad para vuestros gastos personales y un quinto de los «rescates» en oro, perlas, esmeraldas, maderas y especias que trajerais de vuelta a casa.

—¿Acaso pretendéis que continúe siendo explorador por el resto de mis días, renunciando a mi propia gobernación?

—¡Exactamente!

—¡Oh, vamos, eminencia! —protestó Ojeda, como si aquélla fuera la propuesta más absurda que hubiera escuchado nunca—. ¿A quién, que no sea de sangre real, se les ha brindado la oportunidad de poseer sus propios territorios antes de haber cumplido treinta años?

—A nadie que yo sepa.

—¿Entonces...? ¿Cómo se os ocurre pedirme semejante cosa?

—Se me ocurre porque me precio de conocer a los hombres y estoy convencido de que vuestro destino no es sentaros en una mullida poltrona a contemplar el mismo paisaje hasta que os muráis de viejo.

—¿Cuál es, entonces? —quiso saber el de Cuenca—. ¿Vagabundear de un lado a otro matando salvajes hasta que uno de ellos se me adelante y no me permita llegar a viejo?

—¡Probablemente!

—¡Pues no le veo la gracia! Con todos los respetos, eminencia, no le veo la maldita gracia a la idea de pasar el resto de mi vida vomitando por la borda de un maloliente barco, o tratando de evitar que una flecha surgida de las sombras me salte un ojo. ¿Se la veis vos?

—Yo no soy Alonso de Ojeda, querido amigo —repuso el otro con una ancha sonrisa—. No os niego que a menudo he pensado que me gustaría serlo, pero por desgracia es algo que está fuera de mi alcance y del de cualquier otra persona que yo conozca. —Abrió las manos en un ademán que pretendía explicarlo y concluyó—: Por suerte o por desgracia, Alonso de Ojeda, el Centauro de Jáquimo, sólo hay uno.

—Me halagáis, pero no me convencéis.

—¡Lástima!

—¿Por qué?

—Porque cuando, como en vuestro caso, alguien nace con un talento especial para una determinada labor, no debería permitírsele que se dedicara a otros menesteres que no fueran aquellos para los que ha sido llamado. Un buen filósofo, un comediógrafo, un pintor o un escultor están obligados a ser lo que son y no otra cosa, porque el Señor así lo dispuso.

—¿Y realmente creéis que el Señor dispuso que yo fuera un matachín de taberna, un perdulario y un vagabundo? —bufó el conquense casi fuera de sus casillas—. ¡Por los clavos de Cristo!

—El matachín de taberna, el perdulario y el vagabundo no son más que fachadas que ocultan a un auténtico adelantado llamado a prestar grandes servicio a su patria. Creo que a eso es a lo que estáis abocado, no a engordar las posaderas vagabundeando por los salones de un palacio por grande que sea.

Muchos años después, ¡muchos!, cuando se encontraba ya casi a las puertas de la muerte, Alonso de Ojeda hubo de reconocer que su buen amigo, el inteligente obispo don Juan Rodríguez de Fonseca, tenía razón en sus apreciaciones y había demostrado conocerle mucho mejor de lo que él mismo se conocía.

La estrella bajo la que había nacido allá en un pueblecito de Cuenca era sin duda una estrella errante, o mejor aún, un cometa destinado a recorrer un universo desconocido, que no era otro que aquel recién descubierto Nuevo Mundo.

Resultaba evidente que ninguna corona se ajustaba a su cabeza, y que sus manos no estaban hechas para sostener un cetro sino una espada.

El título de «adelantado», pero adelantado a su tiempo y a sus contemporáneos, le cuadraba mucho mejor que el de «virrey», oficio para el que sin duda no estaba en absoluto dotado.

Aquella mañana, en aquel oscuro despacho repleto de documentos, y frente a aquel escuálido hombre convencido de lo que decía, Ojeda debía haber aceptado cuál era su verdadera misión, aquella para la que había nacido, pero la tentación de pasar de ser el segundón de una noble familia venida a menos, a gobernador de un mítico lugar llamado Coquibacoa, pudo más que la lógica.

Aquél fue sin duda uno de los mayores errores de mi vida.

Dos nuevos enemigos hicieron su aparición en el horizonte, y eran enemigos contra los que Alonso de Ojeda nunca había aprendido a luchar.

El primero y más poderoso, la avaricia.

Su escudero, de igual modo temible, la envidia.

La avaricia se presentó bajo la forma de dos untuosos y serviciales personajes, Juan de Vergara y García de Campos, que a la larga sería conocido como Ocampo, quienes se brindaron a proporcionar los medios para organizar la peligrosa tarea de conquistar Venezuela o Coquibacoa, a cambio de los dos tercios de las ganancias que se obtuvieran.

En su irrefrenable deseo de lanzarse cuanto antes a la aventura, el Centauro no dudó en aceptar una cláusula que indicaba que, como eran tres los socios, las decisiones se tomarían siempre por mayoría de dos contra uno.

En el momento mismo de firmar semejante acuerdo pese a la oposición de la india Isabel, maese Juan de la Cosa, «El Nano» Ojeda y el obispo Juan Rodríguez Fonseca, Ojeda se puso en manos de dos miserables mercaderes a los que poco importaban los virreinatos, las conquistas o la difusión de la palabra de Dios.

La magna empresa con que el conquense soñaba se limitaba para ellos a obtener oro, perlas, diamantes, palo brasil o esmeraldas, y cualquier decisión que no fuera destinada a aumentar su botín quedaría relegada al olvido por la sencilla fórmula del voto mayoritario.

Sabido es que todo ser humano acaba por hastiarse de comer, beber o fornicar, pero la avaricia es un pecado para el que jamás existe límite; por el contrario, a medida que va creciendo van aumentando sus ansias de engordar hasta que con frecuencia sucumbe bajo su propio peso.

El hombre al que no conseguían herir las espadas, las balas, las lanzas o las flechas, no atinó a esquivar los golpes de la intriga.

El hombre que no había dudado en matar a cuantos le ofendieron de palabra, no fue capaz de hacer lo mismo con quienes le engañaron de obra.

El hombre que tantas veces había demostrado ser el más valiente entre los valientes, se dejó derrotar por los cobardes.

Si en alguna ocasión la pluma se ha mostrado en verdad más poderosa que la espada, Alonso de Ojeda fue el mejor ejemplo, porque el ladino documento que Vergara y Ocampo le colocaron ante los ojos y que firmó con el entusiasmo de quien se imagina estar empezando una nueva vida en compañía de alegres camaradas, era tan confuso y estaba redactado con tanta habilidad por parte de un corrupto escribano ducho en tergiversar las ideas doblegando a su gusto las palabras, que cinco siglos más tarde continúa sirviendo de claro ejemplo para los estafadores.

Cuentan, aunque no se sabe si realmente es cierto, que fue el propio Ojeda quien, tras sufrir semejante descalabro y conocer más tarde la traición del florentino Amerigo Vespucci, pronunció la conocida frase:

Del agua mansa líbreme Dios, que de la revuelta ya me libraré yo.

Incapaz de ver la mala fe de quienes le rodeaban, el conquense sorteó con éxito las peores galernas, pero naufragó en aguas aparentemente tranquilas.

Tal como le señalara años más tarde su fiel amigo Juan de la Cosa, «nada hay más fácil que embaucar a un soñador y ésa es la razón por la que te engañan tanto. Tan sólo sabes asentar los pies en tierra en el momento de empuñar una espada».

El viaje estuvo marcado desde el inicio por un extraño maleficio que comenzó en cuanto abandonaron la isla de La Gomera, ya que al atardecer una gaviota negra se posó en los obenques de la carabela *Magdalena*, en la que navegaba Ojeda y estaba mandada por su sobrino Pedro.

Nadie había visto jamás una gaviota negra, lo cual espantó a los hombres, que comenzaron a clamar asegurando que pronto naufragarían, pese a que un grumete canario insistió en que aquello no era en realidad una gaviota sino una pardela, un ave de aspecto muy parecido a las gaviotas pero de un color grisáceo, muy abundante en los acantilados del archipiélago.

Por alguna extraña razón al animal en cuestión le había salido el plumaje más oscuro de lo normal, pero, según el gomero, no había razón para tomárselo tan a pecho.

—Así como las gaviotas resultan incomibles —dijo tratando de calmar los ánimos—, los polluelos de pardela están considerados un manjar entre los habitantes de las islas, que se arriesgan trepando por los farallones en busca de las cuevas en que anidan. No es de buenos cristianos creer en brujerías cuando los fenómenos, por extraños que parezcan, tienen una sencilla explicación.

Pese a la lógica de sus comprensibles argumentos,

muchos consideraron que algo malo iba a sucederles debido a que el maldito bicho, gaviota, pardela o lo que fuera, se había posado en la nave y permanecido allí hasta bien entrada la noche.

Tres días más tarde les sorprendió una borrasca, con lo que el Centauro se vio obligado a encerrarse en su camareta sin posibilidad de relacionarse con una tripulación reclutada en su inmensa mayoría por Ocampo y Vergara, y animada por tanto de su mismo espíritu mercantilista. Para aquellos hombres, Alonso de Ojeda no era el mítico caudillo que habría de conquistar un reino, sino alguien con el que no se sentían identificados y cuya única misión era conducirles a un lugar donde podrían satisfacer sus ansias de rapiña.

Debido a ello se enfurecieron cuando al avistar al fin la isla de Margarita, en la que pensaban obtener un abundante botín en gruesas perlas, el de Cuenca les recordó que los reyes le habían prohibido expresamente desembarcar en ella puesto que era un territorio reclamado tanto por el Almirante como por el adelantado Rodrigo de Bastidas.

—¿Y quién va a saber que hemos estado aquí? —protestó De Vergara.

—Yo —replicó con firmeza—. Y con ello me basta.

—Pero ni el Almirante, ni Bastidas ni nadie puede alegar derechos sobre territorios de las Indias sin haber hecho fundaciones y haberse asentado en ellas. ¡No es justo!

—No se trata de lo que reclamen Rodrigo de Bastidas o el Almirante; se trata de lo que ordena la Corona. Si no respeto sus leyes, ¿qué derecho tengo a reclamar el reino que tan graciosamente me han ofrecido? Sigamos pues, que ya encontraremos riquezas que nadie más reclame para sí.

Resultaba muy duro navegar por unas aguas increíblemente cristalinas sabiendo que allí mismo, bajo las quillas, yacía un tesoro de incalculable valor que tal vez nadie acudiría nunca a recoger.

—Mala aventura es ésta en la que nos esperan infinitas calamidades, y encima no podemos compensarlas con un lógico beneficio —mascullaban los hombres en los sollados—. ¿A qué hemos venido?

Como buena haitiana, Isabel no entendía que nadie pudiera tener semejante interés por algo tan inútil como las perlas, pero menos aún entendía que existiera una ley que prohibiese que quien quisiera se lanzara de cabeza al agua y las cogiera.

—Si el mar está aquí desde antes de vuestra llegada, y las ostras crecen libres en el fondo, ¿por qué alguien se considera dueño de ese mar y de esas ostras? —inquirió en verdad perpleja—. Alcanzo a entender, aunque no demasiado, que los agricultores de Santo Domingo reclamen la propiedad de los frutos que producen los campos que han labrado a base de mucho sudar, pero que yo sepa, ni el Almirante ni ese tal Bastidas han plantado esas ostras bajo el agua; nacieron por sí solas, por sí solas producen las perlas y por sí solas morirán sin que nadie las aproveche.

Constituía en verdad un empeño harto difícil explicarle a una indígena, por muy bien que dominara el castellano, que para los habitantes de la vieja Europa todo, ¡absolutamente todo!, debía tener un dueño porque ése era el orden establecido, aunque no se supiera por quién, cuándo, ni dónde.

—Si en nuestra sociedad no existiera el concepto de propiedad, reinaría el caos —le explicó Ojeda.

—En Quisqueya nunca ha existido ese concepto y el caos únicamente reina desde que llegasteis los españoles afirmando que esto pertenece a éste y aquello a aquel otro

—replicó ella—. Cada tribu vive en un territorio, pero nadie se opone a que una familia de otra tribu se establezca en él si acude en son de paz. Y cuando los huracanes destrozan las cosechas en una zona, sus habitantes se trasladan a otra que no haya sufrido daños, y los que allí viven comparten con ellos lo que tienen porque es probable que al año siguiente la región afectada sea la propia... ¿De qué te sirve ser dueño de los mejores frutales si el huracán los destruye y tu vecino no te ayuda? Te morirás de hambre igual que si nunca hubieras tenido nada.

Isabel, o Jinetilla, como al conquense le gustaba llamarla en la intimidad, se había convertido en la esposa legal del adelantado, no sólo a causa del ruego de la reina, lo cual evidentemente debió influir de forma positiva, sino sobre todo porque Ojeda sabía que la mayoría de los colonos que convivían con nativas continuarían considerándolas meras concubinas sin derecho alguno hasta que comprobaran que personajes de auténtico prestigio en el Nuevo Mundo accedían a casarse con ellas.

Y también sabía que, si bien muchos no se decidirían a hacerlo por simple respeto a esas mujeres, tal vez lo harían por los futuros derechos de los hijos habidos con ellas, puesto que no se reconocía su legitimidad como herederos, e incluso como hombres libres, a aquellos niños cuyos padres no estuvieran casados por la Iglesia, por lo que se les proporcionaba el mismo trato que al resto de los indios.

Y ese trato se prestaba a múltiples y complejas interpretaciones.

Pese a que la Corona hubiera ordenado bajo pena de muerte que se devolvieran a La Española a todos los indios que había traído Colón en sus primeros viajes, aboliendo al propio tiempo cualquier tipo de esclavitud y estableciendo, sin dar pie a la menor duda, que los nativos gozaban de los mismos derechos y deberes que los españoles, lo cierto es que al otro lado del océano las cosas solían interpretarse de forma muy diferente.

El comendador fray Francisco de Bobadilla zarpó de Sevilla en junio de 1500 llevándose de regreso a La Española a todos los indígenas esclavizados, y portando al mismo tiempo un mandato real por el que se le designaba gobernador de la isla en sustitución de los desacreditados hermanos Colón, cuyos abusos de autoridad y desconcertantes arbitrariedades llevaban camino de provocar una auténtica guerra civil.

Extralimitándose de forma evidente en sus funciones, el pesquisidor Bobadilla, tan prepotente o más que el propio Almirante, aunque con muchísimos menos méritos en su haber, apresó en público a los tres hermanos y los envió de regreso a España cargados de cadenas, detalle este último que desagradó de forma harto notable a sus majestades, quienes los dejaron de inmediato en libertad, aunque sin devolverles el gobierno de las colonias.

Pero así como el comendador había dado evidentes pruebas de excesiva firmeza y premura a la hora de encarcelar a quienes consideraba sus más peligrosos enemigos, no demostró idéntica eficiencia cuando llegó el momento de aceptar los mandatos reales respecto a los derechos de los nativos, acogiéndose a un conocido y antiquísimo precepto que ha guiado a los gobernantes cualquiera que sea su lugar de origen:

«Las leyes deben aplicarse con todo rigor, siempre que personalmente no nos perjudiquen.»

Obedeciendo por tanto los mandatos de la reina Isabel, Bobadilla estableció una norma de obligado cumplimiento: los pacíficos indios araucos que nunca hubieran tenido intención de alzarse en armas contra la Corona no debían ser esclavizados, pero en compensación podían serlo todos aquellos a los que se acusara de «rebeldes», así como los bestiales antropófagos de origen caribe.

¿Cómo pretende un asno como Bobadilla, que ni siquiera sabe qué es lo que le diferencia de una mula, distinguir entre un indio amigo y un enemigo, o entre un comedor de hombres y otro de yuca?

La triste realidad se concretó en que a partir de entonces bastaba una simple acusación y la resolución de un funcionario para que un nativo, hombre, mujer o niño, pudiera ser declarado «rebelde» o caníbal, y por tanto esclavo.

Y por desgracia los funcionarios eran en su inmensa mayoría desvergonzados prevaricadores y reconocidos corruptos, puesto que no se habían arriesgado a cruzar el océano y habitar «en tierra de salvajes» para conformarse con un ridículo estipendio de amanuense.

A las Indias Occidentales se acudía huyendo de la justicia o a hacer fortuna, y cuando no se podía comerciar con oro, perlas, esmeraldas o palo brasil, se comerciaba con seres humanos.

Mucho más respetuoso con el espíritu que animaba a su soberana, el Centauro había decidido convertirse en el primer español que contraía oficialmente matrimonio con una nativa, con la esperanza de que de esa forma germinaría la semilla de una sociedad mixta en la que unos y otros pudieran integrarse de una forma pacífica.

Se esforzó para que Isabel aprendiera a leer y escribir con soltura, de modo que pudiera conocer cuanto fuera posible sobre la cultura llegada de la vieja Europa, pero insistió en que no intentara comportarse como una dama española sino que mantuviera la natural esencia de su origen haitiano, un difícil equilibrio entre dos mundos.

Siempre quise enriquecerla, nunca cambiarla.

El conquense entendía que resultaba muy sencillo disfrazar a una salvaje a base de vestirla con un corpiño y unas faldas, obligándola a caminar sobre unos incómodos zapatos, pero que así lo único que se conseguía era una patética y casi ridícula réplica de una señorita andaluza, no una verdadera hispano-haitiana.

En justa contrapartida aprendió su idioma y a comportarse en muchos aspectos como un verdadero indígena, y aceptó que aquel obsesivo y desmedido sentido de la propiedad privada era el principal obstáculo que separaba a ambas culturas.

Por ello, y a la vista de la isla de Margarita, le resultaba extremadamente difícil hacerle entender a su esposa que se veía obligado a respetar los deseos de unos lejanos reyes, lo que le impedía permitir que, contra toda lógica, sus hombres se apoderaran de unas perlas que si se quedaban allí nunca aprovecharían a nadie.

—La segunda barrera que separa nuestros pueblos de forma difícilmente salvable es el sentido de la jerarquía... —le explicó—. Por lo que he podido advertir, entre vosotros las órdenes de vuestros jefes sólo son de obligado cumplimiento en momentos de grave crisis, como una guerra o una catástrofe natural, pero entre nosotros cada acto está regido por unas leyes muy estrictas que no podemos ignorar sin exponernos a sufrir un duro castigo.

—¿Y eso no os convierte en esclavos de quienes dictan tales leyes? —quiso saber ella.

—Probablemente, pero de otro modo cada cual actuaría como le viniese en gana, apoderándose impunemente de lo que pertenece a otros.

—Volvemos a lo mismo... —razonó la muchacha—. Tales leyes existen por el hecho de que existe la propiedad privada. Cuanto más os conozco, más llego a la conclusión de que vuestros problemas nacieron la primera vez que alguien dijo «esto es mío».

—Supongo que tienes razón —se vio obligado a reconocer él.

—No pretendo tener razón, sino entender cómo funciona el sistema que estáis intentando imponerle a mi pueblo. Entre vosotros alguien dice «esto es mío», y en lugar de mandarle al diablo, se monta una complicada estructura en la que todos sufren las consecuencias de los caprichos de un estúpido que acabará muriéndose del mismo modo que se morirá el que nada tiene. —La peculiar y hermosa muchacha negó una y otra vez con la cabeza como si todo aquello se le antojara lo más absurdo del mundo—. Cuanto más intento entenderlo, menos lo entiendo.

—El problema no estriba en la primera vez que alguien dijo «esto es mío», sino en el hecho de que de inmediato otros le imitaron apoderándose de otra cosa.

—¿Y todos están ahora muertos?

—¡Naturalmente!

—Eso significa que cada uno de vosotros continúa sufriendo las consecuencias de lo que dijo un muerto. ¡Estúpido! ¡Estúpido y absurdo!

Resultaba en verdad estúpido y absurdo ir dejando atrás la amplia playa circular de la serena bahía de Juan Griego, abandonando un tesoro que se deslizaba bajo las quillas.

Aquél fue sin duda otro de los graves errores que cometiera el conquense a lo largo de su vida, puesto que los avariciosos comenzaron a comprender que con un capitán tan escrupuloso con los mandatos de los reyes poco provecho obtendrían.

—La pobre reina está tan preocupada por las locuras

de doña Juana que no se enteraría de nada de lo que aquí ocurriese, mientras que a don Fernando tan sólo le interesan el vino y las mozas —decían—. ¿Es justo que sigamos siendo unos miserables muertos de hambre cuando a estas alturas podríamos nadar en la abundancia sin hacer daño a nadie?

Todos habían oído hablar de los «sacos de perlas como garbanzos» que la tripulación de Rodrigo de Bastidas había desembarcado en Sevilla, y las hermosas casas, las lujosas ropas y las costosas carrozas que docenas de hombres habían adquirido a cambio de ellas.

¿Acaso ellos eran menos españoles o menos valientes que quienes acompañaron a Rodrigo de Bastidas?

¿Acaso sus vidas no valían tanto como las de aquéllos?

¿Quién era Ojeda para decidir quién debía regresar rico y quién pobre?

Ocampo y Vergara se encargaban de avivar el fuego de un descontento que, a decir verdad, no necesitaba de excesivo aliento.

A ojos de su tripulación Alonso de Ojeda pasó en cuarenta y ocho horas de ser el admirado Centauro de Jáquimo al aborrecido Cretino de Margarita.

¡La propiedad privada! Siempre la propiedad privada.

¡Y la obediencia! Siempre la ciega obediencia.

La Jinetilla no dudó en advertírselo claramente:

—Intentas comportarte como nosotros, pero cuando se presenta la ocasión no lo haces —dijo sin mostrar en absoluto acritud—. No se trata de un caso de guerra o catástrofe y a nadie perjudica que esas perlas sean cogidas, salvo a ti mismo, pero has elegido ser el perro fiel de tus señores a ser el dueño de tu destino. ¡Rezo para que no tengas que sufrir las consecuencias!

De nada valdrían tales rezos; aquélla era una ofensa que muchos estaban esperando devolver con creces.

Para colmo de desgracias, en su afán de respetar las leyes y no arriesgarse a iniciar la conquista de su virreinato en tierras que ya hubieran sido reclamadas, el Centauro tomó la decisión de alejarse aún más hacia el oeste.

Sin la ayuda de su fiel amigo De la Cosa, perfecto conocedor de las estrellas, las latitudes y las longitudes, no podía confiar más que en un cosmógrafo de tercera fila, Vidal, que ninguna experiencia tenía del Nuevo Mundo puesto que aquélla era su primera travesía del océano.

—¿Nos encontramos aún en los territorios reclamados por Rodrigo de Bastidas? —insistía Ojeda una y otra vez.

—Lo ignoro, capitán. Todas estas selvas, cabos y ensenadas se parecen tanto entre sí que resulta imposible determinar en qué punto de la costa concluyó su andadura. Ni siquiera con un mapa conseguiría determinarlo con total exactitud, y no contamos con ningún mapa.

—Continuemos pues hacia el oeste.

Cada día de navegación eran nuevas leguas que les separaban de las ansiadas perlas de Margarita, y por tanto otro día en que aumentaba el descontento de sus hombres.

Por fin, consciente de que si continuaba navegando sin destino las tripulaciones acabarían por amotinarse, el Centauro decidió desembarcar en una región agreste y desolada en la que los indígenas no tardaron en mostrar una actitud decididamente hostil.

No era un lugar apropiado para fundar la capital de un glorioso virreinato, y en nada se parecía al Edén que habían encontrado en la fabulosa Venezuela, pero al Centauro de Jáquimo no le quedaba otra opción que establecerse allí, o regresar a Margarita traicionando sus promesas a la reina.

—Ni una legua más al oeste... —le habían advertido en tono amenazante Ocampo y Vergara a poco de poner pie en tierra—. Aquí parece haber rastros de oro y aquí nos quedamos.

Eran dos votos contra uno.

Había oro, en efecto, pero en tan poca cantidad y de tan baja calidad que era necesario trabajar muy duramente para extraerlo, o luchar con demasiada ferocidad con el fin de arrebatárselo a unos esquivos indígenas que apenas lo usaban como sencillos adornos.

Se inició un largo y doloroso calvario de incierto futuro en un desesperado intento por alzar una «ciudad» en el lugar menos apropiado que nadie hubiera podido elegir.

A los dos meses de luchas, trabajos, discusiones, sinsabores, penalidades, escaramuzas, emboscadas, muertes y desgracias de todo tipo, una lluviosa mañana hizo su aparición una especie de espantajo humano, mitad español y mitad indio, que dijo llamarse Juan de Buenaventura, y al que Rodrigo de Bastidas había abandonado años atrás en una selvática región de la actual Santa Marta, en las costas de Colombia.

Había convivido todo ese tiempo con los indígenas, aprendiendo su idioma y sus costumbres, pasando hambre e infinitas calamidades, y lo primero que dijo contribuyó en mucho a aumentar las tribulaciones del ya más que atribulado Alonso de Ojeda.

—Me temo, capitán, que os habéis establecido dentro de los límites de la gobernación que la Corona otorgó a Rodrigo de Bastidas. Todas las obras de fundación de una ciudad que estáis realizando pasarán a ser de su propiedad el día de mañana, y por contento podréis daros si no os denuncia por invasor e intruso.

—¡No le creo capaz!

—¡Pues creedlo! Es un hombre muy celoso de su autoridad, y aunque no suele tener mal carácter se encuen-

tra muy influenciado por su lugarteniente, Juan de Villafuerte, que es un redomado hijo de puta. Por una simple
trifulca en la que ni siquiera corrió la sangre, obligó a Bas-
tida a que me abandonara al más cruel de los destinos: vivir en un infierno verde.

—¡Loado sea Dios!

—Dios todavía no se ha dejado ver por estos lares, capitán, os lo aseguro —replicó con amargura el desterrado—.
Llevo años buscándolo y aún no me ha dado la menor señal
de que se haya dignado pisar Tierra Firme.

—¿También tú eres de la opinión de que nos encontramos en un nuevo continente?

—¿Y qué otra cosa puede ser si los nativos hablan con
frecuencia de poderosas tribus riquísimas en oro y esmeraldas que habitan a dos meses de marcha, más allá de
imponentes cordilleras eternamente nevadas? —Buenaventura hizo un expresivo gesto con las manos alzándo-
las hacia el cielo, pues de su estrecha relación con los nativos había tomado la costumbre de explicarse con grandes
aspavientos—. ¿Os imagináis qué altura deben de tener
esas montañas si jamás pierden la nieve pese a encontrarse en una zona donde todo el año persiste este increíble
calor?

—¿Dos meses de marcha? —repitió el de Cuenca, como si le costara admitir que ello pudiera ser posible—.
¿Estás seguro de que dijeron dos meses?

—Seguro, capitán. Fueron muchos y de muy distintas
tribus los que me contaron la misma historia, y aunque es
cierto que son gente asaz exagerada y mentirosa, los datos que he ido obteniendo aquí y allá de distintas fuentes
me obligan a aceptar que, en efecto, al suroeste, en una
remota región extremadamente montañosa, existen ciudades cuyas casas tienen los techos recubiertos de láminas de
oro.

—¿Podría tratarse de ciudades de la China? —Ante la muda negativa del otro, insistió—: ¿Por qué no?

—Porque sus habitantes son cobrizos, no amarillos; ningún salvaje que yo conozca ha oído hablar nunca de hombres blancos, negros o amarillos.

—¿O sea que nos encontramos en un continente que nada tiene que ver con Europa, África y Asia?

—Eso lo dice usted, capitán, que yo poco entiendo de continentes ni de apenas cosa alguna que sirva para nada. A los quince años abandoné por piernas Ronda por culpa de una pelea, a los diecisiete embarqué en mala hora por culpa de otra trifulca, y dos meses después me abandonaron en tierra de salvajes.

—Por culpa de una tercera riña.

—Ciertamente. Por desgracia, y pese a que soy un muchacho de carácter apacible, en cuanto bebo media jarra de vino se me nubla el sentido, pierdo el control de mis actos y saco a relucir la navaja a las primeras de cambio.

—Suele suceder... —admitió el de Cuenca—. Al igual que cierta clase de mujeres, el alcohol tiene la virtud de amansar a los violentos y el vicio de excitar a los pacíficos... —El Centauro soltó un suspiro de resignación antes de reconocer a su pesar—: Por desgracia, a lo largo de mi vida me he topado con muchos de esos mentecatos a los que el vino transforma en lo que no son, a tal punto que en cuestión de minutos pasaron de ser de alegres vivos a tristes difuntos.

—Vuestra fama como invencible espadachín ya era conocida allá en Ronda cuando yo apenas levantaba un palmo del suelo.

—La fama ha sido siempre uno de mis peores enemigos, muchacho, pero dejemos un tema que pertenece al pasado. ¿Crees que se podría llegar por mar a esas fabulosas ciudades de casas con techo de oro?

—No, que yo sepa. Y ni siquiera a través de ríos, que por aquí son increíblemente caudalosos. Por lo que tengo entendido, aquéllos son territorios especialmente agrestes y en los que jamás podría vivir un cristiano.

—¿Y eso a qué se debe?

—A que por lo visto escasea el aire.

El de Cuenca observó con mayor atención al andrajoso personaje, esquelético, barbudo y cubierto de llagas que se sentaba frente a él. Lo que acababa de escuchar era desconcertante, así que inquirió con incredulidad:

—¿Cómo has dicho?

—He dicho que los salvajes aseguran que allá arriba, donde viven los que tienen casas con techos de oro, el aire escasea.

—¿Cómo puede escasear el aire? —masculló su confundido interlocutor—. ¡Todo lo que nos rodea es aire! ¿O no?

—Eso parece.

—¿Entonces? ¿Qué hay en lugar de aire? ¿Agua?

—¿Cómo quiere que yo lo sepa, mi capitán? Un viejo chamán que fue esclavo de los que viven en las montañas me aseguró que allá arriba casi no podía respirar, pero que los nativos de la zona están tan acostumbrados que no lo notan... —Se encogió de hombros como si nada de aquello fuera culpa suya—. Pero como ya le he dicho, estos salvajes suelen ser exagerados o descaradamente mentirosos, o sea que no me haga mucho caso.

—Puede que sean en efecto mentirosos... —admitió el conquense con cierto aire fatalista—. Aunque son tantos los prodigios a los que he asistido desde que pisé por primera vez las Indias Occidentales, que no me cuesta demasiado aceptar cualquier cosa que me cuenten. ¡Bien...! —añadió como dando por concluido el asunto—. Te agradezco la información, aunque las noticias no sean todo lo satisfactorias que esperaba. ¿Estás seguro de que éstos siguen siendo territorios reclamados por Rodrigo de Bastidas?

—Bastante seguro.

—¡Lástima! Aunque tal vez sea mejor así, puesto que, pensándolo bien, como reino no valen gran cosa. Buscaré otro lugar más al oeste. ¿Te quedarás aquí o prefieres regresar a España?

—Regresaré en cuanto se me presente una oportunidad. Ya he tenido suficiente Nuevo Mundo para el resto de mis días; lo único que deseo es volver a Ronda, donde tal vez pueda ganarme la vida relatando por las plazas de los pueblos la historia de mis andanzas entre los salvajes.

Veinte hombres de una partida de treinta y cinco murieron en una emboscada en la selva, y cuando un enfurecido Ojeda les preguntó a los supervivientes por qué habían abandonado el improvisado fortín sin su permiso, le respondieron que lo habían hecho por orden de Ocampo, quien les había enviado a «rescatar» oro a un lejano poblado indígena.

—¿Desde cuándo das órdenes sin que yo tenga conocimiento de ello? —le espetó a su desvergonzado socio, esforzándose por contenerse y no partirle la cabeza de un solo tajo.

—Desde que he tenido conocimiento de que éste no es tu territorio, sino el de Rodrigo de Bastidas. Aquí careces de autoridad.

—La Corona me puso al frente de la expedición.

—Pero a condición de que no hicieras ningún asentamiento fuera de tu jurisdicción.

—Te recuerdo que fuisteis Vergara y tú los que me impedisteis continuar hacia el oeste, que era lo lógico.

—Será tu palabra contra la nuestra... —fue la descarada respuesta.

—Mañana empezaremos a recogerlo todo y nos iremos.

—Más al oeste no... —le advirtió Ocampo—. Aquí hay oro, no mucho, pero el suficiente para rentabilizar la expedición, y ya hemos perdido toda esperanza de encontrar ese fabuloso reino de Coquibacoa del que tanto hablas. Así que elige: o esto, o Margarita y sus perlas.

—Las dos cosas suponen traicionar a la Corona.

—Eres tú quien ya la ha traicionado estableciéndose aquí.

Cuando el de Cuenca regresó junto a Isabel, la muchacha no pareció sorprenderse del nuevo rumbo que tomaban los acontecimientos.

—Tu error no fue elegir un punto de desembarco equivocado, sino elegir los hombres equivocados... —dijo—. No entiendo mucho sobre las leyes que rigen en tu mundo, que me parecen demasiadas, pero si abandonas todo lo que habéis cogido, y que al parecer no os pertenece, ni el tal Rodrigo de Bastidas ni nadie tendrá derecho a protestar.

—Dudo que Vergara y Ocampo lo acepten.

—¿Acaso para ellos no rigen tales leyes?

—Las únicas por las que en verdad se rigen son las de su avaricia.

—Sobre eso no puedo aconsejarte... Es algo nuevo para mí.

Era nuevo para ambos, ciertamente.

El Centauro, ducho en toda clase de enfrentamientos cara a cara, ágil, fuerte y decidido a la hora de empuñar una espada o abalanzarse lanza en ristre contra un enemigo muy superior en número, se sentía como un niño desamparado frente a las trampas, mentiras y conjuras de unos ladinos personajes expertos en el engaño.

Buscó amigos que pudieran aconsejarle, pero no encontró demasiados, porque hasta el último grumete del último barco se sentía decepcionado por el amargo devenir de los acontecimientos. Se habían enrolado en una expedición que prometía riquezas, paisajes de ensueño y hermosas muchachas desnudas que se entregaban alegremente a cuantos se lo solicitaban, y lo único que habían encontrado era miseria, una tierra agreste y media docena de huidizas y sucias mujerucas cubiertas de harapos y aspecto tan desagradable que ni el más ardiente serviola se armaba de valor a la hora de intentar una aproximación.

—¡Todo era mentira! —mascullaban indignados—. ¡Todo era mentira! Ese hijo de perra de Ojeda nos ha engañado.

Los pocos que aún confiaban en el Centauro procuraban pasar desapercibidos, conscientes de que salir en su defensa podía significar amanecer con una daga clavada en el pecho.

Curiosamente, el zarrapastroso Buenaventura, que al parecer no tenía otro interés que regresar cuanto antes a su añorada Ronda, fue de los pocos que se pusieron abiertamente de su lado.

—¡Andaos con ojo, capitán! —le advirtió—. He escuchado rumores y me consta que entre esta gentuza hay mucho degenerado con ganas de ponerle la mano encima a vuestra esposa.

—Será pasando por encima de mi cadáver.

—Eso lo tienen asumido, capitán —ironizó el de Ronda—. ¡Muy asumido! ¿Me aceptaríais un consejo?

—Necesitado estoy de ello.

—Por lo que tengo entendido, vuestro otro socio, ese tal Vergara, ha viajado a Jamaica en busca de provisiones, pero tarda más de lo que se suponía.

—Así es, en efecto, y preocupado me tiene semejante tardanza.

—Enviad otro barco en su busca, uno en cuyo capitán podáis confiar, y haced que vuestra esposa se vaya en él. De allí no le resultará difícil pasar a Santo Domingo, donde se encontrará a salvo hasta que las cosas se calmen y encontréis un lugar para fundar vuestra ciudad en paz y armonía.

—Conociéndola como la conozco, no creo que acepte.

—Hacedle comprender que se encuentra en grave peligro y que al propio tiempo os pone en peligro a vos. —Buenaventura hizo un significativo gesto hacia la reluciente espada que descansaba sobre la tosca mesa de la pequeña estancia y añadió—: Si os encontráis solo y sin trabas sois muy capaz de enfrentaros a tanto perdulario sin conciencia, pero si tenéis que estar pendiente de doña Isabel a todas horas os sorprenderán tarde o temprano.

El conquense meditó en lo que el medio andaluz y medio indio acababa de decirle, recorrió con la vista el destartalado fortín por el que vagabundeaba un centenar de «colonos» que más bien tenían aspecto de presidiarios, y acabó por asentir con un leve ademán de la cabeza.

—De acuerdo —dijo—. Pero con una condición: te convertirás en escudero y protector de Isabel hasta que se encuentre a salvo en Santo Domingo.

—Para mí será un honor.

—Aún tengo suficiente dinero para que puedas regresar a Ronda y vivir una temporada sin necesidad de contar tu historia por los pueblos.

—¡No os preocupéis por mí! —exclamó el otro—. Una vez en Santo Domingo, sabré apañármelas; después de haber sobrevivido entre estos salvajes, nada me asusta.

—¡Insisto!

—¡Oh, vamos, don Alonso, no seáis tan iluso! —no

pudo por menos que replicar el rondeño—. Os encontráis empeñado en la ardua empresa de fundar un reino, y no se os ocurre nada mejor que entregarme lo poco que os queda pese a que soy muy capaz de pagarme el pasaje de regreso fregando cubiertas. Guardaos vuestro dinero, que el mero hecho de haber servido de algo al heroico Centauro de Jáquimo me basta y me sobra. Lo único que os pido a cambio es que algún día os acerquéis por Ronda, a garantizarles a mis paisanos que me encontrasteis aquí viviendo como un auténtico salvaje, y todo lo que les habré contado es cierto.

—¡Cuenta con ello! Y ahora hazme el favor de ir a buscar a Juan López, que debe de encontrarse a bordo de la *Magdalena* y es el único piloto en quien confío a estas alturas. —El conquense soltó un profundo resoplido y añadió con preocupación—: El verdadero problema será convencer a Isabel.

La india Jineta, o la cristiana Isabel, que venía a ser lo mismo, adoraba a su esposo y odiaba la idea de separarse de él ni siquiera por un día, pero al escuchar lo que éste le proponía se quedó muy quieta, y en lugar de la encendida reacción que Ojeda esperaba, se limitó a asentir al tiempo que señalaba:

—En cualquier otra circunstancia me habría negado, puesto que mi obligación es permanecer a tu lado en lo bueno y en lo malo, tal como prometí ante el altar. —Lanzó un hondo suspiro de resignación antes de añadir—: Sin embargo hay un pequeño detalle que cambia las cosas; no quise decírtelo antes para no preocuparte aún más, vista la situación, pero ahora creo que debes saberlo: estoy embarazada.

Cambiaba mucho las cosas, desde luego.

Un niño, la primera criatura nacida de una haitiana y un español casados según los mandamientos de la Santa

Madre Iglesia, era un auténtico símbolo, un ejemplo de cómo debería ser en el futuro la relación entre dos pueblos de religiones y costumbres muy diferentes.

Alonso de Ojeda colocó suavemente una mano sobre el vientre de su esposa y musitó:

—Gracias por darme un hijo. También le doy gracias a Dios, y ruego a mi protectora, la Virgen María, que le ayude desde el mismo momento de nacer, porque tanto los de tu raza como los de la mía le considerarán «diferente» y probablemente le rechazarán por ello. Su vida no será fácil si tú y yo no sabemos proporcionarle todo el amor que va a necesitar para enfrentarse a su incierto futuro.

—¿Preferirías que hubiera esperado más tiempo a la hora de venir? —quiso saber ella.

—¡En absoluto! —replicó su esposo—. Tarde o temprano algún niño como él había de nacer, y confío en que herede la entereza con que nos hemos enfrentado a la incomprensión. La mayoría de los mestizos suelen ser bastardos, lo cual les avergüenza y les condiciona doblemente. Lo que deseo es que nuestro hijo se sienta doblemente orgulloso por tener una madre haitiana y un padre español.

—No sólo eres un soñador en lo referido a reinos y descubrimientos; también lo eres respecto a las personas, y me preocupa que ello te acarree más disgustos que las batallas y exploraciones —señaló su joven esposa con su calma habitual—. Ten presente algo importante: nadie será nunca como tú quieres que sea, porque lo que pretendes es que sean como tú, y eso es imposible.

Una mujer enamorada casi siempre considera que su amado es diferente, pero en el caso de la india Jineta tal convencimiento no era únicamente fruto del profundo amor que sentía por el mítico Centauro que apareció en su vida siendo aún una niña, sino que se basaba en que conocía de primera mano sus increíbles hazañas y le había dado evidentes muestras, día tras día y noche tras noche, de que nada tenía que ver con el resto de los seres humanos.

Había sido testigo, horrorizada, de cómo arremetía lanza en ristre contra una multitud de guerreros que intentaban derribarle de su montura; había sido testigo, devorada por los celos, de cómo había arrojado al mar el oro que le entregaba Anacaona; había sido testigo, agradecida, de cómo se enfrentaba a quienes intentaban disuadirle de que contrajera matrimonio con una «sucia salvaje», y cada día era testigo, emocionada, de cómo intentaba imponer sus principios a una inmunda cuadrilla de desvergonzados facinerosos.

Se sentía tan orgullosa de él, que lo único que le pedía a su nuevo Dios y a su Santa Madre, la Virgen, era que el niño que llevaba en las entrañas fuera digno de aquel ser irrepetible que por alguna extraña razón el destino le había regalado.

El fiel piloto Juan López se las ingenió para hacer subir a bordo de la *Magdalena* a la mayoría de aquellos marinos en los que aún confiaba; a media noche envió una chalupa a tierra con la orden de recoger a «la señora» y al estrambótico Juan de Buenaventura, y en cuanto éstos pusieron el pie en cubierta ordenó levar anclas incluso antes de que la primera claridad del alba se mostrara en el horizonte.

—¡Traición! —aulló un furibundo Ocampo al levantarse y descubrir que únicamente dos naves se balanceaban en la quieta ensenada—. ¡Ese sucio Ojeda ha desertado dejándonos a merced de los salvajes!

—¡Contened vuestra lengua o no respondo de mis actos! —le espetó el conquense, apareciendo a sus espaldas como surgido de la nada—. Alonso de Ojeda jamás ha desertado ante el enemigo.

—¡Pero el barco...!

—Lo he enviado en busca de Vergara.

—¿Sin consultarme?

—Sigo siendo la máxima autoridad de la expedición, y al faltar Vergara no podéis aplicar esa maldita cláusula de «dos votos contra uno».

—¡No obstante...! —intentó insistir el otro.

—Si tenéis algo que alegar hacedlo espada en mano, o de lo contrario guardad silencio —fue la cortante y áspera respuesta—. He hecho lo que estimé conveniente y hecho está.

Nadie, y el ladino mercader menos que nadie, habría osado «alegar» algo espada en mano frente al Centauro de Jáquimo, y pese a que el atemorizado Ocampo lanzó una significativa mirada alrededor buscando ayuda, ni uno solo de los presentes demostró el menor interés en apoyar a quien no les pagaba lo suficiente como para arriesgarse a quedar con las tripas al aire incluso antes de haber conseguido desenvainar.

Era sabido que una especie de fuerza sobrenatural protegía al de Cuenca a la hora de enfrentarse a sus enemigos, y también que la reina mandaría ahorcar a cuantos tuvieran la loca ocurrencia de rebelarse contra quien la Corona había designado gobernador de Coquibacoa.

Todos tenían muy claro que la única forma de acabar con Ojeda era escudándose en la noche y el anonimato si querían eludir tanto el filo de su espada como la soga del verdugo.

También Ojeda lo sabía y, consciente de ello, a partir de aquel día decidió alejarse playa adelante en cuanto caía la tarde, buscar un rincón entre la maleza y dormir con un ojo cerrado y otro abierto, decidido a abrir en canal a quien tuviese la mala ocurrencia de aproximarse a menos de veinte metros de distancia.

Malo es tener que enfrentarse a quienes siempre han sido mis enemigos, pero peor se antoja tener que enfrentarme a quienes consideraba mis amigos.

Amigos apenas le quedaban, puesto que la mayoría habían partido a bordo de la *Magdalena*, y ahora se sentía como un animal acosado en una tierra hostil. Tanta amenaza cabía esperar de los salvajes que le acechaban desde la espesura como de los cristianos que dormían en su «ciudad».

El gobernador de Coquibacoa ni gobernaba ni, al parecer, se encontraba en Coquibacoa.

Durante el día los hombres le temían, pero no le respetaban debido a que al organizar la expedición había cometido el grave error de permitir que fueran sus socios «capitalistas» quienes les reclutaran, por lo que no era gente de armas, acostumbrada al mando y la disciplina, sino una heterogénea pandilla de ex presidiarios y buscavidas en los que el ánimo de lucro prevalecía sobre cualquier otra consideración.

Y a decir verdad, a gran parte de ellos no se les podía echar en cara su comportamiento: hijos del hambre y nietos de una guerra de reconquista que había durado ocho siglos, la aventura del Nuevo Mundo era una forma como otra cualquiera de escapar de la miseria, por lo que en buena lógica les apetecía mucho más regresar de tan incómoda y arriesgada expedición nadando en la riqueza que cubiertos de gloria.

Tardé en aprender que lo peor de la gloria es que tan sólo compra vanidad; el resto se paga mejor con oro. Tal vez por ello conseguí tan pocas cosas tangibles en la vida.

Uno de los mayores problemas que acosaron al Centauro de Jáquimo a lo largo de esa vida fue una casi enfermiza obsesión por mantener impoluta su fama de hombre íntegro, quizá por su necesidad de justificar que tenía plena conciencia de que desde muy joven había causado demasiado daño en estúpidos duelos sin sentido.

A su modo de ver, a un «matachín» tan sólo podía disculpársele que fuera por el mundo cortando en rodajas a quienes le provocaban, si en el resto de sus actividades se comportaba con una nobleza y honradez a toda prueba. Era como si continuamente tuviera que colocar en los platillos de una imaginaria balanza el peso de sus buenas y sus malas acciones.

Si, tal como aseguran crónicas y testigos fidedignos, participó en casi mil duelos y siempre fueron sus contrincantes quienes salieron malparados, resulta evidente que debió de verse obligado a colocar muchos pesos en el platillo opuesto de esa balanza en busca de un difícil equilibrio.

Sin embargo, nunca llegó a aprender que el precio de la honradez era demasiado alto; tanto más alto cuanto más corruptos eran quienes le rodeaban.

Y ahora allí, en Venezuela, Coquibacoa, o donde diablos quiera que hubiera ido a parar, que ningún historiador ha sido capaz de determinarlo con exactitud, se encontraba rodeado de mercaderes, mercenarios y facinerosos de la peor calaña.

«Desertores del arado y fugitivos del cadalso», solía llamarles, y le sobraba razón; entre acémilas incapaces de entender una simple orden y malandrines especializados en tergiversarlas, no había modo de conseguir que la magna empresa que se había propuesto progresara.

Echaba de menos a maese Juan de la Cosa, su mejor amigo y consejero, aquel al que no había querido escuchar cuando le advirtió que estaba poniendo proa al desastre al asociarse con usureros sin escrúpulos, y el único hombre de este mundo con el que podía sincerarse.

Le había dejado en su amplio estudio abierto al mar, rodeado de extrañas anotaciones y misteriosos cálculos, empeñado en la difícil tarea de pintar lo que confiaba fuera el primer mapamundi de la historia; aquel con el que siempre soñara el egipcio Tolomeo.

—A ti te recordarán como el más valiente adelantado que haya existido nunca; a mí por este mapa... —le había dicho en el momento de la despedida—. Supongo que tu destino será morir en el campo de batalla, con una espada en la mano, pero el mío es quedarme frito sobre esta mesa de dibujo con un pincel en la mano.

¡Cuán errado estuvo el cartógrafo de Santoña en sus predicciones! ¡Cuán lejos de lo que el futuro les deparaba!

El tiempo se encargaría de demostrar, una vez más, que nada existía sobre la faz de la tierra más caprichoso que el destino.

En aquellos momentos ese mismo destino se divertía jugando a convertir a un supuesto virrey en virtual prisionero de unos supuestos súbditos que, desoyendo sus estrictas órdenes, se lanzaban de tanto en tanto a saquear los poblados indígenas de tierra adentro.

En uno de tales sanguinarios saqueos García Ocampo había tenido la suerte o la desgracia, según se mire, de hacerse con un tosco ídolo de barro cuya frente aparecía adornada con una esmeralda del tamaño de un huevo, lo cual había contribuido de forma notable a despertar aún más su ya de por sí despierta avaricia.

¡Esmeraldas!

Sus tripulantes no podían saberlo, pero los cambiantes vientos habían empujado las naves al país de la «fiebre verde», y aunque las grandes minas de las valiosísimas piedras se encontraban a muchas leguas de distancia montaña arriba, en aquellas remotas cumbres en que, según Juan de Buenaventura, «escaseaba el aire», algunas piedras habían conseguido llegar hasta la lejana costa caribeña.

Cuando regresó Juan de Vergara de su viaje a Jamaica en busca de provisiones sin haberse cruzado en su camino con la *Magdalena*, y su compinche Ocampo le mostró el tesoro que había descubierto en la frente de un ídolo, no dudó a la hora de ordenar que se torturara a los nativos hasta que confesaran de dónde habían sacado tan fabulosa joya.

—Es cosa de los antiguos... —señalaron los pobres interrogados—. Una tribu que huía de otra mucho más poderosa, la trajo de tierra adentro hace muchos años.

Pero la sinrazón de la avaricia no se presta a razones.

Tres nativos murieron a manos de sus verdugos antes de que la noticia llegara a oídos de Alonso de Ojeda, que se apresuró a intervenir en un intento por imponer su menguada autoridad.

—¡Ninguna esmeralda vale lo que la vida de un ser humano! —dijo.

—No se trata de seres humanos; se trata de indios.

Aquélla era la peor respuesta que se le podía dar a quien esperaba un hijo de una india, por lo que en un abrir y cerrar de ojos Juan de Vergara se encontró con la punta de una espada contra la nuez.

—¡Discúlpate o eres hombre muerto!

A nadie le gusta que una docena de testigos asistan al bochornoso espectáculo de ver cómo se orina en las calzas, y pese a que salvó la vida a base de pedir humildemente perdón por «sus desafortunadas palabras», aquélla fue una afrenta pública que el rencoroso usurero jamás perdonaría.

Cuentan las crónicas que los dineros de Vergara procedían de un acaudalado clérigo al que había servido a lo largo de más de veinte años, y que murió de repente, los menos aseguran que de una apendicitis aguda, conocida por aquellos tiempos como cólico miserere, y los más que de un estofado de cordero con setas preparado con especial esmero por su fiel criado.

Fuera lo que fuese lo que le llevó a la tumba, también

se llevó el secreto de dónde guardaba una cuantiosa fortuna en escudos de oro y algún que otro de los recién acuñados doblones, y que curiosamente aparecerían años más tarde en Sevilla como parte de la financiación de la expedición de Ojeda a Venezuela, sin que nadie mostrara un especial interés en averiguar cómo habían llegado a manos de Vergara.

Desaprovechada la opción de las perlas de isla Margarita, los socios financieros de la arriesgada aventura no se mostraban dispuestos a desperdiciar de igual modo la opción de las esmeraldas, por lo que decidieron hacer oídos sordos a las protestas del conquense.

Cuando a los pocos días éste volvió a la carga, la única salida que encontraron, y que ya tenían ensayada, fue que seis hombres se lanzaran de improviso sobre Alonso de Ojeda, lo inmovilizaran y le cargaran de cadenas encerrándole, a pan y agua, en una sucia y minúscula cabaña.

La acusación: traición.

—¿Traición? ¿A quién?

Pedro de la Cueva, el único hombre honrado que quedaba entre tanta chusma, fue el encargado de darle una respuesta:

—Dicen que has traicionado a la Corona al establecerte en territorios de Rodrigo de Bastidas, y a ello le añaden que tuya es la culpa de las muertes, tanto de españoles como de indígenas.

—¿Mía por qué, si siempre he intentado evitar los enfrentamientos?

—Ocampo alega que la actitud hostil de los nativos se debe a que les atacaste durante tu viaje anterior.

—¿Y cómo puede decir semejante disparate si resulta evidente que no se trata del mismo lugar ni de la misma tribu?

—En mi pueblo tenemos un viejo dicho, capitán:

«Cuando no puedas vencer a un enemigo, mándale un escribano.»

—¿Y qué pito toca aquí un escribano?

—Levantará acta afirmando que varios indígenas aseguran que fue la crueldad de tu comportamiento anterior lo que les empujó a la guerra, y como ninguno de ellos podrá desmentirlo, debido entre otros motivos a que estarán todos muertos, quien te juzgue en Santo Domingo se verá obligado a condenarte basándose en unas actas respaldadas por las firmas de una docena de ganapanes al servicio de ese par de hijos de puta.

—Ningún juez les creerá.

—¡Capitán...! —pareció asombrarse el otro, y le habló como si se dirigiera a un niño—: Los jueces que decidieron emigrar a la isla, deportados o castigados la mayoría de ellos, sólo creen lo que el oro quiere que crean, y por tanto la verdadera justicia, si es que existe, se encuentra al otro lado del océano, a miles de leguas de distancia. Ocampo y Vergara saben que tu vida es sagrada, y como no pueden atentar contra ella, atentan contra tu honor.

—Que para mí es más importante que mi vida.

—Me consta. Y por ello voy a hacer algo que tal vez te sorprenda: aceptaré la invitación que me han hecho de ser uno de los que firme esa acta de acusación.

—¿Y eso? —se alarmó el conquense—. ¿Acaso también piensas traicionarme?

—¡En absoluto! Pero si me negara a hacerlo, mi vida no valdría un mal maravedí, por lo que a buen seguro que no podrías contar conmigo a la hora de defenderte en Santo Domingo. Pero si en el momento oportuno me desdigo en público afirmando que fui coaccionado bajo amenazas de muerte, el juicio sufrirá un vuelco de tal magnitud que el gobernador se verá obligado a remitirlo a la audiencia de Sevilla. Allí, a la sombra de una horca de la que la mayoría de estos perdularios andan esquivando casi desde que nacieron, y sin la presión de Vergara y Ocampo, la mayoría cambiarán de opinión en menos que canta un gallo.

—¡Nunca imaginé que fueras tan astuto! —no pudo por menos que exclamar el Centauro de Jáquimo—. Para mí eras un tipo apocado y silencioso de los que procuran pasar por la vida sin hacer ruido ni buscarse problemas.

—A quien suele hacer ruido nadie le escucha, pero quien nunca lo ha hecho sorprende y desconcierta cuando lo hace. Por eso, a partir de hoy no volveré a visitaros, y os ruego que no os molestéis si os menosprecio en público como si fuera vuestro peor enemigo.

—Triste será perder al único amigo que me queda, pero me compensará saber que con ello estás demostrando ser doblemente amigo.

Ignacio Gamarra se había convertido en uno de los hombres más poderosos de La Española, y la inesperada y sorprendente noticia de que aquel a quien tanto aborrecía, el heroico Alonso de Ojeda, había desembarcado en Santo Domingo cargado de cadenas y acusado de traición a la Corona, pareció colmar todas sus ambiciones.

De inmediato acudió a visitar a Vergara y Ocampo asegurándoles que pondría a su disposición todas sus influencias siempre que estuvieran encaminadas a conseguir que el Centauro de Jáquimo pasara el resto de su vida entre rejas.

Los mercaderes ni siquiera se molestaron en preguntarle la razón de semejante inquina, dando por sentado que un adusto e inquietante personaje que rezumaba rencor en cada palabra que pronunciaba debía formar parte de la interminable lista de los derrotados por el conquense en alguno de sus incontables duelos.

A decir verdad, y eso es algo que ni sus más entusiastas partidarios podían negar, los enemigos de Ojeda proliferaban como las setas tras la lluvia a uno y otro lado del océano por culpa de sus viejas pendencias tabernarias.

El oro de Gamarra, Ocampo y Vergara corrompió sin

gran esfuerzo la voluntad del alcalde mayor de La Española, el licenciado Maldonado, quien se apresuró a imputar por un supuesto delito de alta traición al que fuera el vencedor en la primera batalla de la isla.

No obstante, el oro no se le antojó suficiente para condenarlo a muerte y enviarlo al cadalso con la urgencia que exigían quienes se lo entregaban.

Sospechaba, y con razón, que vender la cabeza del Centauro, por cara que la vendiese, podía llevar aparejado el precio de su propia cabeza.

Pedro de la Cueva le había visitado discretamente con el fin de comunicarle que había enviado a España, y dirigida a la reina en persona, una carta firmada y rubricada ante el gobernador Ovando, por la que se desdecía de todas sus acusaciones y explicaba con lujo de detalles lo acontecido en Tierra Firme entre Ojeda y sus enemigos.

La reina, anciana y casi moribunda, conservaba no obstante suficiente lucidez como para decretar, según un documento fechado en Segovia el 8 de noviembre de 1503, que se pusiera de inmediato en libertad al hombre en que más había confiado, se le devolviesen todos sus títulos y propiedades, y se procediera a la búsqueda, captura y castigo de quienes tan injustamente le habían acusado.

Ocampo y Vergara desaparecieron con esa extraña habilidad que suelen tener los villanos de esfumarse en cuanto presienten que sus artimañas han quedado al descubierto, y nadie consiguió averiguar nunca en qué remoto lugar consiguieron ocultarse de la justicia.

Por su parte, el astuto Gamarra continuó en la isla ya que había logrado mantenerse al margen en el sonado juicio. Lo único que había hecho era invertir algún dinero e intrigar en la sombra.

No obstante, tan rotundo y público fracaso aumentó aún más, si es que ello era posible, su irracional e injustificado odio hacia un infeliz Alonso de Ojeda que, si bien había quedado en libertad y con su honor intacto, se encontraba ahora más pobre que nunca, lo cual, tratándose de quien se trataba, era ya decir mucho.

Lo único que me hubiera salvado de la miseria era vender gloria, pero nadie quiere comprar glorias ajenas a no ser que pueda hacerlas pasar por propias, lo cual no era mi caso.

La reina le había concedido tiempo atrás seis leguas de tierra en Azúa como pago a sus fieles servicios a la Corona, y aunque al parecer resultaban muy apropiadas para cosechar caña de azúcar, que era lo que por entonces estaba enriqueciendo a muchos colonos, el conquense no se veía azotando indígenas o comprando esclavos africanos, ya que ésta era la única mano de obra que se podía conseguir en la isla en aquellos momentos.

Ningún español se aventuraba a cruzar el Océano Tenebroso con el fin de acabar cortando caña para otros, por lo que lo primero que hacían al llegar a La Española era solicitar tierras en propiedad y un repartimiento de indios.

Quien no se sintiera capaz de obligar a trabajar a los nativos hasta que caían reventados o se colgaban del árbol más próximo, o de adquirir, aunque fuera a crédito, media docena de negros —los únicos que soportaban el sobrehumano esfuerzo que exigían las labores diarias en un ingenio azucarero—, no tenía la menor posibilidad de medrar en aquel Nuevo Mundo.

El Centauro de Jáquimo lo sabía, y de igual modo sabía que el hijo de su madre no había nacido para explotar infelices puesto que el simple hecho de intentarlo empañaba su honor de hombre de armas, por lo que nunca consideró Santo Domingo como un destino final, sino como un lugar de paso hacia tierras salvajes habitadas por hombres igualmente salvajes.

Una nueva andadura sin rumbo marcado, oscuras selvas, ríos caudalosos, bochornosos desiertos o altas montañas en las que «escaseaba el aire», eso era lo que llamaba su atención, y no el hecho de amasar una fortuna cultivando el «oro blanco» que rezumaba de las cañas.

Necesitaba regresar a España para visitar por última vez a su amiga y protectora, de la que se tenían noticias de que se encontraba muy enferma y cada vez más angustiada por la locura de su hija Juana; y también para reencontrarse con su fiel amigo Juan de la Cosa y pedirle perdón por no haberle hecho caso; para recibir los consejos de su primo «El Nano» Ojeda y los del obispo Juan Rodríguez de Fonseca, y para recorrer de nuevo por la noche las callejuelas del barrio de Triana, pero no tenía ni un mal maravedí para pagarse el pasaje de regreso.

—Yo podría pagarte si me enseñas a manejar la espada.

Le observó con atención: era un hombre enjuto de cabello largo y muy negro, tez cetrina, ojos tristes que miraban como si quisieran taladrarle, manos encallecidas y aspecto de auténtico «desertor del arado».

—Mejor harías en aprender a cultivar caña —respondió—. En esta isla sobran espadachines y faltan agricultores.

—No pienso quedarme mucho.

—¿Ah, no? —se sorprendió—. ¿Y adónde piensas ir?

El desconocido hizo un gesto hacia el mar que se extendía ante ellos y replicó con extraña firmeza:

—Al otro lado; allí donde haya nuevas tierras que explorar y salvajes a los que derrotar. Y para conseguirlo, lo primero que necesito es aprender a manejar la espada. Si al mismo tiempo me enseñas a leer y escribir, te pagaré el doble.

—A leer y escribir pueden enseñarte gratis en la escuela. Lo único que tienes que hacer es no avergonzarte por tener que sentarte junto a los niños. Quiero suponer que si no pudiste aprender en su momento no fue por tu culpa.

—No —reconoció con naturalidad el otro—. No lo fue.

—En ese caso, ahórrate un dinero que tengo la impresión de que no te sobra. Y además, las letras nunca se me han dado muy bien; lo mío es la espada.

—En eso eres el mejor, sin duda alguna. No pretendo que me conviertas en un experto en duelos, sino sólo en alguien capaz de defenderse en un campo de batalla. No me gustan las tabernas; trabajo en una de ellas pero no me gustan.

—Escucha —le espetó el de Cuenca—, ignoro lo que hacías antes, e ignoro lo que significa trabajar en una taberna, pero hay algo que sí sé: la vida en Tierra Firme es dura, demasiado dura y peligrosa, con escasas esperanzas de conseguir fortuna y muchas de dejarte el pellejo en el intento. Acepta un buen consejo: lábrate un futuro aquí y olvídate de lo que imaginas que puedes encontrar al otro lado del mar.

—¿Estoy hablando con el héroe de la batalla de Jáquimo, el mítico Alonso de Ojeda que capturó a Canoabo, gobernador de Coquibacoa y descubridor del río Orinoco, o me he equivocado y he venido a visitar a un impostor?

—Precisamente porque soy el auténtico Alonso de Ojeda tengo la autoridad suficiente para decir lo que he dicho.

—¿Y qué harías si fueras un bastardo que se marchó de casa porque estaba harto de cuidar cerdos, y lo que busca es algo por lo que valga la pena vivir? —quiso saber el recién llegado—. ¿Continuarías limpiando mesas y vómitos de borracho hasta morirte de viejo, o aprenderías a manejar la espada?

—Supongo que aprendería a manejar la espada.

—Pues eso es lo que te pido —repuso aquel hombre enjuto de mirada triste—. Y te pagaré por ello.

—¡De acuerdo! —cedió el conquense—. Yo ya he cumplido con mi obligación al advertirte del peligro que corres, pero eres lo suficiente mayorcito como para saber lo que quieres. Te cobraré un maravedí por cada dos horas de lección.

—De acuerdo.

—Te haré trabajar muy duro.

—Es lo que espero.

—Búscate una vieja espada, cuanto más vieja mejor, y vuelve mañana antes de que empiece a calentar el sol.

—Aquí estaré, como que me llamo Pizarro.

Jamás conocí a un hombre más desesperanzado, pero al propio tiempo con más fe en sí mismo y en lo que el destino le depararía. Jamás conocí a un hombre con tanta fuerza de voluntad en su loco intento por dejar de ser lo que era y convertirse en lo que no era.

Francisco Pizarro fue el primero de los futuros conquistadores o adelantados que florecieron a la sombra de Alonso de Ojeda, y el que más le admiró, amó y respetó.

Muchos años más tarde, ya virrey del Perú y uno de los hombres más temidos y poderosos de su tiempo, no dudó en reconocer que todo cuanto había aprendido se lo debía al Centauro de Jáquimo, su maestro no sólo en el arte de la esgrima, sino sobre todo en el de la vida y la guerra.

A las dos semanas de estar recibiendo lecciones, una

mañana se presentó con dos parroquianos de la taberna que no necesitaban aprender a manejar una espada, pero sí querían escuchar lo que el de Cuenca podía contarles sobre lo que encontrarían cuando desembarcaran en la ansiada Tierra Firme.

Uno de ellos ya la conocía de pasada, puesto que tiempo atrás había formado parte de la expedición de Rodrigo de Bastidas, y pese a que había desembarcado en Santo Domingo con una pequeña fortuna, en menos de un año la había dilapidado en vino, juego y mujeres.

Tal como él mismo solía decir, «el resto lo malgasté».

Vasco Núñez de Balboa era muy bueno con la espada incluso cuando estaba borracho, que solía ser la mayor parte de las noches, y tenía justa fama de ser uno de los pendencieros más sucios, desarrapados y deslenguados de una ciudad en la que proliferaban los pendencieros. Pero admitía sin rubor que jamás osaría enfrentarse al «número uno» indiscutible, al que admiraba como a un dios y ante el que nunca se atrevió a pronunciar una palabra malsonante.

El tercero en discordia era, como contrapartida a sus dos compañeros, un hombre tranquilo, amable y sonriente; un auténtico caballero de noble cuna y exquisita educación, de los pocos que habían atravesado el océano no por apuros económicos o por la urgente necesidad de escapar a la justicia, sino porque soñaba con encontrar la fabulosa isla de Bímini y su prodigiosa «fuente de la eterna juventud», ya que confiaba en que de ese modo, su madre, a la que adoraba, no envejeciera nunca.

Evidentemente, de sus tres primeros discípulos, Juan Ponce de León era en apariencia el más sereno y ponderado, pero el que sin duda estaba más loco. ¡Una isla de la eterna juventud! ¿A quién se le ocurría?

Más tarde llegaron una docena más de «afiliados», que

junto al fiel Pedro de la Cueva conformaron un abigarrado grupo que acabaría por llamarse «los Centauros», y que solían acomodarse a la sombra de una copuda ceiba a orillas del Ozama, junto a su desembocadura, a escuchar embobados el relato de los viajes y las enseñanzas de aquel a quien todos consideraban su gran capitán.

—El principal problema que presentan los salvajes de Tierra Firme estriba en que son guerreros invisibles... —les advertía—. Se supone que nuestras armas son mejores y poseemos resistentes armaduras, pero en la selva somos lentos, pesados y tan previsibles que no tienen mayor dificultad en atravesarnos con sus largas flechas envenenadas o con unos pequeños dardos que disparan por medio de un largo canuto y que contienen una ponzoña tan poderosa que te mata en segundos. Ése es el auténtico peligro: la jungla y la increíble habilidad que tienen los indios para ocultarse en ella. Debéis obligarles a salir a campo abierto o de lo contrario os irán eliminando uno por uno.

—¿Y cómo se les obliga a salir de la jungla? —quiso saber Núñez de Balboa.

—Con astucia. Y con ruido; el golpear de un metal contra otro les pone muy nerviosos puesto que se trata de un sonido que nunca han escuchado, y según me confesó uno de ellos, lo asocian a la idea de demonios que acuden en busca de su alma.

—¡Qué estupidez!

—¡Ninguna estupidez, Pizarro! ¡Ninguna estupidez! He visto a valientes soldados que se enfrentaban a la muerte sin pestañear, temblar al escuchar el escalofriante chirrido de un pajarraco de la selva que nunca se deja ver y cuyo canto hiela la sangre en las venas y pone los vellos de punta. Allí, en mitad de la espesura, con árboles de casi cien metros de altura y miles de lianas entrecruzándose, todo es penumbra, soledad y silencio, pero de pronto, cuando menos lo esperas, canta ese bicho hijo de la gran puta y se te encoge el alma. Sin embargo, los indios ni se inmutan al oírle. Todo es cuestión de costumbres.

—¿Y qué se puede hacer cuando te alcanza una de esas flechas envenenadas o un dardo emponzoñado?

—Morir con dignidad, querido amigo; rezar aprisa cuanto sepas, ponerte a bien con Dios y confiar en que el veneno actúe con presteza. —Hizo una breve pausa y añadió—: Durante mi último viaje, a un mallorquín al que apodan el Guaje le atravesaron un muslo de un flechazo, pasó diez días sufriendo todas las penas del infierno y al fin se le quedó la pierna tan seca y retorcida como un sarmiento, y el cerebro más aguado que el vino de tu taberna.

—Conozco al Guaje; ahora le llaman el Cojo Loco.

—No está más loco que cualquiera de nosotros, que soñamos con ir a que nos maten, aunque sí algo más cojo.

—Morir no es el peor destino; peor es cuidar cerdos.

—¡Oh, vamos, Pizarro, no te quejes tanto! Cuidar cerdos en Extremadura es sentarse a la sombra de una encina a observar cómo menean el culo mientras buscan setas o bellotas. Cuando viven en libertad no son tan sucios como se asegura; somos los hombres los que los hacemos sucios al encerrarlos en cochiqueras; si fueran ellos los que nos encerraran a nosotros, también acabaríamos cagándonos encima y apestando a demonios.

—En eso puede que tengas razón.

—La tengo y lo sabes muy bien, porque algunos de vosotros, y no me estoy refiriendo únicamente a nuestro común amigo Balboa, oléis a demonios sin necesidad de que os encierren.

—Es que en esta maldita isla se suda mucho... —se disculpó el aludido.

—Tú olerías a mono incluso en Noruega, Vasco. ¿Cuánto hace que no te bañas?

—No lo recuerdo.

—¡Lógico! Nadie recuerda el día en que le bautizaron... —Ojeda le dedicó una larga mirada en la que se leía reconvención o un profundo malestar, y al fin señaló—: Y ya que ha salido el tema, más vale encararlo de una vez por todas: el próximo día, tanto tú como Pizarro y Cayetano vendréis bañados o no os admitiré en el grupo.

—¡No jodas!

—No jodo; y al primero que se tire un pedo le echo.

—¡Pero bueno!

—¡Ni bueno ni malo! Deberíais aprender de los nativos, que se pasan la vida en el agua y por eso siempre huelen bien.

—Es que son infieles, y los curas aseguran que bañarse tanto es pecado... —intervino un molesto Cayetano Romero—. Incita a la fornicación.

—¡Tanto mejor! Por lo que sé, la mayoría de vosotros no piensa más que en fornicar, y al menos así tendréis una disculpa válida. —Y golpeó el tronco del árbol con el puño al insistir—: ¡Lo dicho! Ahora, más que centauros parecéis machos cabríos, y estoy harto de que al volver a casa mi mujer no me deje coger al niño porque apesto a perros muertos.

Mohínos y cabizbajos, quienes habrían de ser fabulosos conquistadores, gobernadores y virreyes aceptaron en silencio el rapapolvo de su maestro, porque lo cierto es que si bien fueron muchos los adelantos y mejoras que los españoles llevaron al Nuevo Mundo, la higiene no formó ni remotamente parte de ellos.

Alonso de Ojeda había crecido a orillas del Guadalquivir, compitiendo en cruzarlo a nado con su inolvidable amigo Juan de Medinaceli, y más tarde se había acostumbrado con la princesa Anacaona y con su esposa Isabel al voluptuoso placer que significaba introducirse en el mar antes, durante y después de hacer el amor, y por lo tanto el agua no le asustaba. Sin embargo, podría creerse que Núñez de Balboa y compañía le tenían más miedo que al plomo derretido.

Once años después de que el primer español pusiera el pie en la isla de Haití o La Española, ya podía considerarse que sus antaño numerosos y pacíficos habitantes se encontraban condenados a la desaparición y el olvido.

Guerras justificadas, injustificadas razias y desoladoras epidemias de gripe, sarampión, peste porcina y viruela habían diezmado de tal modo a los desconcertados nativos, que los pocos que aún mantenían un ápice de orgullo y no optaban por suicidarse habían huido a las montañas, mientras los más apocados se conformaban con convertirse en esclavos de los invasores.

Al igual que sus antepasados, sabían que si caían en manos de los feroces caribes su destino era ser cebados para acabar sirviendo de plato fuerte en un orgiástico banquete, así la mayoría de los pacíficos araucos se resignaban a transformarse en peones de las minas, criados para todo u objetos sexuales en prostíbulos de tercera categoría.

Y es que incluso en las casas de lenocinio se había establecido una jerarquía a lo largo de aquel primer decenio de la vida dominicana.

En la más selecta, la regentada por la archifamosa Leonor Banderas, no se admitían pupilas judías o moriscas, que ejercían su oficio en los burdeles del puerto, mientras las «hediondas aborígenes», pese a ser las más limpias, se concentraban en los abiertos bohíos de la desembocadura del río, en la orilla de poniente.

Casos como el de Alonso de Ojeda, que tenía a orgullo haberse casado con la india Isabel y no dudaba en acudir con ella a cualquier acto público o pasear por las plazas en compañía de sus hijos, resultaban poco frecuentes.

Con la llegada de las primeras «damas», esposas, madres, hijas o hermanas de militares y funcionarios de poca monta, comenzó a tomar cuerpo una nueva forma de moralidad, que traía de la Madre Patria todo lo falso, hipócrita y retrógrado, olvidando en la orilla opuesta cuanto hubiera podido tener de beneficioso.

Para una mujer vieja, gorda, sucia y que apestaba a entrepierna o a sudor rancio embutida en un grueso corsé de paño pensado para los fríos de la meseta castellana o los helados vientos extremeños, observar cómo una voluptuosa joven correteaba semidesnuda y libre por las playas caribeñas constituía no ya el peor pecado, sino sobre todo la más insoportable ofensa personal.

Tales supuestas «damas de alta alcurnia», en gran número cocineras, verduleras o freganchinas en su lugar de origen, necesitaban expulsar cuanto antes a aquellas «Evas» del paraíso, y para conseguirlo se aliaron con un ejército de frailes ansiosos de alzar sus espadas vengadoras contra todo lo que tachaban de fornicación y libertinaje, que era, a decir verdad, lo que la mayoría de los que habían decidido cruzar el océano venían buscando.

La capital, Santo Domingo, pese a ser la primera ciudad del mundo cuyas plazas y calles habían sido trazadas a cordel, de un modo inteligente y práctico, podía ser considerada un ejemplo de urbanismo y arquitectura racional, pero en su aspecto social y humano crecía como un tumor incontrolable sin que nadie tuviera muy claras las razones de su existencia o su futuro. Si bien resultaba evidente que se había convertido en la cabeza de puente de España en las Indias, la Corona aún no había decidido cuál sería su misión, limitándose a ir a remolque de los acontecimientos e intentar beneficiarse lo más posible de cuantas riquezas fuera capaz de generar.

Las iniciativas tenían que partir de grupos económicos o individuos aislados, y los reyes las autorizaban o no sin arriesgar un solo maravedí en la empresa, como si lo único que continuara interesándoles fuera encontrar una ruta más corta hacia China, sin reparar en que la colonización de un continente virgen resultaría a la larga mucho más beneficiosa.

El gobernador Francisco de Bobadilla había venido a «poner orden», no a «organizar», dos conceptos aparentemente similares pero muy diferentes en este caso, puesto que sus aplicaciones se limitaban a situaciones ya existentes, sin decidirse jamás a plantear nuevas formas de actuar.

Cabría afirmar que tras el tremendo esfuerzo que había significado la toma de Granada y el desastre social y político que trajo aparejada la posterior expulsión de judíos y moriscos, los reyes se habían vuelto conservadores. Con las arcas reales exhaustas, al mirar hacia el otro lado del océano era lógico pensar más en el oro y las especias que se pudieran importar, que en las armas y alimentos que se debieran exportar.

Por todo ello, los planes de asalto y conquista del Nuevo Mundo y la formación de lo que habría de constituir el mayor de los imperios conocidos, no tenía lugar en las salas de armas o los salones de palacios y fortalezas, ni siquiera en las antecámaras reales, sino en los burdeles y tabernas de un recién fundado villorrio que se movía mejor entre vasos de vino y faldas de barragana que entre legajos y uniformes.

Quien quisiera tomarle el pulso a la nueva «ciudad» o hacerse una idea sobre el próximo paso a dar para iniciar la conquista, debía olvidarse del alcázar del gobernador o los despachos oficiales y centrar su atención en posadas y tabernas, donde se hablaba de las expediciones de Ojeda y Bastidas, las nuevas rutas descubiertas por Pinzón, el mapa pintado por maese Juan de la Cosa, la loca aventura de Ponce de León que recorría los mares en pos de una quimera, o la fabulosa riqueza de los fondos perlíferos de isla Margarita.

Se vendían a escondidas misteriosos planos de minas de oro y tesoros indígenas, derroteros que aseguraban haber encontrado un paso que permitía llegar en tres días de navegación hasta las mismas puertas del palacio del Gran Kan, o cargamentos de clavo y canela que estaban aguardando a quien se atreviera a ir en su busca.

Al propio tiempo se ofrecían espadas y voluntades al servicio de cualquier aventura productiva, una fidelidad a toda prueba e incluso el alma con tal de conseguir escapar para siempre del hambre y la miseria.

Tanta era la necesidad por la que atravesaban los capitanes de fortuna que aspiraban a conquistar imperios, que se aseguraba que en los sótanos de la taberna de Justo Camejo se almacenaba tal cantidad de espadas, lanzas, escudos, armaduras y arcabuces recibidos como prendas a cambio de una cena o un par de jarras de vino, que hubiera sido capaz de armar por sí solo un poderoso ejército.

Hay quien asegura que fue por aquel tiempo cuando tuvo lugar una de las más curiosas y pintorescas anécdotas de las muchas que acontecieron a lo largo de la vida del adelantado Alonso Ojeda, aunque él, sólo muchos años más tarde, hizo una leve mención al hecho.

No me siento en absoluto orgulloso de aquel lance, pero tanto tiempo después debo reconocer que resultó harto divertido formar parte de tan pintoresca conjura, más propia de rapazuelos trianeros que de auténticos «adelantados».

Al parecer todo comenzó una tarde en la que Vasco Núñez de Balboa se dejó caer por la cabaña de Ojeda en compañía de Francisco Pizarro. Ambos venían tan limpios y relucientes que casi costaba reconocerles.

—¿Cómo vosotros por aquí a estas horas y oliendo a rosas? —quiso saber el conquense casi sin dar crédito a sus ojos.

—Necesitamos hablar contigo.

—¿Acerca de...?

—Amadeo Naranjo.

—¿El usurero? —se escandalizó el Centauro—. ¡No quiero ni oír hablar de semejante cerdo! —les advirtió seriamente—. Es uno de los hombres más aborrecibles que conozco.

—¡De eso mismo se trata! —repuso Núñez de Balboa—. Ha llegado el momento de ajustarle las cuentas y de pasada ganarnos unos cobres.

—¿Pero de qué demonios hablas?

—De que ese viejo baboso se ha casado.

—¿A sus años?

Los dos asintieron repetidamente con la cabeza.

—¡A sus siglos! Y aunque te cueste creerlo, su mujer es la criatura más maravillosa que hayas visto nunca. ¡Casi una niña! Una especie de ángel que lo tiene absolutamente enloquecido.

—¿Y qué tiene eso que ver conmigo?

—¡Que se siente acabado y con razón! Al parecer no puede darle a esa celestial criatura todo el amor que desearía, y se ha empeñado en encontrar la isla de Bímini y su fabulosa fuente de la eterna juventud, convencido de que le devolverá el vigor que tanta falta le hace.

—¡Qué tontería! Esas historias sobre la fuente no son más que patrañas. ¿A quién se le ocurre?

—A Ponce de León, que está seguro de su existencia, por lo que lleva una semana intentando convencer a Naranjo de que le financie una expedición para encontrarla.

—¿Y por ventura se lo ha creído ese cretino?

—Todas sus dudas se disiparon desde el momento en que Ponce le aseguró que estuviste en esa isla y bebiste de esa agua.

—¿Yo...? —se asombró el de Cuenca ante tamaño dislate—. Pero ¿qué barbaridad es ésa?

—Una barbaridad que nos puede sacar de la miseria —respondió Pizarro—. Naranjo robó y engañó a cuantos se cruzaron en su camino y es, junto a Ignacio Gamarra, el hombre más rico y avaro de la isla, pero está dispuesto a gastarse una fortuna con tal de volver a ser joven. ¡Es nuestra ocasión y la mejor forma de aligerarle la bolsa!

—Cierto es que a ladrón y explotador de esclavos no hay quien le gane, pero de ahí a estafarle media un abismo. ¡Al menos para mí!

—¡Se merece todo lo que se le haga y tú lo sabes! Tiene más muertes de nativos sobre su conciencia que el huracán del año pasado, y además es una sanguijuela que explota a los necesitados.

—Ya, pero no es tan estúpido como para tragarse que existe una absurda fuente de la eterna juventud que le devuelva el vigor de los años mozos.

—¡A ti te creería! —insistió el hombre que acabaría por descubrir el océano Pacífico—. ¿Quién va a dudar del gran Alonso de Ojeda, gobernador de Coquibacoa y espejo en el que se miran todos los caballeros?

—¡Menos coba, Vasco, que te conozco!

—¡No es coba! Me consta que te respeta y eres la única persona de este mundo a la que a la vez teme y admira. Asegúrale que existe esa isla y soltará el oro como si fuera arena.

—¡Yo no puedo decir una cosa así! —protestó su interlocutor con aire ofendido—. ¡Nunca he mentido!

—Por una vez. ¡Y a Naranjo...!

—Lo siento pero no. Mi conciencia me lo prohíbe.

—¡Vamos, Alonso! —intervino Francisco Pizarro—. ¡Olvídate por una vez de la dichosa conciencia! ¡Mira a lo que te ha conducido ser tan honrado! Apenas tienes para comer; eres el mejor capitán que ha dado España pero vives en la miseria.

—Mi hambre es cosa mía —fue la seca respuesta—. Nadie podrá decir nunca que Ojeda mintió. Ni siquiera a ese cerdo.

—¡Pues no mientas! —propuso el que llegaría a convertirse en virrey del Perú—. Limítate a no decir ni que sí ni que no; entre Ponce de León, Balboa y yo haremos el resto, con lo que los cuatro iremos a partes iguales.

—Por mí de acuerdo; serán cuatro partes. —Balboa colocó la mano en el antebrazo del Centauro al tiempo que inquiría en tono suplicante—: ¿Qué decides?

—Que no entiendo para qué diantres me necesitáis si tan dispuesto parece a iniciar esa disparatada aventura.

—Es muy sencillo: cuando Naranjo te pregunte le respondes con evasivas, como si lo que en verdad te preocupara fuera mantener en secreto dónde se encuentra esa maravillosa fuente. Al fin y al cabo, parece lógico que no te apetezca revelar al primero que llega que eres de los pocos que has bebido en ella.

—Pero ¿cómo se lo va a creer? —insistió el otro—. ¿Acaso parezco un imberbe jovenzuelo?

—¡No! Pero para tener cuarenta años ofreces muy buen aspecto, y no cabe duda de que estás en plena forma.

—¿Cuarenta años? ¿Es que te has vuelto loco? Aún no he cumplido los treinta.

—Naranjo no puede saberlo —repuso Pizarro—. ¿Acaso estaba presente cuando naciste? Si ya eras famoso por tus duelos antes del Descubrimiento, y de eso hace once años, lo lógico es que hayas superado los cuarenta... ¿O no?

—¡Ni el más imbécil caería en una trampa semejante!

—Nadie es más imbécil que quien supone que una chiquilla que puede ser su nieta le ama por algo más que su dinero. Y Naranjo se lo cree; partiendo de ahí aceptará cualquier cosa.

—Aunque así fuera, y aunque reconozco que me encantaría darle una lección a semejante aborto de la naturaleza, no puedo hacerlo; no quiero que a mi fama de matachín se una la de truhán.

La historia quedó en eso y el Centauro no volvió a acordarse del asunto más que para dedicarle una leve sonrisa benevolente, hasta que a las dos semanas apareció en la puerta de su cabaña una de las criaturas más hermosas, delicadas y angelicales que hubiera visto nunca.

—¡Buenos días! —saludó la desconocida con una cálida voz que pareció envolverlo todo en un velo de irrealidad—. Disculpe las molestias, pero me han asegurado que encontraría aquí a su excelencia el gobernador Alonso de Ojeda.

El Centauro tardó en recuperar el habla, limitándose a mirarla de arriba abajo como si se tratara de una aparición, y por último se puso en pie para inclinarse levemente.

—Yo soy Alonso de Ojeda, señorita —acertó a balbucear apenas—. ¿En qué puedo serviros?

—Señorita no: señora —respondió ella con una encantadora sonrisa—. Me llamo Beatriz de Montealegre y soy la esposa de don Amadeo Naranjo; supongo que le conocéis.

Ojeda se esforzó por contener un gesto de desprecio, sorprendido de que una criatura tan hermosa y delicada se hubiera relacionado con aquel viejo hediondo.

—Sí, naturalmente que conozco a don Amadeo —le dijo—. Aunque cierto es que no nos tratamos mucho; frecuentamos diferentes esferas.

—Lo imagino... ¿Puedo sentarme?

—Naturalmente. ¿Un vaso de limonada?

La muchacha asintió en silencio y él le colocó delante una jarra y un vaso. Se quedó en pie observándola, admirado por la firmeza con que la muchacha le sostenía la mirada.

—¿Y bien? —inquirió al fin—. ¿En qué puedo serviros?

—Se trata de don Amadeo... —comenzó ella con aquella voz que era una dulce caricia—. Es ya un hombre... digamos «maduro», y últimamente no se encuentra muy bien de salud.

—Tropecé con él en el palacio del gobernador hace apenas tres meses y me pareció que tenía buen aspecto.

—¡Sí!, es cierto. Entonces sí... —Beatriz de Montealegre lanzó un profundo suspiro como sugiriendo que era cosa del destino, y añadió—: Pero tras la boda ha desmejorado mucho... Yo creo que es cosa de este clima... ¡tan húmedo y sofocante!

Ojeda hizo un enorme esfuerzo para apartar los ojos del generosísimo escote que dejaba a la vista unos pechos tersos y rotundos y asintió con la cabeza, evidentemente nada convencido.

—Es posible —reconoció a duras penas—. En ocasiones el calor se vuelve insoportable y corta el aliento.

—Últimamente le afecta en exceso, se fatiga, respira con dificultad, y hace tres noches le dio un patatús que casi se me queda muerto aquí, sobre los senos.

—¡No me extraña...! —El de Cuenca carraspeó, azorado por aquella impulsiva falta de tacto, e intentó arreglarlo—: Quiero decir que hace tres noches hizo un calor infernal.

—Pues bien —añadió la recién llegada—, parece ser que, según Ponce de León, vos sois una de las pocas personas de este mundo que ha estado en la isla de Bímini y ha bebido de su milagrosa fuente de la eterna juventud. ¿Es eso cierto?

La pregunta colocó al interrogado en una difícil situación, por lo que miró alrededor como solicitando ayuda, y por último alcanzó a replicar con apuro:

—Pues veréis, señora... Cierto, cierto... lo que se dice cierto, es algo difícil de determinar. Como comprenderéis, no es asunto del que se deba hablar con ligereza, porque...

Quien se había presentado a sí misma como Beatriz de Montealegre le interrumpió alzando la mano y extrajo de un bolsillo de su amplia falda una pesada bolsa de monedas que hizo tintinear. Con un pequeño golpe la dejó sobre la mesa al tiempo que rogaba:

—Continuad.

—¿Acaso estáis tratando de comprarme? —fingió ofenderse su interlocutor.

—¡Naturalmente! —fue la descarada respuesta—. No soy tan estúpida como para pretender que me proporcionéis semejante información por mi cara bonita. Por lo que me han contado, sois un hombre increíblemente valiente que se ha arriesgado recorriendo lugares plagados de terribles peligros, y si en el transcurso de esos viajes habéis recalado en Bímini, tal vez a riesgo de perecer, no tenéis por qué hablar de ello de forma gratuita. ¿Os parece justo?

El Centauro de Jáquimo sintió el irreprimible impulso de ponerse en pie y dar varias zancadas por la estancia, nervioso y desconcertado, antes de señalar:

—Sois una joven peculiar, que sabe lo que quiere y cómo obtenerlo, pero el dinero no lo es todo por mucho que yo lo necesite. Como comprenderéis, si estuviese dispuesto a revelar el secreto de la isla de Bímini y la fuente de la eterna juventud, podría hacerme inmensamente rico, pero...

—Perdonad, don Alonso —lo interrumpió ella con desconcertante calma y una nueva sonrisa—. Creo que no me habéis entendido bien, porque no pretendo que me reveléis tal secreto; tengo diecisiete años, por lo que de momento no necesito saber dónde se encuentra esa dichosa fuente; aún aspiro a madurar un poco como mujer.

—¿Ah, no...? —El conquense hizo un leve gesto hacia la bolsa que descansaba sobre la mesa—. ¿Y ese dinero...?

—Ese dinero es para que continuéis guardando el secreto.

—No comprendo.

—Pues es muy simple —señaló ella con un leve encogimiento de hombros y una deslumbrante sonrisa que mostró unos dientes perfectos—. Provengo de una noble familia venida a menos, y mi padre no tuvo el más mínimo escrúpulo en casarme, por dinero, con uno de los hombres más asquerosos del mundo. Lo único que ha impedido que me arroje al mar es confiar en que tan desgraciado matrimonio sea lo más breve posible.

—Resulta comprensible, dada vuestra edad.

—Me alegra que lo entendáis. Las degradaciones a que a diario me somete mi marido me repugnan, y la mera idea de que pueda encontrar esa fuente de la eterna juventud me aterroriza.

—¡Lógico!

—Es una simple cuestión de supervivencia: o él, que ya ha vivido lo que le corresponde, o yo, que tengo toda una existencia por delante.

—¡Demonios! —exclamó Alonso de Ojeda, que parecía haberse caído desde lo alto de una palmera—. ¿Queréis hacerme creer que...?

—Que si el Señor ha dispuesto que don Amadeo Naranjo dure un tiempo determinado, ni él, ni Ponce de León ni vos deberíais intentar enmendarle la plana... ¿Está claro?

—¡Muy, muy claro! ¿Entonces ese dinero es...?

—Para ayudaros a continuar tan mudo como hasta ahora. —Hizo una significativa pausa antes de añadir—: E incluso...

—E incluso... ¿qué?

—E incluso habría mucho más dinero en esa bolsa si enviarais a don Amadeo en busca de esa isla en cualquier otra dirección, de forma tal que pasara unos meses, o tal vez años, navegando por esos mares de Dios.

—¿Acaso os gusta viajar?

—¡En absoluto! Yo me quedaría aquí, esperándole como una buena esposa.

—Si está tan enamorado como es de suponer, no creo que acepte; yo no lo haría, y no creo que consigáis convencerle.

—Yo no, pero vos sí.

—¿Yo...? ¿Cómo?

—Haciéndole comprender que ninguna mujer se puede aproximar a la isla de Bímini so pena de que el agua de la fuente se agrie, tal como ocurre con ciertos vinos cuando una mujer entra en la bodega.

—¿Y quién se va a creer semejante patraña?

—El mismo que sea capaz de creer que existe una fuente de la eterna juventud: un viejo chocho, cruel y degradado, que a diferencia de los famosos monos, está ya medio ciego y medio sordo, pero no medio mudo, y que se niega a aceptar que tiene ya un pie en la tumba y le ha llegado el momento de rendir cuentas por sus infinitas iniquidades.

—¡Empiezo a sospechar que le aborrecéis!

—Si incluso quienes no le conocen le aborrecen por todo el mal que ha causado, imaginaos lo que puede sentir quien tiene que dormir con él cada noche, soportando sus babas y caricias.

El Centauro meditó unos instantes, volvió a tomar asiento y observó a la muchacha con idéntica admiración, pero bajo un nuevo prisma. Desde luego había conseguido intrigarle, divertirle y desconcertarle.

—Me colocáis en una difícil situación —admitió al fin—. Me fascina la idea de ayudaros y aprovechar para ajustar las cuentas a ese maldito avaro, pero me repugna la idea de engañar a alguien que personalmente no me ha hecho nada.

—¡Seréis el único...! Aunque tal vez no; tal vez tengáis algo que reclamarle. Apreciáis en mucho a la princesa Anacaona, ¿no es cierto?

—En mucho, en efecto.

—En ese caso os interesará el borrador de la carta que mi marido ha enviado al gobernador acusándola de traición a la Corona y exigiendo que la ahorque.

—¡No puedo creerlo! ¿Por qué habría de hacer eso?

—Porque lo que en realidad pretende es quedarse con sus tierras allá en Xaraguá, que al parecer son muy apropiadas para plantar caña de azúcar.

Alonso de Ojeda palideció tal vez por primera vez en su vida, meditó unos instantes, y por último empujó la bolsa, devolviéndosela a la hermosísima damisela.

—¡Maldita caña de azúcar! —exclamó—. No acepto

vuestro dinero —dijo secamente—. Pero si esa carta existe, haré lo que me pedís y os juro que vuestro marido pasará el resto de su miserable existencia persiguiendo una absurda quimera. ¡Como que me llamo Alonso de Ojeda!

Beatriz de Montealegre se puso en pie y recogió la bolsa dispuesta a marcharse.

—¡Contad con ella! —fue todo lo que dijo.

Don Amadeo Naranjo era un auténtico desecho, una mala caricatura de ser humano, flaco, encorvado, calvo, desdentado y renqueante, pero al entrar en la cabaña en compañía de su joven esposa y de un serio y circunspecto Juan Ponce de León parecía animado por una sorprendente fuerza interior.

Estrechó la mano de Alonso de Ojeda reteniéndola entre las suyas como si con ello se aferrara a la vida, al tiempo que exclamaba:

—¡Cuán feliz me hace volver a veros, capitán! ¡El gran Centauro! ¡El héroe de Jáquimo! No hay un solo día que no os tenga presente en mis oraciones; a vos y al Almirante.

—¿Al Almirante? —repitió Beatriz de Montealegre mostrando su sorpresa—. Siempre creí que le odiabas.

—¡Ya no, querida mía! Ya no; desde que entraste en mi vida soy incapaz de odiar a nadie. Ahora mi corazón rebosa amor; por ti y por los demás. Conocerte me ha hecho reflexionar sobre mi vida pasada y comprender en cuántas cosas me equivoqué. Pero si logro encontrar esa bendita fuente todo será distinto.

—¿Distinto? ¿Qué quieres decir?

—Que tu inocencia y tu bondad me han demostrado que no se debe vivir como un lobo solitario sólo interesado en devorar. Tú me has enseñado lo que significa amar, y te juro que si se me concede una segunda oportunidad convertiré en bien todo el mal que hice.

—Eso suena muy hermoso.

—A ti te lo debo —repuso el anciano con sorprendente dulzura—. Estoy dispuesto a dar cuanto tengo por conseguir tu felicidad, y me consta que hoy en día tu mayor felicidad sería verme joven, fuerte y sano. ¿No es cierto, querida?

—Por supuesto, amor mío —replicó la descarada moza con absoluto desparpajo—. ¿Qué más puede desear una mujer enamorada que mantener eternamente joven al objeto de ese amor?

El hediondo anciano se volvió hacia Ojeda y Pizarro, que permanecían como mudos testigos de tan absurdo diálogo, y exclamó en el colmo del entusiasmo:

—¿Habéis oído? Es un ángel. ¿Sabíais que me obliga a liberar a todos mis siervos precisamente ahora que el gobernador está decidido a imponer la Ley de Encomiendas?

—¿Es seguro eso? —inquirió un preocupado Ojeda.

—Me temo que sí. Admito que no soy el más indicado para opinar, pero incluso a mí se me antoja una barbaridad que se entregue a esos crueles y avariciosos hacendados miles de indígenas que se verán obligados a trabajar de sol a sol sin otra recompensa que ser cristianizados. En lugar de un jornal decente, se les contentará con una comida al día, un padrenuestro y tres avemarías.

—Nunca imaginé que la palabra de Dios pudiera convertirse en moneda de pago —intervino Ponce de León.

—Y bien barata, por cierto. No me extraña que los indígenas prefieran suicidarse; les hemos quitado sus tierras, sus hijos, sus mujeres, y ahora su libertad. Los árboles de los caminos de La Vega Real aparecen adornados por cientos de cadáveres de quienes han optado por ahorcarse. Entre eso, las guerras y las epidemias pronto no quedará un nativo en la isla.

—Y lo peor es que los que huyen corren la voz de lo que ocurre aquí, por lo que cuando pretendamos conquistar nuevas tierras nos recibirán a sangre y fuego —observó Ojeda.

—He intentado hacérselo comprender al gobernador, pero responde que su obligación es «pacificar» la isla y enviar oro a España. Y como ya oro apenas queda, envía azúcar... ¡Ese hombre está obsesionado con el azúcar!

Su esposa, que se limitaba a abanicarse un tanto desinteresada por el tema de la conversación, se detuvo un instante en su tarea de agitar el brazo al tiempo que inquiría:

—A mí eso del azúcar me parecería muy bien si se trajeran labriegos de España para que cultiven los campos; allí hay mucho muerto de hambre.

—Ya te he explicado el problema, vida mía; en cuanto un mísero labriego atraviesa el océano, se cree un hacendado y exige tierras y esclavos que trabajen para él. —La caricatura de hombre se volvió hacia Ojeda—. Beatriz es tan inocente que cree que todo el mundo obra siempre con buena voluntad.

—Lo sé.

—¿Y eso?

—El otro día vino a suplicarme que os ayudara en vuestro empeño; de hecho a ella le debéis que acepte tratar tan delicado tema, siempre, claro está, que vuestra encantadora esposa esté en disposición de cumplir lo prometido.

La hermosa y descarada muchacha se llevó la mano al pecho para darse un golpecito con manifiesta intención, y señaló:

—¡Naturalmente! Aquí, junto a mi corazón, guardo esa promesa.

—¡No entiendo! —se sorprendió el anciano—. ¿A qué promesa te refieres?

—A la que vuestra esposa me ha hecho, de que por mucho sufrimiento que ello le cause, no insistirá en acompañaros en ese viaje —explicó el de Cuenca.

—¿Y eso por qué?

—Porque en caso de que fuera, todos los esfuerzos resultarían inútiles: ninguna mujer puede aproximarse a la isla de Bímini.

—¿Por alguna razón especial?

—Allí se encuentra la fuente de la eterna juventud, y al beber en ella, el alma se purifica y rejuvenece... —Ojeda hizo una dramática pausa antes de continuar—. Y una vez se ha rejuvenecido el alma, a los pocos días rejuvenece también el cuerpo: una cosa trae aparejada la otra.

—Entiendo —exclamó un entusiasmado y fascinado Amadeo Naranjo—. Es muy lógico. Primero el alma... ¡el espíritu!... y luego esa alma actúa sobre el cuerpo. Simple... ¡simple pero maravilloso! Aunque no entiendo qué tiene que ver con las mujeres.

—Como es sabido, las mujeres no tienen alma —observó Ojeda.

Beatriz de Montalegre hizo un notable esfuerzo para contener una carcajada y fingió ofenderse, mientras su marido y Ponce de León parecían estupefactos.

—¿Ah, no...? —inquirió el primero de ellos—. Siempre creí que sólo eran unos cuantos frailes bárbaros y fanáticos los que sostenían tal cosa.

—Pues a la vista de lo que ocurre en Bímini parece que es cierto.

—Y si no tienen alma, ¿qué tienen?

—Ansiedad.

—¿Ansiedad?

—Exacto.

Siguió un silencio en el que los dos hombres parecieron rumiar qué significaba tal respuesta, mientras la mujer a la que le seguía costando contener la risa se puso en pie, fingiéndose dolida y se encaminó hacia la puerta.

—Ya que se va a discutir un tema que me atañe de modo tan directo, prefiero ir a consultar al padre Anselmo si es cierto que no tengo alma, y de paso asistiré al servicio de vísperas.

Y se marchó con la altivez que requería el momento, mientras los tres hombres la observaban incómodos, sobre todo su marido, que no pudo evitar sentirse desolado.

—Está dolida... ¡Mi ángel!

—Lo lamento, pero así son las cosas; el otro día incluso lloraba. Le hubiera gustado tanto acompañaros en ese viaje...

—¡Cielo mío...!

—Hay algo que no me agrada de todo este asunto —terció Ponce de León con aire de suma preocupación—. Si las mujeres no tienen alma inmortal, quiere decir que no van al cielo, y si no hay mujeres en el cielo ¿para qué diantres tenemos tanto interés en ir nosotros?

—Jamás se me había ocurrido mirarlo desde ese punto de vista, pero habrá que tenerlo en cuenta... —admitió Ojeda al tiempo que se volvía hacia Naranjo para inquirir—: ¿Continuáis decidido a viajar a Bímini?

—Más que nunca... —fue la firme respuesta del anciano—. Necesito disponer de una vida que entregarle a mi esposa, y de tiempo para compensar a mis damnificados.

—No logro entenderos.

—Pues es muy sencillo: pediré públicamente perdón por mis pecados, y todo aquel que se considere perjudicado podrá venir a reclamarme una compensación; no puedo devolver vidas, pero sí reintegrar haciendas.

—Necesitaréis una inmensa fortuna.

—¡La tengo! Y sabré emplearla de forma que Beatriz se sienta orgullosa de mí. Si el destino ha querido que al final de mi vida me alumbre un rayo de sol, no seré tan estúpido como para ignorarlo. El cielo me ha enviado una señal y debo aceptarla. Ella acude ahora a la iglesia, a rogar que me vuelva joven, fuerte y generoso, y haré cuanto esté en mi mano para que sus deseos se cumplan. Lo comprendéis, ¿verdad?

—¡Naturalmente! —se apresuró a asentir Ponce de León—. Comprendo la grandeza de vuestros sentimientos, y supongo que don Alonso también. Por eso va a ayudarnos... ¿no es así?

—¡Bueno...! —replicó éste un tanto confuso—. El empeño es en verdad difícil. Llevará tiempo, esfuerzo y muchos gastos. Puedo indicar el lugar aproximado donde se encuentra la isla, pero le gusta mostrarse esquiva, ocultarse entre la bruma e incluso cambiar de lugar, pues sólo entrega su secreto a quien tiene auténtica voluntad de encontrarla.

—¡Yo tengo esa voluntad! —se apresuró a afirmar el usurero—. Y mi corazón estará limpio de pecado. Me confesaré tres veces antes de partir... ¿Creéis que bastará?

—Supongo que sí; tenéis una larga historia de fechorías, pero tres sinceras confesiones dan para mucho.

El anciano no pareció ofenderse, limitándose a descolgar una pesada bolsa de su cinturón para colocarla sobre la mesa al tiempo que decía:

—Aquí tenéis un adelanto para que vayáis trazando un mapa lo más aproximado posible sobre la ubicación de Bímini... —Se volvió hacia Ponce de León y lo apremió—: Y vos comenzad a buscar un barco y a los hombres más adecuados para tan magno empeño... ¡Encontraremos juntos esa maravillosa fuente!... ¡Caballeros! Ha sido un placer.

Y sin más se marchó. En cuanto hubo desaparecido, Ponce de León comenzó a dar saltos.

—¡Se ha tragado el anzuelo! —exclamó alborozado—. Pondrá el dinero, fletaré un barco y encontraré la isla...

Ojeda lo observó estupefacto.

—Pero ¿realmente crees en su existencia?

—¡Naturalmente! Por mi parte no estoy engañando a nadie; me limito a emplear malas artes con un buen propósito; el fin justifica los medios.

—¡Estás loco! ¡Rematadamente loco!

—Lo mismo decían de Colón cuando aseguraba que el mundo era redondo y se podía llegar a Oriente por la ruta de Occidente, y aquí estamos. ¿Qué resulta más lógico? ¿Que vivamos sobre una inmensa esfera sin caernos, o que exista un agua milagrosa que impida el deterioro físico? En Galicia hay fuentes termales que curan las dolencias del hígado y los riñones. ¿Por qué no puede existir otra que lo cure todo?

—¡Mirándolo así! —admitió el Centauro encogiéndose de hombros—. Si en este Nuevo Mundo he visto lagartijas de tres metros que se comen a la gente, y pozos de aguas pestilentes que arden solas, todo es posible. Pero no tengo ni idea de dónde se encuentra esa dichosa isla.

—¡Al norte! —respondió el otro con firmeza—. Mi instinto me dice que ponga rumbo al norte, hacia el archipiélago de la bajamar. Pinta un derrotero que me lleve hacia el norte y yo me ocuparé del resto.

—Pero es que el archipiélago de la bajamar tiene cientos de islas.

—¡No importa! Yo encontraré la que busco.

Parece ser que la rocambolesca historia concluyó con Amadeo Naranjo y Juan Ponce de León navegando durante meses en busca de una mítica isla que nunca quiso mostrarse, mientras la hermosa Beatriz de Montealegre permanecía en Santo Domingo permitiendo que un incontable número de futuros «conquistadores» de imperios empezara a entrenarse en el oficio conquistando sin grandes esfuerzos su siempre acogedor lecho nupcial.

Tantos fueron los que alcanzaron la victoria que acabó recibiendo el justo apodo de Beatriz Montedevenusalegre. Confieso que en otro tiempo y otras circunstancias, de no estar por medio Isabel, me hubiera encantado ser uno de tales «victoriosos».

El agitado viaje por mar y la profunda decepción por no encontrar la ansiada fuente llevaron al viejo avaro a la tumba con más rapidez de la esperada, por lo que al cabo de un tiempo su desconsolada esposa repartió gran parte de sus tierras entre los más necesitados, dio una fiesta memorable que duró tres días y que acabó con la gran bodega de excelentes vinos y la bien surtida despensa de sabrosos chorizos, quesos y jamones de su difunto esposo, y regresó a Pamplona portando cinco arcones repletos de oro y joyas.

Allí contrajo nuevo matrimonio con un antiguo «compañero de juegos», transformándose en una esposa fiel, una excelente madre y una caritativa y respetada dama de la alta sociedad de Navarra.

La defensa a ultranza de los derechos de los nativos a no ser esclavizados, su abierta oposición a la política del gobernador Ovando y la malquerencia del incansable Ignacio Gamarra, que continuó actuando en su contra desde las sombras, convirtieron la vida de Alonso de Ojeda en un infierno, ya que una y otra vez tenía que responder a provocaciones que no venían a cuento, pero que le obligaban a desenvainar la espada en una interminable serie de duelos de los que siempre salía ileso, pero que volvían a poner sobre el tapete su aborrecida faceta de matachín.

Probablemente la característica más acusada de la vida del conquense fue que era de ese tipo de hombres que no resultan indiferentes a nadie, y su innegable carisma personal le servía tanto a la hora de ser amado y admirado como el mejor y más recto capitán que hubiera dado nunca España, como a la hora de ser odiado y despreciado como un sanguinario truhán sin entrañas.

Tal dualidad, que lo obligaba a compartir la existencia con amigos incondicionales y enemigos acérrimos, le amargó y entristeció hasta el fin de sus días, por lo que siempre se preguntó por qué jamás pudo mantener una relación que no estuviera marcada por los prejuicios.

Sus casi increíbles hazañas como audaz explorador, afortunado descubridor, general victorioso, intocable espadachín e irresistible seductor, contrastaban con sus rotundos fracasos económicos y políticos, y su fama le precedía de tal modo que resultaba imposible que quien alcanzara a conocerle no tuviese ya una idea más o menos errónea sobre su persona.

Para sus coetáneos, el principal problema de Alonso de Ojeda era que siempre se mostraba humilde con los humildes y altivo con los altivos, y sabido es que, desde el tiempo de los faraones, ésa es la peor forma de intentar medrar, sobre todo en política.

El día que el Centauro nació, la diplomacia y la prudencia se habían ausentado de Cuenca y sus alrededores, y a nadie se le escapa que las virtudes que no vienen con uno al mundo, el mundo rara vez las otorga.

La mano me salva, la lengua me pierde, y si tal como asegura maese Juan, tuviera el corazón más pequeño y más grande el cerebro, no tendría que pasarme la vida mendigando cuanto se supone que en justicia me pertenece.

De todos los capitanes llegados en los primeros tiempos a La Española, él, con ser el que mayores triunfos cosechó y el auténtico e indiscutible pacificador de la isla, fue el único que no amasó una fortuna y carecía de esclavos, siervos, bolsas repletas de oro en polvo y palacios.

Aquella mano, tan firme a la hora de sujetar una espada, parecía agujereada el resto del tiempo, incapaz de sostener una simple moneda, que desaparecía de su palma como si un prestidigitador se la escamoteara ante sus propios ojos.

Hay quien asegura que el dinero ama a quien le ama y desprecia a quien le desprecia, y el dicho parece pensado expresamente para personas como Ojeda.

Por ello, el día que al fin consiguió lo suficiente para adquirir un pasaje, tal vez parte del dinero que Ponce de León había obtenido del infeliz Amadeo Naranjo, decidió regresar a Sevilla en busca de una nueva oportunidad de emprender la conquista de su fabuloso reino de Coquibacoa, permitiendo que la cristiana Isabel encontrara momentáneo refugio entre los de su raza, convirtiéndose otra vez en la haitiana Jineta.

Y es que juntos habían llegado a la dolorosa conclusión de que los nativos de la isla no despreciaban a los hijos de un español, mientras que los españoles no aceptaban a los hijos de una nativa por más que se hubiera convertido al cristianismo y los niños hubieran nacido dentro del matrimonio.

Los estableció en las tierras que le había otorgado la Corona en Azúa, y en las que nunca plantó la foránea caña de azúcar, sino únicamente aquello que les permitiera vivir dignamente, tal como habían vivido hasta once años antes sus abuelos maternos.

En el momento de desembarcar en Sevilla, el siempre amable obispo Fonseca ni siquiera le dedicó una palabra de reproche por no haberle escuchado cuando le aconsejó que no se asociara con un par de desvergonzados perdularios.

En cambio, su buen amigo Juan de la Cosa se sentía con derecho a recriminarle por su mala cabeza, y sobre todo por la infantil candidez con que había actuado en tan descabellada aventura, por lo que mientras daban un largo paseo por la orilla del Guadalquivir, casi a los pies de la Torre del Oro, comentó:

—El día que crezcas, aunque mejor sería decir el día que madures, porque lo que es crecer no vas a conseguirlo nunca, serás el hombre más grande que haya dado este siglo. Pero mientras continúes comportándote como un irresponsable arruinarás tu vida y la de cuantos te rodean.

—Quien madura se cae de la rama —replicó el otro con una burlona sonrisa.

—En los tiempos que corren quien no madura acaba colgado de esa misma rama —puntualizó el cartógrafo—. No creo que exista nadie que haya hecho más prodigios que tú, y que, sin embargo, haya obtenido menos provecho. ¡Ya no eres ningún niño! ¿En qué diablos piensas?

—Supongo que en todo aquello en que los demás no piensan.

—En la gloria, imagino —repuso el cartógrafo en tono pesaroso—. Te has cubierto de tanta gloria que temo que se ha convertido para ti en una especie de droga sin la que no puedes sobrevivir. Y conociéndote como te conozco, me consta que al buscar esa gloria no persigues alabanzas, sino sólo una íntima satisfacción por haber sido capaz de hacer lo que otros ni siquiera sueñan. —Hizo una corta pausa, observó con atención a su entrañable amigo e inquirió—: ¿Qué planes tienes?

—Volver.

—¿A Coquibacoa?

—¿Adónde si no? Aunque prefiero llamarla Venezuela.

—Lo que tu llamas Venezuela está dentro de los territorios concedidos por la Corona a Rodrigo de Bastidas, que es un buen hombre, honrado a carta cabal y con el que no deberías enfrentarte.

—Nada más lejos de mi ánimo —se apresuró a replicar el conquense—. Respeto a Bastidas en lo mucho que vale, porque es el único que ha sido capaz de comerciar con los nativos sin necesidad de derramar una gota de sangre.

—Es que ese jodido trianero tiene una labia que engatusa incluso a quien no le entiende. Cuentan que un día que estaban a punto de atacarle una pandilla de caribes, comenzó a batir palmas y cantar por soleares con tal gracia que al poco se había formado una juerga que ni en el Rocío.

—Muy distintas serían las cosas allá en el Nuevo Mundo con media docena de hombres como él.

—¡Cierto! Pero Rodrigo de Bastidas no hay más que uno, de la misma manera que un solo Alonso de Ojeda. ¿Quién te financiará la expedición?

—En eso anda empeñado Pedro de la Cueva, que siempre se las arregla mejor que yo a la hora de sacarle dinero a la gente.

—Con tal que no vuelvas a caer en manos de truhanes...

—Ahora ando con pies de plomo, y lo único que necesito es un barco y medio centenar de hombres.

—¿Un barco y medio centenar de hombres? —se asombró el cosmógrafo—. Pocos reinos podrás conquistar con tan menguada tropa.

—No será un intento de asentamiento, sino de exploración —explicó su amigo—. En mi viaje anterior cometí el error de llevar demasiada gente en son de guerra, saqueo y conquista, y que al no encontrar rápido provecho se impacientaron tanto que me vi obligado a desembarcar en el lugar menos apropiado. Ahora, los que me acompañen sabrán que no habrá oro, perlas ni lucha, y que únicamente se trata de elegir un punto idóneo para cuando llegue el grueso de la expedición.

—¡Prudente se me antoja! E impropio de ti, sin duda alguna.

—Cara me costó la lección.

—De lo cual me congratulo, no por lo mucho que has sufrido y me consta, sino porque al ser capaz de razonar tal como lo estás haciendo, y dados tus conocimientos, tu fuerza de voluntad, tu valor y tu capacidad de liderazgo, te convertirás en el mejor de los adelantados.

—¡No te confundas, querido amigo! —puntualizó el conquense mientras tomaba asiento en un banco de piedra—. No te confundas; en este negocio de intentar ser adelantado en un continente desconocido, ni los conocimientos, ni la fuerza de voluntad, ni el valor ni la capacidad de mando importan demasiado.

—¿Qué es lo que importa, pues? ¿El destino?

—Sin duda, aunque lo cierto es que eso que llamas tan pomposamente destino, no es ni será más que puñetera y caprichosa suerte.

—Nunca he creído que todo lo bueno o malo que nos ocurre se deba achacar a la suerte.

—Pues yo prefiero achacar las desgracias que me han acontecido últimamente a los caprichos de una insensata suerte, antes que a los designios de un Dios demasiado cruel que supuestamente me marcó un destino que me obliga a matar y hacer daño cuando nunca ha sido ésa mi intención.

—Cuida tu lengua, que si te oyera un inquisidor te mandaría a la hoguera...

—¡Por los clavos de Cristo! —exclamó el conquense al tiempo que cruzaba los dedos en gesto de auténtica superstición—. Ni se te ocurra mencionar a la maldita *Chicharra*. Por lo que tengo oído ya han enviado un par de inquisidores a La Española.

—¡No es posible! —se alarmó el cartógrafo.

—Al parecer lo es, querido amigo —fue la resignada respuesta—. Tantas cosas malas hemos llevado allí, que la peor no podía faltar.

—¡Que el Señor nos ayude!

—¡Y la Virgen María!

Tenían razón en sus lamentaciones, puesto que desde los albores de 1200, en los que el papa Inocencio III creara el Santo Oficio como instrumento contra las herejías cátara y valdense, el terror que su solo nombre provocaba tras las bestiales actuaciones de Robert le Bougre, Pedro de Verona, Juan de Capistrano, Raimundo de Peñafort y sobre todo el sádico Conrado de Marburgo, bastaba para poner los pelos de punta al más valiente.

El día en que a Conrado de Marburgo le advirtieron que estaba enviando a la hoguera a un inocente, respondió con absoluta tranquilidad: «Nadie que muere en la hoguera es del todo inocente; la experiencia me enseña que en los últimos instantes de su vida blasfema de tal forma que tan sólo por semejante ofensa a Dios merece ser quemado.»

Sobre los cimientos de tan bárbaras teorías, en el otoño de 1483 fray Tomás de Torquemada reestructuró el Santo Oficio, transformándolo en la no menos Santa Inquisición como arma política al servicio de la Corona, aunque su objetivo no era otro que resolver el grave problema que significaba que la recién creada España estuviera constituida por una compleja amalgama de cristianos, conversos, musulmanes y judíos.

La expulsión de estos últimos significó que si bien una gran mayoría decidió abandonar la Península sin llevar más que lo puesto, casi cincuenta mil optaron por quedarse, renunciando, en la mayoría de casos falsamente, a sus ancestrales costumbres y creencias.

La conquista de Granada, la formación de una nación y el descubrimiento del Nuevo Mundo eran hechos demasiado importantes y demasiado complejos como para controlarlos con los medios habituales, y por ello Isabel y Fernando consideraron que poner en marcha una institución «supranacional» que nadie se atreviera a cuestionar era la única manera de evitar una auténtica debacle.

Crear un Estado centrista y autoritario en una península en la que convivían tantas lenguas, ideologías y creencias religiosas hubiera resultado harto difícil para quienes carecían de la más mínima infraestructura política, por lo que decidieron recurrir a la única organización cuyos tentáculos se extendían hasta el último rincón del ámbito geográfico, dotándola de un poder y una capacidad ejecutiva de la que hasta entonces había carecido.

El enemigo no eran ya los herejes cátaros que sostenían la existencia de un Dios del Bien y un Dios del Mal, o los valdenses que proclamaban que las ingentes riquezas y los desaforados lujos de la Iglesia de Roma ofendían a Cristo ya que sus sacerdotes debían ser ante todo ascéticos y humildes; a partir del advenimiento del nuevo siglo, el enemigo a combatir era ante todo el enemigo de la Corona, cualquiera que fuera su credo, raza o condición.

En cierto modo podría decirse que Isabel y Fernando no se convirtieron en Reyes Católicos por poner sus ejércitos al servicio de Dios, sino por poner los ejércitos de Dios a su servicio.

El hecho de que tras ocho años de relativa tranquilidad, la temida *Chicharra* hubiera decidido establecerse en el Nuevo Mundo constituía una pésima y preocupante noticia para quienes se encontraban tan directamente relacionados con él, como Alonso de Ojeda y Juan de la Cosa.

—Acabarán quemando en la hoguera a todos los nativos que hayan conseguido sobrevivir a las guerras, la esclavitud y las enfermedades... —vaticinó en tono pesimista el primero—. Conozco bien a los indígenas, y si trabajo les cuesta adaptarse a leyes más o menos razonables, nunca se resignarán a aceptar sin más las absurdas imposiciones de unos inquisidores que los condenarán por el simple hecho de negarse a aceptar el bautismo, cubrir su desnudez con una manta o dejar de bañarse cada día.

—¿Isabel se baña cada día?

—Dos veces.

—¿Y eso por qué?

—Le gusta sentirse limpia y oler bien.

—Si te bañas dos veces al día no puedes oler ni bien ni mal —sentenció el cosmógrafo—. ¿A ti te gusta que tu mujer no huela a nada?

—Tardé en acostumbrarme... —admitió con sinceridad el Centauro—. Pero lo cierto es que ahora las demás mujeres me repelen. ¡Apestan!

—¡Ver para creer! Te estás convirtiendo en un salvaje.

—Si aceptar lo mejor de sus costumbres es convertirme en salvaje, lo admito. Y tú, que fuiste de los primeros en pisar aquellas tierras, deberías reconocer que eran más felices desnudos y bañándose a diario de lo que nosotros apestando a demonios.

—¿Apesto a demonios?

—A veces...

—Tengo unos amigos para eso...

—La mejor virtud de un amigo, y la que más aprecio en ti, es la sinceridad. Tantas veces me has echado en cara mis muchos defectos, hoy mismo sin ir más lejos, que no deberías molestarte porque, si me lo preguntas, te dé mi sincera opinión: un baño a la semana no te haría ningún daño.

—¿A la semana? —se horrorizó el otro—. ¿Es que te has vuelo loco?

—Balboa, Pizarro y Ponce de León lo están haciendo y de momento ninguno ha muerto.

—¡Tiempo al tiempo! Conozco a Balboa y a Ponce, pero no sé quién es ese tal Pizarro.

—Un extremeño más terco que una mula, pero con una voluntad de hierro y más listo que una ardilla. Si consigo que aprenda a manejar la espada lo llevaré como lugarteniente cuando vuelva a intentar establecerme en Coquibacoa.

—¿Y qué puesto ocuparé yo?

—¿Acaso piensas venir? —se sorprendió el Centauro.

—¡Naturalmente! Si no te acompañé en el otro viaje fue porque tenía que pintar el mapamundi que me encargaron los reyes, y además no me fiaba ni un pelo de Ocampo y Vergara. Pero si lo intentas de nuevo con gente decente no me lo perderé por nada del mundo.

—Me alegra oírlo.

—¿Y qué puesto ocuparé?

—El mismo que yo; seremos socios al cincuenta por ciento, incluso en la gobernación del virreinato, pero a la hora de enfrentarnos al enemigo, Pizarro será mi lugarteniente porque lo convertiré en un buen soldado aunque no sabe leer ni escribir, mientras que tu vida vale mucho.

—Todas las vidas valen lo mismo.

—Sólo para la Muerte, que no es capaz de distinguir a un sabio de un ignorante —le hizo notar el Centauro—. Pero los que sí somos capaces de distinguir, debemos intentar preservar la vida de quienes, como tú, pueden contribuir a que el mundo sea mejor y más justo. Aprecio a Pizarro, pero me consta que jamás hará nada que pueda compararse a tu mapamundi.

—¡Cualquiera sabe! Al fin y al cabo, mi famoso mapamundi no es más que un pergamino que probablemente contiene infinidad de errores.

El siguiente viaje de Alonso de Ojeda fue a Ronda, a cumplir la promesa que le había hecho a Juan de Buenaventura de visitarle para certificar con su presencia que le había encontrado «en tierra de salvajes» y todas las historias que contaba al respecto eran ciertas.

¡Casi todas!

O al menos una parte.

Pero lo más curioso del caso fue que, contra lo que esperaba, no se lo encontró en una plaza pública o una taberna, dedicado a contar sus fantásticas aventuras en el Nuevo Mundo a cambio de unas monedas, sino magníficamente instalado en un precioso palacete alzado justo sobre un acantilado cortado a pico y dominando la llanura desde un emplazamiento no muy lejano a aquel en que acabaría por levantarse una original plaza de toros.

Por lo que le contaron antes de llegar a la puerta de su fastuosa mansión, se había convertido en uno de los hombres más ricos de la comarca.

—¿Y todo esto? —se sorprendió un Centauro al que Ronda le recordaba mucho su Cuenca natal, en cuanto se reunió con su viejo compañero de avatares—. ¿De dónde ha salido semejante fortuna?

—Del culo... —replicó el otro con una misteriosa sonrisa—. ¡Con perdón!

—¿No pretenderás hacerme creer que te has vuelto afeminado y un generoso bujarrón te ha pagado con semejante fortuna?

—¡Oh, no, desde luego! Eso nunca. Al igual que le ocurre a Balboa, el vino, el juego, la buena comida y las mujeres continúan siendo mis únicos vicios.

—Entonces ¿cómo se explica?

El otro pareció complacerse en retrasar su explicación, sirvió dos generosas copas de un excelente vino de la tierra, le ofreció unos gruesos tacos del mejor jamón de la serranía de Huelva y rodajas de chorizo de Cantimpalo, y al final dijo con una desvergonzada sonrisa:

—Lo que sucedió, aunque te cueste creerlo, es que al poco de regresar de las Indias, me afectó una extraña enfermedad... —Bebió muy despacio, se complació en la curiosidad e impaciencia del Centauro, y por fin concluyó—: Descubrí que cagaba diamantes.

—¿Qué quieres decir? —inquirió un perplejo Alonso de Ojeda—. Ningún ser humano caga diamantes.

—¡Yo sí!

—¿Y cómo es posible?

—De la forma más natural del mundo: se caga lo que se come.

—¿Y habías comido diamantes?

—Hasta inflarme.

—¿Dónde?

—¿Dónde va a ser? En Tierra Firme, naturalmente... —El divertido Juan de Buenaventura bebió de nuevo, sonrió de oreja a oreja y se decidió a aclarar por completo el misterio—. Lo cierto es que un buen día, mientras vagaba solo y abandonado por aquellas tierras dejadas de la mano de Dios y de la Virgen, me incliné a beber en un riachuelo y descubrí que el fondo estaba tapizado de diamantes, algunos del tamaño de un garbanzo.

—¡No puedo creerlo!

—Pues mira alrededor y lo creerás, porque cuanto puedes ver, más varias fincas y bosques que se divisan desde ese ventanal, ha sido pagado con una pequeña parte de lo que encontré en aquel bendito arroyo. Como comprenderás, mi primera intención fue arramblar con todo, pero a la semana llegué a la conclusión de que no podía andar subiendo y bajando montañas cargado como un mulo, por lo que decidí seleccionar medio centenar de las piedras que se me antojaron mejores, y que llevaba en una pequeña bolsa colgada del cuello. Al cabo de casi un año, cuando descubrí que la zona se encontraba plagada de soldados españoles, comprendí que, semidesnudo y con una pesada bolsa al cuello, pronto o tarde alguien sospecharía que la bolsa contenía algo muy valioso, por lo que acabarían robándola o requisándome los diamantes con la excusa de que pertenecían a Rodrigo de Bastidas, ya que supuestamente aquéllos eran territorios que le había concedido la Corona.

—¿Y decidiste tragártelos?

—¡Lógico! Y en buena hora se me ocurrió tal idea, porque Ocampo, Vergara y toda su maldita cuerda de perdularios malandrines no hubieran dudado en cortarme la cabeza con tal de despojarme de la bolsa con mayor comodidad.

—Eso puedes jurarlo —aseguró el Centauro—. Pero lo que se me antoja increíble es que consiguieras retener los diamantes en el estómago tanto tiempo.

—Es que no los retenía... El gran problema estribaba en que me veía obligado a hacer mis necesidades en un paño que luego estrujaba para que saliera la mierda y dentro se quedaran únicamente los diamantes.

—¡Qué asco!

—Y que lo digas; un verdadero asco —admitió el rondeño—. Tenía que lavar los diamantes para volvérmelos a tragar, pero con tanto trasiego me salieron almorranas, por lo que había días en que sufría todas las penas del infierno. —Soltó una breve carcajada y añadió—: Hay un refrán que dice: «El que quiera peces que se moje el culo», y yo podría añadir: «Y el que quiera diamantes que se lo rompa.»

—¡Pintoresca historia! —admitió el conquense—. Guarra y maloliente como pocas, pero pintoresca.

—De lo único que me arrepiento, puedes creerme, es de no habértela contado allá en Tierra Firme, porque siempre has gozado de toda mi confianza y estoy seguro de que no hubieras traicionado mi secreto.

—Descuida —le disculpó Ojeda—. Eran momentos difíciles en los que no sabíamos qué iba a suceder al día siguiente, porque aquélla era una impresentable pandilla de rufianes. Soy yo quien te está agradecido por tu fidelidad, y ciertamente me ha encantado descubrir que en lugar de encontrarme a un mísero charlatán de feria, me he topado con un rico hacendado y un buen amigo. Isabel me contó maravillas de cómo la cuidaste durante el viaje.

Juan de Buenaventura se puso en pie, abrió un mueble de caoba primorosamente tallado y mientras hurgaba en su interior comentó:

—Es una mujer extraordinaria y mucho más culta e inteligente que la mayoría, lo cual demuestra, aunque yo ya lo sabía por el tiempo que pasé entre ellos, que los nativos sólo se distinguen de nosotros en la educación que han recibido. —Hizo una breve pausa para añadir con un leve cambio de tono—: A menudo me arrepiento de afirmar que estuve perdido «en tierra de salvajes», lo cual suena muy exótico pero no es del todo cierto. La gente de Vergara y Ocampo sí que era verdaderamente salvaje.

Volvió a tomar asiento, depositó sobre la mesa una pequeña caja primorosamente tallada y la empujó hacia su interlocutor.

—Espero que no te importe que lo haya cagado un centenar de veces —dijo—; ahora está completamente limpio, ha pasado mucho tiempo en alcohol.

Ojeda abrió la caja y observó la hermosa piedra que contenía y que lanzó infinidad de destellos al recibir la luz.

—¿Acaso es un regalo? —preguntó desconcertado.

—Una prueba de mi afecto y admiración.

El conquense devolvió la caja empujándola sobre la mesa.

—No puedo aceptarlo —dijo.

—¿Por qué?

—Soy yo quien te debe un favor, no tú a mí.

—No es cierto; si no hubieras organizado tu expedición quizá yo nunca hubiera podido regresar a Ronda, y además me hiciste otro enorme favor al proporcionarme la oportunidad de salir rápidamente de allí, ya que alguno de aquellos malditos truhanes hubiera acabado por descubrir el tejemaneje que me traía con la mierda. En caso de haber atado cabos, ninguno de ellos hubiera dudado en abrirme las tripas con tal de averiguar qué diablos guardaba dentro.

—Aun así no creo que...

—Por favor... —le interrumpió el otro fingiendo molestarse—. Tengo mucho más de lo que necesito, y me han llegado noticias de que intentas armar un barco para volver a Coquibacoa. —Sonrió picarescamente y concluyó—: Si no quieres aceptarlo como regalo, considérame un socio y que ésta es mi contribución a la empresa; estoy seguro de que me devolverás con creces mi inversión.

El Centauro dudó, pero ante la insistencia de Buenaventura, que había empujado una vez más la caja en su dirección mientras le guiñaba un ojo en gesto de complicidad, acabó por guardársela.

—¡De acuerdo! —aceptó—. De la Cueva calcula que necesitamos casi medio millón de maravedíes, o sea que venderé este diamante y te asignaré el porcentaje que en justicia te corresponda.

—Me consta que lo harás, y estaré de acuerdo en el tanto por ciento que me asignes. —El rondeño escanció de nuevo las copas, hizo un mudo brindis como si sellara un trato y, tras beber, señaló—: Y ahora cambiemos de tema. Tengo una gran curiosidad por saber cómo andan las cosas por Santo Domingo.

—Mal.

—Para variar...

—¿Qué quieres que te diga? El Almirante fue un buen marino pero un mal gobernador; Bobadilla un mal gobernador y además un ladrón que mereció acabar en el fondo del mar con todas las riquezas que obtuvo de tan injusta manera, y Ovando es un mal gobernador y un prepotente. —Y lanzó una especie de bufido al concluir—: Cabría suponer que los reyes, que tanta perspicacia han demostrado en muy diferentes asuntos de guerras, buena administración y gobierno, no son capaces de designar al hombre apropiado para dirigir los destinos de la isla.

—Tal vez el problema no esté en los hombres, sino en la isla.

—No te entiendo.

—Es muy simple: probablemente el Almirante, Ovando o incluso el mismísimo Bobadilla hubieran sido buenos alcaldes o gobernadores a este lado del océano. Sin embargo, cabría pensar que al cruzar el mar y encontrarse de pronto inmersos en un mundo tan distinto sufrieron una especie de transformación.

—¿Qué tipo de transformación?

—La que produce la distancia; el hecho de haberse convertido de la noche a la mañana en la máxima autoridad sobre tanta gente, tan lejos del poder central y sin que nadie les fiscalizara directamente, les llevó a considerarse omnipotentes y por lo tanto a perder la cabeza. Suele suceder que los nominados para algo por cualquier circunstancia ajena a ellos, acaben por convencerse de que todo se debió a indiscutibles méritos propios.

—Yo soy de la opinión de que en nuestro país han ocurrido demasiadas cosas en muy escaso tiempo, por lo que carecemos de gente preparada para encarar una empresa tan ardua como explorar, conquistar, civilizar y cristianizar todo un continente —sentenció con convicción Ojeda—. Ninguna nación se ha enfrentado jamás a un reto semejante, y me temo que cometeremos miles de errores cuando intentemos llevarla a cabo, si es que al fin los reyes se deciden a poner los medios para intentarlo.

—De momento no parece que estén por el empeño.

—Hace años la reina habría afrontado el reto, pero se encuentra demasiado cansada y sospecho que se retrae, porque ni siquiera tiene una ligera idea de a qué demonios podemos enfrentarnos allí.

—Razón le sobra, porque soy el que más tiempo ha pasado en Tierra Firme y admito que aún me asombro de la grandiosidad de aquel continente... —reconoció el de Ronda—. Cuando hablo de la altura de los árboles y el caudal de los ríos, o cuento que un día me topé con una serpiente de casi cinco metros de largo y con cabeza de jaguar, me toman por loco.

El otro se detuvo en el momento de llevarse la copa a los labios, le observó de medio lado y al fin agitó la cabeza con incredulidad.

—¡Es que ya te vale! —le reconvino—. Lo de la serpiente aún me lo creo, porque en la desembocadura del Orinoco he visto algunas anacondas, aunque desde luego no tan grandes. Pero con eso de que tenía cabeza de jaguar te has pasado.

—En absoluto. Como supongo que sabes, esa clase de serpientes no son venenosas, pero matan a su presa a base de enroscarse en torno a ella y triturarles todos los huesos. Luego se la tragan entera, pero dejan fuera la cabeza porque no pueden digerir el cráneo, así que permiten que se pudra el cuello, y la cabeza acaba por caerse sola. —Hizo un gesto alzando su copa, y acabó la explicación—: Lo que en verdad sucedió fue que me tropecé con aquel maldito bicharraco en los días en que estaba empezando a digerir a un jaguar que había cazado. Los nativos aseguran que cuando una anaconda captura una presa tan grande se pasa casi un mes aletargada; en ese tiempo te puedes aproximar a ella sin peligro.

—No seré yo quien lo haga.

—¡Ni yo! A partir de ese día andaba con mil ojos,

porque lo mismo te atacan en tierra que dentro del agua, o se dejan caer sobre ti desde lo alto de un árbol.

—¡Menuda broma!

—¡Y tanto! Durante un tiempo lo que más me preocupaba no era la idea de morir, que ésa la tenía muy presente desde el momento en que me embarqué, sino pensar que podía acabar en las tripas de un caribe o una anaconda.

—Debiste de pasarlo muy mal rodeado de bestias tan extrañas y gente tan hostil, sin saber si algún día regresarías.

—Lo pasé muy mal, en efecto, pero siempre supe que tarde o temprano Bastidas volvería en busca de su oro, sus perlas, sus diamantes y sus esmeraldas.

—¿Por qué te abandonó?

—¿Bastidas? Porque me comporté como un necio.

El Centauro meneó la cabeza en gesto de incredulidad y comentó:

—Sorprende que alguien admita tan sinceramente su propia necedad.

—¿Y qué otra cosa puedo alegar? —repuso Buenaventura—. Admito que don Rodrigo es un hombre justo, el más decente que he conocido en mi vida y que trata a todo el mundo con afecto y respeto, pero tiene un joven lugarteniente, un pariente lejano al que crió desde que era niño y al que quiere como a un hijo, que constituye la otra cara de la moneda.

—¿Juan de Villafuerte?

—¿Lo conoces?

—Personalmente no, pero Juan de la Cosa sí, y al parecer tampoco le aprecia.

—No me extraña: es uno de los seres más malignos, hipócritas y rastreros que haya parido madre; una auténtica comadreja escurridiza y falsa que me tomó ojeriza porque le decía sin cortapisas lo que opinaba de él. —El rondeño dejó escapar un suspiro de resignación—. Como ya te he dicho, me comporté como un necio, porque a la hora de la verdad yo tenía todas las de perder frente a aquel cerdo adulador y mentiroso. Lo único que espero es que el bueno de don Rodrigo no tenga que arrepentirse por haberme dejado en tierra y no a su sobrino. Algún día acabará por traicionarle.

Los traidores son como los caracoles: babosos, cornudos y siempre encerrados en su caparazón; se diría que no existen hasta que la lluvia —el dinero en el caso de los traidores— les obliga a mostrarse y descubrimos que proliferan por millones.

El tiempo acabaría por darle la razón: el ambicioso y aborrecido Juan de Villafuerte penetró una noche en el dormitorio de su benefactor con intención de apuñalarlo mientras dormía, confiando en heredar su inmensa fortuna así como la gobernación de la ciudad de Santa Marta que Bastidas había fundado pocos años antes.

A los gritos del agredido acudió la guardia, pero por desgracia ya era tarde, las heridas eran demasiado profundas y Bastidas había perdido mucha sangre. Al cabo de un mes y tras una larga agonía, el hombre más bondadoso del Nuevo Mundo expiró no sin antes haber perdonado y rogado clemencia para su asesino.

Sus fieles seguidores le lloraron amargamente, lo enterraron con honores de héroe y virrey, y uno de ellos, no se sabe quién, llegó hasta el calabozo en que se encontraba encadenado Juan de Villafuerte, le sacó los ojos, le cortó los testículos, y por último lo estranguló.

De regreso en Sevilla, el Centauro se encontró con una inesperada y excelente noticia, sin duda la primera realmente buena que le daban en mucho tiempo: el fiel, astuto y perseverante Pedro de la Cueva había conseguido que la cicatera y escurridiza Corona, tan poco amiga de aflojar la bolsa, contribuyera con doscientos mil maravedíes a una nueva expedición de exploración y reconocimiento de las costas de Urabá, que por lo que se suponía se encontraba bastante más al oeste de los territorios asignados a Rodrigo de Bastidas.

La reina se había esforzado una vez más por favorecer al querido y valiente muchacho que tantos años atrás se arriesgara sobre un tablón en lo alto de la catedral de Sevilla, pero en esta ocasión no lo invitó a visitarla debido a que se encontraba demasiado anciana y fatigada.

Al conquense le entristeció comprender que ya no volvería a ver a su amable benefactora, y le preocupó comprender que con su desaparición llegarían tiempos muy difíciles para el Nuevo Mundo, porque desde el punto de vista humano y de interés por las Indias Occidentales, el peso de Isabel era infinitamente mayor que el de su esposo.

Era ella quien más había apoyado a Colón, incluso con sus propias joyas, en la gesta del Descubrimiento, y quien más interés demostraba por las noticias que llegaban de allende el océano.

Si tal como maese Juan de la Cosa aseguraba, «Fernando es el cerebro de la Corona pero Isabel su corazón», se corría el riesgo de que en cuanto ese corazón fallara, lo que al parecer ocurriría muy pronto, la Conquista se plantearía más como una fuente de ingresos que como una hermosa aventura religiosa y romántica.

Debido a ello, Ojeda llegó a la conclusión de que urgía partir para no correr el riesgo de que la reina desapareciese y llegara una contraorden respecto a los inesperados e imprescindibles doscientos mil maravedíes.

Con ellos, con lo que se obtuvo del grueso diamante

que le había regalado el generoso Juan de Buenaventura, una donación de su viejo compañero de andanzas juveniles, Juan de Medinaceli, y pequeños aportes de parientes, amigos, y amigos de parientes, inició su andadura una paupérrima expedición en la que un grupo de miserables ilusos pretendía encontrar un lejanísimo asentamiento ideal donde crear un nuevo reino allí donde nadie había llegado nunca.

Más locos que cuerdos, más harapos que armas, más sueños que realidades, más hambre que bastimentos... de ese modo zarpamos, confiando en que la Virgen María tuviera a bien tomar el timón de nuestro frágil navío.

El valiente jinete nacido tierra adentro que se mareaba en cuanto sentía bajo sus pies la tablazón de una cubierta o le asaltaba el hedor a brea, parecía condenado a pasar más tiempo dependiendo del viento y las olas que de su espada y su caballo, como si el siempre caprichoso destino se empeñara en disminuir a base de insoportables vahídos y dolores de cabeza su indiscutible capacidad de mando.

Acababa de cumplir treinta y cinco años cuando inició su cuarta travesía del Atlántico, pero en esta ocasión el viento que hinchaba sus velas no eran la juvenil curiosidad y el ansia de aventuras de la primera vez, el deseo de ampliar el conocimiento de la segunda, o la desesperada necesidad de crearse su propio reino de la tercera.

Ya no eran racheados vientos de tormenta, huracán o galerna, sino la brisa tranquila y constante del hombre que ha madurado lo suficiente para comprender que la impaciencia suele ser madre de grandes fracasos.

El hombre joven tiene la angustiosa sensación de que el tiempo se le acaba, pretende apurarlo a toda costa, y ello le obliga a precipitarse y cometer errores. El hombre maduro sabe a ciencia cierta que el tiempo se le acaba, pero también que no debe precipitarse, porque cuando se comenten errores ese tiempo se reduce aún más.

Durante aquel cuarto viaje a las Indias Occidentales ni siquiera puso el pie en tierra con tal de evitar enfrentamientos con los nativos que más tarde pudieran acarrearle graves consecuencias; se limitó a navegar siempre a la vista de las costas caribeñas de Venezuela y la actual Colombia hasta penetrar en el profundo golfo de Urabá, que era el punto a partir del cual la Corona le concedía el derecho a fundar una ciudad que a la larga se convirtiera en la capital de su gobernación.

El destino, su destino, su caprichosísimo destino, le había llevado hasta las mismas puertas del infierno del Darién, una región selvática en la actual frontera de Panamá y Colombia, tan impenetrable, calurosa, insalubre y especialmente pantanosa, que es el único lugar del continente que no ha conseguido atravesar la actual carretera Panamericana, que a lo largo de casi veinte mil kilómetros se extiende desde Alaska a Tierra del Fuego, ya que el gigantesco pantano se la traga irremisiblemente.

¿Por qué razón al mejor de los adelantados le tocó en suerte el peor territorio imaginable?

Existían miles, millones de kilómetros cuadrados por explorar y donde levantar un reino, desde el paso del Noroeste al estrecho de Magallanes, desde las costas de California hasta las de Brasil, pero le correspondió establecerse en el único lugar donde no podría dar un paso sin enterrarse en fango hasta la cintura.

No obstante, Ojeda no podía saberlo, por lo que tras comprobar que el golfo era tranquilo y localizar un excelente fondeadero, llegó a la conclusión de que allí fundaría, en cuanto contara con los medios apropiados, la capital de su «reino».

Pero tendría que ser mucho más tarde, porque en aquellos momentos los escasos alimentos y la también escasa paciencia de sus compañeros de aventura tocaban a su fin, mientras la frágil nave amenazaba con irse a pique atacada por la incontrolable y persistente *broma*.

Decidió por tanto poner rumbo a Santo Domingo con el fin de abandonar un destrozado barco incapaz de emprender el viaje de regreso a Sevilla, y al poco la carcomida carabela descansó para siempre en la desembocadura del río Ozama. A la vista de ello, el conquense concedió a sus hombres libertad para elegir entre el lucrativo negocio de exigir tierras y siervos nativos y hacerse ricos cultivando caña de azúcar, o regresar a sus casas en la lejana Europa.

En La Española se reencontró con Núñez de Balboa, Francisco Pizarro y un desencantado Juan Ponce de León, que pese a los dineros de Amadeo Naranjo no había conseguido encontrar la mítica isla de Bímini y su fuente de la eterna juventud, por lo que los tres continuaban aguardando la ocasión de lanzarse a la conquista de nuevos territorios.

Pero también se encontró con una amarga sorpresa: Ovando había mandado ahorcar a la princesa Anacaona tras acusarla de encabezar una supuesta rebelión, aunque corría la voz de que el motivo de su ejecución se debía más bien a que la hermosa nativa había rechazado despectivamente y en más de una ocasión las deshonestas proposiciones del libidinoso gobernador.

Al parecer, a Ovando le ofendía sobremanera el hecho de que quien había sido esposa de un rey, amante del legendario Centauro de Jáquimo y, por lo que se murmuraba, amante también del mismísimo almirante Colón, le despreciara públicamente, afirmando en sus celebrados poemas cantados, los famosos *areitos* que luego corrían de boca en boca entre la población nativa, que ya desde España no llegaban valientes guerreros de caballo y coraza, sino cobardes amanuenses de toga y birrete pero que, aun así, mataban a más gente con una simple pluma de lo que hicieran sus predecesores con la espada.

La primera reacción del conquense fue encaminarse al alcázar con el fin de esparcir las tripas de Ovando por los pasillos, pero por suerte Francisco Pizarro tuvo tiempo de avisar a uno de sus primos, a la sazón escribano de la Villa de Azúa, pero que en aquellos días se encontraba en palacio estudiando unos complejos documentos de distribución de tierras, quien se las ingenió para impedirle discretamente el paso, evitando de ese modo que se viera obligado a enfrentarse, espada en mano, a la numerosa y malencarada guardia personal del gobernador.

Entre ellos había muchos a los que les hubiera encantado ponerle la mano encima, amparados por el número y sin correr riesgos, al infalible espadachín Alonso de Ojeda.

Por su parte, la cristiana Isabel había decidido convertirse definitivamente en la quisqueyana Jineta, convencida de que su esposo seguiría siendo «un ave de paso» y un ser demasiado libre e independiente como para poder hacerse cargo de una familia.

Entra dentro de lo posible que aún continuara amando al altivo caballero que siendo niña la había alzado a la grupa de su caballo y años más tarde no dudó en convertirla en su esposa, pero las largas ausencias del conquense y su responsabilidad como madre la obligaban a tener que elegir entre que sus hijos se sintieran rechazados por la cada vez más cerrada sociedad insular española, o aceptados por sus más sencillos y afectuosos primos «salvajes».

Los héroes están condenados a vivir solos o corren el peligro de convertirse en simples seres humanos, y Alonso de Ojeda nunca podría descender a la categoría de simple ser humano porque ningún otro había nacido, como él, tan directamente tocado por el dedo del heroísmo.

Sin familia, sin barco, sin hombres y sin dinero, hubiera estado en su derecho a la hora de autocompadecerse por lo injusto de su situación tras haber llegado a ser uno de los hombres más admirados, envidiados y respetados de su época, pero en tan difíciles momentos resumió su verdadero espíritu en una sola frase:

Ésta es la vida que elegí sin que me obligaran a ello, y por lo tanto debo asumir las derrotas con la misma entereza y naturalidad con que acepté las victorias.

Era consciente de que había escogido un difícil sendero por el que en ocasiones había conseguido alcanzar las más altas cimas, pero también en ocasiones le había precipitado a los más profundos abismos, pero aquéllos eran gajes del oficio, al igual que lo habría sido el hecho de que en cualquiera de sus incontables duelos una espada más hábil que la suya le hubiera atravesado el corazón.

Tal como su íntimo amigo y casi hermano, maese Juan de la Cosa, le dijera en cierta ocasión: «La línea que separa el éxito del fracaso es tan delgada que el ojo humano no está en capacidad de distinguirla; tan sólo tomamos plena conciencia de que existe en el momento que descubrimos que nos encontramos a uno u otro lado de ella.»

Ahora sabía que se encontraba en el lado oscuro de esa línea, aunque a decir verdad nunca había considerado que se encontrase en el lado luminoso, puesto que aún no había conseguido lo que constituía su verdadero sueño: levantar un reino en una tierra virgen e inexplorada en el que dos razas muy distintas convivieran en paz y armonía como si se tratara de una sola.

Invencible con un arma en la mano, incorruptible por

el oro, el poder o las prebendas, devoto de la Virgen a la que se consagraba cada mañana y cada noche, justo y magnánimo con sus inferiores, fiel a sus reyes y sus amigos, afectuoso padre y amante esposo, su fracaso llegaba una vez más por la evidencia de que el bosque de sus sueños le impedía ver la realidad de los árboles.

Superado tiempo atrás el ecuador de su vida en una época que pocos eran los que cumplían los sesenta, todas sus pertenencias se limitaban a seis leguas de tierra que le había cedido a la india Isabel, una pequeña cabaña mal pertrechada a orillas del mar, una muda de ropa, su fiel espada, y un documento que le acreditaba como virrey de los lejanos y supuestamente ricos territorios que rodeaban el golfo de Urabá.

Aquélla era una ingente extensión de territorio mayor que muchas naciones, y más tierras de las que cualquier ser humano que no tuviera sangre real en las venas pudiera desear, pero no era, al fin y al cabo, más que un pedazo de pergamino cubierto de sellos y firmas que de momento tenía idéntico valor que un certificado que acreditase la propiedad de una parcela en la Luna.

Sin barcos, sin hombres y sin dinero, la Luna y Urabá se encontraban aproximadamente a la misma distancia.

—Tenía que haber llegado hace más de dos años, con la escuadra del gobernador —comenzó su relato—. Pero en vísperas de zarpar, un padre furibundo me sorprendió en la cama con su hija y escapé como alma que lleva el diablo. Al saltar el muro posterior me rompí una pierna y el muy bestia, que era mulero, me «mulió» a palos, dejándome como recuerdo permanente esta cicatriz del labio. La curación fue larga y dolorosa, y como no podía contarle a mi familia lo ocurrido me vi obligado a embarcarme como freganchín en un barco de contrabandistas que venía cargado de putas y barricas de vino.

—¡Pardiez que no es mala compañía para una tediosa travesía del océano! —se apresuró a comentar Vasco Núñez de Balboa.

—A no ser por el hecho de que el capitán me advirtió que me rompería la otra pierna si me atrevía a catar, sin pagar por ello, a las unas o las otras. Y te advierto que eran de las peores barraganas conocidas, las que no te fían por nada del mundo, y yo no tenía ni un cobre.

—¿Y cómo es que al poco de llegar en semejantes circunstancia conseguiste ese destino de notario en Azúa y veinte leguas de tierra? —quiso saber Ojeda—. No es cosa fácil.

—Es que Ovando es primo segundo de mi padre, y el hecho de que haya estudiado en Salamanca le obliga a suponer que atesoro más conocimientos y méritos de los que en realidad conseguí adquirir. Aquí entre nosotros debo admitir que durante mis años en la universidad pasé mucho más tiempo bajo faldas que sobre libros... —El tan sincero mozo que aún no había cumplido los veinte años se encogió de hombros al añadir—: Y lo cierto es que para ser notario en Azúa basta con saber leer, escribir y tener algo más de luces que un candil de burdel. En cuanto a las tierras, mi intención es arrendarlas.

—¿Acaso no te llama la atención hacerte rico con el oro blanco? —quiso saber Ponce de León—. En cuatro o cinco años podrías regresar a Medellín con una pequeña fortuna.

—Fortuna ya tengo allí, ya que soy hijo único y, tanto por parte de padre como de madre, provengo de familias bien acomodadas. Lo que vengo a buscar no es oro, ni blanco ni amarillo, sino gloria.

—Cierto es que las minas de oro ya se agotaron —puntualizó su primo Francisco Pizarro—. Pero cierto es, también, que casi toda la gloria se la guardó para sí el maestro Ojeda, y la poca que pueda quedar somos muchos los que intentamos apoderarnos de ella. A decir verdad, si me sintiera capaz de aprender a leer y escribir correctamente tal vez aceptaría reemplazarte en ese puesto de escribano y olvidarme del resto.

—Mientes como un bellaco y lo sabes —le espetó Ponce de León—. Ni aunque fueras bachiller y licenciado en Leyes por esa dignísima Universidad de Salamanca renunciarías a tus sueños de grandeza, al igual que no renunciamos ninguno de los que aquí nos encontramos.

—¿Por qué estás tan seguro?

—Porque analfabetos o bachilleres, nobles o plebeyos,

ricos o pobres, todos cuantos acudimos a intentar aprender algo de Alonso lo hacemos porque hemos comprendido que jamás se presentó anteriormente una posibilidad tan prodigiosa como la que ahora se nos ofrece. Pese a que el Almirante opine lo contrario, nos encontramos a las puertas de un nuevo continente inexplorado; un inmenso pastel al que estamos ansiosos de hincarle el diente.

—Pudiera estar envenenado.

—De ahí que resulte tan atractivo.

—«Quien ama el peligro perecerá en él.»

—Y quien teme al peligro muere un poco cada día, dado que ese peligro nos acecha donde menos lo esperamos... —intervino de nuevo el jovenzuelo—. Estuve a punto de morir apaleado por culpa de una golfa sudorosa a la que no le importaba gran cosa que quien compartiera esa noche su lecho se llamara Ceferino Malascabras, Curro Porras o Hernán Cortés, es decir, yo. Por ello he llegado a la conclusión de que si hay que morir, y al parecer ésa es una opción de todo punto inevitable, que sea por algo que en verdad valga la pena.

La mayoría de los asistentes asintieron con la cabeza, dando por sentado que aquélla era una norma de conducta indiscutible, por lo que el conquense comentó:

—Veo que todos estáis de acuerdo, pero lo que siempre he querido que entendáis es que al acudir a que os explique cómo enfrentaros a los peligros de Tierra Firme, perdéis el tiempo. Puede que, junto a mis buenos amigos Juan de Buenaventura y Juan de la Cosa, sea quien más sabe de lo que allí puede encontrarse, pero os advierto que ese continente es como un grueso libro del que aún no he conseguido ni acabar el prólogo.

—Salvo Balboa, los demás ni siquiera le hemos visto las tapas.

—Eso es muy cierto.

—Sigue contando, pues...

—¿De qué queréis que os hable?

—Del principal enemigo que encontraremos al poner el pie en la orilla.

—¿El principal?

—Eso he dicho —insistió Hernán Cortés.

El Centauro de Jáquimo meditó largamente, aceptó de buen grado la pipa cargada de fuerte tabaco que Ponce de León le ofreció, tosió, se rascó las cejas como si ello le ayudara a pensar, y al fin señaló:

—El peor enemigo no está allí; lo llevaréis con vosotros.

—Explícate.

—El enemigo al que más difícil resulta combatir es el miedo a enfrentarse a ese enemigo, así como la acuciante necesidad que te asalta de regresar a la seguridad del barco, y de allí a la seguridad de un lugar conocido.

—Si hemos llegado hasta allí no será para volver con las manos vacías —protestó Pizarro.

—No estés tan seguro, querido amigo —fue la inmediata respuesta—, no estés tan seguro. Una cosa es el valor que se demuestra al emprender la marcha y otro muy distinto el que se necesita cuando se toma plena conciencia de que ya no hay vuelta atrás; es decir, en el momento de desembarcar. —El conquense agitó la cabeza y sonrió como si quisiera aclarar lo absurdo del tema—. De pronto no puedes por menos que preguntarte por qué demonios te encuentras allí, esperando que desde la espesura te lancen una nube de flechas envenenadas, y por qué demonios has hecho tantos esfuerzos si a la larga lo único que vas a conseguir es que te maten.

—Yo lo tengo muy claro... —aseguró Francisco Pizarro—. Estaré allí para no tener que cuidar puercos ni limpiar mesas en una inmunda taberna.

—Lo dices ahora. Pero te garantizo que en esos momentos llegaréis a la conclusión de que ni los puercos ni las mesas eran tan sucios, y echarás de menos las tibias mañanas en que te sentabas bajo una encina a ver pastar los gorrinos, o las tranquilas tardes en que descansabas sirviéndote un buen vaso de cariñena. Sobre todo cuando al fin tengas que internarte en una jungla tan espesa que no consigues ver qué inmenso monstruo con cuerpo de serpiente y cabeza de jaguar y qué diminuta araña ponzoñosa te están acechando detrás de cada liana o cada hoja.

—Todos somos hombres de armas... —intervino una vez más Núñez de Balboa—. O al menos intentamos serlo, y se supone que debido a ello no deberíamos tener miedo a la hora de enfrentarnos al enemigo, pero creo que empiezo a entender lo que Alonso quiere decir. El problema de Tierra Firme no está en el enemigo en sí mismo, sino en que no sabemos a qué vamos a enfrentarnos y eso hace que nuestra imaginación lo exagere... —Se volvió al de Cuenca buscando confirmación a sus palabras—: ¿Me he expresado bien?

—De un modo impropio de ti por lo extremadamente correcto —respondió el otro propinándole un cariñoso coscorrón para demostrarle el sincero afecto que le profesaba—. La gente habla con entusiasmo de un nuevo mundo, pero creo que nadie se ha percatado aún de que no se trata sólo de un mundo nuevo, sino sobre todo de un mundo diferente.

—Creo que me he perdido... —terció Francisco Pizarro—. ¿Podrías aclarárselo a un pobre analfabeto algo duro de mollera?

—¡Deja ya de hacerte el mártir! —le reconvino el Centauro—. Pero como estoy de acuerdo en que eres duro de mollera, te lo aclararé: cuando se te rompen las botas y te compras unas nuevas, simplemente te has comprado unas botas parecidas a las que tenías antes, pero nuevas. ¿Cierto?

—Cierto.

—¿Pero qué harías si vas a comprarte unas botas nuevas y lo que te dan es un sombrero?

—Ponerme el sombrero.

—Pero seguirías descalzo, y tu problema no es la cabeza sino los pies, porque tienes que hacer una larga marcha sobre un terreno pedregoso y el sombrero no te sirve de nada.

—Eso está claro.

—Pues para el caso es lo mismo: tendremos que enfrentarnos con arcabuces e incluso cañones a un enemigo invisible, y cuando digo invisible no me refiero únicamente a un salvaje capaz de ocultarse entre la espesura, sino a unos bichos tan diminutos que se te meten bajo las uñas y no descubres que se encuentran allí hasta que ya tienes la mano paralizada.

—¡No es posible!

—Lo es, te lo aseguro. Allí los ríos son infinitamente más caudalosos, las montañas más altas, las selvas más espesas, los animales más peligrosos, las aguas más sucias y el calor más agobiante... —Se encogió de hombros—. Y me estoy refiriendo únicamente a lo que de momento sabemos. ¡Del resto Dios dirá!

Para alguien que solía alimentarse de lo poco que conseguía pescar, los productos de su pequeño huerto y algunas frutas exóticas, el hecho de que le invitaran a una opípara cena en la Taberna de los Cuatro Vientos, donde su famosa dueña, Catalina Barrancas, preparaba el mejor lechón asado de la isla, constituía una tentación irresistible. Así pues, pese a que quien le había cursado la invitación no era en absoluto persona de su agrado ni de la que tuviera buenas referencias, el conquense decidió aceptar, más por hambre que por auténtica curiosidad.

A las ocho en punto se plantó ante el hombre de aire altivo, elegantemente vestido y bien recortada barba que le aguardaba acomodado en la mesa más apartada de la amplia taberna, para inquirir más como afirmación que como auténtica pregunta:

—¿Don Bartolomé de las Casas?

Y ante el mudo gesto de asentimiento, añadió—: Soy Alonso de Ojeda.

—Lo sé, y os agradezco que hayáis venido... —respondió el otro al tiempo que le indicaba que tomase asiento—. ¿Un vaso de vino? —Se lo sirvió sin aguardar respuesta y, con una sonrisa forzada, añadió—: Supongo que os estaréis preguntando por qué alguien como yo tiene interés en invitaros a cenar.

—Es natural.

—En primer lugar os diré que en parte se debe a morbosa curiosidad; soy sevillano y debía de tener diez años cuando os vi bailotear sobre un tablón en lo alto de la catedral, lo cual se me antojó lo más fabuloso que hubiera hecho nadie.

—¡Una estupidez propia de la edad!

—Más tarde os observaba atravesar el río en competencia con el joven duque de Medinaceli, y entre los muchachos del barrio se comentaba a diario cómo vencíais, uno tras otro, a cuantos os retaban. Resultaba difícil vencer la tentación de conocer personalmente al héroe de mi juventud.

El conquense no parecía escucharle, puesto que toda su atención se había concentrado en la enorme fuente de cochinillo asado que la mismísima Catalina Barrancas acababa de servirles. Su aroma parecía haber despertado de improviso no sólo sus jugos gástricos, sino muy gratos recuerdos.

—Con permiso —dijo sirviéndose una generosa ración.

—Adelante. Como os iba diciendo, aquellas hazañas, así como el relato de las que más tarde realizasteis al derrotar tan valientemente a los salvajes y capturar a su cacique, aumentó mi admiración, y no os niego que en cierto modo despertó mi deseo de conocer unas tierras que atraían como un imán a personas de tanta relevancia.

El Centauro se limitaba a escucharle mientras continuaba devorando con increíble apetito, aunque sin apartar la vista de su interlocutor, como si tratara de averiguar qué oscuros propósitos escondía tras tanta palabrería aduladora.

Nunca había sido hombre al que le agradara que le ensalzaran en exceso, por lo que probablemente en cualquier otra situación se hubiera marchado, pero aquella apetitosa y aromática fuente lo atraía con la misma fuerza que los rotundos pechos de Beatriz de Montealegre. Debido a ello continuó pegado a su asiento, masticando incansablemente y aguantando la verborrea de alguien de quien sabía a ciencia cierta que no había viajado a las Indias por amor a la aventura o por romanticismo, sino con el propósito de hacerse rico explotando a los nativos.

Amigo personal y, según se murmuraba, testaferro del mismísimo gobernador Ovando, en cuyo barco había llegado tres años atrás a la isla, socio en negocios poco claros del todopoderoso Ignacio Gamarra y tiempo atrás de Amadeo Naranjo, Bartolomé de las Casas tenía fama, merecida al parecer, de haberse convertido en uno de los mayores terratenientes y traficantes de mano de obra esclava de La Española.

Aquella noche, sentado en una amplia poltrona que solía ocupar casi a diario, la mejor de la taberna, y mordisqueando con cierta desgana una jugosa costilla de lechón tan tierna que podían incluso masticarse los huesos, se comportaba con una extraña mezcla de prepotencia y entusiasmo, porque cabría asegurar que incluso los hombres más poderosos e inaccesibles cambian al comprender que se están cumpliendo sus sueños infantiles.

El hecho de tener como invitado a su mesa al que siempre había considerado el más audaz entre los audaces constituía una especie de culminación de todos sus anhelos.

—Cuando era muchacho bajaba cada amanecer a la orilla del río y me ocultaba entre los arbustos con la esperanza de ser testigo de alguno de vuestros duelos... —continuó perorando en idéntico tono de prepotencia—. ¡Señor, Señor! ¡Qué increíble espectáculo! Uno tras otro iban cayendo como si se tratara de cañas secas a las que tronchara el viento, y ni una sola vez os advertí nervioso o agitado, pese a que algunos de vuestros oponentes eran personas de notable valor y, a mi modo de ver, harto peligrosas.

—Ninguno de ellos lo era más que este pobre lechón, se lo aseguro.

—¿Ni siquiera el capitán Gomara? Era muy bueno con la espada.

—¿Gomara? —repitió el Centauro frunciendo el ceño—. No recuerdo a ningún Gomara.

—Baltasar Gomara, al que llamaban «el Tuerto» —aclaró el sevillano.

—Jamás me enfrenté a ningún tuerto... —puntualizó su interlocutor, a todas luces molesto—. Ni tuertos, ni mancos, ni cojos, ni borrachos; nadie que no estuviera en posesión de todas sus facultades. —Hizo un gesto alzando la pata de cochino que sostenía como si pretendiera puntualizar con ella—. A estúpidos sí, pero es que ésos son tantos que resulta inevitable.

—Gomara no era tuerto... entonces —puntualizó De las Casas—. Pero lo fue a partir de aquella mañana.

—¡Es posible! —reconoció Ojeda con un leve encogimiento de hombros—. Siempre he intentado evitar causar ese tipo de daño irreparable, pero el mero hecho de cargar con una espada obliga a los menguados a creer que están protegidos, cuando en realidad esa misma espada se convierte en su peor enemigo, porque siempre existe alguien más diestro a la hora de empuñarla.

—En vuestro caso aún no ha aparecido.

—Tiempo al tiempo. Llegará un día en que ya mi brazo no sea tan fuerte ni mis piernas tan ágiles, y entonces docenas de jovenzuelos ambiciosos de gloria me estarán esperando para ajustarme las cuentas. La Naturaleza es la única, junto a la Muerte, que jamás perdona; tarda más o menos en hacer su aparición, pero al final siempre acude.

—¿Y qué pensáis hacer entonces?

—Lo único que se debe hacer en estos casos: morir con la misma dignidad con que se ha matado, y consolarse con la evidencia de que morir en un duelo tiene una gran ventaja sobre matar en un duelo: al día siguiente ya no puedes arrepentirte de haber tomado parte en él.

—¿Siempre habéis tenido que arrepentiros, pese a que me consta que hacíais cuanto estaba en vuestra mano por evitar la pendencia?

—Casi siempre; y es tanto lo que ello me pesa en el corazón que a menudo tengo la sensación de que se me ha ido bajando hasta los pies y me palpita en los talones... —Alonso de Ojeda dejó de comer por un instante, bebió un sorbo de vino, hizo una pausa, y por último señaló como si se tratara de una dolorosa confesión—: Por muy obtuso, vociferante y ofensivo que resulte el mentecato que te provoca, y por mucho que al fin consiga encenderte el ánimo hasta el extremo de que no te queda más remedio que desenvainar y sacudirle, cuando a los pocos instantes lo observas inerte, pálido, ensangrentado y tembloroso, temiendo que la vida se le escape por el punto en que le has clavado la espada, te arrepientes y te juras a ti mismo que nunca volverás a pasar por un trance tan amargo.

—Pero no tarda en hacer su aparición un nuevo mentecato...

—A veces he llegado a creer que son la única especie en la que nacen más de los que mueren, lo cual significa que siempre queda un remanente, que son los que me envían para que se mantenga el equilibrio... —Dejó el hueso de la pata de lechón, monda y chupeteada, en el plato, y alzó el rostro clavando los ojos en los de su generoso anfitrión—. Y ahora me gustaría que dejáramos de hablar de duelos y pendencias y me aclararais la verdadera razón de esta entrevista.

—De acuerdo —asintió el otro—. Concluida la cena, creo que lo mejor será que vayamos directamente al grano. Se trata de las islas de la bajamar.

Ojeda sabía perfectamente que aquélla era la forma coloquial con que la mayoría de los marinos españoles denominaban al extenso archipiélago de las Lucayas, al que pertenecía San Salvador, la primera isla a la que arribó Colón tras atravesar el océano.

Las denominaban de ese modo porque una gran parte de sus innumerables islotes tan sólo eran visibles cuando descendía la marea, y como la mayoría de los pilotos de la época eran de origen andaluz, la palabra «bajamar» fue degenerando hasta convertirse en «bajamá», razón por la cual cuando el archipiélago pasó a manos inglesas, se transformó en islas Bahamas.

El conquense recordó que su buen amigo, el iluso Juan Ponce de León, le había asegurado que justo allí debía de encontrarse la isla de Bímini, así que preguntó:

—¿Acaso andáis buscando la fuente de la eterna juventud?

—¡Dios me libre! —fue la inmediata respuesta, acompañada de una corta y despectiva carcajada—. Nada más lejos de mi ánimo que perder tiempo y dinero persiguiendo quimeras; ya el pobre Amadeo Naranjo se dejó los cuernos en tan absurda aventura, y a fe que era un hombre al que si algo le sobraba eran cuernos.

—¿Entonces...?

—Pretendo establecerme definitivamente allí porque me han asegurado que es un lugar precioso, con un clima mucho menos caluroso que el de La Española y con una tierra muy propicia para el azúcar.

—¿Y qué tengo yo que ver con todo eso? —quiso saber el Centauro, pese a que ya comenzaba a barruntárselo.

—Os nombraría comandante en jefe de la expedición.

—¿Expedición? —fingió sorprenderse—. ¿Qué clase de expedición? Si las leyes no han cambiado, la única que puede ordenar una expedición de ese tipo es la Corona, y que yo sepa jamás se ha hablado nada respecto a las islas de la bajamar.

—El gobernador aconseja que nos establezcamos cuanto antes en ellas, puesto que de lo contrario se convertirán en refugio de piratas y corsarios. Al parecer es un archipiélago intrincado y plagado de incontables islas que disponen de protegidas bahías en las que podría ocultarse toda una escuadra.

—Como cientos de otras islas en este inmenso mar que nos rodea... —El conquense hizo una pausa, dirigió a su interlocutor una larga mirada que muy bien podía ser de desprecio, y al fin señaló—: La gran diferencia estriba en que sus habitantes son gente pacífica y mal armada a la que resultará sencillo dominar, mientras que las Antillas están ocupadas por feroces caníbales que asaltan y secuestran a sus vecinos con el fin de echarlos en una cazuela. A mi modo de ver, es contra esos caribes contra los que hay que luchar y a los que tenemos la obligación de civilizar y cristianizar, no a unos pobres lucayos que nunca nos han hecho ningún daño.

—Nadie que yo conozca tiene el menor interés en establecerse en las Antillas.

—Lógico, puesto que nadie tiene interés en convertirse en almuerzo de un salvaje por mucha azúcar que se le eche.

—Con los beneficios de esta expedición estaríais en condiciones de organizar otra al Urabá —insistió De las Casas—. Tengo entendido que la Corona os ha otorgado el título de gobernador, pero eso es todo... —Hizo una pausa para añadir con marcada intención—: Yo pago en oro, y por adelantado.

—Mala cosa sería fundamentar mi futura gobernación sobre las espaldas de unas gentes que siempre nos han recibido con los brazos y, sobre todo, las piernas abiertas... ¡Muy mala cosa!

—Serían cien mil maravedíes por adelantado y un porcentaje en los beneficios.

—Me temo que no.

—Ciento cincuenta mil.

—No.

—Doscientos mil y no se hable más.

—He dicho que no, y no me irritéis, puesto que soy un hombre de limitada paciencia. —El de Cuenca se puso en pie dispuesto a marcharse—. Por ningún dinero del mundo aceptaría ir a cazar indios felices para convertirlos en infelices esclavos. —Dio media vuelta y se alejó hacia la puerta, al tiempo que alzaba la mano en un despectivo ademán de despedida y exclamaba—: ¡Gracias por la cena!

Aquella noche, en aquella mesa, el menos cerdo era el del plato, pero el otro andaba desarmado, por lo que no me dio oportunidad de trincharle tal como hubiera sido mi deseo.

Bartolomé de las Casas permaneció tan inmóvil como una estatua, entre desconcertado y ofendido, aunque tal vez le satisfizo comprobar que aquel a quien tanto había admirado en su juventud continuara siendo igualmente admirable.

A nadie se le hubiera ocurrido en aquellos momentos que un personaje tan mezquino, adulador y despreciable como él y al que los sacerdotes no dudarían en afear, incluso desde el púlpito, su cruel y vergonzoso comportamiento para con los nativos, experimentaría años más tarde una sorprendente transformación.

Al escuchar el durísimo sermón que le dedicó fray Pedro de Córdoba, Bartolomé de las Casas no dudó en reconocer en público sus muchos pecados, y tras renunciar a su ingente fortuna dedicó el resto de su vida a corregir el mal que había causado hasta el punto de convertirse en «el Apóstol de los Indios», defendiendo hasta su muerte a aquellos a quienes con anterioridad había esclavizado, denigrado y maltratado.

Pero ni aquéllos eran tiempos de milagrosas conversiones, ni Alonso de Ojeda creía en ellas.

Vinieron tiempos de penuria.

A decir verdad, los tiempos del Centauro de Jáquimo siempre fueron de penuria económica, puesto que parecía un hombre predestinado a pedir limosna a las puertas de la cueva de Alí Babá.

Con ayuda de Hernán Cortés y un par más de sus inseparables discípulos, los únicos que contaban con un trabajo estable y medianamente remunerado, había conseguido adecentar su cabaña dotándola de una amplia cama, una mesa, un viejo sillón de mimbre que solía sacar cada tarde al porche para disfrutar de las hermosas puestas de sol mientras hacían planes para un futuro que cada vez parecía más lejano, e incluso una estantería que le había regalado Catalina Barrancas el día en que decidió remozar la taberna.

De tanto en tanto la india Jineta le enviaba un saco de productos de la huerta, o era él mismo quien pedía un caballo prestado y se iba a pasar una corta temporada en Azúa, junto a su ex mujer y sus hijos.

Malabestia había muerto años atrás.

Pedro de la Cueva había vuelto a España en un nuevo

intento de conseguir financiación para la magna empresa de conquistar Urabá, pero las noticias que llegaban muy de tarde en tarde no resultaban nada esperanzadoras.

El tiempo siempre se detiene en el peor momento; a veces creo que la felicidad lo acelera obligándole a devorar los días como si fueran horas, mientras que la desgracia lo frena haciendo que las horas parezcan días.

Aquéllos eran sin duda días que parecían semanas y semanas que se alargaban tanto como los meses, y uno tras otro, desesperadamente monótonos y sin el menor aliciente, transcurrieron los tres años más anodinos de la vida de un hombre del que cabría asegurar que con anterioridad había quemado mil de esas vidas.

Ya ni siquiera lo retaban a duelo.

Los mentecatos tenían plena conciencia de que el borrachín Balboa, el taciturno Pizarro, el entusiasta Ponce de León, el influyente Cortés y una docena más de sus fieles discípulos le ajustarían las cuentas a quien se le pasara por la cabeza la idea de molestar a su maestro.

Las fuerzas vivas de la isla consideraban al grupúsculo de los Centauros una pandilla de vagos malandrines, ya que la mayor parte carecía de oficio o beneficio y prefería perder el tiempo contando sandeces o jugando a las cartas a aprovechar las infinitas posibilidades que se les ofrecían de hacer fortuna «trabajando honradamente».

Y es que ninguno de ellos había cruzado el océano con la intención de trabajar honradamente. Aunque al parecer tampoco les interesaba hacerse ricos deshonrosamente.

En su fuero interno, cada uno de ellos se consideraba un «adelantado», por más que sus enemigos los tratasen despectivamente de «atrasados».

—Para sentarse en un porche a ver ponerse el sol y hablar tonterías podían haberse quedado en Cádiz —solían decir—. Allí también se pone el sol cada tarde.

Ignacio Gamarra intentó que su buen amigo y socio, Nicolás de Ovando, los expulsara de la isla alegando que daban mal ejemplo, pero al gobernador le constaba que Ojeda seguía contando con la protección del obispo Rodríguez de Fonseca, que era quien detentaba la máxima autoridad sobre las Indias Occidentales.

—Últimamente he tomado algunas decisiones que no han sido bien vistas en Sevilla, y mi puesto no está tan seguro como me gustaría, por lo que corro el riesgo de ir a por lana y salir trasquilado —dijo—. Incluso me han llegado rumores de que pretenden que me sustituya el hijo del Almirante, don Diego, y como comprenderás en semejante situación no pienso molestar a Ojeda, que ha demostrado hasta la saciedad que no es un hombre al que se pueda atacar impunemente.

—No es más que un vulgar matachín de taberna.

—Hace meses que no se bate en duelo, apenas asoma por las tabernas y la gente continúa adorándole. Los nativos siguen asegurando que es el destinado a liberarles de la esclavitud, por lo que al enfrentarme a él me arriesgo a provocar un conflicto de incalculables proporciones. ¡Lo siento! —añadió, dando por concluida la conversación—. Ese maldito enano está ahora donde tiene que estar, y lo mejor que podemos hacer es dejarlo en paz.

—Estafó a Naranjo enviándolo a buscar una isla inexistente.

—Lo cual te vino muy bien, puesto que aprovechaste su ausencia para quedarte con algunas de sus fincas de La Vega Real. Si tanta inquina le tienes, y me consta que la tienes aunque nunca he podido entender los motivos, ocúpate de él personalmente y no me mezcles en un asunto que ni me va ni me viene.

Ignacio Gamarra era suficientemente inteligente para comprender que aquél era un camino que no conducía a ninguna parte, por lo que pocos días más tarde tanteó discretamente a un tal Bonifacio Calatayud, del que se aseguraba que tenía más crímenes sobre su conciencia que pelos en la cabeza, lo cual muy bien podía ser cierto puesto que poseía la calva más reluciente y la barba más poblada de la isla.

—¿Ojeda? —repitió el sicario, haciendo un gesto con la mano que daba a entender que no quería ni oír hablar del asunto—. ¡Ni loco! Mis hombres podrían acabar con él, eso es muy cierto; su cabaña está aislada y cuando regresa a ella en plena noche bastaría con apostarse al borde del camino con dos o tres arcabuces... ¡Pan comido!

—¿Entonces...? ¿Dónde está el problema?

—El problema no está en matarle, sino en el loco de Balboa, el cabrón de Pizarro y toda esa cuadrilla de mendrugos que le rodean y que no descansarían hasta vengarle. ¡Lo siento! Búsquese a alguien dispuesto a que lo corten en rodajas, aunque le recomiendo que se ande con pies de plomo, porque en esta maldita isla las paredes oyen.

Gamarra llegó a la conclusión de que todo su oro no bastaba para librarse de aquel a quien tanto aborrecía, e intentó consolarse con la idea de que al fin y al cabo resultaba más satisfactorio verle hundido y arruinado que saberlo muerto.

—¡Ya no es el que era! —se dijo a modo de consuelo—. Ni nunca volverá a serlo.

Abrió los ojos para descubrirlo despatarrado en su sillón de mimbre, con los pies sobre la mesa y observándole con aquella socarrona sonrisa que tan bien conocía.

—¿Cuándo demonios has llegado? —quiso saber.

—Desembarqué con el alba.

—Podías haberme avisado.

—¿Para qué? Estoy aquí y eso es lo que importa.

Se abrazaron con el afecto lógico en una amistad tan larga y tan auténtica, y se estudiaron mutuamente, como si cada uno buscara en el otro las huellas que hubiera dejado el paso del tiempo.

—¡Tres años, ya!

—Una eternidad se me ha antojado. ¿Qué nuevas traes?

—Las mejores que puedas escuchar: en el puerto te aguardan dos hermosos barcos perfectamente pertrechados y con gente honrada, valiente y decidida a seguirte hasta el fin del mundo.

—¿Dos barcos? ¿Qué clase de barcos?

—Una nao recién botada y una espaciosa carabela. Y dentro de dos semanas arribará el bachiller Martín Fernández de Enciso con otra reluciente carabela, más gente y más bastimentos.

—¿Martín Fernández de Enciso? No le conozco.

—Pero él a ti sí. Un buen día, al salir de misa me abordó para averiguar si era cierto que estaba intentando organizar la expedición que llevaría «al insigne caballero Alonso de Ojeda» a conquistar su Gobernación de Urabá, y al responder que así era, dijo sin pensárselo: «Disponed de mi persona y mi fortuna; con Ojeda al mando iría al fin del mundo.» Y a fe mía que tan sólo su fortuna supera la calidad de su persona.

—¿Pretendes hacerme creer que ha aportado el dinero para la expedición y mi suerte ha cambiado?

—Como de la noche al día, querido amigo... —Maese Juan de la Cosa se rascó sonriente la espesa barba al tiempo que repetía—: Como de la noche al día. En un arcón de mi camareta guardo la Real Cédula firmada el pasado diecisiete de junio por el mismísimo rey don Fernando y su hija, la reina Juana, por la que se te reafirma en la Gobernación de los territorios de la orilla occidental del golfo de Urabá, con dos únicas condiciones.

—¿A saber?

—Primera: que yo he de ser tu principal consejero, tu segundo en el mando, y quien te reemplace en caso necesario.

—Lo cual se daba por descontado. ¿Segunda?

—Que debes acatar la decisión de que Diego de Nicuesa sea el gobernador de la llamada provincia de Veragua, al oeste de la tuya.

—¿Diego de Nicuesa? —repitió el conquense, visiblemente molesto—. ¿*Pavo Real* Nicuesa?

—El mismo.

—¿Y qué servicios ha prestado semejante lechuguino a la Corona para que se le asigne una gobernación que en buena ley me pertenece? —quiso saber un cada vez más incómodo Centauro.

—Lo ignoro, pero como su familia es dueña de medio Baeza, quiero suponer que se las ha ingeniado a la hora de hacer correr el oro por los cauces apropiados, de tal modo que se quede en las manos que redactan las reales cédulas.

—¡Hijo de pu...! Veragua es mucho más rica que Urabá.

—¡Tranquilo, Alonso! Tranquilo; lo que importa no es lo que le han concedido a Nicuesa, sino lo que te han concedido a ti cuando ya no contabas con nada.

El Centauro necesitó tiempo para asimilar cuanto acababan de comunicarle, y por unos momentos pareció a punto de estallar en un ataque de ira, cosa que odiaba, pero al fin acabó por asentir con un leve ademán de cabeza y musitó apenas:

—Su majestad don Fernando, y su hija doña Juana, son los únicos dueños de este Nuevo Mundo, y justo es que sean ellos quienes decidan a quién se lo entregan en custodia. Si méritos hice en un tiempo, no los hice buscando una recompensa, sino porque consideré que era mi obligación. O sea que lo que tengan a bien concederme, bienvenido sea.

—¿Es éste por ventura el hogar de don Alonso de Ojeda natural de Cuenca? —fingió asombrarse el cartógrafo de Santoña—. ¿Es por ventura el auténtico Centauro de Jáquimo quien se muestra tan responsable y comprensivo, o acaso me engañan mis ojos y es un impostor quien de esa forma me habla?

—¡Menos guasa!

—¡Por Dios que me has dejado de piedra! —insistió el cántabro—. Esperaba que empezaras a echar espumarajos por la boca, jurando y perjurando que le abrirías las tripas en canal a un ridículo «adelantado de salón» que te ha jugado tan mala pasada.

—El tiempo no pasa en vano, querido amigo. Nos hacemos viejos, las esperanzas se pierden, y si de pronto te presentas permitiéndolas renacer, no es cuestión de ponerme a discutir si mis méritos son mayores o no que los de ese Pavo Real que se mueve mucho mejor entre pasillos y recámaras que entre selvas y montañas. Cierto es que le he proporcionado muchas más satisfacciones a la Corona que ese payaso, pero cierto es, de igual modo, que debo de haberle proporcionado infinitamente más problemas.

—¡Sabias palabras! —reconoció el otro sonriendo de oreja a oreja—. Has dejado tantos muertos, mancos, cojos y tuertos a tus espaldas que se podría haber organizado con ellos un lucido ejército. A mi modo de ver deberían haberte encarcelado hace años, no por tus actos violentos, sino para evitar que despoblaras el país de brazos capacitados para empuñar un arma. ¿De acuerdo entonces?

—¡De acuerdo! Te prometo que haré cuanto esté en mi mano a la hora de intentar colaborar con Nicuesa.

—No te resultará demasiado difícil porque me consta que te tiene en gran estima.

—Lo que ese pánfilo me tiene es miedo, pero no voy a ponerme a discutir por una simple cuestión de semántica...

Se interrumpió porque en ese momento apareció un desencajado Francisco Pizarro, que sin duda había llegado a todo correr porque inquirió casi sin aliento:

—¿Es cierto?

—Depende de a qué te refieras.

—A que los dos barcos que acaban de atracar son tuyos.

—Míos, lo que se dice míos, no... —replicó el conquense con una abierta sonrisa—. Pero son los que van a llevarme a Urabá.

El recién llegado se quedó como clavado en el suelo, abrió la boca para decir algo, se arrepintió, volvió a intentarlo y al fin balbuceó como si le produjera terror la respuesta:

—¿Me llevarás contigo?

—¡Naturalmente! Eres un auténtico centauro.

—¡Que Dios te bendiga!

—Falta me va a hacer... —Se volvió para señalar al cántabro—. Éste es maese Juan de la Cosa, del que tanto me has oído hablar, y que será el segundo al mando en la expedición. A ti te nombro mi lugarteniente personal, aunque únicamente en cuanto se refiere a hechos de armas. Sabes muy bien que mientras no aprendas a leer y escribir correctamente no puedes aspirar a ningún cargo de mayor rango.

—Ni lo pretendo; con ser tu lugarteniente de armas me basta y me sobra.

El Centauro se dirigió al de Santoña.

—A mi buen amigo Pizarro le puedes confiar vida y hacienda con los ojos cerrados; es honrado a carta cabal y tan terco que pese a ser extremeño merecía ser aragonés. Manejando la espada no llegaría a alférez, pero barrunto que su alma, si es que en verdad la tiene, esconde la sangre fría y la retorcida astucia de un implacable general.

—Buenos soldados son los que vamos a necesitar, que en este tipo de negocios los escribanos lo único que hacen es echar borrones... —sentenció De la Cosa—. ¿Cuántos más de tus famosos Centauros se unirán a la expedición?

—Todos aquellos que quieran... —hizo una significativa pausa— y puedan.

Y es que querer formar parte de una expedición de la Corona era una cosa, y poder hacerlo otra muy distinta.

Vasco Núñez de Balboa había contraído tantas deudas y tenía pendientes tantos juicios debido a sus incontables trifulcas cuando andaba borracho, que tenía prohibido abandonar la isla bajo pena de muerte hasta que hubiera abonado hasta el último maravedí que se le reclamaba, para lo cual necesitaría cuatro o cinco largas vidas.

Le propuso al conquense que le permitiera salir en una pequeña embarcación a alta mar, justo en la desembocadura del Ozama, donde a poco de zarpar podría recogerle, pero la respuesta de éste no dejó lugar a dudas:

—Sabes lo mucho que te aprecio, Vasco, pero no puedo iniciar la conquista de mi gobernación cometiendo un acto claramente ilegal que me haría perder la confianza que siempre ha puesto en mí la Corona. ¡Lo siento!

—¡Pero no puedo pasarme el resto de mi vida en esta maldita isla! —protestó el otro—. Acabaría por volverme loco.

—Tienes mi promesa de que en cuanto pueda te mandaré dinero para que pagues tus deudas y te reúnas con nosotros. Necesito hombres como tú. Te conozco y sé que estás llamado a hacer grandes cosas.

No quedó en absoluto satisfecho el futuro descubridor del océano Pacífico; tenía plena conciencia de que su amigo siempre cumplía sus promesas, pero también sabía que respetaba las leyes, por lo que nunca conseguiría convencerle de que las transgrediera arriesgándose a poner en peligro una expedición que le había costado tanto tiempo y esfuerzo organizar.

El problema que impedía viajar a Hernán Cortés era de índole muy diferente: un enorme absceso en la ingle le imposibilitaba dar un paso y se sospechaba que se debía a la sífilis, visto que continuaba siendo un hombre excesivamente aficionado a la compañía femenina. En aquellos tiempos se estaba sometiendo a un tratamiento indígena a base de guayacán que a la larga le dio magníficos resultados, puesto que no le quedaron rastros de tan vergonzosa enfermedad, pero lo cierto es que en su actual estado de semiinvalidez no estaba en condiciones de embarcarse en una incierta aventura por tierra de salvajes.

Los Centauros restantes, incluidos Pedro de la Cueva

y Cayetano Romero, no dudaron en unirse al grupo, y el único que no lo hizo por propia voluntad fue Juan Ponce de León, que permanecía a la espera de una cédula real que le confirmaría como adelantado con la misión de conquistar la cercana isla de Puerto Rico, de la que acabaría siendo gobernador.

Aunque lenta, increíblemente lenta, puesto que habían pasado quince años desde la llegada a la isla de San Salvador, la herrumbrosa maquinaria oficial se ponía en marcha, ya que, casi simultáneamente, la expedición de Juan de Esquivel partía para colonizar y apaciguar a los rebeldes nativos de Jamaica que tantos quebraderos de cabeza habían dado al Almirante cuando cinco años atrás naufragara en sus costas.

Una semana más tarde arribó la armada de Diego de Nicuesa, y el espectáculo de su entrada en puerto fue en verdad digno de verse, con cuatro enormes naves recién construidas y relucientes, docenas de banderas y gallardetes al viento, impresionantes cañones, cientos de hombres perfectamente uniformados, cosa nunca vista por aquellos pagos, y un recién nombrado gobernador de Veragua tan entorchado y emplumado, que hacía una vez más honor, y con creces, a su famoso sobrenombre de Pavo Real.

Lo primero que hizo fue convocar en su espaciosa y recargada camareta de adelantado a Alonso de Ojeda y Juan de la Cosa, a fin de dejar perfectamente delimitadas de antemano las futuras fronteras de ambas gobernaciones.

El conquense intentó hacerle comprender que resultaba harto difícil determinar en aquellos momentos unos límites concretos, puesto que ni siquiera disponían de mapas fiables o una clara idea de hacia dónde se dirigían, por lo que tras una casi interminable y acalorada discusión en la que se disputaban cada legua de tierra como si fuera de oro puro, llegaron a la conclusión de que la línea divisoria quedaría marcada por el cauce del río más caudaloso que desembocara en el golfo de Urabá, cualquiera que fuera la orilla en que se encontrara.

Desde allí hacia el sureste, sin que nadie pudiera por aquel entonces determinar dónde concluía dicho sureste, todas las tierras que se colonizaran quedarían bajo la jurisdicción del conquense.

Desde la orilla del río hacia el oeste, la autoridad pertenecería a Nicuesa.

—Bien mirado, no tenéis derecho a quejaros —concluyó éste en su deseo de quitarle hierro al tema—. Contáis con una infinita extensión de territorio hacia el sur.

—No diría yo tanto... —le hizo notar el de Cuenca—. Si mis informes no están errados, hacia el sur me cierran el paso altas montañas en las que resulta imposible respirar.

—¿Y eso por qué?

—Porque el único cristiano que conoce bien Tierra Firme, Juan de Buenaventura, me contó que allí arriba el aire escasea.

Tanto Juan de la Cosa como Diego de Nicuesa se quedaron observando con extrañeza, como si lo tomaran por loco, a quien había hecho tan absurda afirmación. Al final, el de Santoña no pudo por menos que inquirir estupefacto:

—¿Qué has querido decir con esa estupidez de que falta el aire? ¿Acaso hay algo o alguien que te cierre la nariz o te apriete la garganta?

—No, que yo sepa.

—¿Entonces?

—Es lo que Juan de Buenaventura asegura que le contaron los indios.

—¡Ya! —masculló el cántabro—. Pero por lo que creo recordar, ese tal Buenaventura va contando por Ronda que también se tropezó con una serpiente de cinco metros de largo y cabeza de jaguar, ¿no es cierto?

—Sí, pero...

—¡No hay peros que valgan, Alonso! Pon los pies sobre la tierra; tú y yo sabemos mejor que nadie que vamos a enfrentarnos a un mundo prodigioso y peligroso, pero tampoco conviene exagerar ni prestar oídos a las fabulaciones de quienes acostumbran a convertir dos en cuatro, cuatro en ocho, y ocho en dieciséis. Yo soy cartógrafo, no cronista, y me niego a aceptar que pueda existir un lugar en la Tierra donde falte el aire.

Maese Juan de la Cosa era sin lugar a dudas uno de los hombres más cultos y preparados de su época, pero pese a ello no se le podía exigir que estuviera al corriente de que cuando se asciende una montaña demasiado alta, lo que escasea no es el aire, sino el oxígeno. En los albores del siglo XVI no eran muchos los europeos que mostraban interés por el alpinismo.

Solucionado por medio de un consenso supuestamente amigable el problema de la demarcación de sus territorios, Ojeda y De la Cosa quedaron a la espera del bachiller Martín Fernández de Enciso y sus refuerzos, quien a los nueve días llegó puntual a la cita, cargado de armas y pertrechos.

No obstante, nada más verle, el Centauro llegó a la conclusión de que si bien era un joven encantador que rebosaba entusiasmo y buena voluntad, estaba demasiado verde para afrontar un empeño tan arriesgado como la consolidación de una gobernación en Tierra Firme.

Mucho le debía al bachiller e hice cuanto estuvo en mi mano para pagar tal deuda, pero el instinto siempre me dictó que por sus venas no corría la sangre de los auténticos Centauros. A la hora de enfrentarse a los caníbales más útil resulta un Balboa, incluso borracho, que cien Encisos.

Decidió por tanto que permaneciera en la isla, cubriendo de brea los fondos de su carabela a fin de evitar el ataque de la *broma* y con la orden expresa de zarpar un mes más tarde abastecido de carne y frutas frescas, para reforzarles de un modo más eficaz cuando ya se hubiera establecido un asentamiento fijo y una primera cabeza de playa.

Lo único que tendría que hacer era poner rumbo sur hasta divisar Tierra Firme, y costear luego proa al oeste hasta penetrar en el profundo golfo de Urabá, donde estarían esperándole los restantes barcos.

Aún tuvo tiempo Alonso de Ojeda de asistir a la vergonzante destitución del detestado gobernador Ovando, así como a la toma de posesión del hijo de un Almirante al que personalmente siempre había considerado un excelente marino aunque un pésimo administrador, por lo que rogó a la Virgen de la Antigua, de quien continuaba siendo fiel devoto, que el joven Diego Colón hubiera aprendido la lección y no cometiera los mismos errores que su progenitor.

Tanto el flamante gobernador como su esposa, la escuálida, amanerada y remilgada María de Toledo, que se ofendía cuando no la llamaban virreina, sentían al parecer una lógica curiosidad por conocer al archifamoso Centauro de Jáquimo, de quien habían oído contar maravillas tanto a don Cristóbal como a su hermano Bartolomé, por lo que a los pocos días de su llegada le invitaron a una opípara cena en el alcázar, a la que tan sólo permitieron asistir a maese Juan de la Cosa, cuya fama apenas iba a la zaga de la del conquense.

Al concluir, mientras disfrutaban de un excelente coñac, y tras una larga charla en la que doña María demostró ser mucho menos torpe de lo que cupiera pensar a primera vista, su esposo quiso saber con visible interés:

—Acláreme una cosa, don Alonso: esos tan mentados Centauros ¿constituyen una especie de secta semirreligiosa, una asociación de amigos de la espada, o una simple pandilla de chiflados que en verdad aspiran a conquistar por sí solos este Nuevo Mundo?

—Vuestro padre se molestaría si os oyera llamar Nuevo Mundo a lo que él continúa considerando una simple antesala del Cipango.

—El hecho de que sea mi padre y le admire tal como se merece por lo que ha hecho, no impide que esté en desacuerdo con él en ciertos aspectos, y éste es sin duda uno de ellos, aunque os agradecería que no se lo hicierais saber.

—Supongo que será muy difícil que vuelva a verle, y ciertamente me alegra que tengáis vuestras propias opiniones al respecto —puntualizó el conquense—. Siempre he creído que la inteligencia del Almirante libraba una dura batalla con su terquedad, que por lo que veo continúa venciendo.

—Así es, por desgracia, y a su edad dudo que cambie de parecer.

—¡Lástima! En cuanto a vuestra pregunta, os aclararé que ese término, Centauros, no es más que fruto de las habladurías del populacho. Al vernos juntos tan a menudo al principio les llamaban «los de Ojeda», pero a alguien se le debió de ocurrir que a causa de un sobrenombre del que no puedo negar que me siento en cierto modo orgulloso, los Centauros sonaba más exótico, y pronto caeréis en la cuenta de que en esta isla lo exótico prima sobre lo tradicional.

—Me di cuenta el primer día, cuando para desayunar en lugar de un vaso de leche y el acostumbrado pan con aceite y jamón, me trajeron zumo de papaya y una serie de frutas de lo más extrañas y coloristas... —intervino la «virreina»—. Y me llama poderosamente la atención esa manía que tienen de aderezar con tomate todos los platos. Nunca los había probado anteriormente, pero me encantan los tomates.

—Gran ventaja es ésa, a fe mía —terció maese Juan de la Cosa—. En esta isla, al que no le gusten el cilantro y los tomates más le vale tirarse al río.

—¡«Bueno es el cilantro, pero no tanto»! —exclamó con una sonrisa el joven gobernador—. Hay noches que me despierto repitiéndolo. Otra pregunta, Ojeda: ¿qué opináis de don Ignacio Gamarra?

—Carezco de opinión; le he visto en alguna ocasión, pero nunca he cruzado una sola palabra con él.

—Sin embargo, por lo que tengo entendido, os aborrece.

—Son tantos los que me aborrecen que me resultaría imposible aprenderme todos sus nombres, por muy buena voluntad que pusiera en ello.

—Del mismo modo que os resultaría mucho más imposible aprenderos los nombres de todos aquellos que os tienen en gran estima, ya que he podido comprobar que sois un hombre que despierta pasiones, tanto a favor como en contra.

—Cuitado aquel que tan sólo despierta indiferencia —replicó el Centauro—. Significa que su vida fue anodina y de nada le valió haber venido al mundo. Como suele decirse, a un hombre se le valora tanto por la calidad de sus amigos como de sus enemigos, pero en mi opinión ese tal Gamarra no es digno de ser tenido en cuenta, ni como amigo, ni como enemigo.

Si ciertamente las paredes oyen, o si más bien Ignacio Gamarra tenía oídos en todas partes, no es posible saberlo con exactitud, pero al parecer de algún modo tuvo conocimiento de tal frase, lo cual aumentó su injustificada inquina hacia el conquense.

De nuevo acudió a Bonifacio Calatayud, aumentando considerablemente la recompensa si acababa de una vez con quien le corroía el alma, más ahora que había pasado de la nada a la gloria, pero de nuevo recibió una rotunda negativa por parte del calvorota.

—Si arriesgado resultaba atentar contra un muerto de hambre por miedo a sus amigos, loco sería atentar contra todo un gobernador, ya que su nombramiento demuestra a las claras que también los reyes le tienen en gran estima. —Golpeó con el dedo el pecho de su interlocutor al añadir—: Y si lo que antaño me proponíais era un simple asesinato, ahora acabáis de proponerme un acto de alta traición. —Sonrió como un lobo al acecho y concluyó—: Estaréis de acuerdo conmigo que en este caso mi silencio bien vale tres mil maravedíes.

Con las primeras luces del alba del 11 de noviembre de 1508, una nao, una carabela y dos pequeños bergantines aportados a título de préstamo por el propio gobernador, y llevando a bordo poco más de trescientos hombres, zarparon del puerto de Santo Domingo con mar llana y viento alegre, de tal modo que cinco días más tarde avistaron un rosario de diminutas islas a las que el propio Alonso de Ojeda bautizó muy apropiadamente como «Islas del Rosario».

La mayoría de ellas no eran más extensas que la plaza mayor de su pueblo, pero se encontraban rodeadas por unas aguas tan limpias, cálidas y transparentes que invitaban a que los miembros de la tripulación disfrutaran de un agradable baño que, por lo demás, buena falta les hacía.

A lo lejos se distinguía ya la costa de Tierra Firme, una larga y estrecha península, abrupta y verde, por lo que al atardecer del día siguiente fondearon en una quieta ensenada que llamaron Calamar, rodeada de palmeras y manglares, y que se les antojó el mejor lugar que nadie hubiera soñado nunca para construir un puerto perfectamente protegido tanto de los ataques por mar como desde tierra adentro.

Razón tenían, puesto que el madrileño Pedro de Heredia fundaría allí mismo, veinticinco años más tarde, la inexpugnable plaza fuerte de Cartagena de Indias, a la que en un principio denominó Cartagena de Poniente con ánimo de distinguirla de la Cartagena de Levante de las costas murcianas, ya que sus bahías se le antojaron muy similares.

Como experimentado militar, el Centauro comprendió de inmediato que aquélla debía ser, sin lugar a dudas, la mejor puerta de entrada al Nuevo Mundo puesto que en su inmensa bahía podrían fondear todas las escuadras existentes, encontrándose al propio tiempo perfectamente resguardadas de los vientos que pudieran llegar desde los cuatro puntos cardinales.

El agua de un cercano riachuelo era limpia y abundante, la tierra exuberante y el cálido clima aparecía refrescado con una suave brisa de levante que transportaba embriagadores aromas de la cercana selva.

—¡Nunca encontraremos un lugar mejor que éste para establecernos! —musitó un entusiasmado Pizarro—. ¡Nunca!

El cartógrafo Juan de la Cosa contuvo su entusiasmo al determinar con exactitud gracias a sus conocimientos astronómicos que aquel idílico enclave se encontraba en el corazón de los territorios asignados a Rodrigo de Bastidas, por lo que les estaba prohibido incluso poner un pie en tierra.

No obstante, Alonso de Ojeda fue de la opinión que ningún daño hacían si se abastecían de agua, leña y algunas frutas de las que abundaban en la espesa floresta que bordeaba la prodigiosa ensenada, por lo que, desoyendo los consejos de su lugarteniente y amigo, decidió que a la mañana siguiente enviaría una primera chalupa de inspección a la playa, al mando de su lugarteniente Francisco Pizarro.

Algunos cronistas aseguran que el empeño del de Cuenca por desembarcar se debía en realidad a que Juan de Buenaventura ya le había mencionado años atrás la existencia de tan extraordinario emplazamiento, en el que al parecer había acampado durante su largo vagabundear por la zona, por lo que entraba dentro de lo posible que por sus proximidades discurriera el riachuelo en el que el rondeño había encontrado los diamantes que le habían hecho rico.

Ojeda era de la opinión que apoderarse de unos cuantos de aquellos diamantes no haría daño a nadie y bastaría tanto para reforzar el potencial de su armada como para pagar las deudas de un Vasco Núñez de Balboa al que lamentaba haber tenido que dejar varado en La Española.

—Si loco has sido desde que naciste, no cometas una nueva locura que va en contra de toda lógica —le espetó con severidad el cántabro al comprender que estaba decidido a desembarcar—. Agua, leña y fruta no ameritan arriesgar a que la Corona pierda la confianza en ti.

—En cuatro o cinco horas Pizarro y sus hombres volverán sanos y salvos y nada trascenderá fuera de las naves.

—Trascenderá porque me he comprometido a informar de todo cuanto ocurra en la expedición, y siempre cumplo mis promesas...

Aquél constituyó sin duda el segundo y desde luego mayor error de mi vida; una estúpida equivocación cuyas nefastas consecuencias me acompañarán hasta el fin de mis días.

Cayó la noche y la luna se adueñó del paisaje. Sólo quien haya pasado una noche de luna llena en Cartagena de Indias puede comprender lo que debió de significar para aquellos hombres tumbarse en cubierta a respirar una fresca brisa que olía a flores silvestres.

En las quietas aguas saltaban de tanto en tanto peces perseguidores o perseguidos, y a ratos llegaba, tenue y melodiosa, la voz de un gaviero granadino que cantaba, acompañándose con una guitarra, acomodado justo en la proa del mayor de los bergantines.

—Si en lugar de un viejo marino barbudo y casi calvo fueras una joven, dulce y cariñosa haitiana de cintura de avispa y larga melena azabache, la noche resultaría perfecta... —comentó sonriente el Centauro.

—Y si tú en lugar de un enano saltarín y malas pulgas fueras una robusta moza cántabra, con un culo como un pandero y pechos como melones, estaría de acuerdo contigo —le replicó su amigo en el mismo tono relajado—. En noches como ésta empiezo a plantearme que va siendo hora de fondear para siempre unos cansados huesos que empiezan a crujir como cuadernas desajustadas por demasiada mar de fondo.

—Admito que tu apariencia es ciertamente la de una maltrecha carraca a la que el oleaje ha zarandeado en exceso, pero quiero suponer que aún estás en condiciones de soportar un par de galernas. Así tiene que ser, porque estoy convencido de que el día en que decidas soltar anclas definitivamente, lo haremos juntos.

—Lo dudo —replicó con convicción el de Santoña—. Estoy a punto de alcanzar el medio siglo, lo cual es ciertamente demasiado para un marino en activo, mientras que tú aún no has llegado a los cuarenta, y ésa es la edad en que se comienza una tranquila carrera de orondo gobernador apoltronado.

—Depende de los enemigos que uno encuentre en su camino; como los indios que pueblan Urabá resulten ser hambrientos caribes de los que utilizan dardos y flechas envenenadas, no creo que tenga ocasión de apoltronarme. —El de Cuenca hizo una larga pausa antes de inquirir—: ¿Me permites que te haga una pregunta?

—Siempre que tú me permitas no responder si no me apetece, no veo ningún problema.

—¿Es cierto que, tal como me aseguró el otro día Hernán Cortés, actuaste como espía para la Corona en la corte de Lisboa?

—Depende de lo que consideres ser espía.

—Obtener con malas artes información secreta para favorecer al enemigo.

—En cuanto se refiere a mapas, derroteros, vientos dominantes, bajíos, fondeaderos y rutas mejores y más seguras, es decir, en todo cuanto tiene que ver con al arte de la navegación de altura, intentar obtener información a cualquier precio no se considera auténtico espionaje, dado que las leyes del mar no deben equipararse en ese sentido a las de tierra adentro.

—¿Y eso por qué?

—Porque un espía, llamémosle «normal», lo que pretende es conseguir ventaja sobre sus enemigos a fin de combatirles, mientras que el espía «marino» a lo único que aspira es a salvar vidas, bien sea la suya, o la de sus pasajeros y sus hombres. —El cántabro se volvió para mirarlo a los ojos y añadió—: No me avergüenza haber robado, mentido o sobornado con tal de conseguir averiguar en qué lugar exacto se alza una barrera de arrecifes contra la que tal vez se estrellarían nuestras naves, y te garantizo que si se volviera a presentar la ocasión volvería a hacerlo.

—Visto así parece justo.

—En el mar, todo lo que se refiera a evitar un naufragio es justo. —El cartógrafo se alzó de su asiento, estiró los brazos, echó un largo vistazo a la bahía sobre la que rielaba la luna y concluyó—: Y ahora, con tu permiso, me voy a dormir porque mañana quiero ser testigo ocular y de primera mano de todo cuanto ocurra cuando esos hombres bajen a tierra. ¡Buenas noches!

—Buenas noches.

Amanecía cuando Ojeda mandó llamar a Pizarro para darle sus últimas instrucciones:

—Evita cualquier tipo de enfrentamiento con los nativos. Apresúrate a la hora de hacer aguada y recoger leña y frutas, pero no permitas que nadie se apodere por la fuerza de lo que pertenezca a los lugareños, ya que por suerte no andamos en ese tipo de necesidades. ¿Lo has entendido?

—Perfectamente; nada de violencia.

—¡Exacto! Nada de violencia, a no ser que ellos la inicien injustificadamente, pero hay algo más, y es lo que en realidad importa en este desembarco.

El extremeño inclinó levemente la cabeza en un gesto que repetía a menudo al parecer para observarle mejor.

—¿Y es? —quiso saber.

—El fondo de los ríos —replicó el Centauro, y como el otro no pareció comprender, añadió—: ¿Te acuerdas de la historia que conté sobre un rondeño que cagaba diamantes?

—¿Juan de Buenaventura?

—¡Buena memoria! Ese mismo; es posible que fuera en esta zona donde encontró esos diamantes, o sea que permanece muy atento y si ves brillar algo en el cauce de un río me mandas aviso de inmediato.

—Entendido.

El capitán alzó el dedo en un gesto de advertencia al puntualizar:

—Y ni una palabra a nadie de esto, Francisco, te lo ruego. Si se corriera la voz que aquí, a cinco días de navegación de Santo Domingo, existen ríos que arrastran diamantes como si fueran guijarros, nadie estaría dispuesto a seguirnos a Urabá, y cabe la posibilidad de que si intentáramos obligarles a continuar viaje nos colgaran del palo mayor.

—De eso puedes estar seguro, y desde luego no les culparía; éste es un lugar fabuloso y si además se encontraran diamantes, ni te cuento.

—Pero lo triste del caso es que no nos pertenece, amigo mío —se lamentó el de Cuenca—. Tal vez nadie se establezca aquí jamás, con lo que tanta belleza y posible riqueza se desperdiciarían. Sabes, empiezo a entender a la princesa Anacaona cuando afirmaba que nuestra obsesión por proporcionarle siempre un dueño a cada cosa es lo que nos vuelve tan desgraciados. ¿Por qué razón este paraíso tiene que pertenecer a Rodrigo de Bastidas si tal vez nunca lo ha visto ni nunca lo verá?

—Pues si tú, que sabes leer y escribir, no consigues entenderlo, no creo que un besugo como yo sea el más indicado para explicarlo —repuso el que acabaría siendo virrey del Perú—. Pero de lo que sí me di cuenta hace tiempo, es de que al nacer llegamos a un mundo que ya pertenece a otros que se lo han ido repartiendo a su capricho, y no se me antoja justo. Mis hermanos, como eran hijos de una maloliente y odiosa cacatúa que había aportado una considerable dote al matrimonio, vivían en un palacio y tuvieron estudios; yo, como era hijo de una pobre cocinera que nunca tuvo nada más que su belleza y su dulzura, cuidaba cerdos... —Hizo un amplio gesto indicando el fastuoso horizonte de agua, tierra y selva que se abría ante él, y concluyó—: Al parecer aquí, y hasta que hemos llegado nosotros, todo ha sido siempre de todos, y a mi modo de ver así debería seguir siendo.

—Pues ya ves que no ocurre así, querido amigo; no ocurre así. Hemos empezado a repartirnos el pastel incluso antes de saber de qué está hecho, a qué sabe o qué tamaño tiene.

—¡Con tal que no se nos atragante! —El extremeño se encaminó decidido al sitio de la borda donde una chalupa con ocho hombres a los remos le aguardaba arboleada por la banda de estribor y saltó a ella, al tiempo que se despedía diciendo—: Seré discreto y estaré de vuelta a media tarde.

El capitán trepó al castillete de popa a observar cómo la frágil embarcación se dirigía lentamente hacia la playa al tiempo que el sol despuntaba sobre una suave colina, justo en el punto en que años más tarde se alzaría la imponente fortaleza de San Felipe desde la que se rechazarían todos los ataques de piratas y corsarios que intentaron invadir la futura ciudad.

El mundo parecía estar en perfecta armonía consigo mismo, jugando a un juego que llevaba practicándose desde miles de años atrás. Docenas de pelícanos, ibis rojos y alcatraces iniciaban la diaria tarea de alzar el vuelo para luego zambullirse de golpe en la laguna y volver a emerger con un pez en el pico.

Llovía a lo lejos, muy hacia el sur, y la negra nube que avanzaba empapando la selva a su paso sugería que se trataba de la gigantesca regadera de un aplicado jardinero que cada amanecer cumpliera con el rito de cuidar un inmenso jardín.

Los primeros rayos iluminaron las palmeras y a los hombres que se aprestaban a saltar a tierra a fin de varar la embarcación en la arena, pero apenas lo habían hecho de la espesura surgió una lluvia de largas flechas que se abatieron sobre ellos, derribando a uno.

Un alarido de agonía surcó las aguas y llegó, nítido y estremecedor, hasta quienes observaban la escena desde las naves.

—¡A las armas! ¡A las armas! —ordenó de inmediato la ronca voz de Francisco Pizarro—. ¡Cubríos!

A continuación llegó un clamor de incontables gargantas que aullaban desde la espesura, por lo que Alonso de Ojeda apenas tardó unos segundos en ordenar:

—¡Fuego los cañones! ¡Cien hombres a tierra!

Retumbaron bombardas y culebrinas, más por hacer ruido y causar espanto que con la esperanza de alcanzar a quienes permanecían ocultos entre los árboles, pero a los tres minutos todas las embarcaciones ligeras, cargadas de enardecidos hombres armados y con Ojeda y Juan de la Cosa a la cabeza, volaban más que bogaban en dirección a la playa.

Cayetano Romero, el centauro tranquilo que se ganaba la vida como ayudante de panadero a la espera de una oportunidad que le permitiera cambiar de oficio y convertirse en glorioso conquistador de nuevos territorios, había muerto alcanzado por una larga flecha, empapando de sangre la arena de un continente en el que no había conseguido dar más que cuatro pasos.

Su amargo destino había querido que pusiera el pie en la tierra de los bonda, una tribu caribe devoradora de hombres, astutos guerreros y hábiles en confeccionar toda clase de venenos.

Lo que a primera vista se les antojó un paraíso, había resultado ser un gigantesco nido de serpientes.

¡La suerte!

¡Siempre la maldita suerte!

La llegada de los refuerzos y el estampido de cañones y arcabuces provocó que la invisible horda de atacantes dejara de acosarlos, por lo que al poco los españoles pudieron agruparse en torno a un cadáver que comenzaba a hincharse y ennegrecerse a ojos vistas.

—¡Santo Cielo! —exclamó un impresionado remero de isla Cristina—. ¿Qué le está sucediendo?

—Debe de ser el efecto de una ponzoña extremadamente virulenta —respondió maese Juan de la Cosa.

—¡A mí me hirieron! —intervino otro remero que parecía aterrorizado—. ¿Significa que me han envenenado?

Pizarro observó el brazo rasguñado que el afectado le mostraba y negó con la cabeza.

—Lo tuyo no es más que la rozadura de la parte posterior de una flecha —dijo—. Por lo que se ve, el veneno debe de ser esta especie de betún negro que cubre la punta; la caña y las plumas se encuentran limpias.

—O sea que estoy vivo de milagro.

—Eso parece, hijo, eso parece, pero de ahora en adelante ándate con mucho ojo; los santos no suelen malgastar más de un milagro en cada marinero.

Alonso de Ojeda, que había tomado de manos de su lugarteniente la larga flecha de los bonda, la estudió con detenimiento y luego comentó:

—Que los carpinteros comiencen a hacer grandes escudos de madera en los que las flechas se claven pero sin llegar a atravesarlos. —Empujó despectivamente con el pie la pequeña rodela circular que había utilizado Pizarro durante la refriega y que se encontraba tirada en la arena, y añadió—: Esta mierda no nos protege lo suficiente, y el hecho de ser metálica la convierte en la peor amenaza.

—¿Y eso?

—Porque hace que las saetas reboten y se desvíen, pero por más que se partan o hayan perdido fuerza aún pueden herir ligeramente a alguien cercano, y con eso basta para que el veneno le mate.

—No sabemos luchar a espada cargando un escudo grande —intervino un alférez asturiano—. Nos hará perder movilidad y resultará muy engorroso.

—Pues tendremos que empezar a hacerlo, porque a nuevos mundos, nuevas armas. —El de Cuenca hizo una corta pausa antes de añadir—: Que yo recuerde, ningún ejército ha dispuesto a lo largo de la historia de una ponzoña tan virulenta que no sólo mata a un hombre con increíble rapidez, sino que, además, pudre su cuerpo en cuestión de minutos... —Se inclinó sobre el cadáver para estudiarlo con mayor detenimiento y al poco masculló con profunda preocupación—: Al pobre Cayetano únicamente le atravesaron el muslo, lo cual significa que en otras circunstancias al cabo de un mes andaría correteando por ahí, pero ha muerto y hay que enterrarlo antes de que se pudra del todo.

—¿Quiere decir que todo lo que nos han enseñado sobre el arte de la guerra no nos sirve de nada? —preguntó el alférez.

—Para limpiarte el culo, muchacho —fue la cruda respuesta—. Únicamente para eso, porque me temo que ésta nunca será una guerra abierta, sólo una guerra de guerrillas... —Se volvió hacia Francisco Pizarro para ordenarle secamente—: Que desembarquen más hombres, culebrinas, pólvora y víveres, y en cuanto estés listo me sigues. Voy a enseñarles a esos hijos de la gran puta quién es Alonso de Ojeda.

Maese Juan de la Cosa apoyó la mano en el pecho del extremeño como si pretendiera impedir que cumpliera la orden de su comandante y se volvió hacia el Centauro.

—No puedes hacerlo, Alonso —dijo—. Recuerda que aquí careces de jurisdicción y por tanto no puedes iniciar una guerra.

—Yo no he iniciado ninguna guerra, y lo sabes —protestó su amigo—. Desembarcamos en son de paz con intención de hacer aguada, y nos atacaron a traición, abatiendo a uno de mis mejores hombres. ¿Supones que conquistaremos un nuevo continente si a cada paso tenemos que atenernos a unas absurdas leyes sobre derechos territoriales y propiedad privada que redactó un obtuso escribano al otro lado del océano?

—Las leyes son las leyes, las haya redactado quienquiera que las haya redactado, y por muy lejos que se encuentre —le hizo notar el cántabro.

—Pues tus malditas leyes no me valen aquí, delante del cadáver de un hombre que me confió su vida —le espetó el conquense con acritud—. Tal vez mañana esté dispuesto a acatarlas, pero hoy no... ¡En marcha!

Ochenta hombres furiosos se abrieron paso a duras penas entre intrincados manglares y una espesa y fangosa jungla en la que no se distinguían ni las huellas de sus agresores, y aún no había transcurrido una hora de fatigosa marcha cuando empezaron a comprender que aquélla era una diabólica trampa natural que los ponía en clara desventaja.

Las empapadas botas se volvían más pesadas a cada paso, lianas y enredaderas se convertían en auténticas cortinas en las que las espadas apenas conseguían abrir hueco, afiladas púas les desgarraban la carne, nubes de insectos les atacaban con furia, y la pólvora comenzaba a humedecerse por culpa de la extrema humedad del bochornoso ambiente.

Y ni rastro del enemigo.

Ni un grito, ni una voz, ni tan siquiera un rumor.

Sabían que estaban allí, rodeándoles, pero se mimetizaban de tal forma con la naturaleza, que podría creerse que se encontraban a cientos de leguas de distancia.

Ojeda abría la marcha, apretados los dientes y con los músculos en tensión, ansioso por descargar su arma contra el primer salvaje que se pusiera a su alcance, pese a que lo único que acertaba a distinguir eran serpientes.

Docenas, tal vez centenares de serpientes de todas las clases, tamaños y colores.

—¡Que el Señor nos ampare! —murmuró alguien a sus espaldas.

—¡Y la Virgen María, su Santa Madre! —respondió otra voz anónima.

—¿Dónde están?

Yelmos, corazas y cotas de malla parecían haberse convertido en plomo mientras el sudor les corría por el cuerpo como sangre que hubiera decidido salir a airearse.

En ocasiones, arrancar una bota del barro en que había quedado atrapada exigía un terrible esfuerzo.

Un chaparrón les empapó como si el gigantesco jardinero hubiese paseado sobre sus cabezas su enorme regadera.

El calor aumentaba por momentos.

Una serpiente coral de medio metro de largo y brillantes anillos de infinitos colores, surgió de entre la hojarasca, mordió una mano y se perdió de vista dejando tras de sí un moribundo.

Cundió el desánimo incluso entre los más decididos, los menos fuertes comenzaron a rezagarse, y si no se quedaron definitivamente atrás fue porque Juan de la Cosa, que cerraba la marcha, les advertía:

—Esos malditos fantasmas se encuentran por todas partes y os irán cazando uno por uno. Nuestra única posibilidad de salvación está en mantenernos unidos.

Al poco, un muchacho que se había detenido a descansar se derrumbó como fulminado por un rayo, lanzó un ronco estertor mientras intentaba arrancarse el pequeño dardo que un hábil tirador de cerbatana le había clavado en el cuello, y expiró antes de que el compañero que tenía más cerca pudiera auxiliarle.

Nunca la muerte fue más invisible, ni la derrota se presentó más silenciosa. No teníamos contra quién luchar y ése es el peor enemigo que conozco.

Podría decirse que los bonda eran sombras, pero ni siquiera llegaban a serlo, como si carecieran de un cuerpo sólido que la luz se negara a atravesar. Cientos, tal vez miles de años de vivir en la selva, les habían enseñado a transformarse en auténticos camaleones, por lo que a los españoles les dolían los ojos de aguzar la vista tratando de diferenciar las gruesas raíces de una ceiba o un tronco nudoso de un brazo o una pierna humana.

Por fin, cuando empezaban a temer que la espesura se los tragaría para siempre, un sol oblicuo acudió a iluminarles, señal inequívoca de que se aproximaban a una zona donde los árboles no eran ya tan increíblemente altos.

Al poco desembocaron en una extensa llanura de hierba compacta que les alcanzaba al pecho, y allá a lo lejos, casi a una legua de distancia, distinguieron una docena de grandes cabañas.

Ojeda aguardó a que Juan de la Cosa se colocara a su altura para inquirir con un gesto de la barbilla el pequeño poblado en el que no se apreciaba el menor movimiento.

—¿Qué opinas? —quiso saber.

El cartógrafo se limitó a encogerse de hombros al tiempo que inquiría:

—¿Qué opinas tú, que eres el experto?

—Que este mundo no es mi reino, y si lo es de poco va a servirme. Entre la hierba se ocultan esas bestias, pero el verdadero problema estriba en saber cuántas son.

—Más que nosotros sin duda, y con un armamento más apropiado, dadas las circunstancias. ¿Qué piensas hacer?

—Difícil pregunta, querido amigo; dudo que se pongan al alcance de nuestras espadas, y por cada disparo de arcabuz que hagamos tendrán tiempo de lanzarnos media docena de sus malditas flechas antes de que consigamos recargar... —Palpó la hierba para abrir luego la mano, observar el agua que escurría por ella y comentar—: Si no estuviera tan empapada podríamos prenderle fuego, pero con el chaparrón que ha caído no arderá. Creo que lo mejor es buscar refugio en las cabañas y esperar a Pizarro.

Reiniciaron la marcha encaminándose directamente al poblado, pero cuando llegaron al centro de la llanura se desató una lluvia de flechas que describían una parábola desde los cuatro puntos cardinales.

Las rodelas, de apenas medio metro de diámetro, no protegían lo suficiente, por lo que casi de inmediato se oyeron aullidos de dolor mientras los hombres caían atravesados de parte a parte.

El Centauro se cargó a la espalda a un arcabucero que se había desplomado a su lado y se lanzó hacia delante al tiempo que gritaba:

—¡Corred! ¡Corred! ¡Ayudad a los heridos y corred!

Algunos ayudaron en efecto a los heridos y corrieron, otros se limitaron a correr sin prestar atención a nada más, y los más ni siquiera corrieron, optando por acurrucarse en posición fetal, cubriéndose con los menguados escudos, y rogando que ninguno de aquellos silbantes dardos emponzoñados les desgarrara la carne. Pero en cuanto se sentían heridos no podían evitar exclamar:

—¡Que Dios me asista! ¡Soy hombre muerto!

Y ciertamente eran hombres muertos. Al introducirse en el torrente sanguíneo una minúscula parte del letal curare que cubría las puntas de piedra de las saetas bonda bloqueaba de inmediato el sistema nervioso, con lo que apenas quedaba tiempo para musitar una oración de despedida.

Nada resulta más sencillo de relatar que la grandiosidad de una victoria, ni nada más difícil de describir que la confusión de una derrota, y en las afueras del pequeño villorrio de Turbaco, al sur de la actual Cartagena de Indias, las huestes españolas sufrieron su primera gran derrota en el Nuevo Mundo.

La que daría en llamarse «la Batalla Invisible» constituyó en realidad una auténtica carnicería en que las víctimas ni siquiera alcanzaron a ver el rostro de sus atacantes.

Durante todos aquellos años no fui capaz de hacerle comprender que le apreciaba más que si hubiera sido mi propio hermano; grande fue mi amor por él, pero sin duda mayor era su amor por mí, puesto que me protegió con su cuerpo y ofreció generosamente su vida a cambio de la mía.

Alonso de Ojeda se refirió en diversas ocasiones al sacrificio de maese Juan de la Cosa, quien le salvó la vida aquella aciaga mañana, pero siempre se negó a aclarar cómo ocurrieron tan trágicos acontecimientos.

Lo que sí consta en los anales de la historia es que más de setenta hombres murieron en aquella llanura, y tan sólo media docena consiguió escapar del cerco, entre ellos el más ágil, el más rápido, el más decidido, aquel al que ni las espadas, ni las balas, ni las lanzas, y al parecer tampoco la flechas envenenadas, conseguían abatir.

Cierto es que, contra toda lógica, el pequeño cuerpo del mítico Centauro de Jáquimo sobrevivió, pero cierto es, de igual modo, que su alma enfermó para siempre, ya que pasaría el resto de su vida rememorando los trágicos momentos en que tantos amigos y compañeros de armas perecieron entre atroces dolores para después ser devorados por sus invisibles atacantes.

El curare que utilizaba la mayoría de tribus de las selvas sudamericanas mataba al contacto con la sangre, pero no producía el más mínimo efecto dañino cuando la víctima era posteriormente ingerida.

Los habitantes de Turbaco lo sabían, y como lo que en verdad les importaba era la «caza» y no una aplastante y definitiva victoria militar, se despreocuparon de la media docena de «piezas» que consiguieron escapar del cerco para concentrarse en la, para ellos, más reconfortante y apetitosa tarea de recoger el sabroso fruto de sus esfuerzos, al igual que los participantes en una montería cargan con los ciervos abatidos y pronto se olvidan de los que han logrado escapar.

Habían «recolectado» lo suficiente para disfrutar de toda una semana de fiestas y banquetes a base de aquellas blancas criaturas cubiertas en parte de un extraño caparazón de un material desconocido, pero cuya carne resultaba francamente sabrosa.

Alonso de Ojeda y un joven del que únicamente se sabe que había nacido en Utrera pero cuyo nombre no ha quedado en la historia, se internaron en la jungla de regreso a la bahía en la que se encontraban fondeados los barcos, y durante tres días y tres noches vagaron sin rumbo hasta que una mañana el muchacho no volvió a levantarse.

Desorientado y solo, hambriento y desesperado, el abatido Centauro debió de desear que la Muerte que tan activa y eficaz se había mostrado con su gente acudiera en su busca, pero como mujer que es y por lo tanto caprichosa, prefirió dejar al capitán de tan desgraciada tropa para mejor momento.

Cómo consiguió arrastrarse hasta los manglares sin que los jaguares, las serpientes, las arañas o los incontables depredadores de la jungla lo abatieran constituye uno de esos sorprendentes fenómenos que contribuyen a forjar las leyendas de los héroes, pero lo cierto es que trascurrió una semana antes de que el incansable Pizarro, que se negaba a aceptar que su maestro y amigo hubiese muerto, lo encontrara inconsciente a menos de doscientos metros de la orilla de la laguna.

En la mano apretaba un escapulario de Santa María de la Antigua.

Devorada la cuarta parte de su «ejército», abatidos y amedrentados los supervivientes, la mayoría marinos y no auténticos hombres de armas, enfermo, debilitado y delirante por culpa de las fiebres su líder, y desaparecido su lugarteniente Juan de la Cosa, una de las mentes más preclaras de su tiempo, el atribulado Francisco Pizarro tomó la decisión de levar anclas y poner rumbo a Santo Domingo dando por abortada la expedición.

No obstante, al segundo día de navegación avistaron la poderosa flota de Diego de Nicuesa, quien, al percatarse del lamentable estado en que se encontraban las huestes de Ojeda, comentó:

—Cierto es que hemos mantenido disputas e incluso cierta enemistad, pero ésta es ocasión de olvidar diferencias. Al fin y al cabo, todos somos españoles y nuestra obligación es mantenernos unidos frente al enemigo común... —Hizo una corta pausa para colocar la mano derecha en el hombro del Centauro—. Capitán Ojeda, pongo a tus órdenes mi ejército, consciente de que eres el más indicado para conducirlo a la victoria frente a esas bestias infrahumanas.

—¡Te lo agradezco de todo corazón! —fue la sincera respuesta del conmovido conquense.

—No tienes por qué; es mi obligación como compatriota, como hombre de bien y como amigo de ese ser excepcional que fue Juan de la Cosa, cuya muerte no puede quedar impune. ¿Qué tenemos que hacer?

—Poner rumbo al este y desembarcar lejos de la zona

selvática, dando un rodeo para aproximarnos a ese lugar maldito por el sur. —Ojeda hizo una corta pausa y añadió—: Y sobre todo llevar caballos; muchos caballos.

—Cuento con cuantos puedas necesitar —señaló el de Baeza—. Tuyos son.

La sed de venganza venció al desánimo, y unos hombres que no habían conseguido dormir imaginando la cruel escena de sus amigos devorados por salvajes invisibles, se afanaron en la tarea de afilar unas armas que parecían ansiosas por cortar cabezas.

Navegaron lejos de la costa, hasta unas veinte leguas de la bahía del Calamar, de tan triste recuerdo, donde fondearon y lanzaron al agua todas las chalupas. Doscientos hombres tomaron la playa y establecieron una poderosa batería de cañones en prevención de un posible ataque.

Pero no encontraron rastro alguno de indígenas.

Los bonda continuaban disfrutando del abundante banquete obtenido, probablemente convencidos de que los extraños hombres blancos habían emprendido una huida tan vergonzosa como definitiva.

Ochenta caballeros y trescientos infantes armados hasta los dientes y rebosantes de justa ira iniciaron la marcha en una agotadora y silenciosa marcha, y al amanecer del tercer día divisaron los techos de las cabañas de Turbaco y la ancha pradera donde habían sido masacrados setenta de los suyos.

Entraron al galope, por sorpresa y a sangre y fuego, rodeando el poblado de tal modo que ni un solo caníbal, hombre, mujer, niño o anciano, escapó con vida de lo que constituyó una nueva carnicería, pero esta vez de signo contrario, a tal punto que al caer la tarde más de cuatrocientos cadáveres desnudos se pudrían al sol.

Entre los atacantes sólo hubo cuatro bajas humanas y tres caballos.

Los siguientes dos días se emplearon en dar cristiana sepultura a los pocos despojos que quedaban de quienes habían sido hervidos en grandes ollas de barro, y para cuando los españoles se alejaron de regreso a las naves, miles de aves carroñeras sobrevolaban la zona.

De nuevo en la playa, y tras bañarse largamente para librarse de la sangre y el olor a muerte que impregnaba sus ropas, la nutrida tropa se agrupó en torno a las hogueras a celebrar en una noche cálida y de luna llena su rotunda victoria sobre los devoradores de hombres.

Corrió el vino en abundancia, se consumieron los mejores manjares que el poderoso Diego de Nicuesa guardaba en sus bien provistas bodegas, y se cantó y bailó casi hasta el amanecer, tal vez en un intento de olvidar las cabezas conocidas que habían encontrado en el poblado indígena.

En un momento dado, Nicuesa tomó del brazo a quien ahora consideraba su amigo y aliado, para alejarse con él playa adelante e inquirir:

—¿Qué piensas hacer ahora?

—Poner rumbo a Urabá y fundar una ciudad que se llamará Santa María de la Antigua.

—La mía se llamará Nombre de Dios. —Hizo una pausa antes de añadir—: Pero en mi opinión sería conveniente que, antes de iniciar tan difícil empresa, regresaras a Santo Domingo a reponer fuerzas y recoger a Enciso.

—Si lo hiciera muchos de mis hombres desertarían —respondió el conquense—. Considerarán que lo que han presenciado no es más que una muestra de lo que les espera, y llegarán a la conclusión, y no les culpo, de que es mucho más sencillo y menos peligroso ganarse la vida cultivando caña de azúcar.

—Han demostrado que no son cobardes; lucharon como fieras.

—Lo sé, pero también sé que era la ira la que armaba sus brazos. La venganza se ha consumado, pero te garantizo, amigo mío, que esas malditas flechas emponzoñadas aterrorizan incluso a los más corajosos; una cosa es luchar cara a cara con el enemigo, y otra muy diferente esperar a que del cielo caiga una muerte invisible y silenciosa.

—Trato de imaginármelo.

—No lo conseguirás si no lo has experimentado. Y un consejo: olvídate de las armaduras y las rodelas; utiliza grandes escudos de madera y permite que tus hombres tengan libertad de movimientos. Ésa es la única forma de luchar contra esas bestias.

—Lo tendré en cuenta —dijo el de Baeza—. Me consta que de estos asuntos sabes más que nadie, y estúpido sería si no aprovechara tu experiencia.

—He llegado a la triste conclusión de que aquí no hay experiencia que valga, amigo mío, porque a cada paso nos encontramos con problemas desconocidos; lo único que podemos hacer es improvisar sobre la marcha y confiar en que el Señor tenga a bien echarnos una mano.

—Espero que te escuche.

Al amanecer embarcaron y poco después levaron anclas.

Durante dos días navegaron a la vista los unos de los otros, y al tercero se despidieron con salvas y canciones, deseándose a gritos buena suerte.

Alonso de Ojeda se desvió ligeramente hacia el sur, en busca del golfo de Urabá, y Diego de Nicuesa continuó rumbo noroeste a la búsqueda de su gobernación de Veragua hasta encontrar un enclave que se le antojó apropiado para fundar un puerto al que, efectivamente, denominó Nombre de Dios.

Sin embargo, de poco le valió ponerse bajo la protección del Altísimo, porque la mala fortuna se cebó en él, le sucedieron un sinfín de desgracias y tres años más tarde desapareció en el mar con diecisiete de sus hombres, sin que nunca se supiera a ciencia cierta cuál fue su destino.

Cuentan que muchos años después, en un perdido rincón de Cuba, se encontró un grueso árbol en que aparecía grabada una leyenda:

Aquí acabó sus días Diego de Nicuesa, noble hidalgo natural de Baeza, en quien injustamente se cebó la desgracia.

Vientos contrarios, lluvias torrenciales y una mar arbolada zarandearon durante días y noches unos navíos que a duras penas conseguían mantenerse a flote y a la vista los unos de los otros. La pertinaz galerna les persiguió incluso hasta el golfo de Urabá, donde los capitanes se apresuraron a largar anclas en la primera ensenada de la costa oeste que se les antojó suficientemente protegida como para que las furiosas olas no los lanzaran contra las rocas, dando así por concluida una aventura que más podía calificarse de desventura, dada la continua sucesión de trágicos acontecimientos.

Alonso de Ojeda se negaba a aceptar que el destino se cebara en él con tan desaforada crueldad cuando apenas un par de semanas antes, en el momento de zarpar de Santo Domingo, podía asegurarse que la esquiva suerte había decidido sonreírle por primera vez en mucho tiempo.

El trágico final de maese Juan de la Cosa, más un hermano que un amigo, le había afectado a tal punto que parecía haber envejecido diez años, tal vez porque en el fondo de su alma se sentía culpable por cuanto había acontecido.

Le constaba que había desoído los consejos de quien siempre demostró ser más sabio y prudente que él, por lo que estaba convencido de que cargaría por el resto de sus días con el peso de las muertes de setenta y tres hombres que le siguieron ciegamente porque él era el Centauro de Jáquimo, un héroe de leyenda que había demostrado hasta la saciedad que sabía esquivar todos los peligros.

Una vez más había demostrado que sabía hacerlo, pero no sabía cómo evitar que los que confiaban en él también se libraran de la muerte.

¿Adónde irían las almas de quienes habían sido devorados por otros hombres?

¿Tenían acaso que rezar a sus desaparecidos sobre los cadáveres de los bonda que se pudrían al sol en las afueras de Turbaco, dado que eran quienes habían devorado a sus compañeros de armas?

Al contemplar los cuerpos sin vida de aquellos abominables seres, mitad hombres mitad bestias, el conquense no pudo por menos que preguntarse en el interior de cuál de ellos se encontrarían los restos de aquel a quien había amado y respetado tanto.

Sus ojos de mirar profundo, sus labios de eterna sonrisa socarrona y sus largas manos, las más hábiles del planeta a la hora de pintar mapas, tal vez habían servido de cena a un niño bonda, y pese a que la cabeza de ese niño hubiera sido separada del tronco por el enfurecido mandoble de un soldado sediento de venganza, ninguna venganza compensaba cuando se evocaba el horror de tan espeluznante escena.

Cuando el dolor, la vergüenza y el remordimiento se instalan en la boca del estómago y se abrazan al corazón impidiéndole latir con normalidad, raramente se consigue librarse de ellos.

Al llegar a Urabá, Alonso de Ojeda tenía plena conciencia de que esa amarga y angustiosa sensación de insoportable peso y profundo vacío no le abandonaría jamás, por lo que escribió quizá por primera vez con mano temblorosa:

> *Quien devoró el cuerpo de Juan, devoró al propio tiempo mi alma, con la única diferencia de que su sufrimiento duró apenas unos minutos, mientras que yo tengo la impresión de que me está royendo el corazón a todas horas.*

Difícil resultaba vivir con tan insoportable carga, y más aún impartir órdenes a sabiendas de que podía estar cometiendo un error de parecidas proporciones.

El hombre sereno, el capitán sin miedo, el espadachín seguro de sí mismo, había perdido la fe en sus aptitudes, y los aullidos del viento entre las jarcias, el retumbar del diluvio sobre cubierta y el continuo golpear de las olas contra el casco no contribuían a que recuperara la presencia de ánimo.

Pizarro, el siempre hosco y retraído Pizarro, dio pruebas en esta ocasión de una sensibilidad impropia de un hombre de su agrio carácter, intentando convencer a quien tanto admiraba de que no debía echar sobre sus espaldas toda la culpa de la tragedia.

Sin embargo, a bordo eran muchos los que le acusaban de imprudencia temeraria.

Un negro manto, ¡la desgracia!, parecía haberse extendido sobre unos expedicionarios que ya empezaban a presentir, e incluso a «saber», que la caprichosa fortuna de la primera semana de apacible navegación jamás retornaría.

Razón tenían, puesto que evidentemente habían ido a parar al peor de los lugares imaginables.

¡El Darién!

Cuando las cosas van mal poco esfuerzo se necesita para que vayan a peor.

Cuando aquellos a quienes amamos han sido masacrados y el mar, la lluvia y el viento se han puesto en contra nuestra, el final de tan espinoso sendero acaba por desembocar en el más inhóspito y hostil de los lugares...

¡El Darién!

¿Era por ventura aquél el hermoso virreinato que la Corona le había concedido por sus muchos méritos, o se trataba más bien del infernal destierro al que le habían condenado por sus incontables delitos?

La cortina de agua sólo permitía distinguir una larga hilera de altos árboles que conformaban un espeso muro a medio centenar de metros de una playa fangosa y cubierta de la vegetación maloliente y putrefacta arrastrada por el mar durante siglos, mientras que en los cortos períodos en que la lluvia cesaba, un espeso vaho se alzaba de inmediato confiriendo al paisaje un aspecto ciertamente fantasmagórico.

Jirones de niebla corrían sobre las copas de unas palmeras moriche que crecían rectas y gruesas, sin la estilizada gracia curvilínea de los cocoteros antillanos, y aun tratándose como se trataba de un paisaje tropical, invitaba más al abatimiento y la melancolía que al entusiasmo lógico de quienes supuestamente se encontraban a las puertas de la gloria.

Aguardaron seis días a que el temporal amainara y aquel mohoso rincón del mundo volviera a parecerse al mar Caribe, pero era tal la depresión que comenzaba a apoderarse de los ánimos, que el Centauro decidió desembarcar aun sabiendo que aquél no era un enclave apropiado para fundar una ciudad.

De la profundidad de la foresta surgió de inmediato un enjambre de flechas que fueron a estrellarse contra los escudos de madera que Ojeda había ordenado fabricar.

Bastó con observarles la punta de piedra cubierta de

un espeso betún negruzco para saber que los peores augurios se cumplían:

¡Curare!

¡Veneno!

Por qué a lo largo de aquella maldita costa —miles de leguas desde casi la desembocadura del Amazonas—, que era el punto más al sur que habían explorado, hasta las costas de Panamá, se alternaban sin orden ni concierto tribus amistosas con tribus hostiles, feroces caníbales con muchachas apasionadas, y flechas normales con saetas emponzoñadas, era algo que ni el Centauro de Jáquimo ni ninguno de sus compañeros de penalidades alcanzaban a explicarse.

—Es como si, en España, Murcia estuviera poblada únicamente por lapones, Valencia por chinos, Barcelona por negros y Gerona otra vez por lapones. ¡Mundo de locos!

—Locos o no locos, una cosa es combatir cuerpo a cuerpo por muy superior en número que sea el enemigo, y otra enfrentarnos nuevamente al veneno —masculló Pizarro con tono pesimista—. Nos encontramos en total desventaja.

Su comandante, aquel en quien tan ciegamente había confiado siempre, tardó en responder, pues estaba concentrado en estudiar el largo dardo de caña y plumas de papagayo que sostenía en las manos. Al fin asintió una y otra vez, como para sí, y comentó:

—Tal vez no estemos en tanta desventaja como parece.

—¿A qué te refieres?

El de Cuenca raspó con su daga la punta de la flecha y le mostró la masa pegajosa y negruzca que había quedado adherida a ella.

—Que donde las dan, las toman... —señaló con una leve sonrisa—. Éste es un camino de ida y vuelta en el que nuestras ballestas son mucho más potentes que sus arcos. ¡Quieren veneno, pues les devolveremos su propio veneno en dosis elevadas! Que todos los hombres se ocupen de recoger las flechas de esos hijos de puta y recolecten esta porquería. Se la enviaremos de vuelta a casa.

La astuta táctica de utilizar las propias armas del enemigo equilibraba un tanto las fuerzas, pero no en la medida que hubiera sido necesario.

Los nativos urabaes, amén de ser infinitamente superiores en número, actuaban siempre al amparo de la espesura, sin apenas dejarse ver más que como sombras que cruzaban de improviso de un matorral a otro, o se adivinaban, más que verse, trepadas en la copa de una ceiba.

Por el contrario, los expedicionarios se veían obligados a salir a campo abierto, mejor dicho a aquella abierta playa fangosa, a fin de aproximarse a la selva y talar los árboles que habrían de conformar la empalizada de un rudimentario fuerte que bautizaron como San Sebastián de Buenavista de Urabá en memoria del mártir que, al igual que tantos de sus compañeros de armas, había caído bajo las saetas.

Ojeda opinaba que el nombre de Santa María de la Antigua debía reservarse para un enclave definitivo y más acogedor que aquel improvisado y desolado fortín perdido en el confín del mundo.

Cesaron las lluvias y le sucedieron, casi sin transición, bochornosos calores que a las pocas horas obligaban a añorar el insoportable diluvio.

—De la sartén al fuego o del fuego a la sartén... —no pudo por menos que comentar un agobiado Francisco Pizarro—. Tenías razón: éste es un mundo de excesos que al parecer no conoce los términos medios; lo mismo puede acabar contigo una serpiente de siete metros que un invisible gusano que anida bajo las uñas y te infecta hasta que tienen que amputarte el brazo. —El extremeño hizo una larga pausa y luego preguntó—: ¿Qué se nos ha perdido aquí, Alonso?

—Un sueño.

—Más bien se me antoja una maldita pesadilla.

—Ése suele ser el problema de los sueños, querido amigo; los persigues con ansia y cuando al fin crees alcanzarlos, ha pasado tanto tiempo que se han transformado en pesadillas.

—Pues ésta es de las peores, porque los hombres empiezan a estar agotados —aseguró el lugarteniente—. Y asustados.

—Acepto lo primero porque es una cuestión que atañe al cuerpo, cuya resistencia tiene unos límites que nadie es capaz de sobrepasar, pero no lo segundo, porque el miedo sólo atañe al espíritu y para éste no existe límite alguno.

—Como frase es acertada, pero como realidad tienes que admitir que no existe espíritu sin cuerpo, y cuando el cuerpo ha sido definitivamente derrotado el espíritu acaba derrumbándose de igual modo. —Pizarro lanzó un hondo suspiro y añadió con absoluta convicción—: Esta empresa nos sobrepasa con creces y lo sabes; doscientos hombres mal pertrechados y con el estómago vacío nunca conseguirán abrirse paso a través de esos hediondos pantanos.

—Pronto llegará Enciso con una carabela repleta de hombres, armas y alimentos.

—Ya debería estar aquí, por lo que no me extrañaría que esa maldita galerna lo hubiera enviado al infierno. Puede que sea hombre en verdad letrado, pero sospecho que de los asuntos del mar y sus peligros no le enseñaron mucho.

—Es animoso.

—Ser animoso en las actuales circunstancias es como

ser médico en un funeral de corpore insepulto. Como sus velas no hagan pronto su aparición, los hombres empezarán a clamar por el regreso.

—¡Dios proveerá!

—Sin ánimo de parecer blasfemo, en estos momentos preferiría que proveyera el bachiller Enciso, que está más cerca.

—Enciso sólo traerá armas y alimentos, mientras que el Señor puede traer un milagro, que es lo que en verdad necesitamos para salir con bien de este atolladero.

Pero no eran tiempos de milagros ni lugar que se prestara a ello, sino más bien todo lo contrario, ya que si mal andaban las cosas para los expedicionarios, peor se presentaron al día siguiente. Sin que nadie consiguiera explicarse cómo pudo suceder, tres marineros que estaban pescando desde una falúa muy cerca de la orilla desaparecieron como tragados por las aguas.

A media tarde les daban por ahogados, pero en cuanto oscureció comenzaron a oír aullidos de socorro y desesperadas llamadas que llegaban de la espesura.

—¡Nos están comiendo! —gritaban presas del pánico—. ¡Ayudadnos, por Dios, ayudadnos! ¡Nos están cortando a trozos y devorando! ¡Capitán! ¡Por favor, capitán!

Seguían alaridos que causaban espanto, helando la sangre.

En un primer momento el Centauro ordenó que hasta el último hombre se dispusiera para el combate, pero el prudente Pizarro le hizo comprender que adentrarse en el pantanal en plena noche sería un auténtico suicidio.

—Estarán muertos cuando lleguemos hasta ellos, si es que llegamos —dijo—. No vuelvas a caer en la trampa de Turbaco; es lo que esas bestias pretenden al dejarlos gritar de esa manera.

Aunque le costó un esfuerzo sobrehumano contener

su impulso de acudir al rescate de sus hombres, el Centauro comprendió que el extremeño tenía razón, por lo que mandó llamar a los artilleros y ordenó secamente:

—Disparad todo lo que tengamos contra la zona en que se escuchan los gritos; estoy seguro de que esos desgraciados preferirán morir por nuestras bombas que devorados en vida. Y nos llevaremos por delante a un buen montón de esos hijos de la gran puta.

Durante casi dos horas, hasta que el acero se puso casi al rojo, cañones y bombardas estuvieron escupiendo fuego y plomo sobre una selva que al fin, y pese a la humedad, comenzó a arder iluminando fantasmagóricamente la noche.

Resonaban muchísimos más gritos, pero ya no eran voces españolas suplicando auxilio, sino lamentos de caníbales urabaes heridos o moribundos, pues al parecer no esperaban que el cielo les enviase un castigo semejante.

El alba mostró una desolación extrema en un paisaje ya de por sí desolado.

Y olía a carne asada.

Durante casi toda una semana reinó la paz en el Darién.

Ambos bandos se lamían las heridas, que eran muchas y harto profundas, y si bien entre los nativos reinaba el desconcierto a la vista de la matanza que entre sus huestes había causado la artillería, entre los expedicionarios reinaba un hondo pesimismo ante la evidencia de que, aunque hubieran vencido en una cruel batalla, aquélla era una guerra a todas luces perdida de antemano.

La selva que nacía a tiro de piedra de la orilla constituía una fortaleza inexpugnable y un verde muro contra el que no ya doscientos, sino doscientos mil hombres, se habrían estrellado sin conseguir avanzar ni siquiera una legua.

Y tras esa legua al parecer se extendían tres mil leguas de igual modo impenetrables.

Y aun consiguiendo a costa de incontables muertes y sacrificios una victoria pírrica, ¿de qué serviría levantar un virreinato sobre un gigantesco pantano infestado de caimanes, arañas, mosquitos y serpientes?

Allí no había oro, perlas, diamantes, esmeraldas, palo brasil ni nada apetecible que llevarse a la boca, por lo que al final Alonso de Ojeda reunió en torno a una mesa a sus hombres de confianza y los capitanes de las naves para inquirir sin más preámbulos:

—¿Qué debemos hacer, caballeros?

Todos los presentes se observaron un tanto incómodos; por un lado agradecían que se dignara solicitar su consejo, pero tal vez hubieran preferido que les eximiera de la responsabilidad de tomar tan difícil decisión.

—Lo lógico sería retirarnos, pero nos encontramos escasos de bastimentos —señaló el capitán más experimentado tras un momento de vacilación—. Si al abandonar el golfo y adentrarnos en ese imprevisible mar Caribe nos enfrentáramos una vez más a vientos contrarios, lo que por estas latitudes parece el pan nuestro de cada día, corremos el grave riesgo de morir de hambre en alta mar.

—¿Tan escasos andamos de alimentos?

—Lo poco que queda se encuentra ya mohoso y agusanado; más parece veneno que alimento de cristianos.

—Tampoco este lugar ofrece gran cosa que comer.

—Algo de pesca se consigue cerca de las orillas, mientras que en mar abierto no capturábamos más que algún que otro tiburón que escaso apaño hace.

—¡Vive Dios que jamás imaginé que la desgracia nos pudiera perseguir con tanta saña! —masculló casi con desesperación el de Cuenca—. Empiezo a comprender las razones por las que el Señor quiso que este Nuevo Mundo permaneciera ignorado durante miles de años. Debe de ser el cajón de sastre donde fue arrojando todo lo bueno y todo lo malo que le sobró del resto de la Creación.

—Pues a fe mía que mucho debió sobrarle —ironizó Pizarro—. Especialmente árboles.

—E insectos... —apuntó uno de los capitanes—. Miles de millones de insectos de todas las clases, formas y colores, por lo que no me queda un centímetro de piel sin una llaga o una roncha. —Lanzó un malsonante reniego e inquirió—: ¿Dónde diablos puede encontrarse ese maldito Enciso?

—Retozando con las putas de Leonor Banderas o atiborrándose de cochinillo asado en la posada de Catalina Barrancas —comentó un malhumorado asturiano—. ¡Hijo de puta! Cuando me lo eche a la cara le corto los huevos.

—Dudo que se los encuentres.

—Pues le cortaré la nariz, que ésa sí que le sobra.

—Me reservo las orejas.

El Centauro pidió silencio con un gesto y señaló:

—Olvidemos por el momento al bachiller, al que ya me encargaré de pedirle explicaciones y ajustarle las cuentas en su momento. Vayamos a lo práctico. Que levanten la mano los que opinen que es mejor zarpar y arriesgarnos a lo que pueda ocurrirnos en alta mar.

Tan sólo dos de los presentes se decantaron por dicha opción, por lo que quedó aprobado por amplia mayoría que era preferible resistir hasta la llegada de los ansiados refuerzos.

Tomada la decisión, el trabajo se centró en reforzar la cabeza de playa mientras desde las naves se lanzaban toda clase de aparejos de pesca, usando muchas veces como cebo los gusanos que se habían adueñado de los pocos alimentos que quedaban en el fondo de las bodegas.

Tres días más tarde, y en su afán por revisarlo todo personalmente, Alonso de Ojeda cometió la imprudencia de aproximarse demasiado a una espesura de la que surgió de inmediato una flecha que le atravesó limpiamente la pantorrilla izquierda.

Cojeó como buenamente pudo hasta el fortín y ordenó al cirujano:

—Pon un hierro al rojo vivo y cauterízame la herida por dentro.

—¿Por dentro? —se horrorizó el pobre hombre que no daba crédito a lo que oía—. ¿Es que te has vuelto loco?

—Loco estaría si permitiera que el veneno hiciera su efecto.

—¡Pero es que me propones una salvajada!

—Por si no te habías dado cuenta, te aclararé que estamos en tierra de salvajes. Y date prisa porque se trata de mi vida.

Medio centenar de hombres se arremolinaron a observar, con los pelos de punta, cómo su capitán tomaba asiento en un taburete, extendía la pierna para apoyar el pie sobre un tocón de madera, y permitía que un hierro al rojo vivo le atravesara de parte a parte la pantorrilla sin mover un músculo o emitir el más leve lamento.

Aquélla fue la primera ocasión, tras incontables duelos y batallas, en que se pudo comprobar que efectivamente Alonso de Ojeda tenía sangre en las venas. Pero también que debía tratarse de una sangre muy especial, puesto que a media tarde ya andaba de aquí para allá impartiendo órdenes apoyado en una improvisada muleta.

De un brutal incidente que sin duda habría marcado la vida de muchos, sólo dejó constancia a través de una breve anotación:

Aquel día a punto estuve de quedarme cojo.

Ni una sola mención al dolor o la posibilidad de haber muerto por obra de un curare que no debió de tener tiempo ni ocasión de entrar en contacto con la sangre, o si lo hizo fue en una cantidad ínfima.

No obstante, la increíble frialdad y la apabullante presencia de ánimo con que se había enfrentado a unos difíciles acontecimientos en los que estaba en juego su propia vida, tuvieron la virtud de levantar el más que decaído estado de ánimo de una hambrienta y sufrida tropa. Los hombres parecieron pensar que con semejante comandante cualquier proeza resultaba posible.

—Si a mí me quemasen la pierna de parte a parte, los gritos se oirían en Jamaica —comentó un asombrado timonel que no conseguía apartar de la mente el momento en que el fuego comenzó a abrasar la carne—. ¡Ese jodido viejo tiene un par de cojones!

El «viejo» acababa de cumplir cuarenta y un años, aunque cabría asegurar que había vivido un centenar.

Pese a la inyección de moral que representó la historia de la pierna atravesada por una saeta, envenenada o no, el hambre comenzó muy pronto a hacer estragos, cuando la mayor parte de los peces de la ensenada fue a parar a la cazuela y el ritmo de capturas disminuía a ojos vistas.

Los cocineros se las ingeniaban para hacer sopa con almejas, cangrejos y cuanto bicho viviente se ponía al alcance de sus manos, incluidas aletas de tiburones, pero a casi dos centenares de bocas jóvenes no les bastaba con tan magro condumio.

Los escasos días en que amainaba el viento en un golfo donde en aquella época del año el viento parecía el único dueño de la zona, media docena de chalupas salía a pescar a poco más de una milla de la costa, con lo que a su regreso, a la caída de la tarde hasta el último hombre bajaba a la orilla con la esperanza de que aparecieran repletas de capturas.

Una chalupa con cuatro hombres a bordo tuvo la mala suerte de romper el palo de la vela y la corriente la arrastró aguas afuera, sin que las restantes embarcaciones lo advirtieran a tiempo y pudieran acudir en su auxilio.

El lento goteo de vidas humanas comenzaba a hacerse insoportable y fueron muchos los que cayeron víctimas de las fiebres. Ese lugar siempre se ha considerado uno de los más insalubres del planeta.

El Centauro comenzaba a plantearse seriamente la posibilidad de abandonarlo todo y hacerse a la mar aun a riesgo de no conseguir llegar a parte alguna, cuando una tarde, con el sol ya casi en la línea del horizonte, un vigía aulló desde la cofa del palo mayor de la nao capitana:

—¡Barco a la vista!

Se encontraba efectivamente a la vista, pero tan lejos que casi podía confundirse con un ave que volara a ras del agua.

Cayó la noche antes de que la esperanza se convirtiera en realidad.

Tal como suele suceder en los peores momentos, la naturaleza se alió con la desgracia: a la densa neblina que cada atardecer cubría la selva circundante se le antojó avanzar sobre las aguas, impidiendo la visión a más de media milla de distancia.

—¡Que se enciendan hogueras! —ordenó el Centauro—. Que arda todo lo que pueda arder, que las campanas no cesen de repicar y que dispare un cañón cada quince minutos.

Nadie consiguió pegar ojo durante aquella interminable y esperanzada noche, no sólo debido al estruendo, sino al hecho de que desde el «gobernador» al último grumete permanecían atentos a una señal que demostrara que la nave avistada no había pasado de largo.

Pero no obtuvieron ninguna respuesta a sus señales, como si en lugar de una auténtica nave se tratara de un buque fantasma.

—¡Maldito bachiller hijo de puta! ¿Será capaz de haber llegado hasta aquí y volver a marcharse?

—Recemos.

Curiosa estampa fue aquélla: más de un centenar de rudos soldados y marinos arrodillados en torno a una hoguera y en mitad de una sucia playa, elevando al cielo una plegaria para que el cabeza hueca de Fernández de Enciso consiguiera encontrarles.

El amanecer llegó con tanta lentitud que más que un amanecer parecía una burla, y aún tuvieron que aguardar ansiosos largo rato a que los jirones de niebla se fueran disipando y, por fin, un tímido rayo de sol se dignara iluminar a una nave que se mantenía al pairo a menos de media milla de la costa.

Cientos de voces lanzaron casi al unísono un grito de alegría.

No obstante, fueron enmudeciendo a medida que a lo largo del palo mayor del desvencijado bergantín se iba alzando lentamente una bandera negra.

—¡Que el Señor nos ayude! —exclamó Francisco Pizarro—. Ésa no es la carabela del bachiller Enciso.

—¡Es un barco pirata!

—¡No es posible!

—¿A qué viene entonces esa bandera?

—Nunca se ha visto un barco pirata en el Caribe.

—Pues ya estás viendo el primero.

—Probablemente es inglés.

—No es inglés... —se apresuró a señalar el capitán de la nao capitana—. Yo conozco ese barco; estuvimos arboleados a él toda una semana; es el *Tremebundo*, un bergantín que ya únicamente se utiliza en cabotaje.

—¿Y qué hace una bergantín de cabotaje dominicano ondeando bandera pirata en el golfo de Urabá?

—¿Y a mí qué me cuentas? ¡Ve a preguntárselo!

—¡Iré yo! —dijo Alonso de Ojeda.

—No me parece una buena idea... —intervino Pizarro, preocupado—. ¿Qué haré si te capturan?

—Lo mismo que harías si capturaran a cualquier otro: intentar liberarle. —Le puso la mano en el antebrazo para tranquilizarlo y añadió—: Pero no te preocupes; quienesquiera que sean esos aspirantes a piratas, no creo que tengan el menor interés en secuestrar a un supuesto «gobernador» muerto de hambre... —Hizo un gesto con la mano a un grupo de remeros y les ordenó con tono tajante—: Botad al agua una falúa y veamos qué diablos pretenden esos garduños.

Minutos después, la frágil embarcación se aproximaba a la borda del vetusto y hediondo navío, que, armado únicamente con un cañón y tres pequeñas bombardas, poco aspecto de tremebundo barco pirata ofrecía.

Les recibieron una treintena de mugrientos y andrajosos perdularios que más parecían asustados mendigos que feroces salteadores de buques, al mando de un bizco de un solo ojo, quien bizqueó aún más al descubrir que quien ponía el pie sobre cubierta era nada más y nada menos que el celebérrimo «gobernador» Alonso de Ojeda.

—¡Bienvenido a bordo, capitán! —dijo ensayando una especie de cortés reverencia—. Me alegra volver a veros y comprobar que, pese a los rumores que corren por La Española, seguís con vida, aunque por lo que veo al fin alguien ha conseguido heriros.

El de Cuenca fijó la vista en aquella especie de desecho humano salido de alguna oscura y hedionda cloaca, asintió con la cabeza admitiendo que le reconocía y al final inquirió:

—¿Serviste a mis órdenes, no es cierto?

—En Guadalupe y Jáquimo, capitán. Y a mucha honra.

—¿Cómo te llamas?

—Bernardino de Talavera, capitán.

—Sí, es cierto; el bizco Talavera, que se cubrió de gloria en Jáquimo y si mal no recuerdo se quedó a vivir allí.

—Lo observó de arriba abajo con gesto de disgusto por su deplorable aspecto—. ¿Y cómo es que siendo tan buen soldado como me consta que fuiste, y habiéndosete concedido por meritos de guerra una hermosa finca en La Vega Real, has acabado por estos pagos y metido en el innoble oficio de pirata?

—Porque más que piratas somos salteadores de caminos, capitán. Acabamos tan bajo porque el negocio de la caña de azúcar nos fue mal, aunque admito que no por culpa del azúcar, sino de la caña.

—¿Qué pretendes decir con eso?

—Que un malhadado día que no teníamos nada mejor que hacer, aquí mis amigos y yo descubrimos que al destilar la melaza que queda de fabricar azúcar se produce un licor fuerte como un rayo. En un principio quema la garganta y provoca llamas en el estómago; un auténtico «matadiablos», pero tan delicioso que, cuando te acostumbras a él, el mejor vino te sabe a agua sucia. —Se encogió de hombros con gesto fatalista y concluyó—: Y ésa fue nuestra perdición.

—¿O sea que os habéis convertido en una pandilla de borrachos?

—Lo de borracho suena más bien a vino peleón y tabernario... —replicó el otro con sorna—. Digamos que a nosotros lo que nos va es el alcohol limpio y en estado casi puro, o sea que en realidad nos hemos convertido en alcohólicos.

—¡Extraña y absurda definición, a fe mía! —masculló el Centauro—. Y por más que intentes convencerme, no me cabe en la cabeza que por culpa de una bebida hombres de bien acaben como piratas.

—Es que en La Española no teníamos ya donde ocultarnos, y como sabíamos que nos aguardaba la horca porque el joven Colón no se lo piensa a la hora de colgar a la gente, decidimos apoderarnos de esta vieja bañera y poner tierra, o mejor dicho agua, por medio.

—O sea que además sois fugitivos del cadalso.

—¡Exactamente!

—¿Y a qué viene entonces la payasada de la bandera?

—Cuestión de prestigio, capitán —replicó el otro, y soltó una corta y descarada carcajada—. No hubiera quedado nada elegante izar una bandera con una horca en el centro. No es de recibo.

Alguien se había apresurado a traer abundante vino, jamón, chorizo y galletas, de modo que tanto los improvisados piratas como los expedicionarios se acomodaron sobre cubierta para desayunar amigablemente, sin interrumpir por ello tan desconcertante conversación:

—¿Y cómo es que habéis venido a parar a tan apartado lugar del mundo? —quiso saber el de Cuenca cuando su hambre comenzaba a mitigarse—. ¿No hubiera sido más lógico emprender viaje de vuelta a España?

—Este trasto no llega a España ni en sueños, entre otras cosas porque no tenemos mucha idea de cómo manejarlo —respondió el bizco—. Y además pronto llegamos a la conclusión de que el verdadero negocio estaba aquí, en Urabá.

—¿Negocio? —se sorprendió su interlocutor—. ¿A qué clase de negocio te refieres?

El otro se limitó a sonreír guiñando un ojo al tiempo que señalaba el jamón y los chorizos.

—A éste —dijo—. Nos apoderamos del barco cuando sabíamos que iba cargado hasta los topes de vituallas de Santo Domingo a las plantaciones de azúcar de Xaraguá; y sabíamos también que aquí en Urabá doscientos hombres aguardan desde hace ocho meses la llegada de una carabela que continúa atracada en el río Ozama.

—¿La de Enciso?

—La misma.

—¿Y sabes por qué no ha zarpado aún?

—Se rumorea que Ignacio Gamarra, un redomado cabrón al que conozco bien, y que por cierto es el dueño de toda la mercancía que llevamos a bordo, le ha impedido hacerse a la mar alegando no sé qué tipo de pleitos que al parecer se pueden prolongar varios meses.

—¡No es posible! —se espantó el conquense—. ¿Qué tiene que ver Ignacio Gamarra en todo esto? ¿Hasta cuándo va a continuar persiguiéndome ese maldito hijo de puta? ¿Qué daño le he hecho?

—Lo ignoro, capitán, pero grave debe de ser a su modo de ver, cuando consiente que cientos de desgraciados compatriotas que nada tienen que ver con la ofensa carguen con las culpas.

—Pues juro sobre la tumba de mi madre que no tengo ni la menor idea de qué o cuándo pude hacerle algo que tanto enojo le causara.

—A la vista de ello, mi consejo es que le atraveséis el corazón de una estocada en cuanto lo veáis, o acabará siendo vuestra ruina si es que no lo ha sido ya.

—Jamás he atacado a un hombre desarmado.

—¡Y así os va, o sea que es hora de que empecéis a cambiar de táctica! —El descarado malandrín bebió un largo trago de una mugrienta bota, se secó los labios y tras mostrar sus carcomidos y amarillentos dientes en lo que pretendía ser una amistosa sonrisa, inquirió—: ¿Hablamos de negocios?

—¿Qué clase de negocios?

—Vino y víveres suficientes para aguantar dos meses sin problemas... —Hizo una significativa pausa para añadir con marcada intención—: Y seis barriles de la mejor pólvora.

—¿Y qué quieres a cambio?

—¿Qué puede ofrecerme? —replicó el aprendiz de pirata—. Admito moneda de curso legal, oro, diamantes, perlas, esmeraldas, pimienta, clavo, canela y palo brasil.

—Algo de eso tenemos, aunque no en exceso.

—De poco o nada os sirve en la actual situación, mientras que lo que se oculta ahí abajo hará bailar de alegría a su gente durante toda una noche... —Hizo un gesto a dos de sus hombres, que se apresuraron a quitar una lona dejando al descubierto una amplia bodega, en efecto, rebosante de sacos y de los más sabrosos manjares.

—¡Dios bendito! —no pudo por menos que exclamar uno de los remeros que no había cesado de trasegar vino y jamón—. Es el espectáculo más hermoso que he contemplado nunca.

—¡Estoy de acuerdo! —coincidió el de Cuenca—. O sea que apresuraos a regresar a tierra y pedidle a la gente que aporte cuanto tenga... —Alzó el dedo en un autoritario gesto—: Y que Pizarro les advierta claramente que aquel a quien descubra con algo de valor encima, aunque se trate de una medalla recuerdo de su madre, será ahorcado de inmediato. ¿Está claro?

—Como el agua, capitán; no hay medalla, aunque sea recuerdo de una madre, que en estos momentos pueda compararse a un buen chorizo.

—¡Aprisa entonces!

En cuanto la falúa se hubo alejado, bebió largamente de la bota que le ofrecía el bizco.

—Y ahora cuéntame cómo van las cosas en la isla —pidió luego.

—¿Cómo quiere que vayan? Las minas de oro se agotaron, los indios escasean, por lo que cada vez se importan más esclavos africanos, y la corrupción se ha adueñado de todo. No obstante, debo admitir que el joven Colón es menos avaro y bastante mejor gobernador que sus antecesores, excepto por esa absurda manía que le ha entrado de colgar a la gente.

—Colgar a los salteadores de caminos no es una manía; es la ley.

—Injusta a todas luces, porque lo único que hacíamos era arrebatarle a gente como Gamarra una mínima parte de lo que habían arrebatado a los indios y los negros, a los que explotan de forma inhumana. ¡Los incontables «Gamarras» de la isla sí que merecen la horca!

—Mentiría si dijera que estoy en desacuerdo, pero que no trascienda de esta cubierta.

—¡Me consta! Y jamás saldrá de mis labios que el más bravo capitán de las Indias prefiere un salteador a un corrupto.

—¿Puedes darme noticias de mi familia?

—Tal vez sí, pues mi buen amigo Facundo tiene dos hijos con una prima de vuestra esposa que también vive en Azúa... —Alzó la voz hacia un hombretón que se afanaba en afilar una y otra vez una larga espada—. ¡Facundo! ¿Sabes algo de la mujer de don Alonso?

—Que la última vez que la vi la tripa le llegaba a los dientes —fue la brutal y desconsiderada respuesta.

—Buena noticia, sin duda —admitió con una leve sonrisa el de Cuenca—. Isabel tan sólo se siente verdaderamente feliz cuando espera un hijo. ¿Tienes idea de quién puede ser el padre?

—Hasta ahí no llego, capitán; nunca he sentido curiosidad por saber quién se acuesta con quién —señaló el hombretón—. Lo que sí puedo decirle es que sus hijos correteaban por el pueblo como cabras salvajes.

—Con eso me basta.

—¿Acaso no sentís celos de que vuestra esposa espere un hijo del que, visto el tiempo que lleváis embarcado, no podéis ser el padre? —se sorprendió Bernardino de Talavera.

—¿Por qué habría de sentirlos? —replicó en el mismo tono de sorpresa el aludido—. Isabel sigue siendo la madre de mis hijos y mi mejor amiga, y cuando entre una mujer y un sueño, un hombre elige el sueño, la mujer tiene derecho a elegir entre ese hombre y otro hombre... u otro sueño.

—Pues si yo tuviera una mujer como Isabel y me pusiera los cuernos, le sacaba las tripas... —Meditó unos instantes y añadió—: Pero tal vez se deba a que soy bizco.

—Tal vez. Y ahora cuéntame cosas de España.

—Lo más sonado es que la reina Juana está como un auténtico cencerro. La han encerrado definitivamente en Tordesillas, donde aseguran que ni se baña, ni se peina ni se cambia de ropa, y no para de llorar noche y día clamando por su difunto esposo, que por lo visto debía de tener una verga del tamaño, la consistencia y la resistencia del palo de mesana.

—Más respeto, Bernardino, que sigue siendo tu reina.

—Se supone que los piratas no debemos respetar nada, y menos a una reina que olvidó sus deberes para con sus súbditos por perder la chaveta abriéndose de piernas bajo un jodido garañón que, encima, era alemán.

—Aunque así sea, nadie puede juzgar hasta qué extremos puede llegar el amor, aparte de que tú tienes de pirata lo que yo de fraile. ¿A cuántos barcos has asaltado en este tiempo?

—¿Con semejante trasto que de tremebundo no tiene más que el nombre? —repuso el bizco—. ¡Oh, vamos, capitán! Aún no hemos hecho la prueba, pero estoy convencido de que si disparásemos ese maldito cañón nos voltearíamos hasta quedar con la quilla al aire.

—¿Y qué futuro tenéis como piratas si no podéis atacar a nadie?

—Como piratas ninguno, pero venderemos nuestra

mercancía, compraremos semillas y maquinaria y nos estableceremos en cualquier isla perdida de la bajamar, a plantar caña y fabricar ese bendito «matadiablos», porque estoy seguro de que si conseguimos comercializarlo nos haremos ricos.

—Eras un buen soldado y a poco que te hubieras esforzado hubieras hecho carrera en el ejército. Todavía no entiendo cómo has podido acabar en esto.

—Tal vez porque nunca supe leer ni escribir.

—Tampoco sabía Pizarro y ya es mi lugarteniente.

—¡Hermoso ejemplo, vive Dios! Me juego el gaznate a que en estos momentos me besaría el culo por uno de esos jamones.

—Pizarro nunca le besaría el culo a nadie.

—¡Es posible! Pero a fe que prefiero estar aquí, rodeado de jamones, que allí enfrente rodeado de salvajes... —Alzó la mano llamando la atención de otro de sus hombres—. ¡Paniagua! Trae el «matadiablos» para que aquí don Alonso pueda hacerse una idea sobre sus cualidades.

El aludido desapareció en la camareta para regresar al poco con un barrilito que parecía cuidar como si contuviera oro derretido, así como un pequeño cazo que Bernardino de Talavera llenó hasta la mitad de un líquido ligeramente amarillento. Se lo entregó al Centauro como si se tratase de la mismísima ambrosía de los dioses del Olimpo.

—¡Pruebe, capitán!

Éste dudó, un poco impresionado por el ceremonial, o tal vez por el riesgo que pudiese suponer la ingesta de un desconocido licor que, al parecer, traía tan nefastas consecuencias, pero al fin se decidió. Bebió a pequeños sorbos hasta que de pronto lanzó un sonoro resoplido como para refrescarse la boca.

—¡La madre que lo parió! —exclamó—. ¡Abrasa!

—¡Aguardad un momento! ¿Verdad que ahora os invade una sensación de bienestar como no habíais experimentado nunca?

—Lo que me invade es la sensación de que me ha hecho un agujero en el estómago.

—Eso es sólo el principio; luego viene la gloria.

Debo admitir que aquel maldito brebaje no mataba diablos: lo que en verdad hacía era despertarlos.

Como a los hombres de Bernardino de Talavera sólo les interesaba el abrasador «matadiablos», que acabaría por llamarse ron y durante los siglos siguientes causaría estragos entre la población nativa del Caribe, e incluso entre la marinería de medio mundo, se mostraron como implacables bandidos o verdaderos piratas a la hora de negociar el precio de cada saco de harina, cada jamón, cada ristra de chorizos o cada barril de pólvora.

—Entienda, capitán, que lo que está en juego son nuestras vidas... —alegaba a modo de disculpa el bizco—. Tengo treinta y dos bocas que comen a diario, y con lo que obtengamos aquí deberemos comprar todo lo necesario para mantenernos aislados en cualquier lugar remoto durante sabe Dios cuánto tiempo.

—Yo podría hablar con don Diego Colón para que os indultara a cambio del favor que le hacéis a la Corona por haber venido a salvar a sus expedicionarios.

—Continuáis siendo el mismo iluso que conocí en Guadalupe, capitán —replicó el de Talavera mientras se acomodaba en un enorme sillón que había colocado junto a la escalerilla por la que se iban desembarcando unas mercancías que examinaba personalmente—. La Corona cobra deudas pero nunca devuelve favores, dado que se presupone que es tan poderosa que no necesita favor alguno. —Guiñó una vez más su ojo sano al añadir—: Aparte de que el joven Colón alegaría, y razón no le faltaría, que poco mérito tiene acudir en vuestra ayuda con un barco y unos bastimentos que no nos pertenecen. En verdad que lamento el expolio, pero consolaos con la idea de que ni el oro ni las perlas alimentan el cuerpo, y tampoco al espíritu en las actuales circunstancias.

—En eso estoy de acuerdo, y poca importancia le doy a tales objetos, pero me amarga y entristece ver cómo estos valientes soldados y marinos que me siguieron con los ojos cerrados, confiando en que a mi lado harían fortuna, se tienen que desprender de lo poco que hasta ahora han conseguido a cambio de algo que tendrán que comerse.

—No os llaméis a engaño, don Alonso —fue la hábil respuesta—. Lo que obtienen a cambio es, al igual que nosotros, esperanza de vida. ¡Ojalá todos pudiéramos comprar un par de meses de ella cuando la vieja de la guadaña nos viene pisando los talones!

—En eso llevas razón.

—Sin duda. Como decía mi abuelo, «nada hay más inútil que el recato en una puta y el oro en una tumba».
—Hizo un gesto hacia los sacos que se estaban descargando en una falúa—. Si con esa harina vuestra gente resiste hasta que llegue el bachiller Enciso, ocasión tendrán de conseguir nuevas riquezas, aunque no se me antoja éste el lugar más apropiado para ello.

—No lo es, en efecto. Si el Señor tuvo intención de crear una sucursal del infierno aquí en la Tierra, el Darién fue sin duda el punto elegido. Pero debemos esperar aquí o de lo contrario Enciso no sabría dónde encontrarnos; este Nuevo Mundo es un gigantesco laberinto.

—¿Y si el bachiller nunca llega?

—Llegará.

—Vuestra fe me conmueve, como siempre, pero con

Gamarra por medio puede que zarpe demasiado tarde...
—El aprendiz de pirata hizo una larga pausa, tentó su bota
con avidez en un larguísimo trago y luego añadió—: Si
admitís un consejo de alguien que siempre os ha apreciado, regresad a Santo Domingo, ajustadle las cuentas a ese
hijo de mala madre de Gamarra y volved aquí con vuestras provisiones, o lo perderéis todo.

—No puedo llevarme uno de los barcos dejando San
Sebastián más desguarnecido de lo que ya se encuentra.

—Os ofrezco el mío... —El bizco sonrió de oreja a
oreja—. ¡Y gratis! Para nosotros será un gran honor desembarcar al Centauro de Jáquimo en cualquier playa de
La Española. Al fin y al cabo, todos os debemos algo, ya
que de no habernos sabido conducir a la victoria en aquella sangrienta y gloriosa batalla la mayor parte de cuantos
nos encontramos aquí estaríamos muertos.

—Te lo agradezco de todo corazón —replicó Ojeda
con sinceridad—. Pero como comprenderás, no debo
abandonar mi puesto en tan difíciles momentos. Soy el
gobernador, y por lo tanto el último que abandonará este
lugar cuando haya puesto a salvo a todos mis hombres. Sin
embargo... te quedaría eternamente agradecido si te llevaras a Pizarro; él sabría solucionar el problema y traerse a
Enciso de regreso.

—¿Pizarro? —se escandalizó su interlocutor—. ¡La
mula de Francisco Pizarro! Ese maldito extremeño es un
inútil. ¿Cómo pretendéis que un porquerizo analfabeto se
enfrente al hombre más astuto, ladino, corrupto, corruptor y poderoso a este lado del océano? Me hacéis reír, don
Alonso, por más que sea un asunto muy serio. Además,
no me arriesgaré a aproximarme a unas costas en las que
me espera la horca. Ni por Pizarro ni por nadie; sólo por
vos en persona.

—Pero...

—No admito peros ni «fiaos», don Alonso. Mañana al mediodía, en cuanto acabemos de descargar, levaré anclas y a buen seguro que jamás volveréis a ver el poco pelo que me queda. —Abrió ambas manos con las palmas hacia arriba como si pretendiera demostrar que no había nada en ellas—. Ésta es mi última oferta y vuestra última oportunidad.

Esa noche, con los estómagos llenos por primera vez en mucho tiempo, el Centauro convocó a sus hombres de confianza en el comedor del fortín para exponerles la situación con la misma claridad con que el bizco se la había expuesto a él.

—Al parecer, la culpa de que la carabela de Enciso no haya llegado es mía, aunque una vez más confieso que ignoro los motivos. Y lo que no puedo saber es por cuánto tiempo conseguirá retenerla Ignacio Gamarra.

—Conociéndole, años... —señaló uno de los capitanes—. Tiene comprada a la gente del puerto para que hagan la vista gorda sobre los sacos de azúcar que manda a España. Así se evita pagar el quinto de los impuestos.

—Pero alguien habrá que anteponga la vida de doscientos compatriotas a las maquinaciones de semejante babosa.

—Si no ha aparecido en estos ocho meses, dudo que aparezca.

El de Cuenca reflexionó, observó los rostros que aguardaban a que él, como comandante en jefe, tomara una decisión, y por fin, con lo que sin duda constituía un supremo esfuerzo, comentó:

—En ese caso propongo que, como ahora tenemos bastimentos para aguantar la travesía hasta La Española, demos por concluida esta aventura.

—¿Hablas en serio? —se horrorizó Pizarro.

—Muy en serio.

—¿Y tirar por la borda tantos meses de esfuerzo y sufrimiento dejando en el olvido el sacrificio de casi un centenar de valientes compañeros de armas, entre ellos maese Juan de la Cosa?

—Lo primero es la seguridad de nuestros hombres.

—Esos hombres nunca buscaron seguridad sino un futuro, Alonso. No estoy dispuesto a regresar a servir mesas y limpiar vómitos en una taberna, e imagino que la mayoría de ellos tampoco están dispuestos a volver a vagabundear por las calles de Santo Domingo.

—¿Quién está de acuerdo con Pizarro?

Todos menos uno alzaron la mano, por lo que el conquense se limitó a encogerse de hombros y aceptar la decisión.

—En ese caso resistiremos a la espera de Enciso.

—¡No estoy de acuerdo!

—¡Carajo, Francisco! ¿Es que no puedes estar nunca de acuerdo con nada ni con nadie?

—Estoy de acuerdo con el bizco —fue la seca respuesta del futuro conquistador del Perú—. Tú sigues siendo el Centauro de Jáquimo, un hombre admirado y respetado, que por si fuera poco detenta el título de gobernador, aunque sea de este lugar maldito por los dioses.

—¿Y qué?

—Que eres el único al que don Diego escuchará, porque le consta que el rey te aprecia, aunque no tanto como doña Isabel. Si le adviertes que estás dispuesto a enviarle una carta a don Fernando exponiéndole tus quejas sobre la retención del barco y señalando que están en juego la vida de doscientos de sus súbditos, dudo que se arriesgue a seguir haciéndole el juego a Gamarra.

—En eso también yo estoy de acuerdo... —puntualizó uno de los capitanes.

—¡Y yo!

—Es la única salida que nos queda.

—Pero es la única que no puedo tomar... —replicó Alonso de Ojeda—. ¡Seré el último en marcharme, si es que alguna vez me marcho!

—¿Por una simple cuestión de maldito orgullo de comandante en jefe? —aventuró Pizarro.

—¡Contén la lengua o no respondo!

—Si ahora contengo la lengua nunca más volveré a hablar sin sentir vergüenza de mí mismo —replicó con su acritud habitual el extremeño—. Muchos de los que estamos aquí somos capaces de defender esta plaza hasta que tengamos que comernos las botas, si es necesario, pero ninguno puede ir a encararse a don Diego Colón o a Gamarra. Un comandante en jefe debe demostrarlo acudiendo allí donde más se le necesita, no donde él quiere estar porque su honor se lo exige.

—Eres la última persona de quien esperaba que me dijera algo así.

—¡Te equivocas! Soy la única que puede decírtelo por lo mucho que te aprecio y respeto. Si ya no confías en mí, nombra a otro lugarteniente al mando de la plaza, pero vete.

Alonso de Ojeda se puso en pie, recorrió la estancia cojeando ligeramente, puesto que aún le molestaba la pierna herida, giró por tres veces en torno a la mesa seguido por las miradas de todos, emitió un sonoro bufido que más parecía un lamento, alzó los ojos al cielo como si le estuviera pidiendo cuentas por las innumerables desgracias que había arrojado sobre su cabeza, y por último regresó a su sitio para reconocer con voz ronca:

—¡No sé qué hacer! Siempre confié en que la Virgen me indicaría el camino a seguir, pero empiezo a creer que nunca se decidió a atravesar ese maldito océano.

Uno de sus más amados discípulos, Hernán Cortes, tuvo años después una sangrienta e inolvidable «noche triste», pero aquélla constituyó probablemente una más de las incontables, aunque en este caso incruentas, «noches tristes» de Alonso de Ojeda.

Tendido en un duro camastro, sufriendo los continuos latidos de su pierna herida, acosado por cientos de mosquitos y oyendo los graznidos de aves de mal agüero en la cercana jungla, permanecía inmóvil, con los ojos clavados en la paja del techo, buscando una solución a unos problemas que se presentaban a todas luces irresolubles.

Tenía razón el insistente cuidador de cerdos: lo que estaba en juego era su orgullo de soldado que jamás había dado la espalda al enemigo, por lo que el difícil dilema que ahora se le presentaba podía resumirse en el absurdo contrasentido de que su mayor cobardía se concretaba en la necesidad de demostrar a todos su valor quedándose en el frente de batalla, cuando lo que en realidad debería hacer era marcharse.

¿Podía un comandante en jefe defender mejor a sus hombres con su ausencia que con su presencia?

¿A tal punto llegaba su incompetencia?

En el fondo sabía que no era una cuestión de incompetencia, puesto que cuanto estaba sucediendo debía atribuirse a una sucesión de desgraciados acontecimientos fuera de cualquier control.

No obstante, así como por lo general el ser humano trata de justificar sus actos negándose a admitir sus más evidentes errores, en determinadas circunstancias tan lógica actitud cambia de signo, con lo que se siente predispuesto a cargar con culpas que no le son atribuibles en una especie de ejercicio de masoquismo que con frecuencia conduce al desequilibrio e incluso la desesperación.

Cuando se llega a extremos en que la inteligencia no consigue asimilar unos hechos que se le antojan disparatados, esa inteligencia busca respuestas que no existen y acaba por achacar lo que está sucediendo a pasados errores que en realidad nada tienen que ver con el momento.

Es como si considerara que se están pagando viejas facturas pendientes.

Y por desgracia siempre, en algún momento de la vida y en algún lugar olvidado, queda una de esas viejas facturas impagadas.

Aquella noche en el Darién, a orillas del golfo de Urabá, sintiéndose acechado por cientos de ojos que parecían ver en la oscuridad y que estaban aguardando el momento de clavarle de nuevo una saeta emponzoñada, Alonso de Ojeda pasó lentamente revista a sus recuerdos tratando de averiguar quién, de cuantos murieron a sus manos o sufrieron en propia carne la crudeza del filo de su espada, le había lanzado tiempo atrás una maldición de la que no conseguía librarse por más que lo intentara.

Mis errores son sólo míos y acepto pagar por ellos, pero me horroriza comprobar que son cientos los inocentes que han sufrido, sufren y aún sufrirán las consecuencias de mis actos.

Volver atrás, enfundar una espada que jamás debió abandonar su vaina, reparar el dolor causado y permitir que vivieran todos aquellos a los que había arrebatado lo más valioso, permitir de igual modo que los hijos que habrían de tener nacieran y engendraran a su vez nuevos hijos, renunciar desde el primer momento a aquella diabólica habilidad de la que tanto se había enorgullecido estúpidamente, ser otro, o más bien haber sido otro, constituía en aquella triste noche su mayor deseo.

Pero, al igual que la mayoría de los deseos, jamás llegaría a cumplirse.

Nunca se había considerado un sanguinario, pero probablemente su mano había derramado más sangre que ninguna otra.

Nunca se había considerado cruel, pero había causado demasiado dolor a demasiada gente.

Y ahora estaba pagando las consecuencias.

En realidad hacía mucho tiempo que las estaba pagando. Demasiado.

Aguardó con impaciencia un amanecer que le permitiría dejar de ser un hombre atribulado por la magnitud de sus desgracias y el peso de su conciencia para pasar a convertirse de nuevo en comandante en jefe en activo, preocupado por la seguridad de su tropa. La primera claridad del día le encontró ya en pie sobre la torre que protegía el fortín por su flanco oeste.

Era como la proa de un barco que se adentrara en tierra con el botalón de cinco metros de altura y a sesenta de los primeros árboles, con dos cañones en ángulo casi recto, cargados y listos para disparar barriendo de metralla un frente de media legua de anchura.

—¡Buenos días, Guanche! —saludó al centinela.

—¡Buenos días, capitán!

—¿Alguna novedad?

—Ninguna digna de mención; ha sido una guardia tranquila acompañada con un abundante desayuno a base de jamón y huevos que buena falta me estaba haciendo. El pescado me salía ya por las orejas.

—Pero por lo que tengo entendido, en La Palma soléis comer mucho pescado.

—Una cosa es comer mucho pescado, y otra muy diferente comer sólo pescado, cristiano... —fue la rápida respuesta no exenta del leve tono socarrón tan propio de los palmeros—. De seguir así hubiéramos acabado peinando escamas, pero ahora los hombres están contentos.

—¿Contentos? —El Centauro hizo un amplio ademán para abarcar la densa masa de vegetación que les rodeaba—. ¿Cómo pueden estar contentos en una selva como ésta y rodeados por cientos de caníbales, sólo por haber comido por primera vez en meses algo decente? ¿Es que se han vuelto locos?

El isleño se encogió de hombros y replicó:

—Cuando se apuntaron a esta aventura sabían que venían a la selva. Y también sabían que probablemente se enfrentarían a esos putos caníbales, lo cual quiere decir que era algo asumido y aceptado de antemano. Pero no contaban con el hambre canina que han estado pasando, o sea que si se soluciona ese problema las aguas vuelven a su cauce.

—¡No puedo creerlo!

—¿Y a qué vienen esas dudas tan tontas, cristiano? —inquirió el centinela en el mismo tono cadencioso y casi burlón.

—A que tenía la impresión de que esos hombres se encontraban al borde de la rebelión, e incluso temía que cualquier noche los más desesperados se apoderaran de un navío con el fin de desertar y regresar a Santo Domingo.

—No le diría yo que no estuviera a punto de ocurrir,

pero no por falta de disciplina o cobardía, sino porque el hambre es el peor oficial que existe, manda más que nadie y no se atiene a razones; si a la hora en que no hay desayuno en el plato aún no pasa de simple alférez, cuando llega la noche y tampoco hay cena en ese mismo plato se ha convertido en general al que nadie le discute las órdenes.

—¿Quieres decir que ahora ya no es quien manda?

—Ahora quien vuelve a mandar es don Alonso de Ojeda —sentenció con una leve sonrisa el Guanche—. Allá en mi isla existe un dicho: «Dame pan para hoy y esperanza para mañana que yo pondré el resto.» Nos ha proporcionado el pan para hoy y ahora sólo le falta ofrecernos la esperanza para mañana.

—¿Y cuál crees tú que podría ser esa esperanza?

—¿Realmente quiere mi opinión?

—Te la estoy pidiendo. Y además la necesito.

El palmero observó a su capitán como tratando de convencerse de que en verdad su opinión le interesaba, dudó unos instantes y por último se decidió a hablar:

—El océano.

Ahora fue Ojeda el que no pudo por menos que observarle un tanto perplejo, para agitar la cabeza negativamente como si temiera no haber oído bien.

—¿El océano? —repitió—. ¿A qué océano te refieres?

El Guanche indicó con un ademán de la barbilla la monótona extensión de floresta que se extendía ante él.

—Al que comienza ahí, al otro lado de esas selvas.

—¿Y qué te hace suponer que al otro lado de esas selvas existe un océano? —quiso saber un desconcertado conquense.

—Las nubes.

—¿Las nubes?

—Eso he dicho.

—¿Acaso las nubes dicen de dónde vienen?

— 377 —

—A un agricultor de La Palma, sí. Y yo provengo de una vieja familia de agricultores palmeros.

—¡Explícate!

—Amanezco casi cada mañana en este puesto de vigilancia, capitán, y puedo ver las forma y la dirección de las nubes antes de que los cambios de viento de la virazón, la neblina que asciende de las copas de los árboles, o este violento sol de todos los demonios las altere —explicó, y esbozó una leve sonrisa al inquirir con la socarronería de siempre—: ¿Me sigue, cristiano?

—Te sigo, cristiano.

—Pues me he dado cuenta de que cuando el viento llega del este empuja nubes dispersas; nubes que han nacido tierra adentro a base de «chupar» agua aquí y allá, de la humedad circundante, y luego deja caer esa agua en violentos chaparrones de corta intensidad. ¿No se había dado cuenta?

—Sin duda, ese tipo de chaparrones abundan.

—Siempre con viento del este —insistió el palmero—. Cuando el viento llega, muy raramente, del norte, es decir del Caribe, las nubes suelen ser más compactas, pese a lo cual empiezan a separarse y perder intensidad a medida que se van adentrando en el golfo, sin que la mayoría de las veces dejen caer a media mañana más que cuatro gotas que refrescan el ambiente, lo cual es muy de agradecer cuando el calor aprieta.

—Ahora que lo mencionas, admito que también me había dado cuenta, aunque nunca le he dado mayor importancia.

—Lógico, porque usted es un hombre de armas que no necesita estar pendiente de lo que diga el cielo.

—Eso es muy cierto; tan sólo alzo los ojos al cielo a la hora de rezar.

—Para un agricultor palmero alzar los ojos al cielo es una forma de rezar, y añadiré que cuando el viento llega desde el oeste trae consigo un frente de nubes tan oscuro, denso y amenazante, como el que trae a La Palma ese mismo viento después de atravesar todo el Atlántico.

—Empiezo a entender lo que pretendes decir: es necesario que exista una inmensa superficie de agua para que se genere una masa de vapor tan poderosa ya que es en esos casos cuando tenemos que aguantar días y días de una lluvia que parece no acabar nunca.

—¡Ni más ni menos! Lo sufrimos durante casi dos meses al llegar, lo hemos vuelto a sufrir en tres o cuatro ocasiones, y sospecho que cuando se cumpla el año de haber llegado aquí, ese diluvio nos volverá a anegar porque se trata de fenómenos cíclicos.

—Suena razonable... —admitió Alonso de Ojeda—. El ritmo de las lluvias suele estar en consonancia con el ritmo de las estaciones... —Se rascó la barba pensativo, contemplando la lejanía como si pretendiera descubrir qué existía más allá de aquella inmensa llanura verde—. O sea que, según tú, ahí enfrente se abre un nuevo océano.

—Pondría la mano en el fuego.

—¿Y a qué distancia puede encontrarse?

—A no menos de cincuenta leguas ni más de cien, pero de la distancia no estoy tan seguro como del hecho de que existe.

—Si tuvieras razón, y la lógica de tu razonamiento se me antoja aceptable, sin duda le estaríamos proporcionando a nuestra gente una esperanza para mañana, vaya que sí. —Hizo una pausa y añadió—: En cuanto lleguen los refuerzos de Enciso nos abriremos paso hasta ese océano, por lo que seremos dueños de la llave de la puerta que conduce a la China y el Cipango.

—Pero ¿cuándo llegará Enciso?

—Ése es ya otro cantar.

—Se rumorea que piensa ir a buscarlo.

—Mi puesto está aquí.

El palmero inclinó apenas la cabeza como para ver mejor a su jefe, y con el tono de voz tranquilo y socarrón que solía emplear, puntualizó:

—Con todos los respetos, capitán, creo que se equivoca. Es *mi* puesto el que está aquí, vigilando a esas bestias, que es lo que me han enseñado a hacer y creo que hasta ahora he hecho bastante bien. —Señaló con un amplio ademán de la mano cuanto le rodeaba y agregó—: Alonso de Ojeda a la hora de defender estos muros sólo sería una ballesta más, y ni siquiera la más certera, que ese mérito queda para el alférez Nuño Medina. Sin embargo, ni Nuño Medina ni yo podríamos conseguir que la nave de Enciso zarpara por fin de Santo Domingo. —Con afecto y respeto le colocó la mano en el antebrazo y concluyó—: ¡Hágale caso a Pizarro, cristiano! Vuelva a la isla y tráigase a Enciso agarrado de una oreja si es preciso.

El *Tremebundo*, con unas bodegas en precario que sus ineptos piratas de andar por casa no habían tenido la precaución de lastrar convenientemente una vez desembarcada la mayor parte de su carga, se comportaba como una cáscara de nuez. Comenzó a bailotear locamente en cuanto abandonó la protección del golfo y se aventuró, mal pilotado y desvalido, por la inmensidad del mar de los Caribes.

Su supuesto capitán, capitán de bandoleros de Tierra Firme que no de auténticos marinos, se dio a la angustiosa tarea de vomitar hasta el primer trago de «matadiablos» que había ingerido en su vida, mientras la mayoría de su tripulación no le iba a la zaga en tal empeño, acompañados a su vez por un desencajado Alonso de Ojeda que clamaba al cielo por la mala ocurrencia que había tenido de hacer caso a su gente.

¡Santa María de la Antigua, líbrame de este tormento!

A ratos, más de los aconsejables para la seguridad de la nave, el timón permanecía abandonado mientras el encargado de sostenerlo se inclinaba por la borda con la generosa predisposición de alimentar a los peces con lo poco que aún le quedaba en el estómago, y milagro fue en verdad que en semejantes circunstancias la inestable embarcación no decidiera dar un último salto para quedar al fin con la quilla al aire.

Un viejo bergantín sin lastre en manos de una cuadrilla de salteadores de caminos, juguete de cambiantes vientos en mitad de una mar arbolada, constituía una presa tan cómoda, que tal vez por eso mismo el caprichoso Neptuno decidió no arrastrarlo al abismo de sus profundidades, optando con juguetear con él como un niño con su pato de goma en una bañera.

Tremebundo fue el viaje a buen seguro.

A la deriva, con la vela mayor y la mesana rasgadas de arriba abajo y las descontroladas botavaras saltando de babor a estribor según su antojo, cada minuto amenazaba con ser el último y cada nueva ola la encargada de engullir definitivamente el desvencijado navío.

Cientos, tal vez miles de ellos habían zozobrado con muchos menos méritos en su haber, pero el *Tremebundo* parecía empecinado en desafiar todas las normas de navegación manteniéndose a flote por el simple placer de llevar la contraria.

Al igual que la Muerte se complace a menudo y contra todo pronóstico en indultar a un desahuciado, prolongando su agonía sin razón aparente en el mismo momento que siega la vida a una alegre muchacha, el cruel mar antillano que pasaría más tarde a la historia por haber devorado cientos de galeones cargados de riquezas, despreció olímpicamente a un barco pirata al que tres auténticos grumetes armados con tirachinas hubieran conseguido capturar sin el menor esfuerzo.

La tercera noche amainó el viento, el mar se serenó hasta el punto de que no se percibía la más leve ondulación, y tal como suele suceder cuando un velero carece de fuerza que le empuje, se transformó en un objeto flotante que pasó a ser propiedad de las corrientes.

Y en el mar de los Caribes la reina de las corrientes llegaba desde el Atlántico cruzando entre las islas de las Antillas, y tras correr a todo lo largo de las costas de Puerto Rico y Santo Domingo se encaminaba directamente al estrecho que separa Cuba de la península del Yucatán.

Tiempo más tarde sería bautizada como corriente del Golfo.

El *Tremebundo* cayó en sus brazos.

Sin remisión posible y sin el menor interés en rebelarse.

Mansamente, incluso podría llegar a asegurarse que amorosamente, la firme corriente empujó al supuesto barco pirata, que ya ni bandera negra lucía, hasta depositarlo sobre un blando banco de arena a menos de media milla de una ancha playa de aguas cristalinas y altísimas palmeras.

Como si la larga travesía le hubiera agotado, el bergantín lanzó un hondo lamento al tiempo que se le aplastaban las cuadernas del fondo y el mar venía a ocupar el vacío que había quedado en sus bodegas.

El bizco, que llevaba dos días sin vomitar, se limitó a echar una ojeada al paisaje, observó cómo el agua iba subiendo hasta alcanzar la cubierta y se limitó a comentar:

—Aquí acaba nuestra carrera de piratas. Botes al agua y a remar.

—¿Pero dónde estamos? —quiso saber el fornido Facundo.

—¡Ni puta idea!

—¡Pues sí que estamos buenos!

—¡Con tal que no nos tengan preparada una horca...!

Desembarcaron las armas, los víveres y el agua que les quedaba, y como caía la noche decidieron aguardar la llegada del nuevo día sin encender fuego y turnándose las guardias a la espera de que en cualquier momento una lluvia de flechas emponzoñadas surgiera de la espesura.

Pero no ocurrió nada.

Ni durante la noche ni en el transcurso de la mañana, como si aquél fuera un lugar deshabitado.

Llegado el momento de emprender la marcha se planteó una pregunta básica. Sólo existían dos direcciones por las que se veían obligados a encaminarse: sureste o noroeste.

Como no se ponían de acuerdo, decidieron que aquélla era una decisión de tal importancia que no resultaba conveniente que, si las cosas se presentaban mal, en un momento dado una parte pudiera echarle la culpa a la otra por haber escogido el rumbo equivocado, lo cual no dejaba más opción que echarlo a suertes.

—Cara hacia el sureste; cruz hacia el noroeste.

Un macizo doblón de oro giró varias veces en el aire y salió cara.

Emprendieron la marcha atentos a la presencia de salvajes, sin apresurarse y concientes de que las prisas no les conducirían más que a llegar antes a un destino que no se presentaba en absoluto halagüeño.

El único que no tenía nada que temer y al que urgía llegar a ese destino, Alonso de Ojeda, no podía acelerar el paso porque aún cojeaba.

La selva era densa, aunque no tanto como en Tierra Firme, y pese a que se vieron obligados a vadear ríos, lagunas y pantanos, no hicieron su aparición las temidas anacondas ni las incontables serpientes ponzoñosas de todo tipo con que se habían visto obligados a lidiar en tiempos no muy lejanos.

Se trataba de una marcha monótona y harto pesada bajo un calor insoportable, en la que su principal enemigo fue pronto el hambre.

Y las fiebres.

Y la fatiga.

Y los propios compañeros que no cesaban de disputar culpándose mutuamente por encontrarse perdidos.

Tres hombres se perdieron.

O tal vez decidieron elegir su propio camino.

Otro murió de disentería.

Al cabo de dos semanas llegaron de nuevo a la orilla del mar y al día siguiente distinguieron en la distancia un numeroso grupo de cabañas. Ocultos entre la maleza, estudiaron detenidamente a sus moradores y a los ocupantes de media docena de canoas que pescaban a poca distancia de la costa.

Niños y mujeres se bañaban en la orilla.

Tras un largo rato de cuidadosa observación, el Centauro comentó:

—Son araucos.

—¿Estás seguro? —inquirió un desconfiado Bernardino de Talavera.

—¡Fíjate en sus pantorrillas! Son normales, mientras que a los niños caribes se las deforman desde que nacen.

—Confío en que no te equivoques, porque no me apetece acabar mis días en una cazuela. ¡Vamos allá y que sea lo que Dios quiera!

En efecto, se trataba de pacíficos araucos que les recibieron amistosamente, y que en su idioma, del que ya Ojeda entendía bastantes palabras, les dieron a entender que por aquellos andurriales merodeaba desde tiempo atrás un hombre tan blanco como ellos, pero muchísimo más grande y más barbudo, que solía visitarles con cierta frecuencia.

Lo mandaron buscar y se presentó a los tres días, y era desde luego un gigante. Le sacaba la cabeza al mismísimo Facundo, y su espesísima barba de un negro rabioso le llegaba al pecho.

Su presencia, con una enorme rodela de bronce colgando del brazo, una pesada espada que dos hombres normales no alcanzarían a levantar, y una larga lanza con la que parecía capaz de atravesar a un toro a treinta metros de distancia, imponía tanto respeto como debió imponer en su día el terrorífico Goliat a los ejércitos israelitas.

—¡Bueeenos días, capitán! —saludó nada más llegar, con una afable sonrisa que mostraba una fila de dientes tan blancos y amenazadores como los de un caballo—. ¿Seee acuerda de mí?

—¡Naturalmente Diego! —fue la respuesta del conquense—. De ti nadie se olvida... —Se volvió a sus compañeros de viaje y explicó—: Éste es Diego de Ordaz, el hombre más fuerte que conozco, y uno de los más valientes. Él asegura que nació en Tierra de Campos, allá en Zamora, pero yo siempre he creído que más bien debió de nacer en Tierra de Rocas.

—¡Sieeempre tan amable, capitán!

Su ligera tartamudez invitaba a la burla, pero nadie osaría sonreír ante un auténtico Sansón cuyas manos parecían capaces de aplastar un cráneo humano como si fuera una nuez.

—Me sorprende verte por aquí —comentó el conquense mientras le hacía un afectuoso gesto para que tomara asiento—. Tenía entendido que te habías enrolado en la expedición con la que Diego Velázquez pretendía conquistar Cuba.

—Yyy me enrolé. —La montaña humana hizo una pausa como si necesitara tomar aliento tras cada frase, y una vez se hubo acomodado junto Ojeda se sintió con ánimos para aclarar—: Eeesto es Cuba.

—¿Cuba? —repitió alarmado Ojeda—. ¡No me jodas!

—¡Nooo le jodo! Es Cuba.

El Centauro de Jáquimo y los pintorescos tripulantes del *Tremebundo* intercambiaron una mirada de perplejidad y casi que de horror.

—¡Cuba! —repitió estúpidamente el bizco Talavera—. Con tanta puta isla perdida como hay en este jodido mar de los Caribes, hemos venido a parar a una en la que nos pueden ahorcar. ¡También es mala pata!

—¿Quéee habéis hecho?

—Saltear caminos, aunque nunca matamos a nadie; luego robamos un barco, que resultó ser del cerdo de Ignacio Gamarra, con intención de dedicarnos a la piratería, pero lo único que hemos tenido de piratas es la bandera.

—Yooo represento la autoridad a este lado de la isla y no os ahorcaré —sentenció el zamorano—. Yyy menos por haberle robado un barco al cerdo de Gamarra.

—¿Seguro...?

—Nooo me gusta ahorcar a nadie. Prefiero cortarles la cabeza de un solo tajo, que duele menos; pero tampoco lo haré si prometéis enmendaros.

—¿Y qué otro remedio nos queda? —exclamó el llamado Paniagua haciendo un significativo gesto en derredor—: Aquí no existen caminos que asaltar, ni barcos que robar. Pero tengo la impresión de que ésta es una buena tierra para plantar caña de azúcar y conseguir un matadiablos de excelente calidad.

—Meee encanta el matadiablos —se apresuró a puntualizar el gigante—. ¡Joooder, cómo me gusta!

Durante cierta etapa de su vida el matadiablos fue el único enemigo capaz de derribar cuan largo era al hercúleo Diego de Ordaz, pero las cosas cambiaron el día en

que Hernán Cortés le aceptó como uno de sus lugarte-
nientes con la única condición de que no volviera a beber,
promesa que el forzudo cumplió a rajatabla.

No obstante, durante la conquista de México se le
ocurrió, pese a no estar borracho, la peregrina idea de trepar hasta la cima del volcán Popocatepelt, «La montaña
que humea» para los nativos, con el único fin, según él, de
«contemplar el paisaje desde allá arriba».

Como con sus cinco mil cuatrocientos metros el Popocatepelt era sin duda la cumbre más alta del mundo conocido por los europeos de su tiempo, el hecho de que
fuera capaz de llegar a la cima y regresar como quien ha
dado un simple paseo por el campo, le granjeó la admiración tanto de los españoles como de los indígenas, que a
partir de ese momento lo vieron como una especie de ente
sobrehumano y casi mitológico.

Su única queja fue que «en la cumbre escaseaba el aire
y olía mal», por lo que en reconocimiento a su casi increíble hazaña, Carlos V ordenó que a partir de aquel día en
su escudo de armas figurara un volcán humeante.

Herido de cierta gravedad durante la Noche Triste,
pero reconocido oficialmente como uno de los principa-
les artífices de la conquista de México, el emperador le
encargó años más tarde que organizara una expedición en
busca del mítico Eldorado, lo que le permitió explorar la
totalidad de la cuenca del Orinoco, bautizar el macizo de
las Guayanas y descubrir el río Caroní, a cuyas orillas se
alza la ciudad que hoy en día lleva su nombre.

Algunos historiadores aseguran que con el tiempo, y
a base de mucho masticar pimienta picante, sobre todo el
temible tabasco mexicano, consiguió controlar su lengua
y vencer su tartamudez, pero lo cierto es que en el otoño
de 1510 no era más que una especie de oso solitario que
vagabundeaba a su aire por el sur de la isla de Cuba.

Cuando el Centauro de Jáquimo le comentó a Diego de Ordaz que necesitaba llegar a Santo Domingo para recuperar el barco de Enciso y llevar provisiones a los que habían quedado en San Sebastián de Buenavista de Urabá, el zamorano le hizo comprender que no existía al sur de Cuba ninguna nave que pudiera trasladarle a La Española, pero que estaba dispuesto a «acercarse» hasta Jamaica, desde donde estaba seguro de que don Juan de Esquivel, que había conseguido pacificar la isla en muy poco tiempo, no dudaría en enviar una embarcación en su busca.

La sola idea de que un hombre, aunque se tratara de alguien de la fuerza y resistencia de Diego de Ordaz, aceptase remar en una frágil canoa indígena a lo largo de más de ciento veinte millas a través de un agitado mar plagado de tiburones y en el que seguía reinando la corriente del Golfo, se le antojaba a Ojeda absolutamente descabellada, pero el gigante se limitó a mostrar sus enormes dientes en una ancha sonrisa al tiempo que decía:

—Nooo hay problema. Meee encanta remar.

—Una cosa es remar y otra llegar a Jamaica.

—Reeemando se llega a Jamaica.

Cuando al amanecer del día siguiente le vieron alejarse rumbo al sur en una embarcación en la que a duras penas encajaba su enorme corpachón, el bizco Talavera no pudo por menos que comentar:

—¡Tiene cojones el tartaja!

—Ya te dije que es uno de los hombres más valientes que he conocido, y además hace las cosas más increíbles como si carecieran de importancia; con una docena como él civilizábamos este Nuevo Mundo en medio año.

—¿Se enfrentaría a él en un duelo?

—¡Nunca!

—¿Cree que sería el primero en vencerle?

El de Cuenca negó convencido:

—Es demasiado lento y previsible, pero yo no sería capaz de matar a un hombre tan íntegro.

—¿Y a mí? ¿Me mataría?

—Con los ojos cerrados, querido amigo —fue la humorística respuesta—. Con los ojos cerrados y a la pata coja.

Permanecieron allí, muy quietos, observando cómo la minúscula embarcación se iba alejando hasta perderse de vista en la distancia, para regresar luego al bohío que los indígenas habían puesto a su disposición, donde no tardaron en organizar una ruidosa y agitada partida de naipes en la que Ojeda perdió hasta la espada.

Una semana más tarde, cuando ya se habían resignado a la idea de que el bueno de Ordaz había concluido su andadura vital en las tripas de los tiburones, una pequeña nave de cabotaje fondeó en el centro de la ensenada y de inmediato vieron que el gigantón les saludaba desde cubierta.

—¡La madre que lo parió!

—Que debió de morir en el parto, porque traer al mundo a semejante animal manda *carallo*... —añadió el gallego Paniagua—. Si no lo veo, no lo creo.

Tres días más tarde, don Juan de Esquivel, un hombre

gris y sin el menor carisma, un burócrata que se limitaba a servir fielmente a su señor don Diego Colón, pero que había sabido cumplir a rajatabla la orden de colonizar Jamaica de una forma asaz eficaz y sin derramamiento de sangre, recibió a su admirado Alonso de Ojeda agasajándole como a un auténtico gobernador de toda una provincia del Nuevo Mundo.

Lo primero que hizo fue ponerle al corriente con respecto al bachiller Enciso, puesto que le habían llegado noticias de Santo Domingo según las cuales el centauro Vasco Núñez de Balboa había presionado al también centauro Hernán Cortés a fin de que éste, a su vez, presionara al joven Diego Colón obligándole a permitir que al fin la carabela zarpase, ya que de lo contrario caerían sobre su conciencia las vidas de doscientos cristianos que corrían peligro de morir de hambre en Tierra Firme.

Ante las duras palabras casi amenazantes de Cortés, que le recordó que su «muy querido primo» Francisco Pizarro formaba parte de la expedición que estaba en tan manifiestas dificultades, el gobernador de La Española debió de llegar a la conclusión de que no podía correr el riesgo de perder el favor de la Corona por seguirle el juego a un hombre tan aborrecido y despreciado como Ignacio Gamarra.

Así pues, permitió que Enciso levara anclas, no sin advertirle previamente que no se le ocurriera ni por lo más remoto dejar que el indeseable Núñez de Balboa, que aún no había liquidado ni una sola de sus deudas, subiera a bordo.

El bachiller empeñó en ello su palabra, pero no contaba con el empecinamiento y la astucia del futuro descubridor del océano Pacífico, que la noche anterior se ocultó, junto con su perro *Leoncillo*, en un barril de harina, obligó a dos de sus compañeros de francachelas a que lo depositaran en el fondo de una bodega de la carabela y no abandonó su escondite hasta tres días más tarde.

La primera intención del furibundo bachiller fue arrojarle de inmediato a los tiburones, o abandonarle en una isla desierta, pero parece ser que el descarado borrachín le convenció de que si hacía tal cosa sus incontables acreedores se lo echarían en cara, puesto que resultaba evidente que nadie a quien se han comido los tiburones o está perdido en una isla desierta se encuentra en disposición de reintegrar lo mucho que debe.

—Te doy mi promesa de caballero de Jerez de los Caballeros, que te iré entregando todo cuanto consiga en Tierra Firme para que tú mismo te ocupes de cancelar esos préstamos —aseguró muy seriamente.

La respuesta del bachiller Enciso fue digna de figurar en los anales de la conquista.

—Tu problema estriba, Vasco, en que has practicado en exceso lo del jerez, y muy poco lo de caballero.

—¡Juro que cambiaré! Ojeda me ayudará.

—Confío en que Ojeda te corte en rodajas en cuanto te vea aparecer contraviniendo las órdenes del gobernador. Y me alegrará que así sea, porque de ese modo tendrá que ser él quien se enfrente a tus acreedores.

No obstante, las cosas no sucedieron de ese modo: dos días más tarde avistaron las naves que Ojeda había dejado en Urabá y que navegaban ya hacia la salida del golfo.

El Centauro había colocado al mando de San Sebastián de Buenavista a Francisco Pizarro con la orden tajante de que si a los cincuenta días de su partida en el *Tremebundo* no había regresado, utilizara los escasos víveres que le quedaran en retornar a La Española y dar por concluida la expedición.

Fiel hasta la muerte, el extremeño obedeció levando anclas al amanecer del día cincuenta y uno.

Sin embargo, ahora, a la vista de que contaba con refuerzos y bastimentos, decidió dar media vuelta y continuar defendiendo el fortín a la espera del regreso de su amado gobernador.

Las circunstancias, el destino, o la suerte, que era quien al fin y al cabo lo decidía todo, quiso que a la larga, y tras confusos y casi rocambolescos acontecimientos, fuera el desprestigiado Vasco Núñez de Balboa quien acabara haciéndose con el mando en la región, y tras tener conocimiento de las lógicas teorías del vigía palmero, decidiese lanzarse a la aventura de alcanzar aquel supuesto océano del que de tanto en tanto llegaban densas nubes cargadas de agua.

Tan sólo entonces, ya gobernador de Panamá y ya rico, aceptó pagar sus deudas.

Cuando la nave que el afable y acogedor Juan de Esquivel había puesto a sus órdenes enfiló al fin la entrada de la desembocadura del río Ozama y Alonso de Ojeda comprobó que, en efecto, la carabela de Fernández de Enciso no se encontraba en el puerto, lanzó un ronco gemido de dolor y por primera vez en su vida se consideró total y absolutamente derrotado.

Lo que no habían conseguido los cientos de espadachines que le retaron a duelo, los huracanes, los ejércitos indígenas, las saetas envenenadas, las fieras, las serpientes, los millones de insectos o las fiebres, lo había conseguido sin apenas esfuerzo su malhadado destino.

Tras casi nueve meses de angustiosa espera, el bachiller Fernández de Enciso había tenido que zarpar precisamente durante el tiempo que el Centauro había tardado en llegar a Santo Domingo desde Urabá vía Cuba y Jamaica.

Una vez más, cuanto le acontecía sólo podía achacarse a la fatalidad.

Aguardó a que cayera la noche, desembarcó a hurtadillas y en silencio, se encerró en su vieja cabaña a orillas del mar, y sentado a oscuras en el desvencijado sillón de mimbre desde el que antaño impartía sus enseñanzas a todos aquellos que pretendían conocer mejor aquel Nuevo Mundo al que aspiraban a enfrentarse algún día, aceptó sin reservas que existían fuerzas desconocidas a las que ni el valor, ni la inteligencia, ni la astucia, ni la constancia ni la habilidad con la espada conseguirían nunca vencer.

Si era voluntad del Señor que no consiguiera alcanzar mis metas, y así me lo estaba indicando, no era yo quién para oponerme a sus designios, y llegué por tanto a la conclusión de que lo que deseaba era que dedicara el resto de mi vida a cumplir penitencia por mis muchos pecados con el fin de que pudiera acudir, con la conciencia limpia cuando decidiera llamarme a su presencia.

Desprestigiado, sin dinero, sin una nave que pudiera transportarle de regreso a su gobernación, y casi sin amigos pese a que Hernán Cortés, Ponce de León y el gigantesco Diego de Ordaz acudieran a visitarle de tanto en tanto en un vano intento de prestarle ayuda económica o levantarle el ánimo, el Centauro de Jáquimo decidió aceptar que la errante estrella bajo la que al parecer había nacido y que le había llevado hasta los más apartados rincones de un Nuevo Mundo desconocido, había decidido detenerse al fin.

Los hados que con tanto empeño le defendieron en centenares de duelos cara a cara, nunca le habían sido propicios en las ocasiones en que se embarcó en empeños de más ambiciosa envergadura, y al igual que agradecía a esos hados que hubieran impedido que cualquier matón de taberna le dejara definitivamente tendido cara al cielo muchos años atrás, no podía echarles ahora en cara que en esas otras circunstancias le hubieran abandonado.

Ilógico hubiera resultado que alguien lo consiguiera todo, por lo que el conquense admitía que su vida había sido tan apasionante y pródiga en fabulosos hechos y aventuras sin cuento, que no se le antojaba justo que además se viese coronada por un final victorioso.

Renunció formalmente y por escrito a sus derechos como gobernador de Urabá, se encerró en sí mismo y sus oraciones, y durante largo tiempo sólo abandonó su refugio en muy contadas ocasiones.

Una de ellas fue para despedirse afectuosamente del bizco Talavera, Faustino, Paniagua y el resto de aquellos ineptos piratas que al fin habían sido capturados, y a los que el gobernador Colón condenó a la horca sin más demora.

Los animosos reos, que al parecer habían dado buena cuenta durante su postrera noche en este mundo de las últimas reservas que quedaban en la isla de su adorado matadiablos y que se partían de risa cada vez que uno de ellos tropezaba con los escalones del cadalso, agradecieron con muestras de sincero cariño y respeto el hecho de que Ojeda no se avergonzara a la hora de acudir a darles un fuerte abrazo al pie de la horca, pese a que se encontraban frente a una rugiente multitud ansiosa de presenciar el emocionante espectáculo de ver a tanto borracho pataleando en el aire al mismo tiempo.

Incluso en aquellos dramáticos momentos, Bernardino de Talavera no pudo evitar dejar escapar una de sus absurdas ocurrencias:

—Siempre he oído decir que cuando te aprietan el cuello te pones bizco; espero que en mi caso ocurra al contrario, se me arregle el problema de la vista, y así pueda tener al fin cierto éxito entre las mujeres.

Cuando ya todos aquellos con los que había pasado tan malos ratos en un mar agitado, y posteriormente en la isla de Cuba, habían pagado de una forma definitiva y harto onerosa sus deudas con la ley, el Centauro se encaminó sin prisas hacia el convento de San Francisco con el fin de tomar asiento junto al manco que pedía limosna a la puerta de la iglesia.

Permanecieron en silencio largo rato, como si se tratara de dos pordioseros que hubieran decidido compartir las limosnas, hasta que Ojeda, sin mirar a su interlocutor y como si estuviese hablando del bochornoso calor que agobiaba, dijo:

—He venido a pedirte perdón.

—¡No veo por qué! —fue la sincera respuesta del manco—. Si las cosas hubieran ocurrido al revés yo nunca os lo habría pedido.

—No podían ocurrir al revés; no por aquel entonces.

—Obtuve lo que busqué.

—Mi obligación era contenerme.

—Y la mía no provocaros... —le hizo notar el otro—. Sentado aquí durante tantos años, he tenido tiempo para meditar en lo que ocurrió aquella noche, y a las puertas de la Casa del Señor no caben engaños; soñé con un atajo hacia la cima y me desperté en un sendero que conducía directamente al abismo. —Tampoco se volvió a mirarle al concluir—: ¡Vaya con Dios, capitán, que conmigo jamás contrajo deuda alguna!

Alonso de Ojeda, el Centauro de Jáquimo, el Colibrí, el Caballero de la Virgen, el vencedor de mil duelos, el hombre que renunció a convertirse en cacique de los indígenas de La Española, el bienamado de la Reina Católica, el raptor del temible Canoabo, el adelantado que dio nombre a Venezuela y determinó que el Nuevo Mundo era un continente y no un archipiélago, el gran maestro de cuantos más tarde lo conquistarían, no tuvo tiempo de saber que el analfabeto Francisco Pizarro, su fiel lugarteniente, se convertiría en el virrey de un gigantesco imperio, que el maloliente Balboa abriría a los hombres el mayor de los océanos, que el mujeriego Cortés dominaría México, que el soñador Ponce de León se haría dueño de Puerto Rico y descubriría la Florida, que el gigantesco Diego Ordaz daría su nombre a una ciudad, que Bartolomé de las Casas se convertiría en el Apóstol de los Indígenas y que el mocoso Amerigo Vespucci le robaría el nombre del continente a su auténtico descubridor mientras que él, el líder indiscutible, aquel a quien todos amaban y respetaban, perecía de hambre y abandono en una vieja cabaña en la desembocadura del río Ozama.

Pidió que sus restos fueran enterrados a la entrada de la iglesia de San Francisco, justo donde aquel a quien dejara manco tantos años atrás pedía limosna, con el ruego que cuantos pisasen su tumba rezaran una corta plegaria por su alma a fin de que el Señor le perdonara sus muchos pecados.

Fue sin duda el más cualificado para aspirar a la gloria, pero la gloria, como las palomas, come migajas en manos anónimas para luego cagarse sobre las estatuas de los grandes hombres.

ALBERTO VÁZQUEZ-FIGUEROA
Lanzarote-Madrid, enero de 2007

Nota del autor

En 1965 fui enviado por el diario *La Vanguardia* de Barcelona a cubrir la cruenta revolución caamañista.

El primer día de mi estancia en Santo Domingo acudí a visitar la tumba de mi admirado Alonso de Ojeda y, aunque nunca he sido religioso, cumplí su deseo de interceder por sus pecados.

Meses después, al concluir la contienda, la tumba había desaparecido sin que nadie supiera decirme cómo, cuándo o por qué desapareció, ni en qué lugar se encontraba.

La desgracia continuaba persiguiendo al Centauro de Jáquimo a los cuatrocientos cincuenta años de su muerte.